ullstein

Das Buch

Jeder in Mill River kennt die große weiße Villa auf dem Hügel. Aber kaum jemand kennt Mary, die seit Jahrzehnten allein dort lebt. Nur Priester Michael besucht sie und erzählt ihr vom Leben in der quirligen Stadt: Von dem verwitweten Polizisten, der mit seiner kleinen Tochter aus der Großstadt geflüchtet ist, von der schmuckliebenden Krankenschwester, die ihre Familie mühselig über Wasser hält, und von der ungewöhnlichen Daisy, die in ihrem Wohnwagen geheimnisvolle Kräutertees braut. Zwischen Mary und Michael entwickelt sich eine tiefe Freundschaft. Doch erst als sie schwer erkrankt, gesteht sie ihm ihr schmerzlichstes Geheimnis. Michael verspricht ihr, dass Mill River sie nicht vergessen wird. Und dass er für den einen Menschen sorgen wird, der Mary besonders am Herzen liegt.

Die Autorin

Darcie Chan ist 40 Jahre alt, Anwältin und Umweltschutzexpertin. Mit elf Jahren begann sie zu schreiben, gewann einen Wettbewerb und träumte seitdem davon, eine erfolgreiche Autorin zu werden. Die E-Book-Ausgabe von *Sehnsucht nach Mill River* machte sie über Nacht in den USA berühmt. Schon in den ersten Wochen verkauften sich mehr als 650 000 Exemplare, und sie bekam mehr als 1000 begeisterte Amazon-Rezensionen. Darcie Chan lebt im US-Staat New York.

Darcie Chan

Sehnsucht nach Mill River

Roman

Aus dem Amerikanischen von
Susanne Aeckerle und Marion Balkenhol

Ullstein

Besuchen Sie uns im Internet:
www.ullstein-taschenbuch.de

FSC
www.fsc.org
MIX
Papier aus verantwortungsvollen Quellen
FSC® C083411

Ungekürzte Ausgabe im Ullstein Taschenbuch
1. Auflage Oktober 2014

Titel der amerikanischen Originalausgabe:
THE MILL RIVER RECLUSE
Umschlaggestaltung: ZERO Werbeagentur, München
Titelabbildung: © Mark Owen / Trevillion Images
Satz: Pinkuin Satz und Datentechnik, Berlin
Gesetzt aus der Berkeley
Papier: Holmen Book Cream von Holmen Paper Central Europe,
Hamburg GmbH
Druck und Bindearbeiten: CPI books GmbH, Leck
Printed in Germany
ISBN 978-3-548-28674-7

Teil I

Wir können einem Kind,
das sich vor der Dunkelheit fürchtet, leicht vergeben;
die wahre Tragödie des Lebens ist, wenn
Menschen sich vor dem Licht fürchten.

Platon

I

Mary McAllister schaute aus dem Erkerfenster ihres Schlafzimmers und wusste, dass diese Nacht ihre letzte sein würde.

Aus dem Ort drang diffuses Licht durch die Februardunkelheit herauf. Dicke Schneeflocken trieben am Fenster vorbei. Nur der Mill River, dem der kleine Ort in Vermont seinen Namen verdankte, war noch nicht mit Schnee bedeckt. Schwarz und eisfrei schlängelte er sich am Rande des schlafenden Ortes entlang.

Mit der linken Hand streichelte Mary den großen Siamkater, der neben ihr auf dem verstellbaren Krankenbett lag. Mit der Rechten strich sie sich ein paar feine weiße Haarsträhnen hinter das Ohr. Marys Augen, das eine klar und blau, das andere grau und trüb, waren auf den Schneesturm vor dem Fenster gerichtet.

Sie überlegte, was man wohl über sie denken würde, wenn man entdeckte, was sie getan hatte.

Das Schlafzimmer war dunkel, doch die wenigen Lichter im Ort reichten aus, um die Umrisse ihres Gesichts auf der Fensterscheibe zu erkennen. Mary betrachtete das Spiegelbild mit ihrem guten Auge, mit dem sie noch sehen konnte. Eine bleiche Totenmaske starrte ihr aus der Dunkelheit entgegen.

Sie döste ein, wurde jedoch alle paar Minuten von den entsetzlichen Schmerzen im Unterleib geweckt. Schließlich griff sie mit zitternder Hand nach den Tabletten und dem Wasserglas neben ihrem Bett.

Mary schüttete jeweils ein paar Tabletten auf ihre Hand und spülte sie mit Wasser hinunter, bis sie sie alle geschluckt hatte. Sie würde diese Welt in friedvoller Einsamkeit verlassen, bevor die Schmerzen zu stark wurden und ihre Geisteskräfte so geschwächt waren, dass sie nicht mehr selbstbestimmt aus dem Leben scheiden konnte.

Sie dachte an Michael. Der Priester war gegangen, wie er versprochen hatte, aber sie fragte sich, ob er dort unten im Pfarrhaus immer noch wach war. Er würde sie morgen finden. Das würde nicht leicht für ihn sein, doch er war auf das Unvermeidliche vorbereitet. Sie beide waren es.

Trotzdem fürchtete sie sich vor dem, was der Tod bringen mochte.

Würde sie ihren Ehemann wiedersehen? Im schwach erleuchteten Schlafzimmer blieb Marys Blick an der kleinen Statue hängen, die auf der Kommode stand. Ein Pferd, kunstvoll aus schwarzem Marmor gemeißelt. Sie dachte an Patrick, an ihre erste Begegnung auf der Farm ihres Vaters und an die entsetzliche Zeit, die folgte.

Mary schauderte bei dem Gedanken und beschwor stattdessen Erinnerungen an ihren Vater herauf. Sie sah ihn vor sich, wie er auf dem Reitplatz stand, den Hut aus der Stirn geschoben, und den jungen Pferden sanft Manieren beibrachte. Sein dröhnendes Lachen klang ihr noch immer in den Ohren.

Obwohl sie seit mehr als sechzig Jahren Witwe war, hatte sie sogar jetzt noch Angst vor Patrick. Sie sehnte sich jedoch danach, ihren Vater wiederzusehen. Vielleicht war es bald so weit.

Mary tätschelte Shams seidigen Kopf, und der Kater rollte maunzend im Schlaf die Pfoten ein. Michael hatte versprochen, ein gutes Zuhause für Sham zu finden. Sie zweifelte nicht daran, dass es ihm gelingen würde, und das tröstete sie. Tränen liefen ihr über die Wangen, als sie ihrem treuen Kater ein zärtliches Lebewohl zuflüsterte. Lautlos wünschte sie ihm das glücklichste aller Leben, wie viele ihm auch bleiben mochten, und wartete darauf, vom endgültigen, schweren Schlaf eingehüllt zu werden.

In Mill River waren auch noch andere wach. Die Polizisten Kyle Hansen und Leroy Underwood fuhren seit über einer Stunde Streife. Der alte Jeep Cherokee des Polizeireviers kämpfte sich auf den Landstraßen durch den frisch gefallenen Schnee. Sie hatten nach liegengebliebenen Autofahrern Ausschau gehalten, aber die Straßen waren wie ausgestorben. Die meisten Menschen waren vernünftig genug, bei dem Wetter zu Hause zu bleiben. Trotz des Schneefalls war der Abend, wie die meisten Abende in Mill River, ereignislos verlaufen.

Leroy langweilte sich. Unruhig rutschte er auf dem Beifahrersitz herum und spähte aus dem Fenster. Sein Haar war sandbraun und glatt – und etwas zu lang für einen Mann in Uniform, wie Kyle fand. Leroys Mund stand immer ein wenig offen, was ihm einen erstaunten Ausdruck verlieh, und er hatte trotz seiner kräftigen Schultern eine gebeugte Körperhaltung. Zum Teufel, dachte Kyle, sollte jemand das Pech haben, Leroy aus dem Fenster des Jeeps glotzen zu sehen, könnte er ihn glatt für einen Orang-Utan halten.

Leroy wandte sich vom Fenster ab und hielt eine fast leere Schachtel mit Schokoladendonuts hoch.

»Was dagegen, wenn ich den Letzten esse?«

»Nee«, erwiderte Kyle. »Die sind sowieso nicht mehr frisch.«

Das interessierte Leroy nicht. »Meinst du, wir sollten noch mal durch die Stadt fahren?«, fragte er mit vollem Mund.

Kyle warf Leroy einen Blick zu und zuckte mit den Schultern.

Leroy stopfte sich das letzte Stück Donut in den Mund

und mühte sich, die Thermosflasche zu öffnen. Während sie den Hügel hinunter zum Ort fuhren, versuchte Leroy, den restlichen Kaffee in den Becher zu gießen, doch das meiste schwappte auf seinen Schoß.

»Ach, Scheiße. Pass doch besser auf bei den Schlaglöchern, ja?«, maulte er.

Kyle verdrehte die Augen. Was Leroy an Intelligenz fehlte, machte er durch einen gesunden Appetit wett.

Ihr Weg führte sie an der Auffahrt zur McAllister-Villa vorbei. Durch das Schneegestöber konnte Kyle gerade noch das schwache Schimmern des weißen Marmorhauses auf der Kuppe des Hügels ausmachen.

»Hast du sie je gesehen?«, fragte Leroy, der Kyles Blick gefolgt war.

»Wen?«

»Die Witwe McAllister.« Leroy flüsterte fast, als ginge es um einen bösen Geist.

»Nein.«

»Ich schon«, sagte Leroy. »Ein Mal. Als ich noch in der Highschool war, vor der Bäckerei. Sie war völlig verschrumpelt und krumm, hatte eine Klappe über dem Auge, wie ein Pirat.«

Kyle schaute starr geradeaus und konzentrierte sich auf das Fahren durch den Schneesturm.

»Manche im Ort sind überzeugt, dass sie eine Hexe ist, hab ich gehört«, fuhr Leroy fort. »Mich gruselt's, wenn ich daran denke, dass sie da oben sitzt und uns alle beobachtet.« Leroy warf Kyle ein provozierendes Grinsen zu. »Vielleicht sollte jemand dafür sorgen, dass sie über die Planke geht.«

Kyle biss die Zähne zusammen und unterdrückte den Impuls, ihm zu antworten. Leroy wollte ihn reizen, das war ihm klar, doch diese Genugtuung würde er ihm nicht verschaffen.

Leroys Grobheiten hinzunehmen fiel ihm leichter, wenn er an die schwere Jugend des jungen Polizisten dachte. Laut dem Polizeichef, der fast jeden im Ort kannte, war Leroy das Produkt eines abwesenden Vaters und einer alkoholkranken Mutter. Er hatte eine ältere Schwester, die in Rutland lebte. Diese Schwester war anscheinend die Ausnahme der Underwood-Familie, da sie einen Collegeabschluss hatte und als Buchhalterin bei der Stadtverwaltung arbeitete.

Leroy lief so mit. Er hatte die Highschool beinahe abgebrochen, dann aber doch irgendwie seinen Abschluss geschafft und sich durch die Ausbildung an der Polizeiakademie gemogelt. Sein Ego war riesig, und Kyle hatte es bisher noch nicht erlebt, dass der junge Mann auch nur zu irgendwem nett gewesen wäre. Wieso man Leroy eingestellt hatte, war Kyle ein Rätsel. Vielleicht hatte der Ort dringend einen weiteren Polizisten gebraucht, doch nach Kyles Einschätzung war Leroy kaum für diese Arbeit geeignet.

Der alte Jeep pflügte sich durch den Schnee, hinein in den Ort. Kleine, ältere Häuser und Wohnwagen säumten die Straßen an diesem Ende von Mill River. Die meisten Fenster waren dunkel. Ein Wohnwagen jedoch war hell erleuchtet. Im Gegensatz zu den meisten anderen war er glänzend und neu. Aus dem Schnee im Vorgarten ragten verschiedene Keramikfiguren – zwei Rehe, mehrere Kaninchen, einige Zwerge – sowie ein großes Vogelbad.

»Schätze, Crazy Daisy ist immer noch wach«, meinte Leroy. »Wahrscheinlich braut sie gerade wieder irgendetwas Geheimnisvolles.«

In dem Moment öffnete sich die Tür des Wohnwagens, und eine pummelige Frau hüpfte hinaus in den Vorgarten. Kyle bremste den Jeep ab. Daisy drehte sich im Kreis, das Gesicht erhoben, die Zunge herausgestreckt.

Leroy krümmte sich vor Lachen. »Jetzt guck dir diese fette Kuh an!«, brüllte er, ohne auf Kyles missbilligendes Stirnrunzeln zu achten. »Wenn die so weitermacht, stolpert sie noch über eins von den Kaninchen und beißt sich die Zunge ab!«

»Halt die Klappe, Leroy«, sagte Kyle, obwohl ihm genau derselbe Gedanke durch den Kopf geschossen war. Er kurbelte das Seitenfenster herunter.

»Hallo, Miss Delaine, es ist schon spät, fast ein Uhr nachts, und Sie sollten bei diesem Schneesturm nicht draußen sein«, rief er ihr zu.

Erhitzt und atemlos blieb Daisy stehen und schaute die beiden Polizisten an. Ein dunkles, portweinfarbenes Muttermal zog sich vom Kinn bis auf die Wange, graue Locken fielen ihr über die Augen. Sie schwankte unsicher und schob sich das Haar aus dem Gesicht. »Sie sollten mal den Schnee probieren! Er schmeckt herrlich. Ich habe den ganzen Abend an einem Schneezauber gearbeitet«, rief sie. »Schnee ist ideal für mein Gebrautes. Aber ich bin schrecklich in Eile. Ich braue heute Nacht noch etwas Neues!« Lächelnd hob sie eine Handvoll Schnee auf, warf ihn in die Luft, dann winkte sie den beiden Polizisten zu und verschwand wieder in ihrem Wohnwagen.

Kyle saß schweigend da und schüttelte den Kopf, aber Leroy brüllte vor Lachen. Als er Kyles tadelnden Blick bemerkte, versuchte er vergeblich, sich zusammenzureißen.

»Ach, nun komm schon, Kyle. Du weißt doch, dass die spinnt. Wem schadet es schon, wenn man sich über sie lustig macht?«

»Sie kann nichts dafür, Leroy, und du solltest besser mal lernen, den Mund zu halten«, fuhr Kyle ihn an und schaute zur Tür des Wohnwagens, um sich zu vergewissern, dass Daisy drinnen blieb.

»Oooh, was sind wir empfindlich heute«, maulte Leroy. »Was soll's«, er kicherte wieder, »die Show allein war es wert, dass sie das Feuer damals überlebt hat. Als ich hörte, ihr Wohnwagen sei abgebrannt, dachte ich, wir wären die alte Schachtel endlich los.«

Kyle schwieg, weil jede Antwort sinnlos gewesen wäre.

Er war acht Jahre älter als Leroy, doch manchmal kam der Altersunterschied ihm vor wie achtzig Jahre. Während seiner Zeit bei der Bostoner Polizei waren ihm etliche junge Beamte wie Leroy begegnet. Sie alle waren arrogant, unreif und dumm gewesen und hatten die Macht genossen, die ihnen Uniform und Waffe verliehen. Die meisten dieser Burschen fielen ihrem Größenwahn zum Opfer, sie kamen um oder landeten selbst hinter Gittern.

In Mill River gab es vier Polizeibeamte – Kyle, Leroy, Ron Wykowski und Joe Fitzgerald, den Polizeichef. Allerdings hätten, da nie etwas passierte, drei gute Polizisten vollauf genügt. Da Leroy also kaum Gelegenheit haben würde, seine Laufbahn zu gefährden, konnte er sich seines Arbeitsplatzes ziemlich sicher sein.

Sie fuhren weiter entlang der Hauptstraße, durch das malerische Einkaufsviertel, vorbei an dem weißen Gebäude des Rathauses. Hinter einer Kurve tauchte die katholische Kirche St. John auf. Im Pfarrhaus brannte noch Licht.

»Der Betbruder ist noch auf«, quäkte Leroy. Dies war jedoch nicht ungewöhnlich, da bei Father O'Brien oft bis spät in die Nacht das Licht brannte.

Zwei Häuser weiter noch ein hell erleuchtetes Fenster.

»Unsere hübsche Lehrerin auch«, sagte Leroy in verändertem Ton. »Vielleicht sollten wir bei ihr vorbeischauen und ihr eine Gutenachtgeschichte vorlesen.« Er zog die Augenbrauen hoch und fuhr sich langsam mit der Zunge über die Oberlippe.

Die »hübsche Lehrerin« war Claudia Simon. Sie unterrichtete die vierte Klasse in der Grundschule von Mill River.

»Du kannst lesen? Das ist mir ja ganz neu.«

Leroy verzog das Gesicht, blieb aber stumm, bis Kyle vor dem Polizeirevier hielt. Als sie ausstiegen, schaute Leroy die Hauptstraße hinunter in die Richtung, aus der sie gekommen waren.

»Verdammt. Bei so viel Schnee sehen selbst die schäbigen Wohnwagen gut aus.«

Kyle sagte nichts. Er sehnte sich nur nach einer heißen Dusche und einem warmen Bett. Die Nacht war lang gewesen.

Claudia Simon las tatsächlich eine Art Gutenachtgeschichte. Ihre Schüler hatten einen kurzen Aufsatz zum Thema »Was ich werden will, wenn ich groß bin« geschrieben. Von den vierundzwanzig Viertklässlern wollten elf Präsident der Vereinigten Staaten werden, was Claudia darauf zurückführte, dass sie vor ein paar Wochen die Amtseinführung des Präsidenten gesehen hatten. Sechs wollten Filmstar oder Sängerin werden, vier Arzt oder Krankenschwester, einer Polizist, einer Feuerwehrmann. Und eine wollte Beraterin werden.

Rowen war die Tochter des Polizeibeamten Kyle Hansen. Claudia hatte vom Rektor der Schule erfahren, dass Kyle verwitwet war. Das kleine Mädchen hatte geschrieben, sie wolle Beraterin werden, wie ihre Mutter es gewesen sei, weil »ich gerne Leuten zuhöre und ihnen helfen möchte, ihre Probleme zu lösen«. So einfach. Von einer Viertklässlerin. *Aber Rowen ist auch ein besonderes Kind*, dachte Claudia. Sie hätte alles Mögliche als Berufswunsch angeben können, es wäre keine Überraschung gewesen.

Claudia stand auf und streckte sich. Es war schon nach eins. Doch heute war Samstag – nein, inzwischen Sonntagmorgen –, und wenn sie beim Benoten der Aufsätze die Zeit vergessen hatte, konnte sie immerhin ausschlafen. Im Jogginganzug und auf Socken tappte sie durch den Flur zum Badezimmer und putzte sich die Zähne. Dabei betrachtete sie sich in dem langen Spiegel an der Badezimmertür. Noch vor ein paar Monaten hätte sie nicht in diesen Spiegel gepasst.

Alleinstehend, übergewichtig und fast dreißig, hatte Claudia vor anderthalb Jahren beschlossen, sich in Form zu bringen. Diesen Entschluss hatte sie schon oft gefasst. Sie war ihr Leben lang übergewichtig gewesen, oder zumindest so lange sie sich erinnern konnte. Sie hatte nie einen Freund gehabt, keinen Abschlussballpartner, oder auch nur irgendeinen Mann, der ein romantisches Interesse an ihr gezeigt hätte. Wahrscheinlich hätten die meisten Menschen sich damit abgefunden, ein Leben lang allein Kuchen zu essen. Doch Claudia warf den Kuchen, die Chips, die Eiscreme und die Pizzas weg. Sie kaufte sich ein Laufband und Reeboks. Dann rannte sie sich in den anderthalb Jahren nach ihrem dreißigsten Geburtstag im wahrsten Sinne des Wortes den Arsch ab.

Jetzt, zweiundvierzig Kilo leichter, betrachtete Claudia anerkennend ihr Spiegelbild und machte sich bettfertig. Sie hatte sich in Größe 40 komplett neu eingekleidet. Sie war Lehrerin in einem neuen Ort, in dem niemand von ihrer früheren Fettleibigkeit wusste. Sie fühlte sich lebendig. Allein, aber bereit für ein Leben zu zweit. Sie würde ihre Schüchternheit überwinden. Sie würde nicht knallrot werden, wenn sie einen attraktiven Mann sah, würde nicht die Augen niederschlagen. Sie schämte sich ihrer selbst nicht mehr.

In dieser Nacht schlief Claudia lächelnd ein.

Mitternacht war längst vorüber, aber Jean Wykowski fand keine Ruhe. Ihr Mann Ron lag schnarchend neben ihr. Seine Schicht auf dem Revier begann um sieben, und er nahm ihr unruhiges Herumwälzen überhaupt nicht wahr. Rons Schnarchen störte sie sonst kaum, und es war auch jetzt nicht der Grund für ihre Schlaflosigkeit. Schließlich schlüpfte sie unter der Decke hervor und verließ auf Zehenspitzen das Schlafzimmer.

Auf dem Weg zur Küche blieb sie vor dem Zimmer ihrer Söhne stehen. Jimmy und Johnny, neun und elf Jahre alt, kamen nach ihrem Vater, was den Schlaf anging. Beide schliefen fest, atmeten langsam und gleichmäßig. Jimmy lag noch genauso da wie nach dem Zubettgehen – auf dem Rücken, die Decke bis zum Kinn hochgezogen. Johnny hatte sich jedoch so gedreht, dass seine Füße auf dem Kopfkissen lagen und sein Kopf über die Bettkante hinaushing. Wie er das schaffte, war Jean ein Rätsel, doch sie überredete ihn sanft, ohne dass er vollständig wach wurde, sich wieder richtig herum unter die Decke zu legen.

Jean schlich weiter in die dunkle Küche und zuckte jedes Mal zusammen, wenn ein Dielenbrett knarrte. Sie goss sich einen Becher Milch ein und stellte ihn in die Mikrowelle. Das Gerät summte, und sie lächelte bei dem Gedanken daran, wie die Jungs am Abend das Geschirr gespült hatten. Johnny hatte abgewaschen und Jimmy klargespült, wobei sie abwechselnd den herausziehbaren Sprühkopf als Mikrofon benutzt hatten, um ihre Lieblingssänger nachzuahmen.

Die Mikrowelle war etwas Besonderes, da Ron sie ihr letztes Jahr zu Weihnachten geschenkt hatte. Natürlich war das kein romantisches Weihnachtsgeschenk, aber sie war praktisch und kam der ganzen Familie zugute. Jean hielt die Mikrowelle an, bevor das Klingeln ertönte, und nahm den Milchbecher heraus.

Sie konnte sich glücklich schätzen, so tolle Kinder zu haben. Die beiden waren kräftige kleine Burschen und voller Leben, im Gegensatz zu den schwerkranken Menschen, die sie täglich sah. Nach dreizehn Jahren Ehe war Ron immer noch ein liebevoller und treuer Ehemann. Er und die Jungen gaben ihr den Rückhalt, ihre emotional auslaugende Arbeit als ambulante Krankenpflegerin für Rutland County zu bewältigen.

Ihre Patienten waren Querschnittsgelähmte, Menschen, die sich nach Operationen oder schweren Unfällen erholten, und Todkranke. Sie sah sie kämpfen und leiden, Tag für Tag. Mit Jeans Hilfe und dank der Ärzte und Therapeuten besserte sich ihr Zustand, oder sie lernten wenigstens, wieder zu leben. Aber manchen gelang das auch nicht. In dieser Nacht war es das Gesicht von Mary McAllister, der Patientin, der sie momentan zugeteilt war, das ihr den Schlaf raubte.

Den größten Teil ihrer Schicht verbrachte sie bei der alten Dame. Mrs McAllister blieben nur noch Tage, vielleicht eine Woche. Heute hatte Jean es kaum fertiggebracht, sie anzusehen. Der Krebs hatte Mrs McAllister ausgezehrt und gelbhäutig gemacht, und die Schmerzmittel bewirkten, dass sie die meiste Zeit schlief. Jean hatte sie mit dem Schwamm gewaschen, das Nachthemd gewechselt und dafür gesorgt, dass sie möglichst bequem lag. Das war nicht viel, aber mehr konnte sie nicht tun. Und morgen, am Sonntag, hatte sie frei. Mit diesem Gedanken versuchte Jean sich zu trösten. Sie stellte den leeren Becher in die Spüle und ging durch den dunklen Flur zurück ins Schlafzimmer.

Im Pfarrhaus neben der Kirche war Father O'Brien damit beschäftigt, etwas zu verpacken. Keine Bücher oder Ordner, sondern Löffel. Father O'Brien war besessen von Löffeln. In seinen sechsundachtzig Lebensjahren hatte er es auf eine Sammlung von fast siebenhundert Löffeln gebracht. Keiner glich dem anderen. Zärtlich hob er jeden einzelnen aus einer ramponierten Pappkiste und betrachtete ihn, bevor er ihn in einen stabilen Versandkarton auf seinem Schreibtisch legte.

Er hatte die Löffel unter Missachtung seines Armutsgelübdes gesammelt, und deshalb fühlte er sich schuldig. Wenn er daran dachte, wie er an die Löffel gekommen war, schlug sein Gewissen noch heftiger. Trotzdem, so ein Löffel – Silber oder Edelstahl, elegant, verschnörkelt oder schlicht – besaß etwas, das ihn tröstete. Er brauchte sie. Es war ihm nie gelungen, sich von ihnen zu trennen.

Bis jetzt.

Aus der obersten Schreibtischschublade nahm er den letzten heraus und legte den glänzenden Silberteelöffel in den

Versandkarton. Einen Augenblick lang betrachtete er ihn, wie er da auf den anderen lag, dann nahm er ihn wieder an sich. Nein, von diesem würde er sich nicht trennen. Auf der Rückseite befand sich eine Gravur: *Meinem teuren Freund alles Liebe und Gute, MEHM*

Die einzige Person, die von seiner Sammlung wusste und ihm mehr als sechzig Jahre lang in enger Freundschaft verbunden gewesen war, hatte ihm diesen Löffel geschenkt. Diesen einen zu behalten würde keine Sünde sein.

Vorsichtig ließ er sich auf dem Sessel am Schreibtisch nieder. Es war spät, und seine Arthritis machte ihm zu schaffen. Er legte den Löffel auf den Tisch und setzte seine Lesebrille auf. Vor ihm lagen ein kleines, in braunes Papier gewickeltes Päckchen und ein versiegelter Umschlag. Was sich in dem Päckchen befand, wusste er nicht. Der Umschlag dürfte einen Brief enthalten, geschrieben auf feinstem Büttenpapier. Zu gern hätte er ihn gelesen, doch das stand ihm nicht zu – noch nicht. Seufzend griff er danach und drückte ihn an die Brust.

Er schaute aus dem Fenster zu Marys Villa auf dem Hügel. Die Dunkelheit und der wirbelnde Schnee versperrten ihm die Sicht auf das große Marmorhaus, doch er wusste, dass es dort stand, hoch über Mill River, wie seit Jahrzehnten. Er kannte die Geschichte des Hauses, die Freuden und das Leid, vor allem das Leid, das darin geschehen war und noch immer geschah. Er wusste, dass Mary dort war, und er fragte sich, ob sie schlief, wie bei seinem Weggang, oder ob sie wach war und auf ihn hinunterschaute. Vielleicht war ihre Seele bereits entschwunden.

»Altes Mädchen, mögest du endlich Frieden finden«, flüsterte er und sah erneut durch den Schneesturm zur Villa auf dem Hügel.

2

Sie flogen.

An einem strahlenden Sonntagmorgen im Juni 1940 wurde die heitere Ruhe der Green Mountains in Vermont von dem sonoren Dröhnen eines Lincoln Zephyr Coupés gestört. Nach ein paar Minuten tauchte die schwarze, schnittige Lärmquelle auf. Dem leistungsstarken Motor des Wagens machte die kurvenreiche Landstraße keinerlei Mühe. Durch die offenen Wagenfenster fuhr der Wind in das blonde Haar von Vater und Sohn, Stephen und Patrick McAllister.

Der Friede im ländlichen Vermont stand in krassem Gegensatz zu anderen Teilen der Welt. Jenseits des Atlantiks strebten die Achsenmächte das gemeinsame Ziel an, die Weltherrschaft zu erlangen. Naziarmeen hatten Europa überrannt und Frankreich zur Unterwerfung gezwungen. Großbritannien evakuierte in fieberhafter Eile Soldaten aus den europäischen Ländern. Aber diese Ereignisse lagen einen Ozean weit entfernt und, für den Augenblick, von den Gedanken der Männer im Lincoln-Coupé sogar noch weiter.

Vater und Sohn entstammten in der zweiten und dritten Generation einer Familie, die sich siebzig Jahre zuvor in Vermont angesiedelt hatte. Die großen Mineralvorkommen dieses Staates, vor allem der außergewöhnlich weiße Marmor, hatten einen stetigen Einwandererstrom in die Steinbrüche der Green Mountains gelockt. Auf der Suche nach Arbeit und neuen Möglichkeiten waren Italiener, Schweden, Finnen, Schotten, Iren und andere den neugebauten Bahnstrecken nordwärts nach West Rutland gefolgt. Begierig nahmen sie die schwere und gefährliche Arbeit auf sich, Marmor zu brechen.

Einer dieser Einwanderer war Patricks Urgroßvater gewesen, ein junger Ire namens Kieran McAllister. Er hatte den Atlantik in den überfüllten Zwischendecks eines Cunard-Dampfschiffs überquert und die Arbeit im Steinbruch zwei Jahre lang ohne ernsthafte Verletzungen überstanden. Durch seine Anständigkeit, seinen gesunden Menschenverstand und mit ein wenig Glück hatte er sich die Hochachtung des Steinbruchbesitzers erworben und war zum Vorarbeiter befördert worden. Dank der Lohnerhöhung war es ihm möglich, mit einer Gruppe anderer Männer einen weiteren Steinbruch zu erschließen. Bald schon gründete er ein Marmorwerk in Rutland, in dem die Steinbrüche den Marmor schneiden oder behauen ließen, bevor er an die Käufer geliefert wurde.

Das Marmorwerk hatte sich für die McAllisters bezahlt gemacht. Da es in der Hochzeit der Vermonter Marmorindustrie das Erste seiner Art gewesen war, machten die Geschäfte Kieran zu einem wohlhabenden Mann. Fünfzig Jahre lang, trotz des Ersten Weltkriegs und der Weltwirtschaftskrise, war die Nachfrage nach Marmor stabil geblieben und mit der Zeit sogar gestiegen. Jetzt erfreuten sich Kierans Nachkommen der Früchte dieses Wohlstands, wie an der Vorliebe seines Enkelsohns für neue Automobile zu erkennen war.

Stephen warf Patrick einen Blick zu und grinste. »Fährt sich wunderbar.« Er klopfte auf das Lenkrad. »V-12 unter der Haube, hydraulische Bremsen. Hält bestimmt ewig.«

Der neue Lincoln war nur das letzte in einer langen Reihe teurer Automobile, die Stephen erworben hatte. Momentan besaß er fünf. Hatte er von einem Modell genug, tauschte er es gegen ein neues ein, das ihm ins Auge gefallen war. Wenn Patrick samstags vom College nach Hause kam, wählten Stephen und er einen Wagen aus der aktuellen Sammlung und unternahmen Landpartien durch das südöstliche Rutland

County. Nachdem Patrick nun das College abgeschlossen hatte, freute er sich noch mehr auf diese wöchentlichen Ausflüge.

»Vielleicht probiere ich auf dem Rückweg selber mal aus, wie er sich fährt«, deutete Patrick an.

»Was, du willst dein Examensgeschenk nicht nach Hause reiten?«

Stephen sah zu Patrick hinüber und war überwältigt vor Stolz. *Sein* Sohn, mit einem Harvard-Abschluss, intelligent, kultiviert, ein echter Gentleman. Eines Tages, wenn Stephen in den Ruhestand ging, würde Patrick die Leitung der McAllister Marmorwerke übernehmen. Bis dahin würden sie Seite an Seite arbeiten, um den weiteren Erfolg des Familienunternehmens sicherzustellen.

An diesem Morgen war ihre Fahrt mehr als eine Landpartie. Stephen und Patrick waren auf dem Weg zu einer Farm auf der anderen Seite des Ortes Mill River, um für Patrick als Teil seines Examensgeschenks ein Pferd auszusuchen. Mill River lag etwa acht Meilen südöstlich von Rutland, wo Kieran das Marmorwerk gegründet hatte. Während Rutland dank der Marmorindustrie und der Eisenbahn ein betriebsames Handelszentrum geworden war, gewährte Mill River einen verschlafenen, malerischen Rückblick auf die Anfangstage Neuenglands.

Schließlich führte die gewundene Straße aus den grünen Hügeln hinaus und wurde gerade, und Stephen lenkte den Lincoln durch die Hauptstraße des Ortes. Sie kamen an einer Anzahl kleiner Häuser, einem Eisenwarenladen, einer Post, einem Schönheitssalon und dem Rathaus vorbei. Am Ortsende stand auf der rechten Seite eine Steinkirche. Die Landstraße machte eine scharfe Biegung und führte auf einer überdachten Brücke über den Fluss, dem der Ort seinen Namen verdankte.

Stephen konnte nicht verstehen, warum sein Sohn Pferde

so anziehend fand. Er wusste, dass Patrick während seines ersten Semesters in Harvard mit dem Reiten begonnen hatte und dass viele Kommilitonen seines Sohnes, von denen einige aus den angesehensten Familien Neuenglands stammten, begeisterte Reiter waren. Für Stephen waren Pferde schmutzig, unberechenbar und machten mehr Ärger, als sie wert waren. Kein Pferd konnte sich mit einem der Automobile aus seiner persönlichen Sammlung messen.

Doch er hatte seinem Sohn noch nie einen Wunsch abgeschlagen und gedachte auch nicht, ihm das zu verweigern, was er sich anscheinend am sehnlichsten wünschte. Als Patrick nach seinem Studienabschluss nach Hause kam, hielt Stephen auf einer Überlandfahrt eine Überraschung für ihn bereit. Nicht weit von Rutland hatte er mehrere Hektar Weideland gekauft. Die Bauarbeiter waren gerade dabei, letzte Hand an einen Stall auf dem Gelände zu legen. Nun fehlten nur noch ein paar Pferde. Natürlich würde Patrick sie auswählen. Er hatte seinem Vater gesagt, er wolle als Erstes einen Morgan sowie einen Vollblüter. Heute würden sie den Morgan aussuchen.

»Schau, da ist es.« Stephen deutete auf ein kleines Schild am Straßenrand mit der Aufschrift *Samuel E. Hayes. Morgans*. Der Pfeil auf dem Schild zeigte nach rechts, und Stephen lenkte den Wagen auf einen schmalen Feldweg. Nach etwa einer Meile verbreiterte sich der Weg zu einer von Zuckerahorn umgebenen Lichtung. Ein alter Pick-up parkte neben einer riesigen, verwitterten, rot gestrichenen Scheune. Hinter der Scheune erstreckte sich von Holzgattern umgebenes Weideland. Ein Fußweg führte den Hügel hinauf zu einem kleinen Farmhaus.

Stephen und Patrick stiegen stirnrunzelnd aus. »Was für ein Dreckloch«, murmelte Patrick, während sie sich auf der heruntergekommenen Farm umschauten. Einige Pferde grasten am anderen Ende der Weide, und aus der Scheune ertönte ein kurzes Wiehern, aber von den menschlichen Bewohnern der Farm war weit und breit nichts zu sehen.

»Tja, wir wären jedenfalls hier. Als ich gestern anrief, sagte Hayes, es sei in Ordnung, wenn wir heute Morgen vorbeikämen. Warte hier. Ich gehe hoch zum Haus.« Stephen setzte seinen Hut auf, strich die Anzugjacke glatt und ging den Fußweg hinauf. In seinem dreiteiligen Anzug und den Budapestern wirkte er ziemlich deplatziert auf dem Fußweg zu etwas, das kaum mehr als ein Schuppen war.

Patrick ging zum Zaun hinüber und verschränkte die Arme auf der oberen Latte. Das Gatter war mit einem Vorhängeschloss gesichert. Die Scheunentür stand offen, und drinnen erblickte er lange Boxenreihen. Er schaute zu seinem Vater, der langsam den Weg hinaufschritt, und wurde ungeduldig. Patrick brannte darauf zu sehen, ob es in so einem schäbigen Gebäude überhaupt irgendein anständiges Pferd gab, und es war ein Leichtes, über den Zaun zu klettern.

Zögernd betrat er die Scheune. In der Luft hing der vertraute Geruch von Pferdedung und Heu. Drinnen war es dunkel, vor allem nach dem strahlenden Sonnenschein draußen. Trotzdem konnte Patrick die Dachsparren und den mit Ballen gefüllten Heuboden erkennen. Über seinem Kopf knarrte es hin und wieder, und Patrick wurde nervös bei dem Gedanken, das alte Dach könnte einstürzen. Eine Mistgabel und eine Schubkarre lehnten an aufgestapelten Strohballen am Ende der Scheune. Die Holzwände und Balken waren roh und unbearbeitet. Die alte Scheune entsprach kaum den sauber gestrichenen Ställen in Harvard, doch immerhin war der Geruch derselbe, und das beruhigte ihn.

Zwei strahlend blaue Augen beobachteten ihn durch einen schmalen Spalt zwischen den Strohballen.

Direkt zu seiner Linken befand sich eine Sattelkammer. Die drei Sättel darin waren gut geölt, jedoch abgenutzt.

Zaumzeug und Halfter hingen an Haken an der Wand, und mehrere Bürsten und Striegel lagen auf einem Bord.

Gegenüber der Sattelkammer stapelten sich Futtersäcke und Heuballen. Auf einem geöffneten Hafersack stand ein großes Schraubglas mit Zuckerwürfeln. Patrick schraubte es auf und schüttete sich ein paar Würfel in die Hand.

Die Boxen auf der Vorderseite der Scheune waren leer, aber weiter hinten entdeckte er mehrere Pferde. Während er durch den Gang schritt, vernahm er ein leises Wiehern. Ein Pferd in einer Box zu seiner Linken streckte den Kopf über die Boxentür, stellte die Ohren auf und schnaubte. Das Pferd war jung, ungefähr drei Jahre alt, schätzte Patrick, aber seine Statur wies bereits auf einen guten Stammbaum hin. Er trat näher. Das Pferd warf die Mähne zurück und nahm die Zuckerwürfel begierig an. Ein Rotbrauner mit schönen, geraden Beinen und tiefem Halsansatz. Das glänzende rote Fell ging an den Beinen allmählich in Schwarz über und bildete einen starken Kontrast zu der dichten schwarzen Mähne und dem Schweif. Das Pferd stupste Patricks Hand an, und als es keinen Zucker mehr fand, schnaubte es erneut und trat mit dem Vorderhuf gegen die Boxentür. »Du bist mir ja ein Munterer«, sagte Patrick und rieb ihm die Stirn. Unwillkürlich musste er lächeln. Die alte Scheune wurde jedenfalls dem Wert dieses Insassen nicht gerecht.

Hinter den Strohballen am Ende des Ganges war plötzlich ein dumpfes Geräusch zu hören, und die Mistgabel fiel zu Boden.

»Hallo?«, fragte Patrick erschrocken. »Ist da jemand?«

Stille.

»Patrick!«, rief eine Stimme von draußen. Er drehte sich um und sah seinen Vater mit einem Mann im Eingang stehen.

»Junge, das ist Sam Hayes«, sagte Stephen, als Patrick zu ihnen trat.

Der stämmige Pferdezüchter trug einen dreckigen Overall

und hatte seinen breitkrempigen Hut aus der Stirn geschoben. Sein Haar zeigte nur wenige graue Strähnen, doch die tiefen Furchen in seinem Gesicht ließen Patrick vermuten, dass er älter als diese Scheune war.

»Freut mich, Sie kennenzulernen, Mr Hayes.« Patrick streckte ihm die Hand hin. »Ich hörte, Ihre Morgans seien die besten in der ganzen Gegend.«

»Ganz meinerseits.« Mr Hayes ergriff Patricks Hand und freute sich offensichtlich über das Kompliment. »Ich zieh nicht mehr so viele auf wie früher, nur noch ein paar pro Jahr. Qualität vor Quantität, sozusagen. Außerdem hat die Nachfrage in den letzten Jahren nachgelassen. Die Leute waren ziemlich schlimm dran.« Er hielt inne und musterte Patricks elegante Aufmachung mit hoffnungsvollem Blick. »Ihr Pop hier sagte mir, Sie wären der Pferdeliebhaber in der Familie. Tja, mit einem Morgan können Sie nichts falsch machen. Aber wem sag ich das. Sind die robustesten Pferde, die Sie kriegen können. Intelligent außerdem. Und vom Temperament her zuverlässig und verständig. Die Stammbäume meiner Morgans gehen alle auf Justin Morgan zurück, den Stammvater der Rasse. Ich reite sie selber zu, bring ihnen Manieren bei, und ich verkauf sie erst, wenn sie vier sind. Glaub nicht, dass ein Pferd voll ausgewachsen ist, bevor es vier wird, darum behalt ich sie bis dahin, um sicherzugehen, dass sie einen ordentlichen Start kriegen.«

»Sie sagten, Sie hätten mehrere Pferde zum Verkauf?«, fragte Stephen.

»Jep, vier insgesamt, zwei Hengstfohlen und zwei Stutfohlen.«

»Ich hätte lieber ein Hengstfohlen«, sagte Patrick.

»Sie sind alle hier drinnen in der Scheune. Ich bringe sie einzeln raus, damit Sie sehen, wie sie gebaut sind, und auf ihnen reiten können, wenn Sie wollen. Hinter der Scheune ist ein kleiner Reitplatz.« Mr Hayes ging in die Sattelkammer und kam mit einem der alten Sättel und einer Satteldecke zurück. »Wenn Sie das hier mitnehmen könnten, bring ich den Ersten für Sie raus.« Er gab Patrick das Sattelzeug.

Stephen und Patrick machten kehrt und gingen um die Scheune herum zu einem Reitplatz neben der Weide. Stephen gab sich damit zufrieden, seinem Sohn die Auswahl zu überlassen. Etwas unbeholfen lehnte er sich an den Zaun. Mr Hayes kam aus der rückwärtigen Tür der Scheune und führte einen Fuchs hinter sich her. Patrick legte den Sattel über das Gatter und musterte das Pferd. Ein wunderschönes Tier, vom Körperbau ähnlich wie der Rotbraune, den er in der Scheune gesehen hatte. Dieses war lohfarben, mit einer leuchtend weißen Blesse auf Stirn und Nasenrücken.

Das Pferd trug Zaumzeug mit einer Longe. Mr Hayes trat in die Mitte des Reitplatzes und schüttelte die Longe leicht. Der Fuchs trabte im Kreis. Die Bewegungen waren fließend und geschmeidig. Ein Schnalzen von Mr Hayes brachte das Pferd dazu, in einen leichten Galopp zu fallen, den Kopf hochgeworfen und mit schlagendem Schweif. Nach ein paar Minuten brachte Mr Hayes das Pferd zum Stehen, und Patrick ging zu ihm hinüber.

Mr Hayes hielt den Kopf des Hengstfohlens fest, so dass Patrick den Körperbau prüfen konnte. Patrick fuhr mit den Händen über Hals, Körper und Beine und hob jeden einzelnen Huf hoch. Das Tier war offensichtlich daran gewöhnt, angefasst zu werden. Nachdem es geduldig gewartet hatte, bis Mr Hayes seinen Kopf losließ und es wieder auf vier Beinen stehen konnte, wandte es seine Aufmerksamkeit dem Gras auf der Koppel zu.

»Wollen Sie ihn satteln?«, fragte Mr Hayes, an Patrick gewandt.

»Könnte ich erst den anderen sehen?« Patrick dachte an den Rotbraunen, den er im Schuppen entdeckt hatte.

»Klar doch.« Mr Hayes führte den Fuchs vom Reitplatz.

Nachdem er die Zügelenden um den Zaun geschlungen hatte, ging er in die Scheune und kehrte mit dem zweiten Vierjährigen zurück. Es war jedoch nicht der Rotbraune, sondern ein dunkelbraunes Pferd. Wieder sah Patrick zu, wie Mr Hayes das Pferd auf dem Reitplatz im Kreis traben und galoppieren ließ. Auch dieses Hengstfohlen hatte einen makellosen Körperbau, und es schien so gut ausgebildet zu sein wie das erste. Nachdem Patrick es abgelehnt hatte, den Fuchs zu reiten, fühlte er sich verpflichtet, dieses Pferd zu satteln. Er ritt mehrere Runden um die Koppel. Das Fohlen ritt sich weich und gehorchte jedem Kommando, ohne zu zögern. Trotzdem fehlte ihm und dem Fuchs etwas.

Patrick stieg ab und übergab die Zügel an Mr Hayes.

»Beide sind prachtvolle Tiere«, sagte Patrick zu ihm und hielt inne. »Allerdings ist mir vorhin im Schuppen noch ein anderes aufgefallen, ein Rotbrauner. Ist der zu verkaufen?«

»Das ist ein Dreijähriger, na ja, fast dreieinhalb. Ein richtiger kleiner Teufel. Hab ihn heute Morgen in der Box behalten, weil ich nachmittags mit ihm arbeiten will. Ich gewöhne ihn gerade erst an den Sattel und merke jetzt schon, dass man mit dem alle Hände voll zu tun haben wird. Nicht bösartig, beileibe nicht, aber eindeutig temperamentvoll. Den kann ich erst verkaufen, wenn er vier ist. Genau wie die anderen. Aber ich hole ihn, damit Sie ihn sich ansehen können.«

»Das würde ich wirklich gerne.« Patrick schaute zu seinem Vater, um eine zweite Meinung einzuholen, aber Stephen hatte das Gespräch gar nicht mitbekommen. Er streichelte vorsichtig die Nase des Fuchses außerhalb der Koppel.

»Mary, könntest du den Rotbraunen rausbringen?«, rief Mr Hayes in Richtung der Scheune und machte sich daran, das braune Hengstfohlen abzusatteln. »Mary ist meine Tochter«, erklärte er. »Sie ist ziemlich schüchtern, hat wenig mit dem Verkauf zu tun, hilft mir aber ansonsten viel bei den

Pferden. Mit einigen kann sie sogar besser umgehen als ich, und der Rotbraune ist bei ihr wirklich brav.«

Seit sie auf die Farm gekommen waren, hatte Patrick außer Mr Hayes niemanden gesehen oder gehört. Dann fiel ihm das Geräusch in der Scheune wieder ein. Anscheinend war er nicht allein gewesen.

Ein lautes Wiehern erklang, und der Rotbraune stand im Scheunentor. Er war groß für einen Morgan und verdeckte Mary, die auf der anderen Seite des Pferdes ging, beinahe vollständig. Mit fester Hand am Halfter führte sie das Hengstfohlen auf die Koppel.

In der Morgensonne sah der Rotbraune noch atemberaubender aus als im Dämmerlicht der Scheune, was er auch zu wissen schien. Wiederholt warf er den Kopf seitwärts und scheute, als wollte er seine mahagonifarbene Schönheit zur Schau stellen. Mary kam mit ihm durch das Gatter auf Patrick zu. Wenn Patrick genauer hingeschaut hätte, wäre ihm das Blitzen in den tiefbraunen Augen des Hengstfohlens nicht entgangen, dieses gewisse Etwas, das ihm bei den anderen beiden Fohlen gefehlt hatte. Aber trotz seiner Pferdekenntnis bemerkte er das Blitzen überhaupt nicht.

Er konnte den Blick nicht von Mary losreißen.

Sie führte den Hengst auf den Reitplatz und blieb fast reglos neben ihm stehen, die Führleine des Halfters immer noch fest im Griff. Patrick hörte, wie Mr Hayes von dem Rotbraunen erzählte, doch seine Stimme war wenig mehr als ein monotones Summen, gelegentlich unterbrochen von ein paar verständlichen Worten.

»… und er hat einen der edelsten Köpfe, die ich je bei einem Morgan gesehen habe, tiefliegende Augen, einen schön geschwungenen Hals …«

Patrick nickte und richtete den Blick auf den Hengst, doch seine grünen Augen wurden wieder zu Mary hingezogen. Sie hatte dunkelbraunes, fast schwarzes Haar. Das meiste war im

Nacken zu einem Pferdeschwanz gebunden, aber ein paar Strähnchen wehten um ihre Schläfen. Ihre Wangenknochen waren hoch und zart unter der hellen Haut, die ein Hauch von Röte färbte. Sie blickte zu ihm auf, und ihre blauen Augen waren von den längsten Wimpern umrahmt, die er je gesehen hatte. Diese Wimpern konnte er ausführlich betrachten, da Mary sofort, als sich ihre Blicke trafen, den Kopf senkte und sich dem Hengst zuwandte. Ihr zurückhaltendes Wesen machte es leicht, sie zu übersehen, doch wenn man sie einmal bemerkt hatte, war sie bezaubernd.

»… gerade Beine, und Sie werden bemerkt haben, dass er genauso gut gebaut ist wie die Vierjährigen, und er könnte sogar größer werden, mit einem Stockmaß von über eins fünfzig, wenn er ausgewachsen ist …«

Mary trug eine graue Baumwollbluse und alte Arbeitshosen, zusammengehalten von einem braunen Ledergürtel. Die Hosenbeine steckten in abgenutzten Reitstiefeln, die ihr bis ans Knie reichten. Patrick nahm diese Aufmachung kaum zur Kenntnis. Ihn interessierte viel mehr, was sich unter der Kleidung befand. Im Blusenausschnitt war nur die Halsgrube zu erkennen, der Ansatz ihrer Brüste, und die schmale Taille war unter dem Gürtel verborgen. Sie war kaum über eins fünfzig groß, wirkte aber durch ihren schlanken Körperbau noch kleiner. Von edelster Zucht, dachte er.

Abgesehen von ihrer Schönheit fühlte sich Patrick jedoch noch von etwas anderem angezogen: Marys Verletzlichkeit. Ihre Sanftmut wäre jedem ins Auge gefallen, doch für einen Mann der Gesellschaft, der jeden schon nach dreißig Sekunden einzuschätzen wusste und für den die Ausübung von Macht über andere Zerstreuung bedeutete, stellte sie eine Einladung dar. Patrick war ein Habicht, der soeben einen Spatzen entdeckt hatte.

»Er ist gerade erst angeritten, und er braucht noch mehrere Monate Ausbildung, bis er für einen Gentleman wie Sie geeignet ist«, schloss Mr Hayes. »Und wie gesagt, ich verkaufe sie sowieso erst, wenn sie vier sind. Aber er ist ein gutes Pferd, ohne Frage.«

Patrick zwang sich, dem Pferdezüchter wieder zuzuhören. »Ich will ehrlich sein, Mr Hayes. Die Hengstfohlen sind außergewöhnlich, aber dieser Rotbraune übertrifft sie alle. Ich brauche gar nicht zu sehen, wie Sie mit ihm arbeiten, um zu wissen, dass er derjenige ist, den ich haben will. Vorausgesetzt, er besteht die Überprüfung durch unseren Tierarzt. Wir können sicherlich zu einer Einigung kommen. Ende des Sommers wird er fast vier sein. Kann ich Ihnen eine Anzahlung leisten und ihn dann übernehmen?«

Mr Hayes drückte seinen Hut fester auf den Kopf und strich über seinen graumelierten Bart. »Das hab ich noch nie gemacht«, sagte er. »Mary, könntest du die anderen auf die Weide bringen?« Mary schlüpfte hinüber zum Fuchs und dem Dunkelbraunen und führte sie zum Gatter im Weidezaun. Patrick sah ihr nach. Er stellte sie sich an seinem Arm vor, in einem eleganten Kleid, im Geiste sah er sie beide bei einem gesellschaftlichen Ereignis, sah seine Eltern beifällig lächeln, sah den Ausdruck auf den Gesichtern der anderen Gäste, vor allem der Männer. Er hatte von allem immer nur das Beste bekommen. Sie würde perfekt zu ihm passen – eine strahlende, aber fügsame Partnerin in seiner Welt des Wohlstands und des Ansehens. Er biss die Zähne zusammen, plötzlich überwältigt von Verzweiflung bei dem Gedanken, sie nicht mehr wiederzusehen. Bis ihm eine Idee kam.

»Ich bezahle Ihnen das Doppelte vom dem, was Sie normalerweise für Ihre Fohlen bekommen«, platzte er heraus, was zur Folge hatte, dass sich der Ausdruck des Farmers vollkommen veränderte. »Dafür würde ich gerne an den Wochenenden herkommen, um Ihnen bei der Ausbildung zu helfen. Auf diese Weise können Sie versichert sein, dass er einen guten Start bekommt, wie Sie es genannt haben.

Ich habe im College reiten gelernt, aber ich habe noch nie dabei geholfen, ein Pferd auszubilden. Nach den Manieren der Vierjährigen zu urteilen, müssen Sie darin ziemlich gut sein.« Patrick lächelte, bemühte sich, einen freundlichen und hoffnungsvollen Eindruck zu machen und nicht lüstern auf Marys sich entfernendes Hinterteil zu starren.

»Tja«, sagte Mr Hayes schließlich. »Das ist ein bisschen früher, als ich sie normalerweise gehen lasse, aber ich sehe keinen Grund, warum ich ein solches Angebot ausschlagen sollte. Ich nehme an, wenn Sie dann auch ein bisschen mit ihm arbeiten, könnte er sich an Sie gewöhnen, und ich könnte sicher sein, dass mit ihm alles gutgeht …«

»Also sind wir uns einig?«, fragte Patrick.

»Ich erwarte Sie dann samstagmorgens, so gegen zehn«, sagte Mr Hayes, als sie einschlugen.

Patricks Vater kam zu ihnen herüber. Er schaute erst zu Patrick, dann zu dem neben ihm grasenden Fohlen. »Das ist er? Nette Farbe. Wann sollen wir den Laster für ihn schicken?«

»Ach, um den ersten September oder so«, erwiderte Mr Hayes lächelnd.

»Wie bitte?«

»Er ist der Beste von allen, Pop, aber er ist noch nicht ganz zugeritten«, erklärte Patrick. »Daher behält Mr Hayes ihn über den Sommer, arbeitet mit ihm, und wir bekommen ihn in ein paar Monaten. Und ich werde an den Wochenenden bei der Ausbildung helfen.«

»Oh.« Stephens Mundwinkel sanken herab, die Lippen öffneten sich leicht, und seine Brauen zogen sich zusammen. »Dann fallen unsere Samstags-Spritztouren wohl aus.« Er klang quengelig und eingeschnappt. »Aber du warst doch ganz wild darauf, ein Pferd zu bekommen, Patrick. Und du willst wirklich den ganzen Sommer warten? Die anderen beiden sehen doch auch prächtig aus.«

»Natürlich. Doch ein paar Monate auf das richtige Pferd zu warten ist nicht zu lang. Außerdem hat der etwas Besonderes an sich. Ich muss ihn haben.« Und ich werde mir mehr als den Rotbraunen von dieser Farm holen, dachte er.

»Wie du meinst, Junge«, erwiderte Stephen mit gezwungenem Lächeln und zog Scheckbuch und Stift heraus.

Stephen gab Mr Hayes eine Anzahlung auf den Rotbraunen und ging dann mit Patrick zum Lincoln zurück. Vater und Sohn waren schweigsam, als sie von der Farm zur Hauptstraße fuhren.

»Ich muss schon sagen, ich ziehe gute Pferdestärken immer noch einem guten Pferd vor«, stellte Stephen schließlich fest. »Wenn du meinst, der Rotbraune sei ein echter Fund, dann verlasse ich mich auf dein Urteil. Muss wohl so sein, wenn du bereit bist, bis zum Ende des Sommers darauf zu warten, du Pferdenarr. Nun ja«, fügte er hinzu und trat mit zufriedenem Grinsen auf das Gaspedal, »jedem das Seine.«

»Ein echter Fund«, bestätigte Patrick, doch er meinte nicht den Rotbraunen.

3

Als in Mill River allmählich Dunkelheit eingekehrt war, mühte sich Father O'Brien mit einer Predigt für den Morgengottesdienst. Auf die verschiedenen Themen, die ihm durch den Kopf gingen, konnte er sich immer nur für ein paar Minuten konzentrieren, bevor seine Gedanken zu Mary zurückwanderten. Er wäre letzte Nacht gern bei ihr geblieben, aber sie hatte darauf bestanden, dass er ging. Widerstrebend war er ihrem Wunsch nachgekommen, doch jetzt fand er, dass er hätte bleiben sollen, trotz allem, was er ihr versprochen hatte.

Er betrachtete den großen Versandkarton mit den Löffeln auf seinem Schreibtisch. Ein Karton voller Freude, Schuldgefühle und Sünde. Er hatte ihn zugeklebt und seinen Absender in die obere linke Ecke des Deckels geschrieben. Die Adresse des Bestimmungsorts war jedoch etwas anderes. Der Karton hatte noch keinen, und Father O'Brien war jetzt zu müde, sich darum zu kümmern.

Viel wichtiger war ihm Mary. Er beabsichtigte, beim ersten Morgenlicht wieder zur Marmorvilla zu fahren. Die Messe fing erst um halb elf an, daher blieb ihm genügend Zeit.

Er hatte das ungute Gefühl, diese Zeit zu brauchen.

Der Polizist Kyle Hansen öffnete leise die Tür zu seiner Wohnung, hängte seinen Mantel auf und schaute dann nach Rowen.

Die Neunjährige schlief fest, umgeben von einem ganzen Plüschtierzoo. Morgen früh werde ich sie mit Micky-Maus-

Pfannkuchen überraschen, dachte Kyle, als er seine schlafende Tochter betrachtete. Wenn er Spätschicht gehabt hatte und zu ihrer Schlafenszeit nicht zu Hause gewesen war, verwöhnte er sie morgens gern mit einem besonderen Frühstück. Rowen drehte sich um und seufzte im Schlaf. Kyle beugte sich hinunter, küsste sie leicht auf die Wange und ging zum Duschen ins Bad.

Während das heiße Wasser auf ihn herabprasselte, wich seine Anspannung, und er lächelte beim Gedanken an Rowens friedvollen Gesichtsausdruck im Schlaf. Er musste auch an das erste Mal denken, als er Micky-Maus-Pfannkuchen für sie und ihre Mutter gemacht hatte, vor Jahren, nach einem Urlaub in Disneyworld. Erstaunlich, wie ähnlich Rowen allmählich ihrer Mutter wurde. Der Gedanke machte ihn traurig, und er dachte lieber daran, wie weit sie gekommen waren, seit seine Frau Allison den Kampf gegen den Krebs verloren hatte.

Kyle hatte seine Frau kennengelernt, als er Detective bei der Bostoner Polizei und Allison Beraterin beim städtischen Sozialamt gewesen war. Allison hatte eine natürliche Begabung für ihre Arbeit besessen. Ihre freundliche, unbeschwerte Art hatte auf die meisten Menschen beruhigend gewirkt und sie besonders bei Kindern sehr beliebt gemacht. Als Kyle und sein Partner damals in South Boston ein Ehepaar wegen Kindesmisshandlung verhaftet hatten, war Allison zum Verhör der beiden kleinen Jungen hinzugezogen worden. Es war ein tragischer Fall, wie viele, mit denen Kyle in Boston zu tun gehabt hatte. Doch im Gegensatz zu den anderen war bei diesem etwas Gutes herausgekommen – eine Beziehung mit Allison, die er schließlich geheiratet hatte.

Durch Allisons Tod war Kyle zum alleinerziehenden Vater einer Siebenjährigen geworden, einem Vater, dessen Arbeit ihn regelmäßig zu Einsätzen in den gefährlichsten Teilen Bostons zwang. Die Begeisterung, Detective in einer großen Stadt zu sein, legte sich. Er konnte den Gedanken nicht ertragen, dass ihm etwas zustoßen und Rowen ihn auch noch verlieren könnte. Deshalb begann er, sich nach einem Posten in einem weniger gefährlichen Ort umzusehen, vorzugsweise in einer kleinen Stadt, in der die Menschen nicht das Gefühl hatten, ihre Türen nachts verriegeln zu müssen. Als ein Kollege ihm von einer freien Stelle für einen Polizeibeamten in einem kleinen Ort in Vermont erzählte, bewarb Kyle sich sofort.

Mill River war völlig anders als Boston. Ein Unfall mit Blechschaden oder ein gelegentlicher Akt von Vandalismus waren das Aufregendste, was in dem kleinen Ort passierte. Jemanden wegen eines Verkehrsdelikts anzuhalten war schon ein größerer Vorfall. In Boston hasteten die Menschen, in Mill River schlenderten sie. In Kyles Augen machte die neue Umgebung die beträchtliche Gehaltskürzung durchaus wett. Die Aussichten, im Dienst verletzt oder getötet zu werden, waren äußerst gering. Abgesehen von den seltenen Notfällen, bei denen er einspringen musste, auch wenn er dienstfrei hatte, verlief das Leben jetzt gemächlich und angenehm. Natürlich war da Leroy, doch den betrachtete Kyle als kleineres Übel.

Kyle und Rowen hatten eine kleine Wohnung in dem Haus, das Joe Fitzgerald, dem Polizeichef, und seiner Frau Ruth gehörte. Im ersten Stock gab es zwei Einheiten, und die Fitzgeralds bewohnten die andere. Fitz, wie alle in Mill River ihn nannten, hatte Kyle die Wohnung angeboten, als er den Posten beim Polizeirevier des Ortes annahm. Sie war sauber und gemütlich, und die Miete war niedrig. Außerdem hatte sie noch andere Vorteile.

Kyles Schichtplan verlangte von ihm oft Diensteinsätze zu unregelmäßigen Zeiten, und Ruth, deren Enkelkinder mehrere Staaten entfernt lebten, bestand darauf, nach Rowen zu schauen, wenn Kyle nicht zu Hause war. Hatte Kyle Dienst, nachdem Rowen zu Bett gegangen war, sorgte ein Babyphon (oder, wie Rowen es nannte, ein »Tochterphon«) dafür, dass

Ruth sie von ihrer Wohnung am anderen Ende des Flurs hören konnte.

Dann waren da noch die Gerüche. Ruth führte im Erdgeschoss eine Bäckerei, und alles, was sie backte, roch köstlich. Frisches Brot. Torten. Kekse mit Schokoladenstückchen. Und Kuchen, vor allen Dingen Kuchen. Mit Pekannüssen, Boston Creme, Erdbeeren und Rhabarber, Kürbis, Kokosnuss-Eiercreme, Äpfeln. Wenn Rowen morgens zur Schule ging, hatte Ruth die Öfen schon voll mit dem Backwerk des Tages. Die wunderbaren Aromen drangen durch die Dielenbretter ihrer Wohnung und machten frostige Vormittage in Vermont beinahe angenehm.

Kyle war erstaunt und erleichtert, wie gut sich Rowen an ihr neues Leben gewöhnt hatte. Sie mochte ihre Schule und die neue Lehrerin. Er hatte sich Sorgen gemacht, dass Rowen sich einsam fühlen würde, doch seit sie hier im Ort lebten, konnte sie mit Kindern spielen, die nur ein paar Straßen entfernt wohnten. Neuerdings wünschte sie sich ein Haustier. Kyle fand, dass ein Hund oder eine Katze ihr bestimmt gut Gesellschaft leisten könnten, und er wollte ihr den Wunsch gerne erfüllen.

Kyle drehte das Wasser ab und trat aus der Dusche. Nachdem er sich abgetrocknet hatte, band er sich ein Handtuch um die Hüften und wischte mit der Hand einen Kreis im beschlagenen Spiegel frei. Sein Spiegelbild starrte ihn durch das Bullauge an. Er hatte Tränensäcke unter den Augen und mehrere Tage alte Bartstoppeln. Aus einer plötzlichen Laune heraus warf er sich in seine beste Bodybuilderpose. In dem vom Dampf verschleierten Rest des Spiegels sah sein Bizeps gar nicht so schlecht aus. Zufrieden verließ er das Bad, zog frische Boxershorts an und ging zu Bett.

Jean Wykowski war es endlich gelungen, neben ihrem schnarchenden Gatten einzudösen, doch ihr Schlaf wurde von lebhaften, verstörenden Träumen heimgesucht. Sie war in der weißen Marmorvilla und stieg die Treppe hinauf, um nach Mrs McAllister zu schauen. Die Treppe hörte nicht auf, wand sich immer weiter nach oben, und während Jean sich abmühte, das Stockwerk zu erreichen, hörte sie die alte Witwe um Hilfe rufen, nach ihr rufen. Sie konnte das Schlafzimmer oben an der Treppe sehen, das Licht, das unter der Tür hervordrang. Sie ging schneller.

»Ich komme, Mrs McAllister«, rief Jean im Schlaf. »Ich bin fast da.« Mit übermenschlicher Kraft übersprang sie die letzten vier Stufen und stürzte ins Schlafzimmer.

Die alte Frau hatte das Bett verlassen und stand am Fenster.

»Mrs McAllister, wie sind Sie aus ...?«, setzte Jean an, als die Frau sich langsam zu ihr umdrehte. Die Augenklappe, welche die Witwe für gewöhnlich trug, war verschwunden und enthüllte ihr milchiges, blindes linkes Auge.

»Ich weiß, dass Sie ihn haben, Jean.« Mrs McAllister schüttelte den Kopf. »Sie kommen zu spät.«

»Oh, Mrs McAllister, nein, lassen Sie mich Ihnen helfen«, stammelte Jean und eilte auf die gebrechliche Witwe zu, aber bevor Jean die alte Frau erreichen konnte, spürte sie, wie eine feste Hand sie am Arm packte.

»Jeanie, hey, Jeanie, du träumst. Wach auf, Schatz.«

Die Hand schüttelte sie jetzt, und sie schlug die Augen auf. Ron saß neben ihr im Bett.

»Alles in Ordnung? Du hast dich hin und her geworfen und geschrien, hattest wohl einen Alptraum. Hatte das Gefühl, ich muss dich retten.«

»Tut mir leid. Hab ich die Kinder geweckt?« Jeans Herz hämmerte immer noch.

»Nee. Dein Gebrüll hat sie noch nie aufgescheucht.«

»Tausend Dank.« Scherzhaft stieß sie ihrem Mann den Ellbogen in die Rippen. Er grunzte und ließ sich wieder aufs Kissen sinken.

»Wovon hast du denn geträumt?«, murmelte Ron.

Jean dachte an Mrs McAllisters trauriges Gesicht, ihren durchdringenden Blick. Irgendwie *wusste* die alte Frau es.

»Weiß ich nicht mehr«, sagte Jean, aber Ron schnarchte schon wieder.

Leroy Underwood saß in seinem rostigen 1986er Chevy Camaro vor Claudia Simons Haus. Im Auto stank es nach Zigarettenrauch. Ohne das Haus der Lehrerin aus den Augen zu lassen, zündete Leroy sich eine weitere Zigarette an und inhalierte tief. Diese Hausbeobachtung war zu einer netten kleinen Gewohnheit geworden. Dasitzen, rauchen, entspannen. Darauf hoffen, Claudia zu sehen. Er stellte sich vor, wie sie ihm vom hell erleuchteten Schlafzimmerfenster aus zuwinkte und ihn hereinbat. In seiner Vorstellung trug sie nur ihr Höschen.

Frustriert zog er erneut an der Zigarette. Wahrscheinlich schlief sie ohnehin schon. Doch selbst wenn nicht, machte der verdammte Schnee es ihm unmöglich, sie zu sehen. Die auf dem Beifahrersitz liegende Kamera würde ihm heute Nacht nichts nützen.

Leroy zog sein Handy heraus, navigierte sich durchs Menü, bis seine Nummer unterdrückt war, und wählte Claudias Nummer aus seinem Telefonspeicher. Wenn er Claudia schon nicht sehen konnte, beschloss er, sich den seltenen Genuss ihrer Stimme zu gönnen. Er spürte, wie sich sein Puls beschleunigte, während er auf die Verbindung wartete. Claudia hob nach dem dritten Klingeln ab.

»Hallo?« In ihrer sanften, dunklen Stimme lag ein Hauch Verwirrung. »Hallo? Wer ist da?«

Er hielt die Luft an, bis sie auflegte, und stieß dann einen langen, gleichmäßigen Rauchstrom aus.

Ein Teil von ihm fühlte sich schlecht, weil er Claudia geweckt hatte, aber ihre kehlige Stimme zu hören verstärkte sein Verlangen nach ihr nur noch mehr. Von dieser Stimme und den Bildern, die ihm während seiner nächtlichen Bespitzelungen durch den Kopf gingen, zehrte er. Sie ergänzten die echten Bilder, die er von ihr zu Hause hatte. Leroy seufzte, ließ den Motor an und drückte den Rest seiner Zigarette im Aschenbecher aus.

Der Wecker auf seinem Nachttisch zeigte 3:15 Uhr, aber Father O'Brien war immer noch wach. Er drehte sich auf den Bauch und vergrub das Gesicht im Kissen. Auf diese Weise würde er das rote, digitale Glühen der Uhr nicht sehen müssen, während die Minuten vergingen. Fast eine halbe Stunde blieb er so liegen, doch es nützte nichts. Um 3:41 Uhr stand er auf, zog seinen Morgenmantel an und ging in das dunkle Wohnzimmer.

Die Möblierung war dürftig. Ein altes Sofa mit dazu passendem Fernsehsessel, ein abgestoßener Couchtisch und ein Fernseher, doch die wenigen Dinge reichten völlig aus. Nur selten lud er jemanden ins Pfarrhaus ein. Wenn er zu Hause war, zog er es vor, in der Küche oder an seinem Schreibtisch im Arbeitszimmer zu sitzen. Im Wohnzimmer hielt er sich für gewöhnlich nur mitten in der Nacht auf, wenn er nicht schlafen konnte.

Sein Blick fiel auf den Fernseher. Auch der war alt, ein RCA-Modell aus den frühen 1970er Jahren. Er hatte ihn geschenkt bekommen, als das Modell brandneu war. Seltener Gebrauch hatte dafür gesorgt, dass es auch nach über dreißig Jahren noch lief. Vorsichtig drehte er am Einstellknopf von einem Sender zum nächsten. Da er weder Kabelanschluss noch eine Satellitenschüssel hatte, bekam er nur zwei oder drei Sender klar herein. Die Auswahl schien sich heute Nacht auf eine Dauerwerbesendung, eine Wiederholung von *Herzbube mit zwei Damen* und Rauschen auf den anderen Kanälen zu beschränken.

Da ihm nichts zusagte, drehte Father O'Brien den Knopf wieder auf »Aus« und setzte sich in den Sessel. Die Fußstütze des alten Ungetüms schoss unter seinen Beinen heraus, obwohl er den Hebel nicht betätigt hatte, aber das war ihm egal. Eigentlich, dachte er, als er sich die Augen rieb und auf Schlaf hoffte, ist das Ding ziemlich bequem.

Das Licht aus dem Schlafzimmer am Ende des Flurs reichte gerade aus, um sein Spiegelbild im dunklen Fernsehschirm zu erkennen. Eigentlich war es eher eine Silhouette, da er seine Gesichtszüge nicht ausmachen konnte. Der Umriss seines kahl werdenden Kopfes und die paar Haare, die sich weigerten anzuliegen, waren alles, was er sah.

Er erinnerte sich noch gut an den Tag vor Heiligabend 1973, an dem er den RCA bekommen hatte. Der Tag war ihm im Gedächtnis geblieben, weil damals *jeder* Haushalt in Mill River genau so einen Fernsehapparat bekommen hatte.

Seine Mundwinkel hoben sich zu einem Lächeln, als er die Augen schloss. Es war eine Freude gewesen, seine Gemeindemitglieder darüber staunen zu hören, wer sie zu Weihnachten wohl so großzügig beschenkt haben mochte. Die Kinder im Ort, und vielleicht auch ein paar Erwachsene, waren durch das Geschenk in ihrem Glauben an den Weihnachtsmann bestärkt worden. Viele waren mit ihren Fragen zu ihm gekommen, überzeugt davon, dass die Kirche hinter der Überraschung steckte. Er hatte ehrlich geantwortet, dass weder er noch die Kirche der edle Spender gewesen sei.

An jenem Tag im Jahr 1973 war bereits weithin bekannt gewesen, dass in Mill River seltsame Dinge geschahen. Wie aus dem Nichts tauchten Geschenke auf – für gewöhnlich Kleidung oder Haushaltsgegenstände, gelegentlich auch Geldanweisungen für jemanden, der gerade in finanziellen Nöten steckte. Aber die Lieferung der Fernsehgeräte war die Erste einer Reihe größerer Spenden, die sich von nun an alle paar Jahre einstellen sollten.

Im Jahr 1975 war es ein Scheck über zehntausend Dollar gewesen, der gerade rechtzeitig im Krankenhaus von Rutland County eintraf, um Elma Wilsons Herzoperation zu bezahlen. In den 80er Jahren wurde zwei Mal ein neuer Schulbus für die Schulen von Mill River geliefert, obwohl der Schulverwaltung die Mittel fehlten, um so einen Kauf überhaupt in Erwägung zu ziehen. Als 1993 eine Bande Krimineller im Schutz der Dunkelheit durch den Ort gefahren war und jede Menge Autoreifen aufgeschlitzt hatte, war ein paar Tage später ein Laster vom Sears-Autoversandhandel mit Ersatzreifen für alle eingetroffen. Und als in dem eisigen Winter 1997 das Haus der Familie McGregor abgebrannt war, hatten Stan und Claire McGregor sowie ihre fünf Kinder eine knappe Woche später einen Vertrag für den Neubau ihres Hauses bekommen, zusammen mit einem Treuhandfonds über die volle Höhe der Baukosten.

Niemand im Ort wusste, wie oder warum ihnen diese Wohltaten zuteilwurden. Keiner der Empfänger erfuhr je, wer sein Gönner gewesen war – sie konnten nur raten.

Mit der Zeit wurde jedes dieser Ereignisse im Ort zur Legende. Geschichten, die sich die Alteingesessenen erzählten, wenn sie bei Limonade auf ihren Terrassen oder bei lauwarm gewordenem Kaffee in der Bäckerei saßen. Vor allem die Sache mit den Fernsehgeräten wurde immer wieder aufgewärmt. Jeder Neuankömmling und jede weitere Person im Ort, die ein anonymes Geschenk erhalten hatte, waren ein willkommener Anlass. Bei jeder Erzählung erhöhte sich die Anzahl der an Heiligabend gelieferten Fernseher leicht. Als Father O'Brien die Geschichte zum letzten Mal gehört hatte, sollten es schon über zweihundert Geräte gewesen sein, obwohl es in Wahrheit einhundertsechsunddreißig waren.

Erst nach vier Uhr morgens spürte Father O'Brien, wie der Schlaf ihn auf dem bequemen Sessel übermannte. Er würde nur kurz ruhen können, denn die Morgendämmerung setzte schon in ein paar Stunden ein. Dann würde er in die Marmorvilla zurückkehren, doch für den Augenblick hielt er an den glücklichen Erinnerungen aus der Vergangenheit fest und versuchte an die Wohltaten zu denken, die noch kommen würden.

4

Einem Menschen wie ihm war sie in den neunzehn Jahren ihres Lebens noch nie begegnet.

Mary lag im Bett und starrte an die Zimmerdecke. Sie sah Patrick vor sich, hochgewachsen und blond, wie er mit seinem Vater neben den jungen Morgans stand. Ständig musste sie daran denken, wie er sie angeschaut hatte. Sie war wie gelähmt gewesen vor Schüchternheit. Bei der Erinnerung schauderte sie, wurde rot und verbarg das Gesicht im Kissen. Dann dachte sie an die Arbeitskleidung, die sie getragen hatte, und ihr Gesicht wurde noch heißer. Sie besaß zwar keine schicken Kleider, aber wenn sie gewusst hätte, dass ein so feiner junger Mann auf die Farm kommen würde, hätte sie zumindest einen Rock angezogen statt ihrer Arbeitshose und der hohen Stiefel, die sie zum Ausmisten trug.

Patrick würde nun jeden Samstag auf die Farm kommen.

Wie sie ihm aus dem Weg gehen sollte, wusste sie noch nicht. Aber sie würde alles versuchen.

Am folgenden Samstag gelang es Mary, sich mit ihrer schwarzen Stute Ebony davonzustehlen, bevor Patrick eintraf. So war es auch an den nächsten Wochenenden, bis zu einem Samstagmorgen im Juli. Als sie Ebony gerade durch das Tor führte, hielt Patricks dunkelgrüne Limousine neben der Scheune. Er stieg aus und lächelte Mary zu.

Er war früher gekommen als sonst.

»Guten Morgen, Mary! Wie schön, Sie wiederzusehen! Sieht nach einem herrlichen Tag aus, nicht wahr?«

Mary stand da wie versteinert, Ebonys Zügel in der Hand. Sie schluckte. Ihr Mund war trocken.

»Ja«, brachte sie heraus. »Guten Morgen.«

»Und Sie brechen auf zu Ihrem Samstagsausritt? Ihr Vater erzählte mir, dass Sie das oft machen. Was halten Sie davon, wenn wir zusammen einen kurzen Ritt unternehmen, bevor wir mit ihm arbeiten? Mit meinem Hengstfohlen, meine ich. Bisher habe ich mich noch nicht für einen Namen entschieden. Ich habe ihn auf dem Reitplatz geritten, aber da ist nicht viel Platz. Da kommt ja Ihr Vater, ich werde ihn fragen.«

Mary sah ihren Vater vom Haus herkommen. Bevor sie irgendetwas sagen konnte, fing Patrick ihn ab und wechselte ein paar Worte mit ihm. Dann drehte er sich zu ihr um. »Ich werde ihn rasch satteln. Wir können um die Weide reiten«, rief er und ging in die Scheune.

Beim Aufsitzen klopfte Marys Herz wie wild. Sie könnte mit Ebony fliehen, ehe Patrick den Hengst aus der Box hatte. Sie riss die Stute herum, brachte sie dann aber zum Halten. Da war wieder dieses seltsame Gefühl, in Patricks Nähe sein zu wollen. Hör auf, befahl sie sich. Verschwinde von hier, solange es noch geht. Trotzdem zögerte sie.

»Mary?«, fragte eine Stimme neben ihr. Erschrocken fuhr sie zusammen. Ihr Vater stand neben dem Pferd und blickte zu ihr hoch.

»Alles in Ordnung?«

»Ja. Mir war nur, na ja, du weißt schon.«

»Patrick kann es kaum erwarten, über die Weide zu reiten. Ich hab ihm gesagt, das wär schon okay. Der Hengst ist noch nicht so weit, außerhalb des Zauns geritten zu werden, aber auf der Weide kann nichts passieren. Könntest du das übernehmen? Nur einmal rundherum, damit das Hengstfohlen ein Pferd mit genügend Grips neben sich hat?«, fragte ihr Vater. »Du wolltest mit Ebby ja sowieso gerade los. Das würde mir die Mühe ersparen, eins von den anderen Pferden zu satteln oder ihn selbst herumzuführen.«

Marys Hände zitterten. »Er macht mich nervös«, sagte sie, den Blick auf die Scheune gerichtet.

Mr Hayes legte die Hand an den Hals der Stute. »Ach, Patrick ist ein netter Kerl, und du musst ja auch nur einmal rum. Danach kannst du ausreiten wie immer.«

Mr Hayes wusste genau, was mit Mary geschah, wenn ein Fremder in der Nähe war. Sie war schon als Kind schüchtern gewesen, aber nach dem, was ihr in der Highschool zugestoßen war, hatte sie eine panische Angst vor anderen Menschen entwickelt. Trotzdem tat er sein Bestes, um sie zu Kontakten mit anderen zu ermutigen. Er bemühte sich, die lähmende Angst zu verstehen, die Mary in Anwesenheit Fremder befiel, und hoffte, es würde ihr mit seiner Hilfe gelingen, sie zu überwinden.

Mary schwieg. Mr Hayes nahm dies als Zustimmung und ging in die Scheune, um nachzuschauen, ob Patrick Hilfe beim Satteln des Hengstfohlens brauchte.

Zusammen kamen sie wieder heraus. Patrick saß im Sattel, Mr Hayes hielt das Zaumzeug nahe der Gebissstange mit festem Griff. Er nickte Patrick zu, ließ den Zügel los und öffnete das Gatter, damit Mary und Patrick hindurchreiten konnten.

»Wie gesagt, Patrick, nur eine Runde. Versuchen Sie, an seiner Gangart zu arbeiten, und halten Sie ihn bei Marys Pferd – das ist eine vernünftige Stute«, rief er ihnen nach. Dann ließ er die beiden allein, und sie ritten hinaus auf die weite grüne Weide.

Der Rotbraune tobte sich begierig aus. Er warf den Kopf, kaute auf der Gebissstange. Dann versuchte er anzutraben und scheute seitwärts. Patrick hielt sich im Sattel, aber er brauchte seine volle Konzentration, um den Bewegungen des Pferdes zu folgen. Der Rotbraune bog den Hals vor und bäumte sich unter dem straffen Zügel auf, doch schließlich gelang es Patrick, ihn im Zaum zu halten. Mary und Ebony gingen vor ihnen her und schienen das Gerangel nicht zu bemerken. Die schwarze Stute trat leicht auf, die Ohren nach vorn gerichtet.

»Der ist heute Morgen ganz schön aufmüpfig«, sagte Patrick, als er Ebony eingeholt hatte. »Wird sich aber wohl noch beruhigen. Ihre Stute hat jedenfalls Manieren. Wie heißt sie denn?«

Mary warf Patrick einen flüchtigen Blick zu und merkte sofort, wie Panik in ihr aufstieg. »Ebony.« Sie wusste, dass Patrick sie anschaute und richtete den Blick auf die Zaunpfähle zu ihrer Rechten. Wie lange es plötzlich dauerte, von einem zum nächsten zu kommen!

»Das passt zu ihr«, meinte Patrick. Der Rotbraune bäumte sich halb auf, doch Patrick schaffte es, im Sattel zu bleiben. Er wendete den Rotbraunen in einem engen Kreis und lenkte ihn wieder neben Marys Stute. »Meinen Sie, wir könnten ein Stückchen traben? Vielleicht wird er dadurch ruhiger.«

»Können wir machen.« Mary berührte Ebonys Flanken leicht mit den Fersen. Die Stute fiel sofort in einen geschmeidigen Trab und ließ Patrick und das Hengstfohlen hinter sich. Mary bemerkte nicht, dass Patrick den Rotbraunen noch ein bisschen zügelte, um zu beobachten, wie ihr fester Hintern im Einklang mit Ebonys Bewegungen auf und ab hüpfte.

Als wäre sie eins mit der Stute, dachte Patrick. Mary redete nicht viel, aber auf einem Pferd sah sie phantastisch aus. Trotzdem würde er sie dazu bringen müssen, dass sie mehr aus sich herauskam. Selbst bei ihrem Aussehen würde sie keine gute Ehefrau abgeben, wenn sie nur ab und zu ein Wort sagte. Patrick lockerte die Zügel ein wenig, und der Rotbraune preschte vor, bis sie wieder gleichauf mit Mary und der schwarzen Stute waren.

»Sie können aber gut reiten. Hat Ihr Vater es Ihnen beigebracht?«

»Größtenteils.« Mary warf ihm einen weiteren verstohlenen Blick zu. »Aber ich habe auch jahrelang trainiert.« Patrick fühlte sich ermutigt. Das war der bisher längste Satz, den sie zu ihm gesagt hatte.

»Wie alt ist Ihre Stute?«

»Zwölf. Sie wurde hier geboren, als ich sieben war, und ich habe sie großgezogen.« Mary tätschelte Ebonys Hals. Für einen Moment hatte sie sogar die Zaunpfähle vergessen.

Patrick rechnete nach. Dann ist sie also neunzehn, dachte er. Passt ja ausgezeichnet.

»Ich reite seit fast fünf Jahren«, vertraute er ihr an. »Habe angefangen, kurz bevor ich in Cambridge aufs College kam, in einem Reitstall dort. In der Stadt gibt es ein paar ausgezeichnete Reitanlagen, Reiten ist sehr beliebt. Für Turniere bin ich nicht gut genug, nicht wie Sie oder all die anderen, die ihr ganzes Leben lang geritten sind. Aber seit ich wieder zu Hause bin, fehlt es mir auszureiten und für eine Weile das Alltagsleben zu vergessen. Pop lässt bei Rutland einen Stall für mich bauen.«

»Ich reite aus demselben Grund.« Vielleicht hat Papa ja recht mit dem, was er über Patrick sagt, dachte Mary und merkte, wie sich ihre Bauchmuskeln entspannten. Sie kamen an den hinteren Rand der Weide. »Sie sagten, Sie wären jetzt wieder zu Hause?«, fragte sie und war selbst verwundert, die Worte aus ihrem Mund zu hören.

»Ja. Ich werde im Marmorwerk arbeiten, zusammen mit meinem Vater und meinem Großvater. McAllister Marmorwerke in Rutland. Sie haben davon gehört?«

»Ähm, ja.« Mary hatte nicht die geringste Ahnung, wovon er sprach.

»Großvater hat offiziell die Leitung, aber mein Vater hat mehr oder weniger die Führung übernommen. Er hat eine

Menge für die Expansion des Geschäfts getan. Inzwischen reisen unsere Vertreter durch die ganze Welt und vermarkten unsere Produkte überall. Er hat auch zwei neue Gebäude errichtet, um der Nachfrage Herr zu werden. In dem einen wird Marmor für Bodenfliesen und Ähnliches geschnitten, im anderen werden Statuen und Figuren gemeißelt.«

»Aha«, sagte Mary, weil ihr nichts anderes einfiel. Sie hatte nicht gewusst, dass man Böden mit Marmor auslegen konnte.

»Eines Tages«, fuhr Patrick fort, »werde ich das Werk leiten. Mein Vater erwartet von mir, dass ich die Geschäftsführung übernehme, wenn er sich zur Ruhe setzt. Und eines Tages werde ich selbst einen Sohn haben, der mit mir die Geschäfte führt. Wenn ich eine Frau finde, die zu mir passt.«

Mary nickte nur. Seine grünen Augen waren durchdringend, fordernd. Sie spürte, wie ihr die vertraute Hitze ins Gesicht stieg.

Diese scheinbar gleichgültige Reaktion auf seine glänzenden Zukunftsaussichten ärgerte Patrick. Er würde es mit einem anderen Thema bei Mary versuchen.

»Waren Ihr Vater und Sie schon immer allein? Ich möchte nicht neugierig erscheinen, aber die Frage drängt sich auf.«

»Oh. Ja. Ich habe meine Mutter nie kennengelernt. Sie ist bei meiner Geburt gestorben«, antwortete Mary. »Also gab es nur Papa und mich. Und die Pferde.«

»Tja, Mill River ist ein netter Ort zum Aufwachsen. Nett und ruhig, hübsche Umgebung. Nicht zu weit von Proctor oder Rutland entfernt. Sie können sich glücklich schätzen, Ihr Leben lang Pferde gehabt zu haben. Reiten wir doch ein bisschen schneller. Ich möchte Ihren Vater nicht zu lange warten lassen.« Außerdem wollte er Mary unbedingt zeigen, dass auch er ein geschickter Reiter war.

Patrick lockerte die Zügel und gab den Rotbraunen frei. Der Hengst stürmte erst auf das Gatter im Weidezaun zu, drehte dann aber um und lief zurück auf die Weide. Patrick gelang es, ihn zum Halten zu bringen, doch der Rotbraune stieg und warf ihn ab. Patrick fluchte, als der Hengst die Hinterläufe hochwarf und davongaloppierte. Er wünschte, er hätte seine Reitgerte dabei. Ihm war danach, den Rotbraunen ordentlich auszupeitschen. Ein rascher Tritt in den Bauch hätte es auch getan, dachte er, wenn er mit ihm allein gewesen wäre.

Mary trieb Ebony zu einem kurzen Galopp an und ritt zu Patrick hinüber. »Haben Sie sich verletzt?«

Sie sah ihren Vater durch das Gras auf sie zukommen.

»Nein, nein, er hat mich nur ein bisschen unvorbereitet erwischt. Ihr Vater hatte recht, der kann einem ganz schön zu schaffen machen.«

Mary bemerkte, dass nun Patricks Gesicht die Farbe einer reifen Tomate angenommen hatte.

»Wenn Sie zur Scheune zurückgehen wollen, hole ich den Hengst für Sie«, bot sie an.

»Gut, vielen Dank.« Patrick rieb sich die Hüfte.

Mary ritt zu dem zufrieden grasenden Hengst, zog ihm die Zügel über den Kopf und führte ihn zur Scheune. Patrick und ihr Vater warteten dort und lachten. Mary sah, wie ihr Vater Patrick gutmütig auf den Rücken klopfte, und Patrick schüttelte den Kopf. Als sie die beiden erreichte, gab sie ihrem Vater die Zügel des Hengstes. Patrick sah zerzaust aus und wirkte verärgert.

»Ich hab gerade zu Patrick gesagt, das war die beste Reitkunst, die ich seit langem gesehen habe.« Ihr Vater lächelte. »Findest du nicht, Mary?« Er lachte leise, als er den Hengst zurück auf den Reitplatz führte.

»Ja«, stimmte sie zu. Patricks letzte Augenblicke auf dem Hengst hatten tatsächlich recht komisch ausgesehen. Ihre Angst war verschwunden. Sie schaute Patrick an, zum ersten Mal schaute sie ihn wirklich an und lächelte. Er bemerkte es und lächelte zurück.

Sie gehört mir, dachte er.

»Na, wenn Sie von meinen Reitkünsten so begeistert sind, könnten Sie ja vielleicht nächsten Samstag wieder mit mir ausreiten, dann gebe ich Ihnen ein paar Tipps? Unter der Voraussetzung, dass mein zuverlässiges Ross bis dahin etwas zuverlässiger ist?«

Mary lächelte erneut. Sie spürte etwas in sich aufsteigen, aber es war nicht unangenehm. Der Teil von ihr, der Patrick wiedersehen wollte, rief triumphierend »Ja!«.

»In Ordnung«, stimmte sie zu. Sie lenkte Ebony auf den Reitpfad, der in das Ahornwäldchen führte.

Patrick blieb noch einen Moment stehen und sah der schwarzen Stute nach, bis sie im Gehölz verschwand. Vielleicht war es doch nicht so schlecht gewesen, von dem verdammten Gaul zu fallen. Siegessicher lächelte er in sich hinein und ging zurück zur Trainingskoppel.

An den folgenden Samstagen ritten Patrick und Mary zusammen aus. Zunächst blieben sie auf der umzäunten Weide. Doch nachdem Mr Hayes seinen Zauber auf das Hengstfohlen hatte wirken lassen, machten sie größere Ausritte, zunächst um die Farm herum, dann in den Wald und die Landstraßen außerhalb von Mill River entlang.

Patrick lernte mit der Zeit Marys Wortgewandtheit und ihren wachen Verstand kennen. Wegen ihrer Angstattacken und der verkürzten Schuljahre während der Weltwirtschaftskrise hatte sie die Schule nur sporadisch besucht. Aber sie las gern. Jedes Buch aus der Schulbücherei hatte sie gelesen. Bücher waren ihre wichtigste Verbindung zur Außenwelt, in die hinauszugehen ihr so schwerfiel.

Mary war für Patrick die Herausforderung schlechthin. Er wusste, dass das Vertrauen, das er sich Woche für Woche erarbeitete, sehr fragil war. Er schenkte Mary seine ganze Aufmerksamkeit und unterdrückte die Ungeduld und den Ärger, die die mühsame Aufgabe, Mary aus ihrem Schneckenhaus zu locken, in ihm auslöste. Mehrmals stand er kurz davor aufzugeben. Als junger Mann von hohem Ansehen wurde von ihm erwartet, seine Ausbildung zu beenden und zu heiraten. Er wusste nicht, wie lange er das ständige Drängen seiner Eltern, »eine nette junge Dame zu finden«, noch ertragen konnte. Mary erforderte viel Zeit. Sicherlich, er hätte sich von den gut zwei Dutzend Gesellschaftsdamen, die regelmäßig um ihn herumscharwenzelten, einfach eine aussuchen können. Aber diese Frauen reizten ihn nicht, ebenso wenig wie die vielen, die ihm schon erlegen waren. Keine war so schön und so schwierig wie Mary.

Mary war noch nie so glücklich gewesen. Sie freute sich auf Patricks Besuche. Zu ihrer Überraschung fühlte sie sich mit ihm zunehmend wohler. Er hörte dem Wenigen, was sie von sich gab, interessiert zu und hatte stets die richtige Antwort parat. Endlich hatte sie einen Freund gefunden und pflegte einen persönlichen Kontakt mit jemandem außer ihrem Vater. Mary verstand zwar nicht, warum ein Gentleman wie Patrick Zeit mit einer schüchternen Farmerstochter wie ihr verbringen wollte, aber sie dachte auch nicht weiter darüber nach.

Sie schwor sich, ihm nie ihr düsterstes Geheimnis zu enthüllen – das entsetzliche Ereignis, über das sie immer noch nicht hinweggekommen war.

Der Sommer verging rasch. Am ersten Samstag im September war das Hengstfohlen bereit zur Übergabe. Patrick, sein Vater und zwei Gehilfen kamen mit einem Pferdetransporter. Ein Tierarzt aus Rutland war ihnen in einem weiteren Auto nachgefahren. Mary wollte zur Scheune gehen und sich von Patrick und dem Hengst verabschieden, aber der Anblick der anderen Männer versetzte sie in Panik. Die Angst vor Fremden hatte sie seit Monaten nicht mehr gepackt, und die Panik nahm ihr den Atem. Aus dem Farmhaus beobachtete sie, wie ihr Vater und die anderen Männer das Hengstfohlen untersuchten und in den Transporter führten.

Patricks Vater schrieb für Mr Hayes einen Scheck über die Restsumme des Kaufpreises aus und stieg in den Transporter. Patrick schaute sich nach Mary um, aber sie war nirgends zu sehen.

»Wissen Sie vielleicht, wo Mary ist, Mr Hayes? Ich würde nur ungern gehen, ohne mich von ihr zu verabschieden.«

»Vorhin habe ich sie oben im Haus gesehen. Sie wissen ja, wie schüchtern sie ist, und da diesmal Ihr Vater und der Tierarzt mitgekommen sind …«

»Ich hatte gehofft, sie hätte ihre Schüchternheit so weit überwunden, um meinen Vater zu begrüßen«, unterbrach Patrick stirnrunzelnd. »Ich habe ihm erzählt, wie erfreulich es war, sie in diesen letzten Monaten besser kennenzulernen, und ich weiß, dass er sie auch gerne begrüßen möchte. Hätten Sie etwas dagegen, wenn ich zum Haus gehe, um sie zu überreden, herauszukommen?«

»Natürlich nicht. Ich wünsche Ihnen viel Glück.«

Mit einem kleinen Beutel in der Hand lief Patrick den Pfad zum Haus hinauf. Er wollte gerade an die Tür klopfen, als Mary öffnete, mit weit aufgerissenen Augen und bleichem Gesicht. Er trat ein.

»Ich bin so froh, dass ich Sie nicht verpasst habe, Mary. Ich konnte nicht gehen, ohne mich zu verabschieden, und ich habe meiner Familie so viel von Ihnen erzählt. Wollen Sie nicht mitkommen und meinen Vater begrüßen?«

»Ich kann nicht«, flüsterte Mary heiser. Sie zitterte. »Ich wollte kommen, aber ich kann nicht.«

Patrick unterdrückte den Ärger, der ihn erfasste. Das hatte er sich anders vorgestellt. Er hielt den kleinen Beutel hoch.

»Ich habe Ihnen etwas mitgebracht. Ich möchte Ihnen das hier schenken, um mich für Ihre Gesellschaft in diesem Sommer zu bedanken.« Er griff in den Beutel, um das Geschenk herauszuholen, zögerte dann aber. »Ist schon in Ordnung, wenn es Ihnen unangenehm ist, jetzt mit hinunterzugehen«, sagte er. »Doch Sie müssen mir versprechen, dass Sie nach Rutland kommen, um mich und meine Familie zu besuchen. Die haben so viel von Ihnen gehört und würden Sie gern kennenlernen.«

Er zog etwas aus dem Beutel. Es war in ein weiches Tuch eingewickelt. Er reichte es Mary.

»Na los, packen Sie es aus.«

Mary nahm das Päckchen, das fest und schwer war. Sie schlug das Tuch zurück und schnappte nach Luft. In ihren Händen lag ein Pferd, aus schwarzem Marmor gemeißelt und auf Hochglanz poliert. Mary konnte diese kleine Version von Ebony nur anstarren.

»Gefällt es Ihnen?« Patrick beobachtete ihr Gesicht. »Ich habe es für Sie im Marmorwerk meißeln lassen.«

»Es ist wunderschön.« Sie suchte vergeblich nach Worten, um auszudrücken, wie hinreißend sie die Figur fand. Schließlich sah sie zu Patrick auf. Er nahm ihr Gesicht in die Hände und küsste sie.

Mary hätte die Miniatur-Ebony fallen lassen, wenn sie nicht zwischen ihnen beiden festgeklemmt gewesen wäre. Nach einem kurzen Moment machte Patrick sich von ihr los und schaute sie an.

»Mary, du musst wissen, dass ich mich nicht nur auf das Hengstfohlen gefreut habe, wenn ich hierherkam«, sagte er leise und fuhr ihr mit dem Finger über die Wange. »Nur weil ich es jetzt mitnehme, heißt das nicht, dass wir uns nicht weiterhin treffen können. Versprich mir, dass du am nächsten Wochenende zum Dinner zu mir und meiner Familie nach Rutland kommst. Ich hole dich am Nachmittag mit dem Auto ab. Bitte, Mary.«

Mary brachte kein Wort heraus. Ihr war schwindelig. Der Raum drehte sich um sie. Alles verschwamm, außer Patrick direkt vor ihr. Sie wollte ihm so gern gefallen, aber sie konnte doch keine fremde Umgebung mit fremden Menschen aufsuchen. Patricks grüne Augen schauten sie an, und ihre Lippen kribbelten, wo die seinen sie nur ein paar Sekunden zuvor berührt hatten. Mary blickte zu Patrick auf und nickte. Er lächelte.

»Ich hole dich um fünf Uhr hier ab. Keine Bange, nur die Familie wird da sein, und ich bin ja bei dir.« Er wandte sich zum Gehen. Auf halber Strecke den Pfad hinunter drehte er sich um und winkte ihr zu. Dann schüttelte er ihrem Vater die Hand, kletterte mit dem Fahrer und seinem Vater in den Transporter und war fort.

»Tja, mein Sohn, jetzt hast du endlich deinen Morgan. Aber das Mädchen, von dem du mir erzählt hast, habe ich nicht kennengelernt«, sagte Stephen McAllister, als der Transporter mit etwas Mühe Tempo aufnahm.

»Sie war oben im Haus, Pop. Sie fühlte sich nicht wohl. Aber sie hat zugesagt, nächstes Wochenende zu uns zum Dinner zu kommen.«

»Ah, famos! Und du sagst, sie war dort, als wir das Fohlen zum ersten Mal besichtigt haben? Seltsam, ich kann mich nicht erinnern, sie gesehen zu haben. Na, wie auch immer. Du hast hoffentlich nicht vergessen, dass deine Mutter für nächsten Samstag die gesamte Familie zu uns eingeladen hat? Das wäre eine hervorragende Gelegenheit für dich, uns dieses kleine Landei vorzustellen, von dem wir schon so viel gehört haben.«

Patrick überging die herabsetzende Anspielung auf Mary. Sie mochte zwar auf dem Land aufgewachsen sein, doch sie war redegewandt und entzückend – was seine Familie sicherlich ebenso sehen würde, sobald sie Mary kennengelernt hatte. Die Pläne seiner Mutter hatte er jedoch vergessen. So eine große Zusammenkunft könnte für Mary problematisch werden, wenn er sie überhaupt aus dem Haus locken konnte. Aber Mary hatte den Besuch zugesagt, und er würde dafür sorgen, dass es dabei blieb.

Lautes Stampfen und Wiehern kam aus dem Laderaum hinter ihnen. »Hast du dem Hengstfohlen inzwischen einen Namen gegeben, mein Sohn?«, fragte Patricks Vater.

Ein Gefühl nahezu königlicher Macht durchlief Patrick, als er sich an Marys Gesicht zwischen seinen Händen und an den lieblichen Geschmack ihrer Lippen auf den seinen erinnerte. Er, ein Gentleman und Erbe eines großen Vermögens, würde alles bekommen, was ihm zustand, einschließlich der Königin seiner Wahl. »Komisch, dass du danach fragst, Pop. Ich habe mich gerade entschieden. Sein Name ist Monarch.«

5

Im grauen Licht des Februarmorgens fuhr Father O'Brien langsam den Hügel zu der weißen Marmorvilla hinauf. Selbst in dem Pick-up mit Vierradantrieb hatte er Mühe, durch den über zwanzig Zentimeter hohen Neuschnee zu kommen. Er hielt hinter dem Haus und zog den Schlüssel für die Hintertür aus der Manteltasche. Mit zitternden Fingern steckte er ihn ins Schloss.

Im Haus war es vollkommen still, bis auf das leise Ticken der Standuhr im Salon. Father O'Brien putzte sich die Schuhe am Türvorleger ab und ging leise die geschwungene Marmortreppe hinauf zu Marys Schlafzimmer. Er hätte den Weg auch mit verbundenen Augen gefunden. Aber heute war es anders. Zögernd setzte er einen Fuß vor den anderen und hielt sich am Geländer fest. Vor der Schlafzimmertür blieb er einen Moment stehen.

Marys Krankenbett stand dem Erkerfenster gegenüber. Das Kopfteil war etwas hochgestellt, damit sie aus dem Fenster schauen konnte, und Father O'Brien musste vor das Bett treten, um sie sehen zu können. Ihm stockte der Atem. »Mary?«, flüsterte er.

Sie war tot.

Mary lag mit geschlossenen Augen da, die Hände ruhten im Schoß. Er griff nach ihrer Hand, sie war noch warm und biegsam. Ihre Haut war grau, leicht gelblich, aber nach Marys langer Krankheit war ihm diese Blässe schon derart vertraut, dass es so aussah, als schliefe sie nur. Einzig dass sie nicht atmete, offenbarte die Wahrheit.

Father O'Brien schaute sie lange an. Er ließ ihre Hand los, um ihr eine Haarsträhne aus dem Gesicht zu streichen. Seine Lippen zitterten, als er das leere Medizinfläschchen auf dem Nachttisch sah. Während er zu beten begann, brach seine Stimme und wurde zu einem Flüstern. Seine Tränen tropften auf Mary hinab. Er betete für ihre Seele, denn er ahnte, wie sie gestorben war, und er hoffte, ihrer Seele würde trotzdem Zugang zum Himmel gewährt. Als er das Gebet beendet hatte, machte er das Kreuzzeichen und kniete sich neben das Bett. In der Stille der Marmorvilla waren nur sein Schluchzen und das Ticken der Standuhr zu hören.

Kyle war ein Meister im Pfannkuchenbacken.

Seit dem Tod seiner Frau hatten sich seine Kochkünste erheblich verbessert. Er hatte vieles ausprobiert, hatte Ruth Fitzgerald um Rat gebeten und sich so eine beschränkte Anzahl von Gerichten angeeignet, die er erfolgreich zubereiten konnte. Zum Beispiel Schmorbraten mit Kartoffelbrei. Den Braten acht Stunden im Topf schmoren lassen – einfach. Geschälte Kartoffeln kochen, bis sie weich waren, Milch, Salz und Butter zugeben und quetschen, was das Zeug hielt – einfach. Hotdogs, Hamburger und alles andere, das er braten oder frittieren konnte, war kein Problem. Gemüse konnte in der Regel gekocht oder roh gegessen werden, und er zwang sich, Gemüse zu essen, damit Rowen es auch aß. Aber Pfannkuchen waren etwas Besonderes. Sie hatten etwas Tröstliches und waren seit langem seine Spezialität und Rowens Lieblingsessen.

Nachdem er den Teig zubereitet hatte, stand Kyle an diesem Sonntagmorgen vor dem Herd, bewaffnet mit zwei Pfannenhebern und einer Bratenspritze. Als das Öl in der Pfanne die richtige Temperatur erreicht hatte, spritzte er den Teig mit der Bratenspitze in einem großen Kreis in die Mitte der Pfanne. Dann fügte er oben links und oben rechts jeweils einen kleineren Kreis hinzu. Die kleinen Teigkreise verliefen mit dem großen und – voilà! – Micky Maus. Er wendete die essbare Disney-Figur gerade mit den beiden Pfannenhebern, als Rowen in die Küche kam.

»Guten Morgen, Schlafmütze.«

»Morgen, Dad.« Rowen trug ein langes Flanellnachthemd und Hausschuhstiefel. Ihr hellbraunes Haar war strubbelig. Sie rieb sich die Augen und kletterte auf einen Stuhl am Tisch. Kyle hatte bereits für zwei gedeckt.

»Ich habe dir Orangensaft eingeschenkt.« Aus dem Augenwinkel beobachtete Kyle, wie sie nach dem Glas griff. »Ich hoffe, du hast Hunger. Ich mache uns was Neues zum Frühstück. Mauspfannkuchen.« Rowen trank einen Schluck Saft und blickte zu ihrem Vater.

»Echt?« Sie lächelte, sah aber zugleich unsicher aus.

»O doch. Ich habe neulich mit Ruth gesprochen. Sie sagte, wenn sie eine Maus in einer Falle fängt, häutet sie die und legt sie in den Gefrierschrank. Wenn sie ein paar zusammen hat, hackt sie die Mäuse in Stücke und gibt sie in die Pfannkuchen. Sie meint, das sei praktisch, weil man dann Fleisch zum Frühstück hat, ohne zusätzlich Würstchen oder Speck braten zu müssen. Reichst du mir bitte deinen Teller?«

»Das ist wirklich ekelhaft, Dad.« Anscheinend hatte Rowen gemerkt, dass er sie auf den Arm nahm. »Außerdem«, fügte sie sachlich hinzu, »bin ich alt genug, um zu wissen, dass Ruth so was nicht ins Essen tun würde.«

Kyle legte den Micky-Maus-Pfannkuchen auf den Teller und reichte ihn ihr.

»Ja, das mag wohl stimmen«, gab er zu. »Aber heute gibt es wirklich Mauspfannkuchen.«

Rowen schaute auf ihren Teller. »Oh, das ist ja Micky Maus! Ich find's toll, wenn du die machst!« Sie griff nach dem Ahornsirup.

»Mal im Ernst, Ruth hat mir tatsächlich ein paar Tipps

für Pfannkuchen gegeben, obwohl ich die ganz gut machen kann, und ich habe aus Höflichkeit zugehört. Aber wenn du sie das nächste Mal siehst, würdest du dich ein bisschen für mich einsetzen? Ihr vielleicht erzählen, wie gut die Pfannkuchen von deinem Dad immer schmecken?«

»Okay.« Rowen lächelte mit vollem Mund. »Sie sind echt gut, Dad. Ich wette, Ruth kann keine so guten Pfannkuchen machen wie du.«

»Sie wäre aber bestimmt eine ernsthafte Konkurrenz«, sagte er mit zufriedenem Grinsen. »Übrigens, die Zeitung dürfte schon da sein. Holst du sie bitte rein? Wir können zusammen die Witzseite lesen.«

Kauend rutschte Rowen vom Stuhl, hüpfte zur Eingangstür und öffnete sie, um den *Rutland Herald* hereinzuholen, der draußen im Flur lag.

»Hi, Fitz!«, hörte Kyle sie sagen. Er hatte gerade einen weiteren Pfannkuchen gewendet, nahm jedoch die Pfanne vom Gas und ging hinüber zu Rowen. Fitz stand im Flur.

»Hey, Kiddo! Morgen, Kyle.« Er zog seine Handschuhe aus. »Ihr habt also nicht verschlafen?«

»Nee, wir sind schon auf«, erwiderte Kyle. Rowen hob die Zeitung auf und huschte zurück in die Küche. »Möchten Sie einen Pfannkuchen?«

»Nein, vielen Dank. Ich bin ziemlich in Eile. Hab gerade einen Anruf von Father O'Brien erhalten. Anscheinend ist Mary McAllister letzte Nacht gestorben, und er ist jetzt oben bei ihr im Haus. Wykowski hat heute Morgen Dienst, aber er ist auf Streifenfahrt mehrere Meilen entfernt, deshalb hat die Einsatzleitung mich angerufen. Sieht nach Selbstmord aus, und der Father möchte, dass ich vorbeikomme, damit wir alles für den Bericht zusammenhaben, bevor der Coroner die Leiche abholt. Dürfte nicht lange dauern. Eigentlich muss ich mich nur umschauen und genügend Details für den Bericht sammeln.«

Kyle schaute zur Wanduhr. Es war kurz vor neun. Er war nicht wild darauf, einen gemütlichen Sonntagmorgen mit seiner Tochter für einen Fall von wahrscheinlichem Selbstmord aufzugeben, aber Fitz war sein Chef. Kyle fühlte sich verpflichtet, ihm seine Unterstützung anzubieten.

»Sind Sie sicher, dass Sie keine Hilfe brauchen? Wenn Ruth da ist für den Fall, dass Rowen etwas braucht, könnte ich mit Ihnen kommen.«

»Wäre vielleicht gar nicht schlecht, wenn Sie mitkämen. Dann könnten Sie sehen, wie wir hier mit solchen Dingen umgehen. Wir sind bestimmt schnell fertig. Und falls nicht, könnte Ruth die Kleine mit in die Kirche nehmen.« Fitz wandte sich zum Gehen. »Ich geh schon mal runter und lasse den Wagen an. Kommen Sie einfach nach, wenn Sie so weit sind.«

»Dauert nicht lange.« Kyle schloss die Tür. Rowen hatte gerade ihren Pfannkuchen aufgegessen. Kyle stellte die Pfanne wieder aufs Gas und briet die zweite Micky Maus fertig.

»Rowen, Schätzchen, ich muss rasch mit Fitz nach einer alten Dame schauen, die sehr krank gewesen ist. Ruth ist nebenan. Sollte ich nicht zurück sein, bevor sie zur Kirche geht, nimmt sie dich mit, und ich hole dich dann später ab.« Er ließ den zweiten Pfannkuchen auf ihren Teller gleiten, ging ins Schlafzimmer, um sich anzuziehen, und redete dabei weiter. »Iss du nur in Ruhe dein Frühstück auf, aber zieh dich an, falls ich nicht rechtzeitig zurückkomme, okay?«

»Mach ich.« Sie blätterte in der Zeitung auf der Suche nach den Comics. »Willst du denn nicht auch frühstücken?«

»Ich habe schon Saft getrunken, aber jetzt muss ich mich beeilen.« Kyle kam zurück in die Küche und knöpfte sich hastig das Hemd zu. »Keine Bange, ich werde zum Lunch die doppelte Menge essen.« In Wahrheit war ihm der Appetit vergangen bei dem Gedanken daran, was ihn im Haus der alten Frau erwartete. Obwohl er während seiner Polizeilaufbahn schon den verschiedensten Todesarten begegnet war,

war der Anblick eines toten Menschen etwas, woran er sich nie hatte gewöhnen können, selbst wenn jemand auf friedliche, gewaltlose Weise in den Tod gegangen war. Ihm war es immer ein Rätsel gewesen, wie so viele Beamte der Bostoner Polizei Toten gegenüber vollkommen gleichgültig sein konnten. Ihn nahm der Anblick einer Leiche jedes Mal mit, auch wenn er gelernt hatte, es zu verbergen. Kyle schlüpfte in seine Stiefel und warf sich den Mantel über. »Und trödel nicht rum – du musst fertig sein, falls ich nicht rechtzeitig wiederkomme, sonst schimpft Ruth mit dir.«

»Ich weiß, Dad«, sagte Rowen, und er eilte zur Tür hinaus.

Daisy Delaine hatte kaum geschlafen.

Obwohl Kyle und Leroy sie ermahnt hatten, während des Schneesturms drinnen zu bleiben, war sie in ihren Vorgarten zurückgekehrt und hatte zwei Töpfe mit dem lockeren Neuschnee gefüllt. Am frühen Morgen war ihr Wohnwagen unter den Schneewehen halb begraben. In ihrer Kochnische drängten sich die Zutaten auf der Arbeitsplatte – Hagebutten, Zimt, Melasse, zerdrückte Cranberrys und eine Anzahl unbeschrifteter Gläser voller Kräuter und Pulver –, und zwei Töpfe mit Heiltränken köchelten auf dem Herd. Daisy behielt die Kochtöpfe sorgsam im Blick, summte vor sich hin und sang hin und wieder aus voller Kehle. Sie richtete ihren Gesang an ein dunkelgraues Fellknäuel, das ihr von einem Küchenstuhl aus zuschaute. Auf ihr Ständchen hin erhob sich das Fellknäuel und wedelte mit dem Schwanz.

Die rote Substanz im größeren Topf hatte die Konsistenz von Himbeersirup. Purpurrote Blasen platzten an der Oberfläche und verströmten einen süßen Zimtduft. Daisy rührte die Mischung um und hob einen Löffel voll an ihre Nase. »Scheint mir fertig zu sein. Ist auch hübsch dick. Wir lassen unseren Trank für den Valentinstag einfach noch ein bisschen abkühlen, nicht wahr, Smudgie?«

Smudgie winselte und legte sich wieder auf den Stuhl. Daisy stellte die Flamme unter der roten Flüssigkeit aus und widmete sich dem kleineren Topf.

Dessen Inhalt roch nicht halb so angenehm wie das Gebräu für den Valentinstag.

Daisy schlug die wässrige grünbraune Mischung mit dem Schneebesen auf. »Braucht noch mehr Sassafras«, murmelte sie, schaute sich in der Kochnische um und griff schließlich nach einem unbeschrifteten Glas mit braunem Pulver. Sie schraubte den Deckel auf und schüttete etwas von dem Pulver in das trübe Gebräu.

»Gleich fertig, Smudgie, gleich fertig«, gurrte Daisy dem Hund zu, während sie weiterrührte. »Wir sausen damit zu Mary, und schon wird es ihr bessergehen. Du wirst sehen.«

Nachdem sich das Pulver aufgelöst hatte, roch Daisy an dem Dampf, der aus dem Topf aufstieg, und nahm ein sauberes Glas vom Regal. Das muss einfach helfen, dachte sie, während sie das Glas mit der grünbraunen Flüssigkeit füllte. Das ist meine allerstärkste Mischung! Einen Moment lang betrachtete sie das verschraubte Glas und gab dann dem Deckel einen festen Kuss.

Als sie die zweite Gasflamme ausmachte, erhellte sich ihr Gesicht, und sie wandte sich erneut an den kleinen grauen Hund. »Vielleicht sollte ich ein paar Proben von dem Valentinstrank zu den Nachbarn bringen, nachdem ich den Heiltrank bei Father O'Brien abgeliefert habe. Vielleicht bekommen wir dieses Jahr sogar ein paar Vorbestellungen, was meinst du?« Smudgie bellte und wedelte wieder mit dem Schwanz.

Daisy füllte etwas von dem duftenden Gebräu in weitere leere Marmeladengläser und schraubte sie fest zu. Dann zog sie ihren Parka an.

»Also, Smudgie, du bist jetzt ein braver Junge, hörst du?«, ermahnte sie ihn mit gespielter Strenge. Sie nahm die vollen

Gläser von der Arbeitsplatte und verstaute sie in den tiefen Seitentaschen des Parkas. »Mommy ist bald wieder da«, rief sie, als sie aus der Tür trat.

Smudgie stellte sich auf die Hinterbeine und sah Daisy durch das Fenster des Wohnwagens nach, wie sie durch den hohen Schnee die Straße entlangstapfte.

Claudia wurde langsam wach und hielt die Augen vor dem winterlichen Sonnenlicht verschlossen, das durch die Jalousien ihres Schlafzimmerfensters drang. Sie streckte sich unter der Decke aus und spürte die Schwere des Schlafs in ihren Beinen und im Rücken. Gerne hätte sie noch ein bisschen weitergedöst, aber in ihrem Kopf überschlugen sich schon die Gedanken. Jetzt hatte es keinen Zweck mehr. Außerdem war es Zeit für das Laufband.

Sie schwang die Beine aus dem Bett und begann die tägliche Auseinandersetzung mit sich selbst. Das Laufband sausen zu lassen war so verlockend. Sie könnte sich ein Schaumbad einlassen und es sich gemütlich machen. Sich vielleicht einen leckeren Schokomilchshake in der Wanne gönnen. Galt der Sonntag denn nicht als Ruhetag? Natürlich. Aber ohne das Laufband würde sich die Schokoladensünde sofort in Speck auf ihren Hüften verwandeln. Sie war zu weit gekommen, um jetzt schlappzumachen.

Widerstrebend nahm Claudia den Sport-BH, die Elastikshorts und ein Paar Socken aus der Kommodenschublade. Allein die Angst, die verlorenen Pfunde wieder zuzulegen, ließ alle Ausreden verpuffen. Sie zog die Sportsachen an und band ihr Haar zu einem ordentlichen Pferdeschwanz hoch. Ihre Laufschuhe warteten neben dem Laufband im Gästezimmer auf sie.

Kurz blieb sie neben dem schwarzen Gerät stehen und dehnte Beine und Rücken. Dann seufzte sie, stieg auf das Band und gab die Geschwindigkeit ein, in der sie während der nächsten dreißig Minuten laufen würde. Der Motor summte und kam auf Touren. Sie setzte sich in Bewegung. Selbst nach dem Stretching waren ihre Beine steif. Keine Ausreden, ermahnte sie sich. Das Band bewegte sich schneller, und sie begann zu joggen. Manchmal hörte sie Musik, während sie lief, aber an vielen Tagen ließ sie sich nur vom Surren des Motors und dem Rhythmus ihres Atems von den Gedanken ablenken.

Die ersten zehn Minuten waren die schlimmsten. So lange dauerte es, bis der Körper sich mit der Tatsache abgefunden hatte, dass er arbeiten musste. Sie wusste, dass das Gehirn dann einen Schwall Endorphine freisetzte, die ihr ein Trainingshoch verschaffen würden. Danach ging das Laufen viel besser. Sie spürte, wie ihr die ersten Schweißtropfen auf die Stirn traten. Diesen Anfangsschweiß konnte sie nicht ausstehen, weil sie sich klamm und schmutzig vorkam. Links, rechts, links, rechts. Immer weiter. Keine Ausreden.

Claudia blickte auf die Digitaluhr des Laufbandes. Sie lief jetzt seit zehn Minuten und zweiundvierzig Sekunden. Links, rechts, links, rechts. Keinen Augenblick zu früh fühlte sie sich plötzlich vollkommen wach. Ihre Beine waren locker und kräftig, nicht mehr das schwere, tote Gewicht, das sie über die Bettkante gehievt hatte. Der Schweiß sammelte sich allmählich in der kleinen Kuhle unter ihrer Kehle, doch jetzt fühlte er sich gut an, beinahe reinigend. Wohlbefinden überkam sie. Sie stellte die Geschwindigkeit um zwei Stufen höher und passte sich mit Leichtigkeit dem Tempo an. Vielleicht würde sie heute tatsächlich Schokolade trinken, entrahmte Milch mit kalorienarmem Schokoladensirup. Ein gesunder Kompromiss. Claudia lächelte, atmete schwer durch die Zähne. Links, rechts, links, rechts. Und sie würde auf jeden Fall ein Schaumbad nehmen.

Warum klingelte ihr Wecker an einem Sonntag?

Jean sah blinzelnd auf ihren Nachttisch, schlug einmal auf den Wecker, dann noch einmal, bis sie merkte, dass es ein Telefon war, das da klingelte, nicht der Wecker.

»Mom!« Jimmy stürzte ins Schlafzimmer, ein Stück Toast in der einen und das schnurlose Telefon in der anderen Hand. »Mom, wach auf. Margaret ist dran, vom Pflegedienst, und sie sagt, es sei wichtig.« Er wartete kaum ab, bis sie das Telefon genommen hatte, und stürmte wieder hinaus.

»Dein Junge sagte, du liegst noch im Bett«, blaffte eine Frauenstimme aus dem Hörer. »Was ist los mit dir? Bist du krank?«

»Ich konnte gestern Abend nicht einschlafen. Wie spät ist es?«, krächzte Jean und setzte sich auf.

»Nach zehn. Egal, ich bin auf dem Weg zur Morgenrunde, aber ich musste dich anrufen und es dir erzählen.« Die Stimme hielt inne, und Jean konnte sich genau vorstellen, wie Margaret das Telefon umklammerte, ganz aufgeregt und voller Vorfreude darauf, ihre brisante Neuigkeit loszuwerden. »Mary McAllister ist letzte Nacht gestorben. Oder am frühen Morgen, man ist sich noch nicht ganz sicher. Sue kennt jemanden aus dem Büro des Gerichtsmediziners, und es heißt, sie hätte eine Überdosis Medikamente genommen. Also brauchst du dich in deiner nächsten Schicht nicht mehr um sie zu kümmern.« Margaret hielt inne, wartete auf Jeans Reaktion. »Jeanie? Bist du noch dran?«

»Ja. Ich dachte mir schon, dass es nicht mehr lange dauern würde, als ich gestern bei ihr war. Wenigstens muss sie jetzt nicht mehr leiden.«

»Ich frag mich, wer all ihre Sachen kriegt«, sagte Margaret. »Sie muss doch Millionen auf dem Konto haben, glaubst du nicht?«

»Vermutlich.«

»Und sie hat keine Kinder, und ihr Mann ist tot, stimmt's?«

»Glaub schon.«

»Also, irgendjemand muss es ja erben. Himmel, du hast dich monatelang um die alte Schachtel gekümmert. Vielleicht hat sie dir alles vermacht.«

Jean schnaubte ins Telefon. »Das ist unmöglich, Marge, und das weißt du. Sie hat kaum je ein Wort mit mir gewechselt, noch bevor es mit ihr bergab ging. Meistens schlief sie. Und wenn nicht, ist sie immer auf Distanz geblieben, als hätte sie Angst, mich anzuschauen. Außerdem konnte sie sich bestimmt jemanden leisten, der ihr Testament aufsetzt. Auch wenn sie keine Familie hat, ist für ihr Erbe mit Sicherheit gesorgt.«

»Na, wer auch immer es kriegt, kann sich verdammt glücklich schätzen. Was würde ich nicht für ein Vermögen geben, das mir einfach in den Schoß fällt. Ich komm schon, nur noch eine Sekunde«, rief Margaret jemandem zu, und sagte dann wieder ins Telefon: »Ich muss los, Jeanie. Wir sehen uns morgen.«

»Okay.« Jean drückte die Taste zum Auflegen. Nachdem sie ihre Brille gefunden hatte, fiel ihr Blick auf die Handtasche, die auf der Kommode lag, und ihr Gewissen meldete sich. In der Innentasche mit Reißverschluss lag ein atemberaubender Diamantring. Mrs McAllisters Diamantring.

Sie trug den Ring seit ein paar Tagen mit sich herum, genoss das glamouröse Gefühl, das er auslöste, und hatte sich jeden Tag vorgenommen, ihn am nächsten Tag zurückzubringen. Sie hatte nie vorgehabt, den Ring zu behalten. Aber jetzt war die alte Witwe tot. Wenn Jean den Ring nicht zurückbrachte, wäre das tatsächlich Diebstahl, und der Gedanke, der Toten etwas zu stehlen, missfiel ihr. Jean beschloss, den Ring am Montag nach ihrer Schicht in die Marmorvilla zurückzubringen.

Aus der Küche drang das Geräusch von zersplitterndem Glas.

»Mom! Jimmy hat ein Glas zerbrochen!«

»Lügner! Das war Johnny, Mom! Er hat es von der Arbeitsplatte gestoßen, und jetzt hängt er es mir an!«

Jean seufzte und rief sich einmal mehr ins Gedächtnis, wie wunderbar ihre Jungs waren und wie glücklich sie war, die beiden zu haben.

6

Mary stand vor dem Spiegel und musterte sich. Das lange blaue Kleid passte genau zur Farbe ihrer Augen. Sie hatte sich die Haare in Locken gelegt, so gut es eben ging. Ihre beigefarbenen Strümpfe waren eng und kratzten, was das Unbehagen verstärkte, das sie bei jedem Blick in den Spiegel empfand. Es war schon fast fünf, und Patrick würde bald kommen, um sie zum Dinner mit seiner Familie abzuholen.

Sie konnte es nicht fassen, dass sie der Verabredung zugestimmt hatte. Ihr Vater war begeistert gewesen, als sie ihm von Patricks Einladung und ihrer Zusage erzählt hatte. Er war sogar nach Rutland gefahren, um das blaue Kleid und die Schuhe als Überraschung für sie zu kaufen. Sie wusste, wie sehr sich ihr Vater wünschte, dass sie mehr Kontakt mit anderen Menschen hatte. Wenn ich den Abend doch nur mit Patrick allein verbringen könnte, dachte sie, denn sie wusste, ihre immer stärkeren Gefühle für Patrick würden nicht verhindern, dass ihre Angst sich Bahn brach.

Mary schaute aus dem Fenster zur Auffahrt. Ein schwarzer Lincoln hatte neben der Scheune gehalten. Patrick würde in wenigen Minuten vor der Tür stehen. Mary schluckte schwer, als sich ein dicker Kloß in ihrer Kehle bildete. Ihr wurde schwindelig, und sie setzte sich aufs Bett.

Sie spürte den vertrauten Knoten im Magen, die Furcht, die nach oben stieg, sich in ihrem Inneren festkrallte, ihre Arme hinab bis in die Fingerspitzen lief, und ihre Hände wurden eiskalt und zitterten. Übelkeit erfasste sie, und sie legte sich aufs Bett und schloss die Augen. Seit ihrer ersten

Angstattacke vor drei Jahren war es jedes Mal dasselbe. Gegen die Panik war sie machtlos.

Mary atmete tief durch und versuchte sich zu beruhigen. Nur allzu gut konnte sie sich noch an jenen Tag am Ende ihres dritten Highschooljahrs erinnern, als diese Qual von ihr Besitz ergriffen hatte. Sie hatten einen neuen Englischlehrer bekommen, einen älteren Mann, der seine Aufmerksamkeit sofort auf sie gerichtet hatte. Er hatte sie oft aufgerufen, hatte die Sitzordnung geändert und ihr einen Tisch in der ersten Reihe zugewiesen. Häufig hatte Mary gespürt, wie er sie anstarrte, obwohl sie nicht wagte, zu ihm aufzuschauen. Sie begann sich vor dem Englischunterricht zu fürchten.

Mr Snee hatte ihr zunehmendes Unbehagen ausgenutzt. Er hatte sie um ein Gespräch gebeten, an einem Donnerstag nach dem Unterricht. In seinem Klassenzimmer hatte er auf sie gewartet. Nachdem sie eingetreten war, hatte er gelächelt, die Tür hinter ihr geschlossen und verriegelt. Mit stockender Stimme sagte er ihr, sie sei so klug und wunderschön, er habe so eine Freude daran, sie in seiner Klasse zu haben. Er sagte ihr, dass er sie liebe. Er packte sie an den Handgelenken, als sie versuchte, an ihm vorbei zur Tür zu gelangen, drückte sie gegen die Tafel und erstickte ihren Schrei mit seinen feuchten Lippen. Er presste sie auf das kalte Linoleum und raubte ihr die Unschuld. Er drohte, sie umzubringen, wenn sie jemandem von ihrem Geheimnis erzählte.

Starr vor Schreck war sie vom Boden aufgestanden, hatte sich über die Augen gewischt und sich eingeredet, es sei nichts Schlimmes passiert. Verschwommen erinnerte sie sich, dass sie nach Hause gegangen und am nächsten Tag im Bett geblieben war. Ihrem Vater hatte sie gesagt, sie fühle sich nicht wohl. Am Wochenende hatte sie sich mit den Pferden beschäftigt, dabei geholfen, ein neues Fohlen zuzureiten, und abends lange Ausritte mit Ebony unternommen.

Am Montag jedoch wurde alles anders.

Beim Betreten von Mr Snees Klassenzimmer begann sie zu zittern. Sie spürte seinen Blick, während sie ihren Platz einnahm und ihr Heft herausholte. Sie weigerte sich, ihn anzusehen, als er verkündete, er habe die Aufsätze fertig korrigiert, die sie in der vorherigen Woche abgegeben hatten. Ein Schauer überlief sie, als er sagte, er habe ein paar der besseren ausgewählt, um sie laut vorlesen zu lassen.

»Miss Hayes«, sagte Mr Snee, beugte sich vor und legte den korrigierten Aufsatz auf ihren Tisch, »Sie haben die beste Note in dieser Klassenarbeit, also lesen Sie als Erste.«

Schließlich schaute sie zu ihm auf. Er stand so nahe, dass sie die Pupillen in seinen dunklen Knopfaugen und den Schweißfilm auf seiner Oberlippe sehen, den widerlich vertrauten Moschusgeruch seines Rasierwassers riechen konnte. Mr Snee trat einen Schritt zurück und bedeutete ihr aufzustehen. Zögernd erhob sie sich und wandte sich den anderen Schülern zu.

»Jetzt seien Sie doch nicht so schüchtern, Miss Hayes. Kommen Sie hier herüber, in die Mitte, damit alle Sie sehen und hören können.« Mr Snee nahm hinter dem Lehrerpult Platz, während Mary sich von ihrem Tisch entfernte. Er lächelte erneut und wartete darauf, dass sie begann.

Mary spürte, wie sie unter den Blicken des Lehrers und ihrer Klassenkameraden rot wurde, schaute hinunter auf ihren Aufsatz und versuchte, sich auf ihre handgeschriebenen Worte zu konzentrieren.

»Frankensteins Monster: eine Lektion in Menschlichkeit«, las sie. »Ein Hauptthema des Romans *Frankenstein oder Der moderne Prometheus* von Mary Wollstonecraft Shelley ist das Versagen des Menschen, in einem von ihm selbst erschaffenen Wesen die Menschlichkeit zu erkennen.«

Mary wusste noch, dass ihr an dieser Stelle schwindelig geworden war. Sie hatte innegehalten, hatte gewusst, alle warteten darauf, dass sie fortfuhr. Sie hatte es versucht.

»Viktor Frankenstein, ein junger, vom Wunder des Lebens besessener Wissenschaftler, stellt aus den Teilen unterschiedlicher Körper ein Wesen zusammen. Es gelingt ihm, das Monster zum Leben zu erwecken, aber er findet dessen körperliche Erscheinung so abstoßend, dass er vor ihm flieht. Dadurch …« Sie hielt inne, bemühte sich, ihrer Stimme einen festeren Klang zu geben. »Dadurch setzt er eine Reihe von Ereignissen in Gang, bei denen ein freundliches, unschuldiges Wesen misshandelt … misshandelt und missverstanden wird von fast allen, denen es begegnet.«

Mary hörte auf zu lesen und blickte zu Mr Snee. Der Lehrer beobachtete sie aufmerksam. Wieder spürte sie seinen heißen Atem im Nacken, den erstickenden Schmerz, als er sich auf sie und in sie gedrängt hatte. Ihre Hände begannen zu zittern. Sie blickte von einem Klassenkameraden zum anderen, von einem Gesicht ins andere. Alle sahen sie stirnrunzelnd oder grinsend oder nervös lächelnd an. Sie schaute auf den Boden und zuckte zusammen, als ihr klarwurde, dass sie genau dort gelegen hatte. Dort hatte sie gezappelt und geschrien, und Mr Snee hatte seine große Hand auf ihren Mund gedrückt. Sie schnappte nach Luft, und der Raum begann sich um sie zu drehen.

Zum ersten Mal spürte sie, wie die eisige Faust der Angst sich um ihren Magen legte. Von irgendwoher hörte sie Mr Snees Stimme fragen: »Miss Hayes? Gibt es ein Problem, Miss Hayes?« Aber zu dem Zeitpunkt wollte sie nur noch aus dem Klassenzimmer fliehen, weg von der grausigen Erinnerung an die Demütigung, die sich in den höhnischen Augen des Lehrers spiegelte.

»Ich muss gehen.« Sie rannte zur Tür hinaus. Sie wusste noch, dass sie nach links den Flur hinunter gelaufen war, vorbei an den Spinden und den geschlossenen Türen der anderen Klassenzimmer. Sie wollte allein sein, an einem dunklen Ort, an dem ihr niemand mehr weh tun konnte.

Am Ende des Flurs drehte sie hektisch am Knauf der Besenkammer. Dort, zwischen Schrubbern, Besen und Eimern fühlte sie sich sicher. Der stechende Geruch der Reinigungsmittel betäubte ihre Angst, während die Dunkelheit sie schützte. Sie weinte, dämpfte ihr Schluchzen mit den Händen und spürte die Wärme ihrer Tränen auf den Fingern.

Es dauerte fast eine Stunde, bis sie gefunden wurde. Die Schule rief ihren Vater an, der sofort kam und sie abholte. Nie würde sie seinen gequälten Gesichtsausdruck vergessen, als sie ihm zu Hause schließlich gestand, was passiert war. Noch immer hörte sie den scharfen Klick, mit dem die Läufe seiner Schrotflinte wieder einschnappten, nachdem er sie geladen hatte, außer sich vor Zorn. Es kam einem Wunder gleich, dass es ihr gelungen war, ihn davon abzuhalten, sich Mr Snee vorzuknöpfen. Sie konnte allerdings nicht wissen, dass ihr Vater nichts gegen die Panik ausrichten konnte, die sie aus Mr Snees Klassenzimmer getrieben hatte. Sie hatte Wurzeln geschlagen und würde sie zwingen, ihr Leben lang unter furchtbaren Angstattacken zu leiden.

Patrick ging den Pfad hinauf und überdachte noch einmal seinen Plan. Heute Abend würde er beginnen, Mary in Besitz zu nehmen. Sie war das letzte Stück im Puzzle – das Letzte, was er brauchte, um seinen rechtmäßigen Platz in der Gesellschaft einzunehmen. Er klopfte an die Tür des alten Hauses, und Mr Hayes öffnete ihm.

»Guten Abend, Mr Hayes. Ist Mary fertig?«

»Hallo, Patrick, kommen Sie herein. Ich glaube, sie ist fast fertig. War sie wenigstens vor ein paar Minuten. Ich geh mal rauf und schau nach. Nehmen Sie derweil doch Platz.« Er deutete auf ein braunes, mottenzerfressenes Sofa.

»Gerne.« Der Gedanke, dass sein Anzug die Polsterung berühren könnte, gefiel Patrick gar nicht, doch er kam der Aufforderung nach. Mr Hayes lächelte, machte kehrt und lief eilig die Treppe hinauf. Er fand Mary auf dem Bett, zusammengekrümmt wie ein Embryo.

»Mary! Mary, er ist da. Was ist denn los?« Er beugte sich über sie.

»Ich kann nicht mit ihm gehen, Papa. Mir ist schlecht. Bitte sag ihm das.«

»Ich dachte, du wolltest es so gern, Mary. Du warst so aufgeregt, als du es mir erzählt hast, und er mag dich wirklich, weißt du.« Er hielt inne. »Mary, du bist neunzehn Jahre alt, und du kannst nicht so weitermachen. Du musst mit anderen Menschen zusammenkommen, vor allem mit Menschen in deinem Alter. Ich weiß, dass du Patrick magst. Du bist den ganzen Sommer mit ihm ausgeritten. Du solltest mehr Zeit mit ihm verbringen. Ich werde nicht ewig da sein, und du kannst nicht für den Rest deines Lebens allein bleiben.«

Mary blieb reglos auf dem Bett liegen.

Mr Hayes seufzte. »Patrick wird enttäuscht sein, weißt du. Ich werde ihm sagen, dass du nicht mitkommen kannst, aber ich wünschte, du würdest es versuchen, Mary. Du weißt, dass ich nur das Beste für dich will.« Er ging wieder nach unten.

Patrick sprang auf, als Mr Hayes den Fuß der Treppe erreichte. Er hatte vermutet, dass es schwierig werden würde, Mary aus dem Haus zu locken, und ein Blick in das Gesicht des Farmers bestätigte seinen Verdacht.

»Sie ist zu nervös, nicht wahr?«, fragte Patrick, bevor Mr Hayes etwas sagen konnte.

»Tja, Sie wissen ja, wie sie ist. Wenn sie in diesem erstarrten Zustand ist, weiß ich einfach nicht, was ich tun soll. Ich habe versucht, ihr gut zuzureden, aber ich glaube nicht, dass sie herunterkommen wird.«

»Könnte ich vielleicht hinaufgehen?«, fragte Patrick vorsichtig. »Wenn ich ein bisschen mit ihr rede, sie beruhige, entspannt sie sich vielleicht.«

»Das ist sehr freundlich von Ihnen, Patrick. Aber ich

glaube nicht, dass es viel nützen wird. Sie ist ziemlich verstört. Ich hab sie gebeten, heute Abend mitzugehen, aber …« Mr Hayes' Stimme verlor sich, und die beiden Männer standen verlegen im Wohnzimmer.

Patrick bemühte sich, seine Gereiztheit zu verbergen. »Nun ja, dann sagen Sie Mary bitte, wie leid es mir tut, dass sie es heute Abend nicht geschafft hat«, sagte er, während er sich zum Gehen wandte. »Ich will versuchen, diese Woche an einem Abend nach der Arbeit vorbeizukommen und …«

Hinter ihm knarrten die Holzstufen. Zögernd trat Mary ins Licht des Wohnzimmers. Sie blieb am Fuße der Treppe stehen und wandte sich Patrick zu. Zitternd umklammerte sie eine elegante schwarze Handtasche. Aus ihrem Gesicht war alle Farbe gewichen.

»Mary.« Nun würde er doch Gelegenheit haben, das erste Hindernis zu überwinden. Patrick eilte zu ihr und ergriff ihre Hände. »Dein Vater sagte, du fühltest dich nicht wohl. Meinst du, du kannst diesen Abend bewältigen?«

»Ich nehme es an.« Mary sah zu ihm auf. Erst da wurde ihr bewusst, dass er ihre Hände hielt, und sie errötete. Sie blickte zu ihrem Vater, doch der lächelte wohlwollend.

»Es wird nicht spät werden. Keine Bange«, sagte Patrick zu Mary und Mr Hayes. »Aber wir sollten jetzt aufbrechen. Mutter erwartet uns um halb sieben.«

Mary spürte, wie sie zusammenzuckte, als Patrick das Treffen mit seiner Mutter erwähnte, doch sie gestattete ihm, ihren Arm zu nehmen und sie zur Tür zu führen. Ihr Vater tätschelte ihr zum Abschied die Schulter.

»Viel Spaß«, rief Mr Hayes ihnen nach, als sie zum Auto gingen. Patrick öffnete Mary die Beifahrertür des Lincoln, umrundete dann das Auto und setzte sich hinter das Lenkrad. Mary fuhr gelegentlich mit ihrem Vater in dem alten Pick-up nach Mill River, aber die Fahrt im Lincoln war ein völlig neues Erlebnis. Das Leder war butterweich und umschmeichelte sie. Mary faltete die Hände über der Handtasche auf ihrem Schoß, um ja nichts anzufassen und keinen Fleck in dem makellosen Innenraum des Wagens zu hinterlassen.

Patrick musste lächeln. Sie saß ruhig da, aber ihr Gesicht verriet ihre Angst. Sie blickte starr geradeaus. Mary erinnerte ihn an ein kleines Blaukehlchen, das bereit war, jederzeit davonzufliegen. Nicht an diesem Abend, niemals, dachte er.

Ein paar Meilen vor Rutland begann Mary unkontrollierbar zu zittern. Sie sah weiterhin starr geradeaus und flüsterte ihm etwas zu.

»Ich kann das nicht, Patrick. Bitte fahr zurück. Ich dachte, es ginge, aber ich packe es nicht.«

Patrick legte seine Rechte auf ihre beiden Hände. Gleichzeitig trat er aufs Gas.

»Entspann dich bitte, Mary. Ist doch nur meine Familie, und die wird dich bestimmt mögen.«

»Kann nicht, halt bitte an, ich muss mich übergeben ...« Sie machte eine Hand frei und presste sie gegen das Seitenfenster.

»Wir sind fast da, Mary. Atme tief durch. Du brauchst dich an diesem Abend vor nichts zu fürchten. Ist doch nur ein Dinner, und im Handumdrehen bist du wieder zu Hause. Vertraust du mir?«

Sie hatte sich wimmernd an der Tür zusammengekrümmt. Patrick achtete darauf, mit ruhiger Stimme zu sprechen.

»Wir werden zusammen sein. Wenn du Angst bekommst, drückst du einfach meinen Arm, und wir werden versuchen, uns für ein paar Minuten abzusetzen, bis es dir besser geht.«

Marys Weinen wurde etwas leiser, während sie ihm zuhörte.

»So ist's schon besser. Ich werde immer an deiner Seite sein, das verspreche ich.« Er rieb sanft ihre Hand.

Mary schwieg. Als sie nach Rutland kamen, wies Patrick sie auf einige beachtliche Bauwerke hin, einschließlich des

Komplexes der McAllister Marmorwerke. »Das hier ist der Innenstadtbereich«, erklärte Patrick, als Mary einen verstohlenen Blick aus dem Fenster warf, »und hier ist Main Street Park. Unser Haus ist gleich da vorne.« Die Häuser im viktorianischen Stil wurden größer und größer. Das Haus am Ende der Straße war das prächtigste von allen, eine große gelbe Villa, umgeben von Ahornbäumen, die in den überwältigenden Farben des Herbstes leuchteten. Patrick bog in die ringförmige Auffahrt.

Mary schaute sich um. In der Nähe des Hauses parkten mindestens sechs Automobile. Mehrere junge Männer standen auf der Veranda und unterhielten sich bei Drinks und Zigarren. Die breite Eingangstür stand offen, und durch die Fliegentür waren die Stimmen der im Haus versammelten Gäste zu hören. Aus allen Fenstern und der Tür drang Licht in den Abend hinaus. Mary kämpfte gegen ein Würgen an. Das Haus war ein großes Monster mit gähnendem Schlund, der sie verschlingen und nie wieder herauslassen würde.

»Ich dachte, du hättest gesagt, es sei nur ein Familiendinner.«

»Ist es auch. Alle hier gehören zur Familie.«

Marys Gesicht verlor auch noch das letzte bisschen Farbe, und ihre Hände wurden so kalt, dass ihre Fingerspitzen schmerzten. Das heftige Zittern setzte wieder ein, und sie packte Patrick am Arm, bevor er die Fahrertür öffnen konnte.

»Bitte, Patrick, ich kann da nicht reingehen.« Sie kreischte beinahe. »Ich bin nicht bereit dafür, ich …«

Patrick schaute sie an, und für einen kurzen Augenblick blitzte eine seltsame Feindseligkeit in seinen grünen Augen auf. Doch als er sprach, klang er immer noch so besänftigend wie zuvor.

»Mary! Mary, du *bist* bereit, und alle erwarten uns. Keine Bange. Es wird nicht so schlimm werden, wie du befürchtest.«

Er löste seinen Arm aus ihrem Griff und stieg rasch aus dem Auto. Als er auf ihre Seite kam, um ihr beim Aussteigen zu helfen, packte sie wieder seinen Arm und drückte ihn so fest sie konnte. Patrick japste erstaunt auf und schüttelte den Kopf, als sei sie ein ungezogenes kleines Mädchen. »Na, na, ich hab doch gesagt, du brauchst keine Angst zu haben.« Er tätschelte ihre Hand und zog sie mit sich zum Haus.

Wogen der Übelkeit überfluteten Mary.

»Hallo, Patrick!«, rief einer der Männer von der Terrasse durch eine Wolke Zigarrenrauch. »Wir haben schon befürchtet, dass du nicht mehr kommst. Ja, wir dachten, du hättest dich da draußen auf dem Land verirrt, wenn du weißt, was ich meine.« Die Männer lachten laut und dreckig, der Sprecher zwinkerte Patrick zu und stieß dem Mann neben sich den Ellbogen in die Rippen.

»Schon gut.« Patrick tätschelte erneut Marys Hand. »Jungs, darf ich euch Mary Hayes vorstellen? Mary, diese beiden sind meine Vettern, Phil und Donovan Leavy.« Die Vettern nickten ihr zu. »Das Großmaul ist mein jüngerer Bruder Jacob.«

Mary holte tief Luft und schaute zu den drei Männern auf. Ihr gelang ein Lächeln. Sofort legte sich ein dümmliches Grinsen über die drei Gesichter.

»Nennen Sie mich Jake«, sagte der jüngere McAllister. »Und wenn ich ein Großmaul bin, dann liegt das nur daran, dass ich einen älteren Bruder habe, der mir ein gutes Vorbild war. Stimmt's, Patrick?«

Patrick schnaubte und führte Mary in das Maul des Monsters hinein. »War mir ein Vergnügen, Sie kennenzulernen, Mary«, rief Jake ihnen nach.

Ein Butler hielt ihnen die Fliegengittertür auf, und Patrick ging mit Mary durch das beeindruckende Foyer des McAllister-Hauses. Sie kamen zu einem großen Wohnzimmer, in dem bereits viele Menschen versammelt waren. Patrick machte die Runde, stellte Mary allen möglichen Vettern, Tanten und Onkeln vor. Er bemerkte seinen Vater auf der anderen Seite des Zimmers, der sich gerade einen Brandy einschenkte. Als Patrick voller Stolz auf Mary hinuntersah, folgte Stephen dem Blick seines Sohnes und goss sich prompt zu viel ins Glas.

Mary blickte nur gelegentlich auf und umklammerte Patricks Arm so fest, dass ihre Fingerknöchel weiß hervortraten. Sie war Patrick dankbar, dass er nach jeder Vorstellung rasch weiterging, damit niemand sich lange mit ihr unterhalten konnte. Als der Arm, an dem Mary sich festhielt, allmählich zu schmerzen begann, beugte Patrick sich zu ihr hinunter und flüsterte ihr ins Ohr: »Sollen wir eine Pause machen?«

»Ja, bitte.«

Sie wandten sich der Tür zu, wurden aber von zwei bildhübschen rothaarigen Frauen aufgehalten. Die beiden trugen unterschiedliche Kleider und Frisuren, doch ihre Gesichter glichen sich wie ein Ei dem anderen.

»Wir haben überall nach dir gesucht, Patrick«, sagte die eine.

»Weil wir es kaum erwarten konnten, deine kleine Freundin kennenzulernen«, flötete die andere.

»Das ist Mary Hayes«, hob Patrick an. »Mary, das sind …«

»Sara«, sagte die eine Zwillingsschwester.

»Und Emma«, ergänzte die andere.

Sie lächelten gleichzeitig.

»Hallo«, sagte Mary.

»Das ist aber ein hübsches Kleid«, bemerkte Sara und sah Mary wehmütig an. »Die Farbe steht Ihnen gut.«

»Viel besser, als sie uns gestanden hätte«, stimmte Emma zu. »Vor ein paar Monaten haben wir genau dasselbe Kleid bei Carolyn's gesehen. Wir wollten es beide haben, aber der Laden hatte nur noch eins.«

»Ist ja auch egal«, sagte Sara. »War sowieso Ausverkaufsware – heutzutage ändert sich die Mode ja so schnell. Außerdem sah dieser Blauton absolut scheußlich zu unserem Teint aus. Aber an Ihnen wirkt es sehr hübsch.« Beide Schwestern lächelten zuckersüß und zogen Arm in Arm weiter.

Mary fühlte sich gedemütigt. Sie schnappte nach Luft und brachte keinen Ton heraus.

»Tut mir leid wegen der beiden«, sagte Patrick. »Du bist so schön, und sie sind nur neidisch auf dich. Lass uns an die frische Luft gehen.«

Wieder versuchten sie zu entkommen, aber eine elegante blonde Frau tauchte an der Tür des großen Zimmers auf und bat alle zu Tisch. Sie sah Patrick und Mary auf sich zukommen und trat ihnen in den Weg.

»Patrick, Liebling, da bist du ja!« Die ältere Frau verschränkte die Hände. »Und Sie müssen Mary sein! Patrick hat uns so viel von Ihnen erzählt. Ich bin Elise McAllister, Patricks Mutter.«

Mary hatte hundertmal geprobt, was sie zu Mrs McAllister sagen würde, wenn sie ihr vorgestellt wurde. Doch mit dem eigenen Abbild im Schlafzimmerspiegel zu sprechen war nichts im Vergleich dazu, die Person leibhaftig vor sich zu haben. Marys Zunge wurde dick wie ein Wattepfropfen. Sie hoffte, dass sich ihr Gesicht nicht vor lauter Anstrengung verzerrte.

»Es ist mir ein Vergnügen, Sie kennenzulernen, Mrs McAllister«, brachte sie stockend hervor.

Patricks Mutter lächelte, ohne Marys Mühsal wahrzunehmen. »Das Vergnügen ist ganz auf meiner Seite, Mary. Sie müssen bald zum Tee zu mir kommen.« Sie schaute zu Patrick. »Nehmt doch bitte schon eure Plätze ein. Ich muss schauen, ob richtig eingedeckt ist, wenn ihr mich also entschuldigen würdet …«

»Natürlich, Mutter«, sagte Patrick, als sie davoneilte. »Sie ist eine echte Perfektionistin«, flüsterte er Mary zu.

Die Gäste kamen einer nach dem anderen ins Esszimmer. Ein riesiger gedeckter Tisch, von glitzernden Kronleuchtern erhellt, erstreckte sich über die gesamte Länge des Zimmers. Patrick wählte zwei Plätze am Ende des Tisches und zog den Stuhl für Mary zurück. Sie sank darauf nieder.

Das Dinner erlebte Mary wie durch einen Dunstschleier. Livriertes Hauspersonal füllte ständig Gläser nach und räumte Geschirr ab. Mary versuchte etwas zu essen, aber in ihrem Magen rumorte es. Sie schob die Speisen auf dem Teller hin und her und hoffte, dass es so aussah, als hätte sie etwas gegessen. Während der Mahlzeit nickte und lächelte sie höflich, sprach jedoch wenig. Die Worte der anderen wirbelten unverständlich durch ihren verängstigten Kopf und mischten sich mit dem Gelächter am Tisch.

»Möchte jemand Dessert?«, rief Patricks Mutter schließlich. Inmitten der begeisterten Zustimmungen der Familie wandte Mary sich an Patrick mit der Frage, wo die Toilette sei, und entschuldigte sich von der Tafel.

So schnell ihre wackeligen Beine sie trugen, lief Mary zur Toilette. Sie verschloss die Tür, lehnte sich dagegen und glitt zu Boden. Lange würde sie es hier nicht mehr aushalten.

Sie blieb eine Weile an diesem Zufluchtsort und lauschte den gedämpften Stimmen aus dem Esszimmer. Sie konnte nicht dorthin zurück, zumindest noch nicht. Irgendwann öffnete Mary die Tür und schlüpfte hinaus auf den Flur. Sie lief in die dem Esszimmer entgegengesetzte Richtung und schaute in die offenen Räume, an denen sie vorbeikam. Bibliothek, Salon, Gästezimmer. Eine Tür am Ende des Flurs war geschlossen, aber nicht verriegelt. Sie lauschte einen Moment, und als sie von drinnen nichts vernahm, schob sie die Tür vorsichtig auf.

Ein Arbeitszimmer. Der Tür gegenüber stand ein schwerer Schreibtisch, überhäuft mit Büchern und Papieren und eingefasst von Bücherregalen. Gerahmte Fotografien standen auf den Regalen und bedeckten fast die gesamte Wand. Auf vielen Fotos erkannte sie Patrick mit seinen Eltern und Geschwistern. Mehrere Aufnahmen zeigten die Marmorwerke der McAllisters. Insbesondere eine Aufnahme weckte Marys Interesse. Das Foto hing als Einziges hinter dem Schreibtisch und war schon ziemlich vergilbt.

Mary erkannte keinen der beiden lächelnden Männer, obwohl sie sich ähnelten wie Vater und Sohn. Sie beugte sich näher zu dem Foto. Der ältere Mann hatte den Arm um die Schultern des Jüngeren gelegt, und auf einem Bronzeschild unten am Rahmen des Fotos stand *McAllister Marmorwerke 1894*.

»Ach, noch mal ein junger Mann sein«, ertönte eine Stimme hinter ihr. Mary wirbelte herum. Ein hochgewachsener, weißhaariger Bär von einem Mann stand in der Tür des Arbeitszimmers. Er betrachtete sie neugierig, seine grünen Augen hatten denselben Farbton wie die von Patrick. Mary erstarrte.

»Ich wollte Sie nicht erschrecken, meine Liebe«, sagte der Mann freundlich. »Ich bin Conor McAllister, Patricks Großvater. Sie müssen Mary Hayes sein.«

»J-ja.«

»Ich sah Sie mit Patrick eintreffen und wollte hinüberkommen, um mich Ihnen vorzustellen, aber ich kam vor dem Dinner nicht durch die Menge. Heutzutage kann ich mich nicht mehr so schnell bewegen wie einst.«

Mary schwieg. Sie wich zurück, als er näher kam, aber er blieb nach ein paar Schritten stehen und blickte blinzelnd auf das Foto.

»Das wurde vor langer Zeit aufgenommen, am Tag der Eröffnung unserer Marmorwerke. Der ältere Mann auf dem Foto ist mein Vater Kieran. Ich war damals Ende zwanzig.«

»Oh.«

»Das Foto ist eines der wenigen, die ich von meinem Vater in jüngeren Jahren besitze. Er war der aufrechteste, fleißigste Mann, den es je gegeben hat. Kam mit kaum mehr als zwei

Cent in der Tasche den weiten Weg von Irland hierher und hat es doch geschafft, etwas aufzubauen.« Conor musterte die zitternde junge Frau, die da vor ihm stand. Er hatte das arme, schüchterne Wesen den ganzen Abend lang beobachtet, wie es an Patricks Arm hing und während des Dinners tapfer versuchte, etwas wie Haltung zu bewahren. Er überlegte krampfhaft, was er sagen konnte, damit sie sich wohler fühlte.

»Ich kam hierher, um all dem Trubel zu entrinnen. So große Familien wie meine können manchmal ganz schön laut und anstrengend sein. Oh, verstehen Sie mich nicht falsch. Ich liebe sie alle, aber manchmal muss ich mich an einen ruhigen Ort zurückziehen, um ein paar Minuten für mich zu haben. Ich kann mir vorstellen, dass es heute Abend ganz schön überwältigend sein muss für jemanden, der an solche Menschenansammlungen nicht gewöhnt ist.«

Mary schluckte schwer und schaute zu Conor auf. »Ja, schon. Ich wollte nicht in Ihr Büro eindringen. Ich habe – ich glaube, ich habe nur nach einem ruhigen Ort gesucht, genau wie Sie.«

»Das ist völlig in Ordnung, meine Liebe. Wenn ich Sie hier nicht gefunden hätte, wäre ich vielleicht nie dem Chaos meiner Familie entronnen, um Ihre Bekanntschaft zu machen.« Conor lächelte sie an. Als Mary die Fältchen um seine gütigen grünen Augen sah und die Freundlichkeit spürte, die er ausstrahlte, verflog ihre Angst.

»Da bist du ja, Mary! Ich habe dich überall gesucht. Oh, hallo Grandpa. Ich wusste nicht, dass du hier drin bist.«

Conor und Mary drehten sich um und sahen Patrick in der Tür des Büros stehen.

»Ich habe deiner reizenden Freundin gerade einige meiner Fotografien gezeigt.« Conor zwinkerte Mary zu.

Patrick schaute verwundert zu Mary. Er hatte erwartet, sie irgendwo in einem Schrank versteckt zu finden, aber da war sie, entspannt und lächelnd. »Der Apfelkuchen ist fast aufgegessen, und Mutter hat sich gefragt, wohin du verschwunden bist«, sagte Patrick zu seinem Großvater.

»Tja, sag ihr, ich käme in ein paar Minuten. Und Mary, ich hoffe, Sie kommen uns noch oft besuchen.« Die Fältchen tauchten erneut auf.

»Das werde ich«, versprach Mary, als Patrick sie an der Hand hinausführte.

»Wir müssen uns noch von Mutter und Pa verabschieden, dann bringe ich dich nach Hause, wenn du willst«, sagte Patrick auf halbem Weg zurück ins Esszimmer. »Und, was hältst du von Grandpa?«

»Ich wünschte, ich hätte einen Großvater wie ihn.«

7

Der Kleinbus des Gerichtsmediziners parkte bereits vor der McAllister-Villa, als Fitz und Kyle eintrafen. Father O'Brien wartete an der Tür auf sie. Seine Augen waren verquollen und blutunterlaufen.

»Guten Morgen, Father. Oder vielleicht nicht so gut«, fügte Fitz grimmig hinzu.

»Hm, also – sie ist oben.« Father O'Brien führte sie durch das Haus zur Treppe. »Die Leute von der Gerichtsmedizin sind schon da – Peterson und Gray heißen sie, glaube ich –, aber ich habe sie gebeten, nichts anzufassen, bis Sie kommen.«

Kyle fiel ein, was Leroy über die alte Frau gesagt hatte, die abgeschieden in der Marmorvilla über der Stadt lebte. Er war geneigt, Leroys Bemerkungen über sie abzutun, wie er es mit Leroys abschätzigen Bemerkungen immer tat. Sie war sicherlich keine Hexe, dachte Kyle, als er sich in der prächtigen Marmorvilla umsah.

Die Luft im Haus war abgestanden und roch nach muffigen Stoffen und Möbelpolitur. Obwohl die langen, schweren Vorhänge die Räume verdunkelten, erkannte Kyle dank ein paar hartnäckig eindringender Sonnenstrahlen, dass die Möbel im Haus größtenteils antik waren. Kunstvolle Perserteppiche bedeckten die Böden. Alles wirkte makellos sauber und unbenutzt.

Auch Fitz musterte die Einrichtung interessiert. »Meine Ruthie hat seit Jahren für Mrs McAllister eingekauft«, flüsterte der Polizeichef Kyle zu, »aber keiner von uns ist je hier drin gewesen. So war es schon immer. Ruthie stellt die Einkäufe auf die Hintertreppe, läutet an der Tür und geht. Mrs McAllister hat nie Besuch empfangen, verstehen Sie. Das hätte sie zu sehr aufgeregt. Also hat Ruthie sie nur ein Mal gesehen, und sie hat sie nie richtig kennengelernt, obwohl ihr sehr daran gelegen war.«

Sie gingen die Treppe zu Marys Schlafzimmer hinauf. Die Vorhänge am Erkerfenster waren zurückgezogen. Ein Mann schaute aus dem Fenster auf den Ort hinunter. Hinter ihm stand ein Krankenbett, über das sich ein anderer Mann beugte, der Latexhandschuhe trug. Sie drehten sich beide um, als der Priester den Raum betrat.

»Hier sind wir«, sagte Father O'Brien. »Mr Peterson, Mr Gray, das sind die Polizeibeamten Fitzgerald und Hansen. Sie müssen sich nur kurz umsehen.«

»Natürlich.« Peterson trat zurück und lehnte sich ans Fenster.

»Alles genau so, wie wir es vorgefunden haben«, sagte Gray. »Nur zu. Tun Sie, was Sie tun müssen.«

Die beiden Polizisten gingen um das Bett herum und betrachteten die Tote. Kyles Herzschlag setzte kurz aus, als er Mary sah. Bilder, die er zu verdrängen versuchte, stiegen vor seinem inneren Auge auf. So bleich und dünn, genau wie Allison, bevor sie starb, dachte er. Er wandte sich an Father O'Brien.

»War es Krebs?«

»Ja.« Der Priester wirkte erstaunt über Kyles Frage. »Bauchspeicheldrüse. Wurde vor einem Jahr festgestellt. Die Ärzte sagten damals, ihr blieben vielleicht noch sechs Monate, und sie hat doppelt so lange durchgehalten.« Father O'Brien hielt kurz inne. »Woher wussten Sie das?«

»Meine Frau ist an Eierstockkrebs gestorben.«

Der Priester nickte schweigend. Das Aussehen von Krebspatienten in ihren letzten Leidenstagen kannte er nur zu gut.

»Sagen Sie mal, hat einer von Ihnen beiden schon mal was von MS Contin gehört?« Fitz hielt das leere Tablettenfläschchen von Marys Nachttisch in der Hand.

»Ich bin mir nicht sicher«, antwortete Peterson, »aber ich glaube, das ist eine synthetische Form von Morphium. Ein Schmerzmittel, das im Körper nur sehr langsam freigesetzt wird.«

»Sieht aus, als könnten Sie recht haben mit dem Selbstmord, Father.« Fitz las mit zusammengekniffenen Augen das Kleingedruckte auf dem Etikett. »Das Rezept wurde vor zwei Tagen für eine zweiwöchige Ration ausgestellt. Jetzt ist das Fläschchen leer.«

»Überdosis«, sagte Gray leise. »Bei unheilbar Kranken begegnet uns diese Art von Selbstmord immer wieder. Ein Bluttest würde es bestätigen.«

Kyle schwieg. Er beobachtete Father O'Brien. Das Gesicht des Priesters blieb ausdruckslos. Doch alle paar Minuten blinzelte er und verzog die Mundwinkel. Rowen machte es genauso, wenn sie versuchte, nicht zu weinen.

»Wussten Sie, dass sie das vorhatte, Father?«, fragte Kyle.

Father O'Brien wandte sich den drei Männern zu, die ihn ansahen.

»Ich war mir nicht sicher. Ich hatte die Vermutung, aber ich habe das Medikament trotzdem für sie abgeholt. Sie hatte so starke Schmerzen«, flüsterte er. Wieder ein heftiges Blinzeln. Eine unbehagliche Stille setzte ein.

»Tja, jetzt muss sie nicht mehr leiden«, sagte Fitz. »Ich habe genug gesehen. Mr Peterson, wenn Ihr Institut den Bluttest durchgeführt hat, schicken Sie bitte eine Kopie der Ergebnisse ans Revier, dann werden wir sie in unseren Bericht aufnehmen.«

Die Männer vom Gerichtsmedizinischen Institut nahmen die Bemerkung als Aufforderung und rollten eine Trage neben Marys Bett.

»Ich kümmere mich um die Bestattung«, sagte Father O'Brien, während Peterson und Gray die Leiche auf die Trage hoben. »Soll ich den Beerdigungsunternehmer bitten, sich direkt mit Ihnen in Verbindung zu setzen?«

»Das wäre nett«, erwiderte Peterson und zog ein Tuch über Marys Gesicht.

»Ich schätze, dann sind wir hier fertig. Lassen Sie mich wissen, wenn Sie noch etwas brauchen, Father«, sagte Fitz und blickte zu Kyle. »Sind Sie so weit?«

»Klar.« Kyle schaute auf die Uhr. Noch nicht mal halb zehn. Er wandte sich zum Gehen, wollte so schnell wie möglich zu Rowen zurückkehren. Aus dem Augenwinkel sah er etwas durch die offene Schlafzimmertür und unter Marys Bett flitzen, es war schokoladen- und cremefarben.

»Was war das?«, fragte Kyle.

»Was war was?« Fitz schaute sich um.

»Da ist was unter das Bett gesaust.«

»Ich habe nichts gesehen.«

»Oh, den habe ich fast vergessen. Sham.« Father O'Brien bückte sich und schaute unter die Metallstangen und Räder des Krankenbettes. Der Siamkater fauchte ihn an. »Marys Kater.« Der Priester richtete sich wieder auf. »Ich habe ihr versprochen, dafür zu sorgen, dass er ein gutes Zuhause findet. Ich würde ihn ja selbst nehmen, aber ich bin allergisch.«

Kyles Gesicht leuchtete auf. »Ich könnte ihn nehmen«, bot er an. »Meine Tochter wünscht sich schon lange ein Haustier. Es wäre eine tolle Überraschung für sie.«

»Tja, das dürfte in Ordnung gehen. Für gewöhnlich ist er recht freundlich, aber all diese fremden Leute hier haben ihn wohl verstört. Genau wie Mary«, fügte Father O'Brien leise hinzu.

»Dann kann ich den Kater haben?«, fragte Kyle.

»Gern. Geben Sie gut auf ihn acht, er braucht viel Aufmerksamkeit. Vielleicht dauert es ein wenig, bis er sich an eine neue Umgebung gewöhnt. Ich glaube, er ist seit Jahren nicht aus diesem Haus gekommen. Unten in der Vorratskammer ist Katzenfutter – das können Sie auch mitnehmen.«

Die Standuhr schlug zur halben Stunde. Father O'Brien hockte sich neben das Bett und zog Sham darunter hervor. Der Kater protestierte laut, wurde aber auf den Armen des Priesters wieder ruhig.

»Ich trage ihn für Sie hinunter.« Fitz und Kyle folgten Father O'Brien aus dem Schlafzimmer, zurück in die Dunkelheit des Erdgeschosses.

Kyle fummelte mit seinen Wohnungsschlüsseln herum. Zu seinen Füßen standen zwei große Beutel mit Katzenfutter und Zubehör, die er aus Marys Haus mitgebracht hatte. Mit Sham auf dem einen Arm war es ihm gerade gelungen, den richtigen Schlüssel zu finden, als Rowen die Tür öffnete. Sie sah die Katze und kreischte entzückt auf. Obwohl Sham wenig Widerstand geleistet hatte, als er aus der Marmorvilla getragen und in Kyles Auto gesetzt wurde, brachte Rowens Kreischen ihn dazu, sich an Kyle festzukrallen und sich dann mit einem Satz aus seinem Griff zu befreien. Sham flitzte durch die offene Wohnungstür und verkroch sich hinter dem Sofa.

»Oooh, ein Kätzchen! Ist das für mich? Kann ich es behalten?« Rowen lief zum Sofa und wollte den Kater herauslocken. Kyle trug das Katzenfutter hinein und stellte es ab.

»Ja, er gehört dir. Am Anfang wird er aber ziemlich scheu sein. Er kennt uns nicht. Wir sind Fremde für ihn, und er hat Angst.« Kyle schloss die Wohnungstür und setzte sich neben seine Tochter auf den Boden.

»Woher hast du ihn?« Rowen schaute immer noch hinter das Sofa.

»Weißt du noch, dass ich gesagt habe, ich müsste nach einer kranken alten Dame schauen?«

»Ja.«

»Tja, die alte Dame ist leider gestorben. Sie hieß Mary. Kennst du das große weiße Haus auf dem Hügel? Das da hoch über der Stadt steht?« Rowen nickte. »Da hat sie gewohnt. Der Kater gehörte ihr. Da er niemanden hat, der sich um ihn kümmern kann, habe ich mir gedacht, wir könnten ihm ein neues Zuhause geben. Er heißt Sham.«

»Er muss traurig sein wegen der alten Dame«, sagte Rowen. Wie aufs Stichwort ertönte ein klagendes Miauen aus dem schmalen Spalt zwischen dem Sofa und der Wand. Rowen steckte ihren Arm hinein, aber der Kater wich zurück, bis er außer Reichweite war.

Kyle kroch hinüber zu einem der Beutel und holte ein kleines Tütchen Katzenleckerlis heraus.

»Hier, versuch mal, ihn damit zu locken.« Kyle gab Rowen das Tütchen. Er zog sich zurück, wollte den Kater nicht erschrecken, falls der sich entschloss herauszukommen.

»Thunfischgeschmack«, las Rowen. Sie öffnete das Tütchen und verzog das Gesicht. »Riecht ja eklig.«

Rowen legte die Leckerlis in einer Reihe auf dem Boden aus, das erste so weit hinter das Sofa, wie sie in den Spalt hineinreichen konnte. Dann hockte sie sich hin und wartete. Nach ein paar Minuten kam eine dunkelbraune Nase zum Vorschein. Ein letztes Leckerli lag direkt vor Rowen.

Der Kater kroch langsam vorwärts und behielt sie dabei ständig im Blick. Als er nahe genug war, streckte Rowen vorsichtig die Hand aus, um ihn zu streicheln. Sham wich ein Stück zurück, als ihre Finger seinen Kopf berührten, aber statt wieder in sein Versteck zu flitzen, schnüffelte er vorsichtig an ihrer Hand. Dann schob er seinen Kopf gegen Rowens Hand und begann zu schnurren.

»Schau mal, Dad!«, flüsterte Rowen aufgeregt. Sham ließ sich von ihr hinter seinen zarten braunen Ohren kraulen. Sie grinste Kyle an und begann in ihrer beschwichtigendsten Beraterinnenstimme mit ihm zu reden.

»Du armes Kätzchen. Machst du dir Sorgen, weil du ohne deine Mama an einem fremden Ort bist? Du vermisst sie bestimmt sehr. Keine Angst, Sham, ich kümmere mich um dich. Ich weiß genau, wie du dich fühlst.«

Father O'Brien hatte dem Kleinbus des Gerichtsmediziners nachgeschaut, bis er aus der Auffahrt der Marmorvilla verschwunden war, bevor er in seinen Pick-up stieg. Es gab so vieles, was er zu erledigen hatte. Er musste den Bestattungsunternehmer anrufen und den ambulanten Pflegedienst.

Irgendwie musste er es Daisy beibringen.

Aber zunächst musste er sich all das und den gesamten beklemmenden Morgen für ein paar Stunden aus dem Kopf schlagen. Bis zur Messe blieben ihm nur noch dreißig Minuten, gerade genug Zeit, zur Kirche zurückzufahren und seine Gedanken zu sammeln.

Im Pfarrhaus wusch er sich rasch das Gesicht und zog die Messgewänder für den Gottesdienst über. Er wühlte auf seinem Schreibtisch herum, auf der Suche nach den Notizen vom Abend zuvor. Während er Papier zusammenknüllte und Bücher zur Seite schob, merkte er, dass er wütend war.

Er war wütend auf Mary.

Sofort verspürte er erdrückende Scham. Wie selbstsüchtig von ihm, so zu empfinden, besonders nach allem, was Mary hatte erleiden müssen. Aber er war wütend und verletzt, weil er keine Möglichkeit gehabt hatte, sich zu verabschieden. Schlimmer noch, durch ihren Selbstmord hatte Mary eine Entscheidung getroffen, die sie Gott hätte überlassen sollen.

Father O'Brien hörte auf zu suchen und lehnte sich an den Schreibtisch. Er sank auf die Knie und betete dafür, dass Marys Seele trotz des Selbstmords gerettet würde. Er flehte den Herrn an, eine Ausnahme zu machen für eine Frau, die selbst so wenig Glück erfahren und doch so viel Glück gegeben hatte. Er bat um die Kraft weiterzumachen, das ihr gegebene Versprechen zu halten, seine Wut hinter sich zu lassen.

Nur ein einziges Mal war er wütend auf Mary gewesen. Es war etwa zehn Jahre nach Beginn seiner Amtszeit in St. John. Nach einer so langen Zeit in einer Gemeinde bekamen die meisten Priester für gewöhnlich neue Aufgabenbereiche. Manchen wurde sogar erlaubt, sich weiterzubilden, um ihren Gemeinden besser dienen zu können. Er hatte mit dem Gedanken gespielt, eines Tages in einem Priesterseminar zu unterrichten.

Aber das sollte nicht sein. Father O'Brien wusste, dass Bischof Ross ihn dauerhaft in Mill River eingesetzt hatte, um Conor McAllister einen Gefallen zu tun. Er wusste auch, dass alle zukünftigen Bischöfe der Diözese von Burlington sich an diese Vereinbarung halten würden. Obwohl er gern in Mill River war und seine Gemeinde mochte, die eng zusammenhielt, fühlte er sich gefangen.

Ihm kam es vor, als wäre er seiner Zukunft beraubt worden.

Neben seinem Schreibtisch kniend, erinnerte sich Father O'Brien, wie dieses Gefühl einen schwelenden Groll in ihm ausgelöst hatte. Er war rasch in Wut umgeschlagen. Diese Wut war so stark geworden, dass er es kaum ertragen konnte, das Mitteilungsblatt seiner Alma Mater, des Priesterseminars St. John in Massachusetts, zu lesen. Es enthielt eine Kolumne mit den besonderen Leistungen der Ehemaligen und ihren neuen Zuständigkeitsbereichen. Eine Ausgabe, in der eine Stelle im Lehrkörper ausgeschrieben war, hatte er sogar verbrannt. Das Seminar hatte einen Dozenten für das Alte Testament gesucht, mit Schwerpunkt auf den Psalmen.

Father O'Brien hatte eine besondere Vorliebe für die Psalmen.

Es stimmte, was einer seiner alten Professoren gesagt hatte, nämlich dass die Psalmen die Lieder des Gottesvolks waren.

Sie spiegelten das Leben wider. In den Psalmen ließen sich Anleitungen für fast alle Situationen finden. Die meisten konnte Father O'Brien auswendig.

Aber sein Schicksal war besiegelt. Wegen Mary würde er nie die Möglichkeit haben, Psalmen in St. John oder anderswo zu lehren.

Damals wie heute hatte er Gott um Hilfe gebeten, mit seinen Gefühlen fertig zu werden. Damals wie heute hatte er sich wegen seiner Wut schuldig gefühlt und im Grunde seines Herzens gewusst, dass er kein Recht hatte, auf Mary wütend zu sein. Und eines Tages, als er zur Marmorvilla hinauffuhr, waren seine Gebete erhört worden.

Ihm war aufgegangen, dass Gott ihn vielleicht genau dort in Mill River haben wollte. Vielleicht war es kein Zufall gewesen, dass man ihn einer neuen Kirche zugewiesen hatte, die denselben Namen trug wie sein Priesterseminar. Er war vielleicht gerade rechtzeitig zu Marys und Patricks Hochzeit nach Mill River entsandt worden, damit er hier war, um Mary zu beschützen bei allem, was kommen sollte. Aus Gründen, die er nicht kannte, war es vielleicht wichtiger, über diese eine Frau zu wachen, als zu lehren oder in eine neue Gemeinde versetzt zu werden. Wenn das stimmte, hielt seine Zukunft eventuell doch etwas Besonderes für ihn bereit.

Nach dieser Erleuchtung war die Wut weg. An ihre Stelle trat Erleichterung, dann Dankbarkeit, als seine Freundschaft mit Mary zu einem wichtigen Teil seines Lebens wurde. Jetzt wünschte er, Marys Seele würde den Weg in den Himmel finden und seine Wut würde für immer erloschen sein.

Father O'Brien erhob sich und ging vom Pfarrhaus in den Altarraum. Bisher war noch niemand zum Gottesdienst gekommen. Die Kirche war kühl und dämmrig, nur schwach erhellt von dem Licht, das durch die Buntglasfenster fiel. Er trat an den Altar und blickte den stillen Mittelgang hinunter, auf den die regenbogenfarbenen Strahlen fielen.

Schon viele tausend Mal hatte er von diesem Altar aus gepredigt, aber ihn überkam die Erinnerung an einen ganz bestimmten Tag. Er sah ein eindrucksvolles Paar vor sich, einen hochgewachsenen blonden Mann und eine bildschöne, blauäugige Brünette. Bis auf die erste Reihe links des Ganges war die Kirche randvoll mit Angehörigen der McAllisters gewesen. Er wusste noch, wie Mary mit einer so vertrauensvollen Unschuld ihrem Bräutigam ins Gesicht gesehen hatte. Patrick schaute auf sie hinunter, als bekäme er gleich eine Trophäe überreicht. Schon in diesem Augenblick hatte Father O'Brien gewusst, dass ihre Ehe von Schatten erfüllt sein würde.

8

An einem warmen Sonntagnachmittag im April 1941 lief Patrick auf und ab zwischen der Eingangstür der gelben viktorianischen Villa und dem Salon, in dem seine Eltern und Mary geduldig warteten. Immer wieder zog er die Gardinen zurück und schaute hinaus.

»Nun lass doch, Junge, Father O'Brien ist neu in der Gegend. Gib dem Mann doch ein bisschen Zeit. Vielleicht hat er Schwierigkeiten mit der Wegbeschreibung«, sagte Stephen, als Patrick erneut durch das Zimmer lief.

»Die Fahrt von Mill River nach Rutland ist ganz einfach«, blaffte Patrick. »Ich kann immer noch nicht fassen, dass Bischof Ross an meinem Hochzeitstag in Rom ist. Er hätte die Reise verschieben sollen.«

»Das hätte er sicher gern getan, aber eine Konferenz im Vatikan, tja, ich bezweifle, dass er die hätte verschieben können. Und wir können den Termin nicht verlegen, nun da die Einladungen verschickt sind. Außerdem«, Elise McAllister lächelte Mary an, »ist es auch Marys Hochzeitstag, und Mill River ist nun mal ihr Heimatort. Ich finde es gar nicht so schlecht, die Hochzeit dort abzuhalten und einen Priester aus Mill River zu haben, der euch traut.«

Patrick verschränkte die Arme und runzelte die Stirn. »Ja, wahrscheinlich hast du recht.«

Mary saß reglos auf dem Sofa und schwieg. Sie hatte Bischof Ross, den Vorsteher der Diözese von Burlington und langjährigen Freund der Familie McAllister, bereits kennengelernt. Jetzt warteten sie jedoch auf Father O'Brien, den neuen Priester von Mill River. Sie spürte ein leichtes Flattern im Magen.

Im Lauf der letzten Monate hatte sie sich an Patricks engere Familie gewöhnt. Mary war immer noch zurückhaltend, verspürte aber keine lähmende Angst mehr, wenn sie bei ihnen war. Fremden zu begegnen war allerdings etwas anderes. Patrick hatte sie inzwischen vielen Menschen vorgestellt, mehr als sie zählen konnte. Wahrscheinlich waren es mehr Menschen, als sie in den Jahren vor Patricks erstem Besuch auf der Farm begegnet war. Bei jeder neuen Bekanntschaft musste sie um Fassung ringen. Ihr wurde zugutegehalten, dass sie inzwischen schon viel gelassener blieb. Das erwartete Patrick auch von ihr, doch selbst ihr Wunsch, ihn zufriedenzustellen, konnte die Angst nie vollkommen dämpfen. Es war nicht absehbar, was sie auslösen oder wann sie auftauchen und Mary überwältigen würde.

Patrick drehte langsame Runden durch den Raum und blieb erst stehen, als er das Rumpeln eines Autos in der Einfahrt vernahm. »Endlich«, murmelte er, als an der Tür geläutet wurde. Der Butler führte einen hochgewachsenen Mann mit einem weißen Kollar in den Salon.

»Father O'Brien.« Stephen erhob sich und reichte ihm die Hand. »Freut mich, Sie kennenzulernen. Bitte treten Sie ein. Ich möchte Ihnen meine Frau Elise vorstellen, und meinen Sohn Patrick, sowie seine Verlobte Mary Hayes.«

Der Priester hatte ein jungenhaftes Gesicht und war so hager, dass die dünnen Arme, die aus seiner schwarzen Anzugjacke hervorschauten, fast unnatürlich wirkten. Ein markanter Adamsapfel schwebte über dem weißen Kollar. Doch sein feines rotbraunes Haar wurde bereits dünn, und seine Augen strahlten eine gelassene Reife aus. Er schüttelte Stephens Hand und schenkte den anderen ein warmes Lächeln.

»Ich freue mich sehr, Sie alle kennenzulernen.« Father

O'Brien richtete den Blick auf Patrick und Mary. »Ich bin erst seit ein paar Monaten in Mill River, wie Bischof Ross Ihnen sicher erzählt hat, aber es wäre mir eine Ehre, Ihre Hochzeitsmesse zu halten.« Er wartete auf eine Reaktion, doch Patrick presste die Lippen zusammen und schaute den Priester finster an. Mary saß zitternd auf dem Sofa und schwieg. Schließlich brach Patricks Mutter das unbehagliche Schweigen.

»Lassen Sie uns eine Tasse Tee trinken. Dabei können wir die Einzelheiten der Zeremonie besprechen.« Sie gab dem Hauspersonal einen Wink und warf Patrick einen strengen Blick zu.

Patrick reagierte auf den Hinweis seiner Mutter. »Ja, Father, nehmen Sie doch Platz.«

»Das ist sehr freundlich, vielen Dank.« Der Sessel, auf den Father O'Brien sich setzte, war so breit, dass der dünne Mann wie ein Strich auf der Polsterung wirkte, fiel Mary auf.

»Sagen Sie, Father O'Brien, hat der Bischof Ihnen erzählt, dass er Elise und mich getraut hat, als er hier in Rutland noch Priester war?«, fragte Stephen.

»Das hat er, Mr McAllister. Wie ich hörte, sind Bischof Ross und Ihr Vater seit über vierzig Jahren befreundet.«

»Ja, das stimmt«, bestätigte Stephen.

»Ich weiß, dass es Bischof Ross sehr leidtut, nicht hier sein zu können, um Sie zu trauen«, sagte Father O'Brien zu Patrick und Mary, »aber unter den gegebenen Umständen, tja, da bleibt ihm wohl keine andere Wahl.«

»Das verstehen wir natürlich.« Patrick warf seiner Mutter einen versöhnlichen Blick zu. »Er wird im Geiste bei uns sein, und ich bin sicher, dass Sie eine wunderbare Zeremonie abhalten werden.«

»Wo wir schon dabei sind«, schaltete sich Elise ein, »sollten wir einige der Details besprechen. Ich habe eine Anzahl herrlicher Choräle gefunden, die geeignet wären.«

»Und wir sollten auf jeden Fall eine Probe abhalten«, sagte Stephen.

Schon bald waren alle damit beschäftigt, über die Einzelheiten der Hochzeit zu diskutieren – alle bis auf Mary.

Sie saß auf dem Sofa, trank ihren Tee und versuchte sich auf etwas anderes als den jungen Priester zu konzentrieren, der ihr gegenübersaß. Im Gegensatz zu den jungen Frauen, die schon alle Einzelheiten ihrer Hochzeit geplant hatten, bevor sie überhaupt ihren Ehemann kennenlernten, machte sich Mary keinerlei Gedanken darüber. Allein Patricks Zuneigung erworben zu haben, hatte ihre kühnsten Träume wahr werden lassen. Ihr machte es nichts aus, dass sie während jeder Diskussion über die bevorstehende Hochzeit die Rolle der Zuhörerin einnahm. Sie gab sich damit zufrieden, Patricks Mutter die Einzelheiten der Feier zu überlassen, und sie war vor allem erleichtert, sich nicht mit den Leuten abgeben zu müssen, die all die Vorbereitungen übernehmen würden.

Mary fühlte das Gewicht des Diamantrings an ihrem Finger. Sie konnte immer noch nicht glauben, dass sie Patrick heiraten und Teil einer echten Familie werden würde. Dann war da das Geld. Jedes Mal, wenn sie Patrick besuchte, staunte sie über die Pracht des Hauses. Nach den Jahren der Wirtschaftskrise würden ihr Vater und sie nie wieder mittellos sein.

»Ist dir das recht, Mary?« Stephens Stimme riss sie aus ihren Gedanken.

»Sieht so aus. Sie hat nicht aufgehört zu lächeln, seit wir uns zusammengesetzt haben. Ich glaube, die Hochzeitsfeier im Heimatort der Braut durchzuführen entspricht der Tradition.« Patrick warf seiner Mutter einen weiteren Blick zu. »Sie sagen, die Kirche fasst zweihundert Menschen?«

»Ja durchaus. Nicht dass ich je so viele Menschen auf einmal dort gesehen hätte. Es mag ein bisschen eng werden, aber ich bin sicher, dass all Ihre Gäste untergebracht werden können.« Father O'Brien beugte sich hinab, um seine Serviette vom Boden aufzuheben. Mary warf ihm einen verstohlenen Blick zu. »Ihre Hochzeit dürfte vermutlich die größte sein, die der Ort je gesehen hat.«

Er griff nach seiner Teetasse, und ein Glitzern fiel Mary ins Auge. Der Stiel eines Teelöffels ragte aus dem Ärmel von Father O'Briens Jackett. Mary blinzelte. Sie hatte sich bestimmt geirrt. Als der Priester die Tasse wieder abstellte, war der Silberschimmer verschwunden.

Mary schaute Father O'Brien ins Gesicht, aber der Ausdruck des Priesters war genauso ruhig und gelassen wie beim Betreten des Salons. Sie war verblüfft. Ein Priester würde nicht stehlen. Außerdem, warum sollte jemand einen Löffel stehlen, noch dazu ein Priester? Sie musste sich getäuscht haben. Er trug bestimmt eine silberne Uhr, oder vielleicht ein Armband. Sicherlich, das musste es gewesen sein.

»Wo werden Sie denn wohnen, wenn Sie verheiratet sind?«, fragte Father O'Brien. Patrick und Mary sahen sich an.

»Nun ja«, erwiderte Patrick gedehnt, »Marys Vater wird natürlich weiterhin in Mill River bleiben, aber die Marmorwerke und meine Familie sind hier, in Rutland …«

Mary nickte, doch das Thema verunsicherte sie. Natürlich wollte Patrick in Rutland wohnen, aber sie konnte den Gedanken nicht ertragen, dass ihr Vater allein in dem alten Farmhaus in Mill River lebte. Mary war alles an Familie, was ihr Vater noch hatte. Patricks Eltern hingegen hatten drei weitere Kinder und eine riesige Verwandtschaft ganz in der Nähe.

Als sie Patrick das erklärt hatte, war er für den Rest des Tages nicht mehr ansprechbar gewesen. Diese Seite an ihm hatte sie noch nie gesehen. Er war starrköpfig, schmollte und benahm sich unreif.

Sie hatten das Problem immer noch nicht gelöst.

»Ich habe bereits Vorkehrungen für ihr neues Zuhause getroffen.« Alle drehten sich zu Conor McAllister um, der plötzlich im Türrahmen des Salons stand. Er lächelte Mary beruhigend zu, als hätte er ihre Besorgnis gespürt. »Ich bin Conor McAllister«, sagte er, als der junge Priester sich erhob, um ihn zu begrüßen. Sie tauschten die üblichen Höflichkeiten aus, bevor sich Conor wieder der Tür zuwandte.

»Wie gesagt, ich habe mich um ihr erstes Zuhause gekümmert. Nennt es ein Hochzeitsgeschenk. Findest du nicht, dass es ein herrlicher Nachmittag für einen Ausflug ist, Stephen? Ich fahre eins deiner Autos vor, und wir schauen es uns alle zusammen an. War mir ein Vergnügen, Sie kennenzulernen, Father O'Brien.« Conor verließ den Raum, bevor jemand Gelegenheit hatte, ihm Fragen zu stellen.

»Wovon redet er?«, wollte Patrick wissen.

»Ich habe keine Ahnung«, erwiderte Stephen. »Ich war davon ausgegangen, dass wir Patrick und Mary helfen würden, etwas Nettes zu finden, sobald sie sich entschieden haben, wo sie wohnen wollen. Aber dass Pop sich damit beschäftigt, höre ich gerade zum ersten Mal.«

Mary wusste auch nicht, was Patricks Großvater vorhatte, doch sie spürte, wie sich ihr Magen verkrampfte.

»Wir sollten uns lieber anschauen, was er da plant, Stephen«, sagte Elise McAllister. »Er ist unberechenbar, um es milde auszudrücken«, fuhr sie fort, an den jungen Priester gewandt, »und er liebt Überraschungen. Patrick ist sein erstes Enkelkind, das heiratet, und Conor könnte sich alles Mögliche ausgedacht haben.«

»Bestimmt ist es etwas sehr Schönes.« Father O'Brien erhob sich. »Aber ich habe noch eine weitere Verabredung, daher werde ich Sie Ihren Nachforschungen überlassen.« An der Tür blieb er stehen. »Ich freue mich schon, Sie beim Traugespräch wiederzusehen«, sagte er zu Patrick und Mary. »Und vielen Dank für den Tee, Mrs McAllister.«

Mary sah dem schlanken jungen Priester nach. Sie mochte ihn. Er war ruhig und unaufdringlich, jemand, in dessen Gegenwart sie sich möglicherweise wohl fühlen würde.

Kaum war der Besucher gegangen, fuhr Conor im schwarzen Lincoln vor. Er ließ den Motor laufen, während er Mary, Patrick und dessen Eltern regelrecht aus dem Haus scheuchte.

Stephen wollte zur Beifahrertür gehen, doch Conor hielt ihn auf. »Nein, Junge, du fährst. Ich sage dir, wie du hinkommst.« Conor nahm auf dem Beifahrersitz Platz, und Stephen rutschte hinter das Lenkrad. »Nun beeilt euch doch.«

Patrick nahm Marys Ellbogen, half ihr auf den Rücksitz neben seine Mutter und stieg dann selbst ein. »Ich wünschte, du würdest uns verraten, was du getan hast.« Nur der Respekt vor seinem Großvater hielt seinen Ärger in Zaum.

»Geduld, Patrick! Ich werde es euch schon zeigen«, erwiderte der Patriarch grinsend. »Und danach können wir Mary gleich nach Hause bringen. Das erspart dir die Fahrt.«

»Aber Mary wohnt in Mill River«, wandte Stephen ein.

»Stimmt«, bestätigte Conor. »Genau dorthin fahren wir.«

»Ein bezaubernder Ausblick, nicht wahr?«, fragte Conor. Mary und die vier McAllisters standen auf einem Hügel oberhalb von Mill River. Ein guter Teil des Geländes war gerodet und eingeebnet worden, und ein unbefestigter Zufahrtsweg verband es mit der Hauptstraße in den Ort.

»Ja, Pop«, antwortete Stephen. »Aber warum sind wir hier?«

Mary schwieg, bemerkte aber, dass Conor aussah, als würde er gleich platzen.

»Patrick, Mary.« Conor wandte sich ihnen zu. »Ich wollte euch etwas Besonderes zur Hochzeit schenken. Aber was konnte ich euch schenken, vor allem dir, Mary, um dich in unserer Familie willkommen zu heißen?« Conors grüne

Augen zwinkerten, und Mary spürte, wie ihre Wangen zu glühen begannen. »Dann fiel es mir ein. Ich lasse ein Haus für euch bauen, hier, oberhalb von Mill River. Ein Haus in Marys Heimatort, damit sie nahe bei ihrem Vater sein kann. Ein Haus, das mit dem feinsten weißen Marmor aus unseren Marmorwerken verkleidet wird. Der Wohnort ihrer Familie und das Vermächtnis der unseren. Die Bauarbeiten beginnen diese Woche. Wenn das Wetter hält, dürften sie im August beendet sein, rechtzeitig zum Einzug nach eurer Trauung.«

Conors Ankündigung machte sie alle sprachlos. Patrick fand seine Stimme als Erster wieder.

»Du meinst, wir sollen hier leben? In Mill River?« Diesmal trat sein Ärger offen zutage. »Aber das bedeutet, dass ich jeden Tag zur Arbeit nach Rutland fahren muss. Und was ist mit meinem neuen Stall?«

»Pah, das sind doch nur ein paar Meilen, kaum eine Viertelstunde. Du wirst dich daran gewöhnen. Außerdem gab es bei Rutland keinen Baugrund, der sich mit dem hier vergleichen ließ. Denk mal darüber nach, Patrick – dein eigener Landsitz! Ich habe auch noch mehrere Hektar dort drüben dazugekauft«, fuhr Conor fort und deutete auf ein Gelände, das sich hügelabwärts erstreckte. »Da ist viel Platz für Pferde. Ich werde einen weiteren Stall für dich und Mary bauen lassen.«

»Oh, Mr McAllister, das ist ein Traum!« Mary kämpfte mit den Tränen. »Einfach phantastisch! Ich hätte nie erwartet, wir hätten nie erwartet, oh, Patrick, ist das nicht wunderbar?« Freude war in Mary aufgestiegen, als Conor seine Überraschung verkündete, und als er auch noch den neuen Stall erwähnte, konnte sie ihre Begeisterung nicht mehr zurückhalten.

Elise schüttelte ungläubig den Kopf. »Diesmal hast du dich wirklich selbst übertroffen, Conor.«

»Wohl wahr«, stimmte Stephen zu. »Ist zwar ein bisschen

Fahrerei nach Rutland, Junge, aber ich denke, ich könnte dich mit einem Transportmittel versorgen, als Hochzeitsgeschenk von deiner Mutter und mir.« Er zwinkerte ihm zu. »Außerdem ist das hier ein großartiger Platz für ein Haus.«

Patrick verschränkte die Arme und runzelte die Stirn. Er war es nicht gewohnt, überstimmt zu werden, doch diesmal ließ es sich nicht vermeiden.

»Ich weiß nicht, was ich sagen soll, Grandpa. Vielen Dank.«

»Ja, Mr McAllister, ich danke Ihnen ganz herzlich!« Mary verspürte große Erleichterung, als ihr bewusst wurde, dass sie nicht mit Patrick um die Entscheidung kämpfen musste, wo sie wohnen würden – sein Großvater hatte die Entscheidung für sie beide getroffen.

»Für dich ebenfalls ›Grandpa‹, Mary«, sagte Conor. »Und es ist mir eine große Freude. Jetzt sollten wir dich nach Hause bringen, bevor dein Vater sich Sorgen um dich macht.« Als er zum Lincoln zurückging, hakte sich Mary bei ihm unter und drückte lächelnd seinen Arm. Conor tätschelte ihre Hand und lachte leise. Stephen und Elise folgten ihnen, aber Patrick zögerte. Er blieb noch ein paar Minuten stehen und funkelte böse ein unsichtbares Ziel im Himmel über Mill River an, bevor er hinter seiner Familie her zum Auto stapfte.

»Ich weiß nicht, was ich sagen soll, Mary.« Samuel Hayes trat zurück, um seine Tochter in ihrem Hochzeitskleid zu betrachten. »Du siehst wunderschön aus. Ich wünschte, deine Mutter könnte dich so sehen.«

»Sie würde sich bestimmt für uns freuen. Du siehst aber auch gut aus.« Marys Lächeln brachte den stämmigen Pferdezüchter dazu, verlegen an seiner Fliege zu fummeln.

»Kann mich nicht erinnern, nach der Hochzeit mit deiner Mutter je wieder einen Anzug getragen zu haben. Kommt mir irgendwie komisch vor. Und diese Schuhe sind ein bisschen eng.« Er sah hinüber zu Mary, aber sie schaute in den Spiegel und glättete den Schleier, der ihr über die Schultern fiel. Ihr Kleid war aus Seidenkrepp, mit einem herzförmigen Ausschnitt, Spitzenärmeln und einer passenden, drei Meter langen Spitzenschleppe. Ihr dunkles Haar war elegant aufgesteckt, und sie trug ein Edelsteindiadem, an dem der Schleier befestigt war.

»Ich finde das alles ein bisschen übertrieben, aber Patrick hat darauf bestanden.« Vorsichtig berührte Mary einen der größeren Steine des Diadems. »Es gehört seiner Mutter, und er sagt, es würde seit Generationen von jeder Braut der McAllisters getragen.«

»Na, mir gefällt es. Außerdem ist es dein Hochzeitstag. Ich sehe keinen Grund, warum du da nicht wie eine Königin aussehen sollst.«

»Mag sein.« Sie starrte weiter in den Spiegel, aber ihre blauen Augen waren glasig, erkannten nichts, während sie ihre Gedanken wandern ließ. Orgelmusik ertönte aus dem Kirchenschiff vor dem Umkleideraum, in dem sie standen, und hin und wieder drangen die Stimmen der Menschen herein, die zu ihren Plätzen geführt wurden. Mr Hayes sah nervös zur Tür, dann wieder zu seiner Tochter.

»Noch fünfzehn Minuten. Mary, bist du … glaubst du, dass du die Zeremonie durchstehen wirst?«

»Ich glaube schon, Papa. Richtige Panik hatte ich schon seit langem nicht mehr. Ich dachte, ich wäre viel verängstigter, aber das bin ich nicht.« Was fast der Wahrheit entsprach. Tief im Inneren spürte sie immer noch den schwelenden Kern des Unbehagens, doch sie war entschlossen, sich ihren Hochzeitstag durch nichts verderben zu lassen.

Mr Hayes schüttelte den Kopf und griff nach ihrer Hand. »Ich hätte mir nie vorstellen können, dass du fähig wärst, einen Raum voller Menschen zu betreten, und schon gar nicht, dass du je heiraten würdest.« Er hielt einen Moment inne und schniefte. »Ich war so besorgt, dass es dir nie wieder gutgehen würde nach … Na ja, wir wollen die Vergangenheit ruhen lassen. Nun kommt es nur auf das Hier und Jetzt an. Dieser Patrick hat wahrhaftig ein Wunder an dir vollbracht.«

»Ich weiß.« Marys Augen waren wieder klar, und sie strahlte. »Manchmal kann ich es selbst nicht glauben. Ich liebe ihn so sehr. Er ist … er ist alles für mich.«

»Mary, ich wollte dir sagen, na, du weißt, dass ich nicht viel Geld habe. Und du kannst dir nicht vorstellen, wie sehr ich mir wünschte, dass du eine schöne Hochzeit bekommen solltest.«

»Aber Papa, schau dir das alles an.« Mary deutete auf die Tür, die zum Kirchenschiff führte. »In meinen wildesten Träumen hätte ich mir nichts Besseres als das hier vorstellen können.«

»Ich weiß, ich weiß. Nur dass, nun ja, ich hätte mir gewünscht, dass *ich* derjenige wäre, der dir das alles hier ermöglicht.«

»Oh, Papa, du hast mir immer so viel gegeben.« Mary umarmte ihren Vater.

Die Orgelmusik vor der Tür wurde lauter und verkündete den Beginn des Einzugs. Mary trat zurück und tupfte sich die Augen ab. Mr Hayes richtete seine Fliege, nahm Marys Arm und lächelte. Es war so weit.

Als der Trompeter eine feierliche Fanfare blies, erhob sich die Gemeinde in einer großen Welle und wandte sich erwartungsvoll dem Eingang zu. Die Kirche war randvoll. Patrick wartete mit seinem Bruder und Father O'Brien am Altar.

Die tiefen Akkorde der Orgel verbanden sich mit den klaren Tönen der Trompete, während Mary und ihr Vater den Gang hinaufschritten. Die meisten Menschen in der Kirche hatten Mary noch nie gesehen, doch ihre außergewöhnliche Schönheit ließ sogar jene staunen, die ihr schon begegnet waren.

Falls Mary verängstigt war, ließ sie es sich nicht anmerken. Sie lächelte, ihr schönes Gesicht war entspannt und gelassen. Tränen rannen ihr aus den blauen Augen. Patrick sah ihr entgegen, während sie, die Hand um den Arm ihres Vaters gelegt, auf ihn zukam, bis sie vor ihm stehen blieb. Als die Musik verklang, erfüllte Father O'Briens Stimme die Kirche.

»Ich begrüße die Familie und Freunde, die sich heute hier versammelt haben, um die Eheschließung von Mary Elizabeth Hayes und Patrick Miles McAllister zu bezeugen. Lasset uns beten.« Er senkte den Kopf. »Vater, wir erbitten Deinen Segen für Mary und Patrick, die heute vor Deinen Altar getreten sind, um den Bund der Ehe zu schließen …«

Mary hielt den Kopf gesenkt und schaute hinunter auf die Füße ihres Vaters. Die steifen Lackschuhe bewegten sich leicht. Sie wusste, dass er die Zehen krümmte, und musste lächeln.

Patrick trat vor und nahm Marys Hand, als ihr Vater sie freigab. Mr Hayes lächelte seiner Tochter zu und setzte sich in die erste Bankreihe links vom Gang. Außer ihm saß dort nur ein älteres Paar im besten Sonntagsstaat, das sich unter all den sehr viel eleganter Gekleideten unbehaglich zu fühlen schien. Mr und Mrs Pearson waren die einzigen Gäste, die Mary und ihr Vater eingeladen hatten, und seit zwei Jahrzehnten ihre Nachbarn. Außer den beiden war Mary und ihrem Vater niemand eingefallen, den sie hätten einladen können.

Mary blickte zu Patrick auf, ihr Gesicht strahlender als die Krone, die sie trug. Patrick lächelte auf sie hinunter und drückte ihre Hand, während sie sich dem jungen Priester zuwandten. Hinter sich spürte Patrick die zweihundert Augenpaare, die die Schönheit dieser umwerfenden Frau in sich aufnahmen, die bald seine Gattin sein würde. Auf diesen Augenblick hatte er hingearbeitet – ihre gemeinsame Krönung. In der nächsten Woche würden sie die Niagarafälle und New York besuchen. Er genoss den Gedanken, seine hinreißende

Braut in ihren Flitterwochen auszuführen. Als er ihre weiche Hand in der seinen spürte, beschleunigte sich sein Puls, und seine Ungeduld machte sich bemerkbar. Wieder schaute Patrick auf Mary hinunter. Seine grünen Augen waren hungrig, beinahe gierig. Ihre Marmorvilla in Mill River war fertig. Heute würden sie ihre erste Nacht dort verbringen. Nachdem er so lange gewartet hatte, würde er von Mary endlich das bekommen, wonach es ihn am stärksten verlangte.

9

Nachdem sie das Laufband bezwungen, die Einfahrt vom Schnee befreit und sich ein heißes Bad gegönnt hatte, fuhr Claudia Simon mit ihrem alten Station Wagon durch Mill River zum Supermarkt. Sie lächelte zufrieden, weil sie vorsorglich ein gesundes Mittagsmahl zu sich genommen hatte, damit die Tortillachips sie nicht in Versuchung führen würden. Sie hatte ihren Appetit unter Kontrolle und war stolz darauf.

In der Obst- und Gemüseabteilung fiel es ihr leicht, sich zu beherrschen. Sie hatte keine Gewissensbisse, Obst und Gemüse zu essen, sie waren ihre Freunde, und sie stapelte sie in ihrem Einkaufswagen. Der Gang mit den Milchprodukten war ebenfalls harmlos. Entrahmte Milch, fettarmer Hüttenkäse und Joghurt – alles akzeptabel. Aus der Fleischabteilung holte sie ein Paket enthäutetes Hühnerfilet und an der Fischtheke zweihundertfünfzig Gramm Lachs.

Noch immer beherrscht, ignorierte Claudia ein Päckchen italienische Wurst, das ihr verführerisch zuflüsterte, und ging erhobenen Hauptes an der Abteilung für Knabberzeug mit den knisternden, glänzenden Chipstüten vorbei. Eine leckere Marinara wäre doch was, dachte sie, als sie im Gang mit den Nudelregalen nach Spaghetti und Pastasoße Ausschau hielt. Jetzt brauchte sie bloß noch fettarmes Salatdressing und Brot. Das Salatdressing stand im nächsten Gang. Das Brot befand sich jedoch in der hinteren Ecke des Ladens … in der Backwarenabteilung.

Claudia atmete tief durch und wappnete sich innerlich, als

sie ihren Einkaufswagen auf die Kuchentheke zuschob. Sie schaute auf die Uhr. Es war fast Mittag, der Duft der frischen Backwaren vom Morgen würde also nicht mehr so durchdringend sein. Dafür war sie dankbar.

Sie würde einen hübschen Laib Vollkornbrot kaufen, einen von der ballaststoffreichen Sorte. Sie stellte sich den Geruch des Vollkornbrots vor, als sie zur Kuchentheke kam, in der Geburtstagstorten, Kekse und reihenweise Donuts ausgestellt waren. *Zuckerguss, Bayrisch Creme, Boston Creme, Schokostreusel* lasen ihre Augen, bevor sie den Blick abwenden konnte, und Claudia verspürte einen kleinen Stich. Donuts waren ihre größte Schwäche, und ihre Beherrschung drohte zu schwinden.

Sie ging schneller, schwang ihren Einkaufswagen um das Ende des Ganges, wo die Brotregale anfingen, und blieb stehen. Vor ihr ragte ein großer Verkaufsständer auf. Schachteln mit Teekuchen, Gebäck und Donuts waren ordentlich unter einem Schild aufgestapelt, auf dem *»2 für $ 5.00«* stand. Sie starrte auf eine Schachtel mit Puderzucker-Donuts und merkte, wie ihr das Wasser im Mund zusammenlief. Hör auf, Claudia, ermahnte sie sich, du hast keinen Hunger. Dafür hast du gesorgt, bevor du das Haus verlassen hast. Aber eine kleine Stimme in ihrem Kopf fragte, wie lange es her sei, seit sie sich einen Donut gegönnt hatte. Einen Monat? Zwei Monate? Heute, fragte die kleine Stimme, kannst du doch bestimmt mal eine Ausnahme machen?

Hm, dachte Claudia, als sie schon nach der Schachtel griff, ich war heute Morgen auf dem Laufband und achte nach wie vor sehr sorgfältig auf mein Gewicht. Die kleine Stimme pflichtete ihr eifrig bei. Du hast es verdient, sagte sie. Und außerdem, von einem Donut oder zwei wirst du nicht gleich wieder vierzig Kilo zunehmen. Das stimmt, dachte Claudia, als sie die Schachtel in den Einkaufswagen legte. Aber es konnte ein gefährlicher Einstieg sein. Sie seufzte und versuchte sich den Kauf wieder auszureden, obwohl sie wusste, dass es schon zu spät war.

Als Claudia in der Absicht, rasch das Brot zu finden und den Laden zu verlassen, um die Ecke bog, vernahm sie eine Männerstimme, die ihr vage bekannt vorkam, und eine Kinderstimme, die sie sofort erkannte.

»Hier, Kiddo, aber pass auf, dass du es nicht fallen lässt.«

»Mach ich nicht, Dad. Ich stell es oben drauf, zu den Eiern.«

Kyle Hansen stand im Brotgang neben einem Einkaufswagen und seiner neunjährigen Tochter Rowen.

Claudia hatte Kyle ein paar Wochen zuvor kennengelernt. Der Polizeibeamte Kyle und sein Partner Leroy Underwood hatten Claudias Klasse im Zuge eines Berufsfindungsprojekts besucht. Kein Wunder, dass mir seine Stimme vertraut ist, dachte Claudia. In dem Moment, als er das Klassenzimmer betreten hatte, waren ihre Knie weich geworden. Seither hatte sie sich den Klang seiner Stimme, wie er mit ihren Viertklässlern gesprochen hatte, immer wieder ins Gedächtnis gerufen.

»Wir müssen noch zur Wursttheke und Aufschnitt für Sandwichs holen. Und einen Beutel Katzenfutter brauchen wir auch.«

»Den können wir unten reinlegen, siehst du, Dad?« Rowen zeigte auf die Stangen über den Rädern des Einkaufswagens. »Dafür ist es da, weißt du. Oh, kann ich einen Donut haben?« Claudia zuckte zusammen.

»Nein, ich finde, Ruth gibt dir schon genug Süßigkeiten aus der Bäckerei …«

»Miss Simon! Hi, Miss Simon!«, rief Rowen, als sie Claudia am Ende des Ganges entdeckte. Kyle drehte sich um und lächelte. Claudia erstarrte. Jetzt, wo sie ihrer Vorliebe für Süßes nachgegeben hatte, wollte sie von niemandem gesehen werden. Schon gar nicht von diesem gutaussehenden Mann, der seiner Tochter einen Donut verweigert hatte und Claudia bestimmt für ein fettes Schwein halten würde, wenn er die ganze Schachtel in ihrem Einkaufswagen entdeckte. Aber es war zu spät – die beiden kamen auf sie zu. Sie griff nach einem Brotlaib aus dem nächsten Regal, legte ihn auf die Donutschachtel und zwang sich zu einem Lächeln.

»Hi, Rowen«, sagte sie, doch bevor sie weiterreden konnte, unterbrach Rowen sie.

»Miss Simon, stellen Sie sich vor, ich hab eine Katze bekommen! Dad hat sie von einer alten Dame, die gestorben ist, und jetzt gehört sie mir!«

»Ehrlich?«, fragte Claudia mit einem Blick zu Kyle, der sie angrinste. »Wie ist denn ihr Name?«

»Sein Name«, antwortete Rowen und betonte das *sein*, »ist Sham. Er ist ein Siamkater und hat blaue Augen. Wir müssen Katzenfutter für ihn kaufen.« Neugierig schaute Rowen in Claudias Wagen. Als sie die halb verborgene Schachtel Donuts sah, verzog sie den Mund und blickte zu ihrem Vater auf. »Hey, Dad, Miss Simon kauft auch Donuts, warum kann ich dann keinen kriegen?«

Claudia dachte, sie würde zu einer Backpflaume zusammenschrumpfen. Falls Kyle ihr Erröten aufgefallen war, ließ er sich jedenfalls nichts anmerken. Ja, er schien sogar ein bisschen verlegen wegen Rowen zu sein.

»Also gut«, gab er nach und blickte Claudia kleinlaut an, als Rowen zur Kuchentheke flitzte. »Aber nur einen«, rief er ihr nach. »Sie ist ein richtiges Leckermaul«, sagte er, während er einen weiteren Brotlaib in seinen Wagen legte. »Man sollte doch meinen, dass sie nach allem, was ihr aus der Bäckerei zugesteckt wird, und den Pfannkuchen zum Frühstück genug haben würde.«

»Ach, wenn es um Donuts geht, kann ich das gut verstehen.« Claudia lächelte schuldbewusst. »Und man ist schließlich nur einmal Kind.«

»Stimmt«, gab Kyle zu. »Wie gehen denn die Viertklässler inzwischen mit Ihnen um, Miss Simon?« Er sah sie mit echtem Interesse an, und Claudia hoffte, sie würde irgendetwas herausbringen, das nicht idiotisch klang.

»Oh, nennen Sie mich bitte Claudia. Und es läuft ganz gut. Ich lerne die Kinder allmählich kennen, was nicht leicht ist, wenn das halbe Schuljahr schon rum ist und sie an jemand anderen gewöhnt sind. Ihre Lehrerin hatte ja gekündigt, statt nach dem Mutterschaftsurlaub zurückzukommen, und die Kinder waren enttäuscht, als die Schule nach Weihnachten wieder anfing und sie stattdessen mich antrafen. Ich war wirklich froh, dass Sie und Officer Underwood bereit waren, in den Unterricht zu kommen. Die Kinder haben sich gefreut, Sie zu sehen.«

»Das ist gut. Der Besuch in Ihrer Klasse hat mehr Spaß gemacht, als Streife zu fahren oder Führerscheine zu kontrollieren. Und Sie sollten mich übrigens Kyle nennen. Nichts mit Officer. Das Gleiche gilt für Leroy, falls Sie ihm begegnen.«

Claudia hoffte, Leroy *nicht* zu begegnen. Sie hatte nicht vergessen, wie Kyles Partner sie beim Besuch im Klassenzimmer mit den Augen verschlungen hatte. Aber Kyle schaute sie erwartungsvoll an, und sie richtete ihre Aufmerksamkeit wieder auf ihn.

»Mach ich gerne.« Claudia lächelte, als Rowen mit ihrem Bayrisch-Creme-Donut in einer kleinen Wachspapiertüte zurückkam.

»Schau, Dad, ich habe einen gefüllten bekommen. Darf ich ihn jetzt essen? Bitte, bitte?«

Kyle verdrehte die Augen, und Claudia musste lachen. »Na gut, ich habe zu Hause einen Haufen Arbeiten zu korrigieren, und es sieht so aus, als hätten Sie noch mehr Entscheidungen zu treffen«, sagte sie zu ihm. »Und dich sehe ich morgen in der Schule«, rief sie Rowen zu, während sie ihren Wagen weiterschob.

»Passen Sie auf sich auf«, sagte Kyle. Rowen winkte ihr nach, den Mund bereits voll.

Leichten Herzens ging Claudia auf die Kasse zu. Sie hatte sich vor Kyle nicht zum Narren gemacht, selbst nach dem Donutfiasko. Ja, dachte sie, als sie die Donutschachtel aus dem Wagen nahm und in ein Regal am Ende des Ganges stellte, sie war wirklich glücklich, und sie brauchte dazu keine Donuts. Zumindest nicht heute.

Den übrigen Einkauf so gut wie erledigt, gingen Kyle und Rowen auf die Abteilung mit dem Tierfutter zu. Als sie am Ende des Ganges ankamen, erhaschte Kyle noch einen Blick auf Claudia, die an der Kasse stand, in ihrem Geldbeutel kramte und mit der Kassiererin plauderte. Seltsam, dass er nicht bemerkt hatte, wie attraktiv sie war, als er sie zum ersten Mal gesehen hatte. Allerdings war er da in ihrem Klassenzimmer gewesen und hatte vor seiner Tochter und zweiundzwanzig anderen Viertklässlern gestanden.

»Hier ist der Gang mit dem Katzenfutter. Nun komm schon, Dad.« Rowen zog am Wagen. Ihr Donut war längst verspeist, und sie wollte schnell nach Hause und mit Sham spielen.

Zögernd wandte Kyle den Blick von Claudia ab und folgte seiner Tochter. Mit Erstaunen stellte er fest, dass er tatsächlich Interesse für jemanden entwickelte. Das war ihm seit Allisons Tod nicht passiert. Noch besser war, dachte Kyle, während er zusah, wie Rowen einen Beutel Katzenfutter vom Regal zog, dass es nicht allzu schwierig sein würde, Claudia wiederzusehen.

Leroy Underwood kramte ebenfalls herum.

Zwei Blocks von Claudias Haus entfernt hatte er vom geparkten Auto aus beobachtet, wie sie ihre Einfahrt freischaufelte und davonfuhr. Sie hatte auch den Weg hinter dem Haus freigeschaufelt, was ihm nur recht war, denn so würde er keine Fußspuren im Schnee hinterlassen. Nachdem sie weggefahren war, schlich er ums Haus herum und betrat es durch die Hintertür. Wie die meisten Hintertüren in Mill River war auch Claudias selten abgeschlossen. Leroy hatte sie seit einem Monat beobachtet und kannte ihren Tagesablauf. Jeden Sonntagmorgen stieg sie auf das Laufband und fuhr anschließend immer zum Einkaufen. Sie würde mindestens eine Stunde fortbleiben.

Bisher war er nicht so kühn gewesen, ihr Haus zu betreten. Oh, er hatte unzählige Male durch die Fenster beobachtet, wie sie abends Arbeiten korrigierte, auf dem Laufband lief, auf dem Sofa vor dem Fernseher saß. Er hatte ein paar gute Fotos von ihr gemacht. Aber er gierte nach ihr, musste mehr von ihr erfahren. Er trug seine Polizeiuniform, damit er, falls sie ihn entdeckte, einfach behaupten konnte, er würde eine Anzeige wegen eines Spanners überprüfen. Doch das hielt er für unwahrscheinlich, und zu seinem Glück behielt er recht. Selbst am helllichten Tag war niemand auf der Straße.

Jetzt stand er in Claudias Schlafzimmer vor der Kommode, fuhr mit seinen rauen Fingern durch ihre Unterwäsche, atmete den Lavendelgeruch des Duftkissens ein. Er zog seidige Höschen, Mieder und Nachthemden heraus, die geschmeidig über seine Hände glitten. Er schaute auf ihr Bett, stellte sich vor, wie er unter ihrer Decke lag. Eines Tages würde er dort mit ihr liegen.

Sorgfältig wählte er einen mit Spitzen besetzten Tanga aus und steckte ihn in die Tasche. Er war aus schwarzer Seide mit dünnen, bestickten Bändern. Er würde ihn nachts benutzen, wenn er ihre Fotos betrachtete.

Allmählich wurde er nervös. Sie könnte auf dem Heimweg sein, und er musste weg.

Er kam am Badezimmer vorbei, in dem noch der warme, feuchte Duft des Shampoos in der Luft hing. In Claudias ordentlicher Küche öffnete er den Kühlschrank. Nichts darin sprach ihn an.

Er schloss die Kühlschranktür und betrachtete die vielen Notizen und Fotos unter verschiedenen Magneten. Darunter war auch eine Rückenansicht von Claudia in engen Jeans und einem ausgeschnittenen Pullover. Sie lächelte zurückhaltend über die Schulter. Daneben hing ein Foto vom Rücken einer übergewichtigen Frau, deren Gesicht man nicht sah. Er wusste nicht, wer die Frau war, und es war ihm auch egal – er war mehr an dem Foto von Claudia interessiert. Sein Blick wurde wieder von den engen Jeans angezogen. Ihr Hintern war fest und rund – perfekt für die Hundestellung. Leroy dachte an das schwarze Höschen in seiner Tasche, und der Schritt seiner Jeans, bereits seit längerem unangenehm eng, war kurz vor dem Platzen.

Leroy fuhr zusammen, als es laut an der Haustür klopfte. Er erstarrte und lauschte. »Huhu, Miss Claudia, sind Sie zu Hause?«, rief eine Stimme durch die Tür. Das Klopfen wiederholte sich.

Leroy wagte einen Blick aus dem Küchenfenster und fluchte leise. Crazy Daisy, angezogen wie ein verdammter Eskimo, blickte erwartungsvoll auf die Tür.

Die geht gleich wieder weg, dachte er, aber dann hörte er ein Auto in die Einfahrt biegen, und sein Herz schlug noch schneller. Das Geräusch dieses Autos kannte er gut. Claudia war nach Hause gekommen.

Fieberhaft dachte er nach. Er hörte, wie die Autotür zuschlug, hörte Daisy in ihrer Singsangstimme etwas über irgendeinen Liebestrank plappern und Claudias höfliche Ablehnung. Er musste sofort verschwinden, und er konnte nur hoffen, dass sie zu abgelenkt waren, um ihn zu bemerken.

Leroy huschte aus der Hintertür, als Claudia durch die Haustür trat. Er versteckte sich hinter einem Gebüsch im Garten und sah Daisy am Haus vorbeigehen in Richtung

Kirche. Die kleine, rundliche Frau blieb kurz stehen, als sie am Gebüsch vorbeikam, in dem er sich versteckte, und ging dann weiter. Sie hatte ihn vermutlich nicht gesehen. Sobald Daisy die Kirchentür erreicht hatte, ging er ganz lässig hinten herum zu seinem Auto zurück. Noch immer durchpulste ihn das Adrenalin, und er war höchst zufrieden mit seiner Beute. Er steckte die Hand in die Tasche mit dem Höschen. Obwohl er nie geglaubt hätte, dass es dazu kommen würde, war er Crazy Daisy dankbar. So bescheuert sie auch war, ihr Auftauchen hatte es ihm ermöglicht, mit seinem Schatz zu entkommen.

10

Zwei Monate nach der Hochzeit stand Mary im Nachthemd am Fenster und sah Patrick zur Arbeit davonfahren. Sein neues nachtblaues Packard Clipper Coupé, das von seinem Vater versprochene Hochzeitsgeschenk, rollte sanft die Einfahrt hinunter und verschwand. Kurz darauf kam der Wagen erneut in Sicht, auf der Hauptstraße, die durch Mill River nach Rutland führte.

Obwohl der Herbst in Vermont auf dem Höhepunkt war, nahm Mary das leuchtende Orange und flammende Rot des Zuckerahorns kaum wahr. Ihr Blick streifte abwesend über die goldenen, zwischen den dunkelgrünen Fichten verstreuten Birken. Die sanften Hügel um Mill River waren zu einer satten, natürlichen Farbpalette geworden, aber Mary hatte kein Interesse daran.

Sie wandte das tränenüberströmte Gesicht vom Fenster ab und bewegte vorsichtig ihr Handgelenk. Vielleicht hilft ein wenig Eis gegen die Schmerzen, dachte sie und ging nach unten in die Küche. Dort zog sie einen Eiswürfelbehälter aus dem Gefrierfach und schlug ihn gegen die Arbeitsplatte. Ein paar Würfel lösten sich. Sie wickelte sie in ein Geschirrtuch und hielt die eisige, klumpige Masse an ihr Handgelenk.

Mehrere Minuten blieb sie so vor der Spüle stehen. Das Eis im Handtuch schmolz, und die Kälte verteilte sich durch das weiche Baumwollgewebe. Wassertropfen fielen in die Spüle. Tropf, tropf. Im stillen Inneren der Marmorvilla klangen die Tropfen wie dumpfe Hammerschläge. Mary lehnte sich an die Spüle und begann wieder zu weinen.

Wie hatte sie so glücklich sein und sich gleichzeitig so irren können? Die zwei Monate als Patricks Ehefrau kamen ihr wie zwei Jahre vor. Der Mann, der Patrick heute war, glich nicht mehr dem Mann, den sie geheiratet hatte. Oder vielleicht doch, und sie war zu naiv gewesen, das zu merken.

Das Tuch mit den Eiswürfeln war fast vollkommen durchweicht, als Mary es schließlich in die Spüle warf. Sie hielt ihr Handgelenk hoch. Es war leicht geschwollen. Auf beiden Seiten waren blaurote Flecken, hervorgerufen durch Patricks schraubstockartigen Griff. Sie bewegte das Gelenk erneut und war überrascht, dass es sich viel besser anfühlte. Mary nahm ein weiteres Handtuch, trocknete sich die Hände ab und drückte es leicht gegen ihre feuchten Wangen.

Die Äste vor dem Küchenfenster bewegten sich sanft im Wind. Sie dachte daran, wie die kühle Brise sich auf ihrem Gesicht anfühlen würde, und ging nach oben, um sich anzuziehen. Sie musste wirklich aus dem Haus.

Mary zog eine langärmelige Bluse und ihre bequeme Arbeitshose aus der Kommode. Als sie Patrick zum ersten Mal begegnet war, hatte sie etwas Ähnliches angehabt. Da hatte er sich nicht anmerken lassen, dass es ihn störte. Aber als sie sich das letzte Mal so anzog, hatte er sie angeschrien, sie solle sich sofort umziehen, denn er dulde nicht, dass sich seine Frau wie eine Almosenempfängerin kleide. Ein anderer Mensch, dachte sie wieder, als sie sich aus dem Nachthemd schälte. Ihr verletztes Handgelenk erschwerte das Anziehen, aber sie schaffte es. Dann ging sie nach unten, schlüpfte in ihre Reitstiefel, trat aus der Hintertür und machte sich auf den Weg zum Stall.

Wie versprochen, hatte Conor auf dem Gelände hinter dem Haus einen Stall bauen lassen. Dort standen ihre drei Pferde – Penny, Patricks kupferfarbene Vollblutstute, Monarch und Ebony. Die Pferde wandten sich ihr erwartungsvoll zu, als sie die Tür öffnete. Ebony schwang ihren dunklen Kopf über die Boxentür und wieherte.

»Guten Morgen, mein Mädchen«, begrüßte Mary die schwarze Stute. Sie rieb ihr über Nase und Stirn, bevor sie in die Futterkammer ging.

Während die Pferde mit ihrem Morgenhafer beschäftigt waren, setzte sich Mary auf einen Heuballen und runzelte nachdenklich die Stirn. Sie hatte so oft versucht, mit Patrick zu reden. In letzter Zeit war er nur noch schlechter Laune. Er war verschlossen ihr gegenüber und hatte sich angewöhnt, immer länger im Marmorwerk zu bleiben. Vielleicht lag es bloß an der Arbeit. Vor einigen Wochen hatte er sich beklagt, dass der Krieg in Europa sich ausweitete und die Nachfrage nach Marmor ständig sank. Und für die Aufträge, die sie bekamen, fehlten ihnen die Arbeiter, da viele Männer aus den Marmorwerken zum Militär eingezogen oder in kriegswichtige Betriebe überstellt worden waren.

Aber auf Patrick lastete noch ein anderer Druck. Mary versuchte nicht darüber nachzudenken, dass Patrick genauso leicht eingezogen werden konnte wie die anderen Arbeiter der Marmorwerke. Als sein Wehrpflichtfragebogen eingetroffen war, hatte er ihn ausgefüllt und abgegeben, wie vom Gesetz vorgeschrieben. Man hatte ihm eine Nummer zugeteilt, wie allen jungen Männern aus Rutland County, und jeden Monat druckte der *Rutland Herald* Listen mit den Namen der Männer, deren Nummern von der örtlichen Wehrdienststelle ausgelost worden waren.

Am meisten fürchtete Mary, dass sie selbst der Grund für Patricks merkwürdiges Verhalten war. In den wenigen Wochen seit der Rückkehr aus ihren Flitterwochen hatte er fast jeden Abend mit ihr zum Dinner ausgehen oder an irgendeinem anderen gesellschaftlichen Ereignis teilnehmen wollen. Sie hatte sich gefügt. Dabei schien Patrick es zu genießen, sie seinen Freunden und Bekannten vorzustellen, was ihr sehr unangenehm war. Inzwischen gelang es ihr viel besser, die Ängste zu unterdrücken, die sie in solchen Situationen empfand, aber sie hatte begriffen, dass sie nie mit Patricks gesellschaftlichem Talent würde mithalten können.

Als er an diesem Morgen beim Frühstück eine bevorstehende Verabredung zum Dinner erwähnt hatte, fragte sie, ob sie diese Einladung nicht ablehnen und einen ruhigen Abend verbringen könnten.

»Mary, du weißt, dass das unhöflich wäre.«

»Aber die anderen nehmen doch bestimmt auch nicht jede Einladung an, Patrick. Glaubst du nicht, dass wir wenigstens einmal absagen können?«

Patricks grüne Augen funkelten zornig. Er hatte einen letzten Schluck Kaffee getrunken und nach seiner Aktentasche gegriffen.

»Ich glaube, eine gute Ehefrau tut das, was ihr Mann von ihr verlangt.«

Mary hatte geschwiegen. Ihr war keine Entgegnung eingefallen, aber irgendetwas *musste* sie sagen, bevor er ging.

»Patrick, warte …«

Als er die Tür öffnete, hatte sie ihm die Hand auf den Arm gelegt. Er hatte sich umgedreht, kalte grausame Wut im Gesicht. Mit eisernem Griff hatte er ihr Handgelenk gepackt und nach hinten gebogen.

»Du wirst morgen Abend mitkommen. Ende der Diskussion.«

»Patrick, du tust mir weh. Bitte.« Er hatte sie wütend angestarrt, ihr Handgelenk losgelassen, war hinausgegangen und hatte die Tür hinter sich zugeknallt.

Sie hatte ihr Handgelenk umklammert und war nach oben ins Schlafzimmer gelaufen. Sie wusste nicht, wie ihr geschah, und sie weinte. Das war ihr *Ehemann*, der Mann, den sie geheiratet hatte. Der wunderbare Mann, der so geduldig und mitfühlend gewesen war, als sie nichts mit ihm zu tun haben wollte. Es war, als hätten sie die Rollen getauscht, und sie wusste nicht, was sie tun sollte.

Ein schrilles Wiehern kam aus Monarchs Box, und Mary blickte erschrocken auf. Ebony leckte noch die letzten Haferflocken aus ihrem Futtertrog, aber Monarch und Penny hatten alles aufgefressen. Nacheinander führte sie den Rotbraunen und die kupferfarbene Stute hinaus auf die Koppeln. Monarch stürmte los und ließ sich dann zu Boden fallen. Während Penny graste, rollte sich der Rotbraune herum, grunzte und stieß mit allen vier Hufen in die Luft. Mary sah lächelnd zu. Er verhält sich immer noch wie ein Jährling, dachte sie.

Mary ging zurück in die Sattelkammer, achtete darauf, ihr Handgelenk nicht zu sehr zu belasten, und nahm Zaumzeug und Sattel herunter. Sie würde den Morgen über ausreiten, vielleicht zu ihrem Vater. So konnte Ebony den Nachmittag trotzdem auf der Weide verbringen.

Mary gelang es, die schwarze Stute zu satteln und ihr das Zaumzeug anzulegen. Sie brauchte länger als gewöhnlich für das Festziehen des Sattelgurts, aber Ebony blieb geduldig stehen und stupste sie mehr als einmal freundlich gegen die Schulter. Schließlich saß Mary auf. In den vergangenen Wochen war sie mehrfach zu ihrem Vater geritten. Die schwarze Stute kannte den Weg. Mary hielt die Zügel locker in einer Hand und beschirmte ihre Augen gegen das grelle Sonnenlicht.

Vielleicht sollte sie mit ihrem Vater über Patricks seltsame Persönlichkeitsveränderung sprechen. Schließlich wäre er in der Lage, ihr die männliche Sichtweise zu erläutern. Bisher hatte sie sich dagegen entschieden, ihrem Vater von ihren Problemen zu erzählen – er mochte Patrick und hatte sich so gefreut, dass sie geheiratet hatten. Doch ihre Versuche, die Situation zu verbessern, waren bisher fehlgeschlagen. Ja, dachte sie grimmig, als sie auf ihr Handgelenk schaute, allem Anschein nach wird es nur schlimmer.

Mary passte sich im Sattel den Bewegungen der Stute an,

die sich den Weg durch den Wald bahnte. Der Pfad war eine Abkürzung und endete an der Hauptstraße gegenüber der Zufahrt zur Farm ihres Vaters. Mary entspannte sich und schaute zum herbstlichen Blätterdach hinauf, das in der Brise raschelte. Das Licht, das seinen Weg durch die Blätter fand, warf Sonnenflecken auf ihr Gesicht, auf Ebony, auf den Boden. Die milchigweißen Stämme der Birken hoben sich von der dunklen Rinde der Eichen und Ahornbäume ab. Mit jedem Windstoß regneten runde goldene Birkenblätter herab.

Mary streckte die Hand aus und fing eines auf. Als sie jünger war, in den schlimmsten Jahren der Weltwirtschaftskrise, hatte sie diese Blätter gesammelt. Sie war mit wenigem groß geworden, hatte immer gewusst, dass ihr Vater sich nach Kräften bemühte, sie beide durchzubringen. Mit den Birkenblättern war sie in eine imaginäre Welt des Wohlstands entflohen. Sie hatte so getan, als wären die Blätter goldene Münzen, hatte die Stängel entfernt und ihre Taschen mit den Blättern gefüllt. Manchmal hatte sie die Birkenblätter unter ihr Kissen gelegt, in der Hoffnung, die Zahnfee würde sie in der Nacht in echtes Gold verwandeln.

Sie war dankbar, sich nun nicht mehr wünschen zu müssen, dass Gold auf magische Weise auftauchte – Patrick sorgte gut für sie. Mary seufzte. Wenn ihr Vater doch nur zulassen würde, dass sie ihm half … Patrick hatte sich schon bereit erklärt, Geld für den Bau eines neues Hauses auf der Farm zur Verfügung zu stellen, aber ihr Vater bestand darauf, das alte Farmhaus zu behalten und alle nötigen Reparaturen selbst durchzuführen. Mary stellte sich vor, wie er jeden Abend allein in dem knarrenden Haus saß, und sie war froh, dass sie ihn jetzt besuchte. Wahrscheinlich war er draußen und arbeitete mit einem der jungen Pferde.

Der Pfad durch den Wald machte eine sanfte Biegung und endete an der Hauptstraße. Mary trieb Ebony an, die Straße zu überqueren, aber die schwarze Stute brauchte keine Ermunterung. Sie stellte die Ohren auf und trabte los.

»Du weißt schon, wohin wir wollen, nicht wahr, altes Mädchen?« Mary lächelte. »Mir fehlt die Farm auch.«

Die Meile zur Farm kam ihr kurz vor. Als die große rote Scheune in Sicht kam, bemerkte Mary, dass die Türen offenstanden. Ihr Vater war vermutlich auf dem Reitplatz. Sie stieg ab, schlang die Enden von Ebonys Zügel um eine Querstange des Zauns und ging zur Scheune.

»Papa?«

Mehrere Pferde grasten auf der Weide, und das Gatter im Zaun war geöffnet. Mary ging hindurch und in die Scheune. Sie war leer.

»Hallo? Papa, bist du da draußen?«

Die hintere Tür der Scheune stand ebenfalls offen, und vom Reitplatz ertönte Schnauben und kurzes Wiehern.

»Papa?« Mary trat durch die Tür, und ihr stockte der Atem.

Ein junges, gesatteltes und gezäumtes Hengstfohlen stand auf dem Reitplatz und schaute sie an. Ihr Vater lag reglos am Boden, nur ein paar Schritte entfernt.

»Papa!«, schrie sie und rannte zu ihm.

Der Pferdezüchter lag auf dem Rücken in einem Haufen roter Ahornblätter, und eine klaffende Wunde an seinem Kopf hatte den Boden um ihn ebenso rot gefärbt. Seine Augen waren halb geschlossen.

»Papa!« Mary packte seine Hand, hielt sein Gesicht in den Händen, rüttelte ihn sanft an den Schultern. »Papa, wach auf! Bitte!« Sie legte ihr Ohr an seine reglose Brust und hörte nur den Herbstwind in den Bäumen rings um die Koppel. Sie wollte ins Haus laufen und Hilfe rufen, aber ein verzweifeltes Gefühl der Vergeblichkeit überkam sie. Sie schluchzte, schüttelte ihren Vater und wischte sich über die Augen, schrie nach jemandem, irgendjemandem, der ihr helfen konnte.

Die Koppel begann sich um sie zu drehen, und Mary brach zusammen.

Mr Pearson von der Nachbarfarm fand sie so, über ihrem Vater zusammengesunken, schluchzend und Unverständliches vor sich hin murmelnd. Er hatte die Schreie gehört und war herbeigelaufen, doch er konnte nur den Sheriff anrufen und bei Mary bleiben, bis ihr Mann und die Gesetzeshüter eintrafen. Der Coroner entschied, dass Mr Hayes an einer Kopfverletzung gestorben war. Wahrscheinlich hatte der junge Hengst ihn abgeworfen und er war gegen den Zaun geprallt. Aber niemand würde je erfahren, was genau passiert war.

Sie hielten die Trauermesse in der Steinkirche von Mill River ab. Mary trug ein schwarzes Kleid, und von den McAllisters waren nur Patricks engste Familienangehörige anwesend. Wieder saßen die Pearsons als Einzige in der ersten Reihe, aber sie lächelten nicht. Und wieder stand Father O'Brien am Altar, doch er sprach leise, aus Respekt vor dem Mann, der in dem geschlossenen Sarg hinter ihm ruhte.

Für die Familie McAllister war der Mai 1942 kein erfreulicher Monat.

In einer Mainacht, lange nachdem die Angestellten gegangen waren, war noch ein Fenster der McAllister Marmorwerke erleuchtet. Ein fast noch winterlich kalter Wind wirbelte draußen vor der Scheibe, die Kälte kroch durch die Ritzen, forderte die alte Dampfheizung im Büro heraus, die mit Stottern und Zischen reagierte. Conor, Stephen und Patrick McAllister saßen um den Tisch. Kontenbücher, Diagramme von Maschinerie und Inventarlisten lagen verstreut vor ihnen.

»Uns bleibt keine andere Wahl, wir müssen es für Patrick tun«, sagte Stephen. »Damit können wir ihn vor der Einberufung bewahren. Er wäre in einem kriegswichtigen Betrieb beschäftigt. Das bedeutet, er hätte Anspruch auf Zurückstellung.«

»Damit dürftest du recht haben«, meinte Conor. »Und es zeugt von gutem Geschäftssinn. Die Nachfrage nach Marmor kann nur weiter sinken, solange wir im Krieg sind. Es wird nicht leicht sein, aber wir müssen auf Kriegsproduktion umstellen, sonst werden wir nicht genug erwirtschaften, um die Kosten zu decken, vom Gewinn ganz zu schweigen.«

»Dann ist es beschlossene Sache. Ich werde gleich morgen früh die Zurückstellung beantragen«, verkündete Patrick.

»Gut«, sagte Stephen. »Damit wären wir eine Sorge los. Bleibt noch das Problem mit den verdammten Reifen.« Mit Wirkung vom 10. Februar hatte die Regierung ein Moratorium für den Verkauf neuer Automobile erlassen. Damit wurde nicht nur Stephens Autokaufrausch ein Ende gesetzt, sondern die Reifen der meisten Wagen waren von der Regierung für den Krieg konfisziert worden. Nur der Lincoln hatte noch welche, und Stephen machte sich ständig Sorgen, dass er einen Platten haben könnte.

Patrick hatte kein Interesse an der Automobilsammlung seines Vaters. Seine eigene prekäre Situation bereitete ihm viel mehr Sorgen. Ihm wurde jedes Mal schlecht, wenn er an das Telegramm dachte, das er vor zwei Tagen erhalten hatte, mit offiziellen Grüßen von Vater Staat und der Aufforderung, sich am 12. Juni für die Einberufung zu melden, genau in einem Monat.

Die Wehrdienststelle in Rutland hatte seit dem Angriff auf Pearl Harbor im vergangenen Dezember alle Hände voll zu tun. Jeden Morgen fuhr er auf dem Weg in die Marmorwerke daran vorbei und schüttelte den Kopf über die langen Schlangen der Männer, die sich melden wollten. Viele hatten in den Marmorwerken gearbeitet. Einige waren eingezogen worden, aber noch mehr hatten sich freiwillig gemeldet, begierig darauf, die Japsen für ihren feigen Angriff in die Luft zu jagen.

Was andere taten, spielte für Patrick kaum eine Rolle. Es war nicht etwa so, dass es ihm nichts ausmachte, dass ein winziges Inselreich die Frechheit besessen hatte, die Vereinigten Staaten anzugreifen, und dass deutsche U-Boote angeblich nur ein paar Meilen vor der Atlantikküste lauerten. Doch er zweifelte nicht daran, dass es genügend tollkühne Freiwillige und Wehrpflichtige aus der Arbeiterschicht gab, um den Bedarf der örtlichen Wehrdienststelle zu decken.

Er war nicht wie diese Männer. Er hatte hart für seine Stellung im Leben gearbeitet, und der Platz an der Spitze der Marmorwerke war ihm sicher. Er war gebildet, intelligent und privilegiert. Er konnte den Gedanken nicht ertragen, vor der Wehrdienststelle Schlange zu stehen, als einer von diesen Männern, und Befehle von einem dämlichen Offizier zu erhalten, der nichts im Hirn hatte. Er gedachte nicht, seinen Harvard-Abschluss zu verschwenden und sein Leben und den Erfolg der Familie dadurch zu gefährden, dass er in den Krieg zog. Seine Teilnahme würde wenig, vermutlich gar keine Auswirkung auf das Ergebnis haben.

Dem Kriegsdienst zu entgehen würde jedoch schwierig werden. Er war gesund, im besten Mannesalter, und konnte sich nicht auf körperliche Probleme berufen. Er war kein Farmer und hatte daher keinen Anspruch auf eine landwirtschaftliche Freistellung. Vermutlich konnte sein Großvater ein paar Leute unter Druck setzen, vielleicht die Einberufungsbehörde überreden, einfach zu »vergessen«, dass seine Nummer gezogen worden war. Das war allerdings riskant. Falls es rauskam, wäre das gesellschaftliche Ansehen seiner Familie für immer beschädigt. Die Beschäftigung in einem kriegswichtigen Betrieb wäre das Beste. Dadurch bekäme er Anspruch auf eine Zurückstellung, und es würde als legitime, sogar ehrenvolle Alternative zum Kriegsdienst angesehen werden.

Am nächsten Morgen schickte Patrick einen Brief an den

Vorsitzenden der örtlichen Einberufungsbehörde. Darin bat er um eine Zurückstellung mit der Begründung, dass die McAllister Marmorwerke demnächst in eine Maschinenfabrik umgewandelt würden. Die Firma seiner Familie würde Bohrer für Gewehrläufe herstellen, Maschinen für die Dosenproduktion, Maschinenteile für die Liberty-Schiffe, Bombenzielgeräte und eine Reihe weiterer Zubehörteile für den Krieg. Er erwähnte, dass er als ältester Sohn erhebliche Verantwortung für die Produktion tragen würde.

Den Brief abgeschickt zu haben verschaffte ihm eine gewisse Erleichterung. Bestimmt würde ihm, auch durch den Einfluss seines Vaters und seines Großvaters, die Demütigung erspart bleiben, eingezogen zu werden. Gut gelaunt beschloss er, das Werk ein paar Stunden früher zu verlassen und noch vor Einbruch der Dunkelheit mit Mary auszureiten.

Als Patrick vor der Marmorvilla vorfuhr, war es im Haus so still wie immer. Der Tod von Marys Vater sieben Monate zuvor hatte bei ihr eine tiefe Depression ausgelöst. Nur selten verließ sie das Haus, nicht einmal, um zum Stall zu gehen. Die meiste Zeit verbrachte sie im Bett, obwohl sie an Schlaflosigkeit litt. Sie schlief unregelmäßig und immer nur kurz. Oft wachte Patrick mitten in der Nacht auf und sah sie am Fenster stehen und schweigend in die Dunkelheit starren. Für Intimitäten mit ihm hatte sie sich nie sonderlich begeistert, doch jetzt reagierte sie auf seine Annäherungen mit der Kälte eines Marmorblocks.

Mary hatte sich trotz Patricks Drängen geweigert, einen Psychiater aufzusuchen oder sonst irgendjemanden. Der Tod eines Elternteils löste wahrscheinlich bei den meisten Trauer aus. Patrick nahm zu Recht an, dass die Trauer in Marys Fall viel stärker war, da Sam Hayes in ihrem Leben die einzige Konstante gewesen war. In den ersten paar Monaten dämpfte dieses Verständnis seine Ungeduld mit ihr. Er kümmerte sich um sein Geschäft, nahm allein an gesellschaftlichen Ereignissen teil, sonnte sich im mitfühlenden Verständnis der Eliten, wenn er Marys fortdauernde Abwesenheit erklärte.

Während die Zeit verging und Mary die Abwärtsspirale fortsetzte, merkte Patrick, dass er allmählich die Geduld verlor. Ein schwelender Groll gegen Marys geistige Verfassung, und dann gegen Mary selbst, brach sich Bahn. Zweimal hatte er sie aus dem Haus gezwungen, um seine Eltern zu besuchen, aber sie war vollkommen teilnahmslos gewesen. Er war dankbar, dass nur seine engste Familie sie in dieser Verfassung erlebt hatte, und er hatte beschlossen, sie kein drittes Mal aus dem Haus zu zwingen, um nicht noch eine weitere unangenehme Situation zu riskieren.

Heute könnte es jedoch anders sein. Wenn er sanft und behutsam vorginge, würde sie vielleicht mit ihm in den Stall kommen. Er öffnete die Seitentür des Hauses und trat in den dunklen Eingang.

»Mary! Ich bin zu Hause!« Das Erdgeschoss des Hauses war makellos sauber. Obwohl sie darum gebeten hatte, dass er kein Dienstmädchen oder sonstiges Hauspersonal einstellte, als sie das neue Haus bezogen hatten, und darauf bestanden hatte, alles selbst zu machen, hatte Mary seit Wochen weder gekocht noch andere Hausarbeiten verrichtet. Inzwischen kam jeden Morgen ein Mädchen aus dem Ort zum Kochen und Putzen, und zwei Jungen von einer nahe gelegenen Farm versorgten zwei Mal am Tag die Pferde. Sie arbeiteten schwer für den Lohn, den Patrick ihnen zahlte. Das war auch gut so, denn unfähige Hilfskräfte duldete er nicht.

Patrick lief die Treppe hinauf, zwei Stufen auf einmal nehmend. »Bist du wach, Mary?«

»Ja«, kam die matte Antwort. Sie stand am Fenster des Schlafzimmers. Obwohl es bereits helllichter Nachmittag war, trug sie ein zerknittertes Nachthemd. »Ich habe dein Auto durch den Ort kommen sehen.«

»Heute habe ich den Brief an die Einberufungsbehörde abgeschickt. Pa ist sich ziemlich sicher, dass ich hierbleiben kann, um bei der Einführung unserer neuen Produktionspläne zu helfen.«

»Was für eine Erleichterung.« Mary blieb mit dem Rücken zu ihm stehen. Ihre Stimme war vollkommen emotionslos.

»Mary, Liebling, ich habe unterwegs angehalten und dir eine kleine Überraschung mitgebracht.« Er näherte sich ihr und griff in die Tasche. Sie drehte sich um und sah, dass er ein kleines, mit Samt bezogenes Kästchen in der Hand hielt. »Ich weiß, dass ich in letzter Zeit nur wenig zu Hause war, weil es im Werk so viel zu tun gab, und ich dachte, das hier könnte dich ermuntern, mit mir auszureiten.«

Mit einem schwachen Lächeln griff Mary nach dem Kästchen. Als sie den Deckel anhob, kam eine Elfenbeinkamee an einem zarten Goldkettchen zum Vorschein.

»Sie ist wunderschön. Das wäre doch nicht nötig gewesen, Patrick.«

»Ich weiß, aber ich wollte meiner Frau etwas schenken, das so schön ist wie sie.« Er wartete auf eine Reaktion von Mary, doch sie wirkte so distanziert und abwesend wie immer. Trotzdem lächelte er und fasste sie sanft bei den Schultern. »Komm, lass uns ausreiten. Schließlich bin ich deswegen extra früh nach Hause gekommen.« Trotz aller Bemühungen hatte sich eine erwartungsvolle Schärfe in seine Stimme geschlichen.

»Ich freue mich sehr über diese Kette, Patrick. Wirklich. Aber …« Mary wandte sich ab und schaute wieder aus dem Fenster. »Mir ist einfach nicht danach hinauszugehen.« Einen Augenblick herrschte Stille im Raum, ein Vakuum entstand. Dann füllte es sich schließlich mit Patricks weißglühender Wut.

»Sieben Monate ist es her! Wann wird dir wieder danach sein? Du kannst nicht den Rest deines Lebens in diesem Haus verbringen! Sieh mich an!« Patrick packte Mary und wirbelte sie zu sich herum. Seine Stimme senkte sich zu einem tiefen Zischen. Sein gerötetes Gesicht war nur wenige Zentimeter von ihrem entfernt, und er sprach langsam, betonte jedes Wort. »Ich habe versucht, geduldig zu sein. Ich habe dir alles nur Erdenkliche gegeben, um dich glücklich zu machen, und du bist immer noch in diesem traurigen Zustand. Als meine Frau hast du gewisse Pflichten. Wenn du die nicht erfüllen kannst, oder willst, bist du nutzlos für mich.« Er stieß sie von sich. Sie sackte auf dem Boden zusammen wie eine Stoffpuppe.

Patrick achtete nicht auf Mary, zog Reitzeug an und verließ das Schlafzimmer. Immer noch kochend vor Wut, machte er sich auf den Weg zum Stall. Nachdem er Monarch von der Weide in den Stall geholt hatte, ersetzte er das Pferdehalfter durch Zaumzeug. Patrick holte einen Sattel aus der Sattelkammer und warf ihn mit einer roboterhaften Bewegung über Monarchs Rücken. Gewaltsam zog er den Sattelgurt fest. Der Rotbraune schrie und legte die Ohren an, aber Patrick schnallte den Gurt noch enger. Er hatte sich umgedreht und wollte nach der Reitgerte greifen, als das Pferd auf ihn losging. Patrick, immer noch mit seiner Wut beschäftigt, sah es nicht kommen. Er schrie vor Schmerz auf, als Monarch die Zähne in seinen linken Oberarm schlug.

So fest er konnte, hieb Patrick dem Hengst mit der Rechten auf die Nüstern. Der Schlag reichte aus, ihn aus dem Biss zu befreien. Instinktiv schaute er auf seinen linken Arm. Blut sickerte durch den Ärmel seines weißen Hemdes.

Patrick blickte zu dem Rotbraunen auf und spürte den Schmerz in seinem Arm kaum. Monarch wich in den Teil des Stalls zurück, in dem Pferde mit Kreuzverschnürung fixiert und gestriegelt wurden. Das Pferd beobachtete ihn, zeigte das Weiße in seinen Augen. Patrick ging rückwärts in die Sattelkammer und behielt den Hengst dabei unablässig im Auge.

In der Kammer nahm er eine lange Lederpeitsche von der Wand. Er hatte sie in der Scheune von Mr Hayes gefunden, nachdem der Pferdezüchter gestorben war, und sie beiläufig mitgenommen. Aus einem Behälter auf dem Regal nahm er mehrere Zuckerwürfel. Er war bereit.

Leise und mit langsamen Bewegungen näherte Patrick sich dem Rotbraunen. Die Peitsche legte er vor der Tür zur Sattelkammer ab und ging mit ein paar Zuckerwürfeln in der ausgestreckten Hand auf Monarch zu. Der Hengst scheute noch weiter zurück und stieß ein leises Wiehern aus, aber Patrick kam immer näher, sprach mit leiser, besänftigender Stimme auf ihn ein.

Monarch blähte die Nüstern und blickte auf den Zucker. Vorsichtig streckte er den Kopf vor und nahm die Zuckerstücke von Patricks Hand. Patrick griff nach dem Zaumzeug, redete immer weiter, und zog ihn sanft nach vorn. Der Hengst zögerte einen Moment, folgte ihm dann aber. Nach ein paar Schritten blieb Patrick stehen. Monarch stand zwischen den beiden Pfosten des Striegelbereichs. An jedem Pfosten war ein kurzes Seil befestigt, an dessen Ende ein Metallhaken hing. Patrick füllte seine Hand erneut mit Zuckerwürfeln, und sobald der Hengst sie annahm, ließ er die Haken in die Ringe zu beiden Seiten des Zaumzeugs einschnappen. Zwischen den Halteriemen blieb dem Rotbraunen wenig Spielraum. Monarch saß in der Falle.

Nachdem Patrick den Sattel gelöst und vom Rücken des Hengstes genommen hatte, hob er die Peitsche vom Boden auf und wandte sich dem Pferd zu. Er nahm sich vor, die Stallhilfen zu entlassen, damit ihm bei seinem Vorhaben niemand in die Quere kam. Er ließ das geschmeidige Leder auf den Stallboden klatschen, gegen eine Box und dann wieder auf den Boden, diesmal direkt vor dem Hengst. Das Geräusch erschreckte den Rotbraunen, aber als er sich aufzubäumen versuchte, wurde er von den Halteriemen am Zaumzeug zurückgehalten. Mit kaltem Blick und einem bösartigen Grinsen schwang Patrick die aufgerollte Lederschlange und trat auf Monarch zu.

Im Schlafzimmer der stillen Marmorvilla lag Mary immer noch weinend auf dem Boden und hörte nichts.

Patrick begann diesen ungewöhnlich schwülen Freitag im Juni so wie fast jeden Tag in den vergangenen Wochen – mit der Behandlung seines Katers nach einer feuchtfröhlichen Nacht mit seinen Vettern in Rutland. Die Hitze verstärkte seine Kopfschmerzen, während die Sonne ihn fast blind machte, und er saß mit heruntergelassenen Jalousien in seinem Büro. Trotz des Eherings an seinem Finger betrachtete er sich mehr oder weniger als Junggesellen. Mary gab ihm nichts von dem, was er brauchte, daher befriedigte er seine Bedürfnisse anderswo. Seiner Frau schien das gleichgültig zu sein. Verbrachte er ausnahmsweise eine Nacht zu Hause, statt im Haus seiner Eltern oder Vettern zu übernachten, oder auch bei einem hübschen jungen Ding, das er verführt hatte, blieb Mary abgeschottet in ihrer eigenen Welt. Er beachtete sie nicht, und sie nahm seine Anwesenheit ebenfalls kaum wahr.

Patrick hatte gerade den dritten Becher schwarzen Kaffee hinuntergestürzt, als eine Sekretärin an die Tür klopfte. Sofort sprang er vom Stuhl und riss die Tür auf.

»Verdammt noch mal, Louise, ich habe Ihnen doch gesagt, dass ich niemanden sehen …«, schimpfte er, hielt aber inne, als er den Brief sah, den sie ihm hinhielt. Ein offiziell wirkender brauner Umschlag mit dem Siegel der Einberufungsbehörde von Rutland County.

Louise war eine mausartige kleine Frau mit braunen Augen und einer langen Nase, die ihr ansonsten hübsches Gesicht verunstaltete. Sie zitterte und blickte zu Patrick auf. »Ich weiß, Mr McAllister, aber es sah wichtig aus.«

Patrick schnappte sich den Brief und schlug ihr die Tür vor der Nase zu. Sobald er allein war, riss er den Umschlag auf und begann zu lesen.

4. Juni 1942

Sehr geehrter Mr McAllister,

wir haben Ihr Ersuchen vom 12. Mai geprüft. Obwohl der Beitrag der McAllister Marmorwerke zu den Kriegsanstrengungen in der Tat bedeutend ist, sind wir zu dem Ergebnis gekommen, dass die Herren Conor und Stephen McAllister den überwiegenden Anteil der Unternehmensführung tragen. Nach Meinung dieser Behörde sollten Ihre Fähigkeiten besser für den Dienst an unserem Land bei den bewaffneten Streitkräften eingesetzt werden. Ihre Ausbildung und Erfahrung befähigen Sie sicherlich dazu, die Offiziersschule zu besuchen, und wir gedenken, die entsprechende Wehrdienststelle auf Ihre außergewöhnlichen Qualifikationen aufmerksam zu machen.
Betrachten Sie dieses Schreiben daher als Aufforderung, sich spätestens am 12. Juni 1942 zur Einziehung in die Armee der Vereinigten Staaten zu melden.

Hochachtungsvoll
H. Wallace Boyd, Vorsitzender
Einberufungsbehörde Rutland County

Patricks Finger schlossen sich fester um das Papier, während er den Brief ein zweites Mal las, dann ein drittes. Vor seinen Augen verschwammen die Wörter, wurden wieder scharf und drangen schließlich zu ihm durch. Er faltete das Papier und stürmte aus dem Büro.

Conor McAllister schaute gereizt auf, als sein Enkelsohn mitten in einem wichtigen Telefonat in sein Büro platzte, doch die Panik in Patricks Gesicht dämpfte seinen aufflammenden Ärger.

»Hören Sie, Jack, da hat sich etwas Dringendes ergeben, worum ich mich kümmern muss. Kann ich Sie später anrufen, um dieses Gespräch fortzusetzen? Sehr freundlich von Ihnen, Jack. Ja, gegen drei Uhr.«

Er legte auf und schaute seinen Enkelsohn an, doch Patrick hatte bereits zu reden begonnen.

»Die holen mich, Grandpa.« Er fuchtelte wild mit dem Brief der Einberufungsbehörde. »Du musst mir helfen. Zwölfter Juni, das ist schon in einer Woche. Du kennst diese Leute. Sie werden auf dich hören.« Er schob seinem Großvater den Brief zu und begann, hektisch auf und ab zu laufen.

Conor setzte seine Lesebrille auf und las den Brief durch. Dann nahm er die Brille ab und seufzte.

»Ich habe es bereits versucht, Patrick. Ich habe gestern Nachmittag mit Wally Boyd gesprochen.«

»Wie bitte? Und du hast mir nichts davon gesagt?«

»Was ist denn hier los?«, fragte Stephen, als er Conors Büro betrat. Rasch schloss er die Tür hinter sich. »Junge, die Leute können dich noch am anderen Ende des Flurs hören.«

»Das ist los«, blaffte Patrick, schnappte sich den Brief vom Schreibtisch seines Großvaters und reichte ihn Stephen. »Und Grandpa wusste davon.«

Stephen überflog den Brief, gab ihn Patrick zurück und schaute zu Conor.

»Du wusstest, dass das kommt, Pop?«

»Hört zu, lasst es mich erklären. Wally Boyd hat mich gestern Nachmittag angerufen, kurz bevor sich das Einberufungsgremium zusammensetzen und die Entscheidung wegen Patrick treffen wollte. Er wusste nicht genau, was dabei herauskommen würde, aber er hatte den Verdacht, dass das Gremium Patrick einziehen würde.« Conor schaute zu Stephen. »Er wollte wissen, ob Patrick in den Marmorwerken irgendetwas tun würde, das du oder ich nicht allein bewältigen könnten. Ich habe ihm gesagt, es gebe nichts.«

»Wie konntest du das tun, Pop? *Du* hast die Entscheidung besiegelt!«, rief Stephen. »*Du* warst es.«

»Ich könnte sterben«, flüsterte Patrick heiser. Der anklagende Ton war deutlich herauszuhören.

Conor erhob sich hinter seinem Schreibtisch. Seine grünen Augen funkelten.

»Ich kenne Wally schon fast mein ganzes Leben lang, und wir sind seit dem College befreundet. Ich hatte nicht vor, den Mann zu belügen. Aber ebenso wenig hatte ich vor, meinen Enkelsohn in Gefahr zu bringen. Ich habe meine ernste Besorgnis zum Ausdruck gebracht, dass Patrick, wenn er einberufen wird, vielleicht nicht zurückkehren würde. Wally versicherte mir, dass Patrick hervorragendes Offiziersmaterial abgibt und man ihn, ob er sich nun freiwillig meldet oder eingezogen wird, zuerst auf die Offiziersschule schickt. Falls der Krieg noch nicht beendet sein sollte, wenn Patrick zum Einsatz kommt, wird er weit hinter der Front sein, sollte er überhaupt in die Nähe des Kampfgeschehens kommen.«

Patrick schaute von seinem Vater zu seinem Großvater. »Das glaube ich nicht. Habt ihr keine Zeitung gelesen? Jeden Tag werden Listen mit den Namen der Gefallenen veröffentlicht! Viele davon sind Offiziere! Viele! Und Gott weiß, was passiert, wenn die Alliierten in Europa einmarschieren! Das wird passieren – es ist die einzige Möglichkeit, diesen Krieg je zu beenden, so oder so!«

»Uns bleiben noch ein paar Tage«, sagte Stephen. »Wir fechten die Entscheidung an. Ich werde ein paar Anrufe …« Er verstummte mitten im Satz, als Conor den Kopf schüttelte.

»Das können wir nicht, Junge. Die Entscheidung der Einberufungsbehörde ist endgültig.«

»Dann musst du Wally anrufen, Grandpa, ihn dazu bringen, ein weiteres Treffen des Gremiums anzusetzen«, rief Patrick. »Er tut es, wenn du ihn darum bittest. Ich weiß, dass er das macht.«

»Nein, Patrick. Wally mag ja Vorsitzender sein, aber er ist nur einer aus dem Gremium. Und im Gegensatz zu dem, was ihr beide zu glauben scheint, habe ich keinen besonderen Einfluss auf die anderen Mitglieder. Das sind einfach nur Männer, die versuchen, eine schwierige Aufgabe so gut wie möglich zu lösen. Ich kann sie nicht zwingen, eine bestimmte Entscheidung zu treffen. Wir müssen uns alle bemühen, das Beste aus der Situation zu machen, und es könnte viel schlimmer für dich sein, Patrick. Du könntest einer dieser armen Kerle ohne Ausbildung sein, bestimmt für die vordersten Linien eines Infanterieregiments. Aber das bist du nicht. Du bist klug und selbstbewusst. Du wirst Offizier werden, noch dazu ein guter.«

Stephen öffnete den Mund, um auf Conors Vortrag zu antworten, aber Patrick kam ihm zuvor.

»Das werde ich mit Sicherheit nicht tun.« Er zerriss den Brief. »Mein Leben lang habe ich versucht, das zu sein, was ihr von mir erwartet. Die beste Ausbildung, die besten Bekannten, die beste Heirat. Und jetzt wollt ihr, dass ich das alles wegwerfe? Tja, ich will verdammt sein, wenn ich das tue. Dafür habe ich zu hart gearbeitet. Aber ich sage euch eins. Ich habe genug davon, es euch recht zu machen.« Er warf die Papierschnipsel auf Conors Schreibtisch und wandte sich zum Gehen.

»Lass ihn«, sagte Conor, als Stephen seinen Sohn aufhalten wollte. Die beiden älteren McAllisters sahen den Jüngsten durch die Tür verschwinden.

Während Patrick in eine Kneipe ging, um sich sinnlos zu betrinken, stand Mary vor dem Badezimmerspiegel in der Marmorvilla. Sie erkannte sich nicht wieder. Ihr Haar war verfilzt und strähnig, und unter ihren verquollenen Augen lagen dunkle Ringe. Im Licht der kleinen Deckenlampe wirkte die straff gespannte Haut über ihren hohen Wangenknochen aschfahl, beinahe leichenblass.

Mary öffnete das Medizinschränkchen und nahm einen von Patricks Rasierern heraus. Mit zitternden Fingern entfernte sie die dünne Klinge. Die scharfe Schneide warf einen schwachen Schimmer auf den Spiegel. Sacht verfolgte sie mit der Klinge den Verlauf der Vene an ihrem Handgelenk. Sie fürchtete sich vor dem Schmerz, redete sich aber ein, dass er nicht lange anhalten würde. Tu es, sagte eine Stimme in ihrem Kopf, tu es jetzt. Sie drückte eine Ecke der Klinge am Handballen ins Gelenk, kaum fest genug, um die Haut aufzuritzen, und hielt inne.

Ein kleiner roter Tropfen trat aus dem winzigen Schnitt, wurde größer und verlängerte sich zu einem dünnen Rinnsal, das an ihrem Arm herunterlief. Mary ließ die Rasierklinge ins Waschbecken fallen und sank auf die Knie. Ihr Arm streifte das Porzellanbecken und hinterließ einen schwachen roten Streifen.

Es gab kein Entrinnen. Ihr Leben war eine Qual, und doch konnte sie sich den Schmerz nicht zufügen, der ihr die Freiheit bringen würde. Ihre Tränen, wie die Blutstropfen aus der Wunde an ihrem Handgelenk, liefen zuerst schnell, bevor sie nachließen und dann ganz versiegten.

Mary hatte keine Ahnung, wie lange sie auf dem Boden gesessen hatte, als sie schließlich aufstand. Die Rasierklinge lag noch im Waschbecken. Sie nahm sie heraus und legte sie zurück ins Medizinschränkchen. Zitternd ging sie zurück ins Schlafzimmer. Ihr Blick wanderte ziellos vom ungemachten Bett über das Fenster, das nach Mill River hinausging, zur Kommode und blieb dann an der kleinen schwarzen Pferdestatue hängen.

Wann war sie zum letzten Mal im Stall gewesen? Oder hatte überhaupt das Haus verlassen? Vor Monaten, mindestens zwei oder drei. Vielleicht mehr. Ihr Pferd würde sie vielleicht nicht mehr erkennen.

Marys Gedanken waren wirr, chaotisch, aber die Fixierung ihres Blicks auf die Marmorstatue löste den dringenden Wunsch aus, Ebony zu sehen. Wie in Trance zog sie sich an, ihr Blick war ausdruckslos, während sie an den Knöpfen der Bluse herumfummelte. Sie machte sich nicht die Mühe, Strümpfe anzuziehen, schlüpfte in die Stiefel und ging hinunter zur Hintertür.

Vage nahm Mary die frische Luft wahr, während sie den Pfad zur Weide hinunterging. Ihre Augen waren nicht an das helle Licht gewöhnt, daher tappte sie mit halb geschlossenen, flatternden Lidern fast blind vorwärts. Ihr Körper kam ihr wie losgelöst vor, als müssten die Befehle ihres Gehirns an die Beine einen langen Weg zurücklegen, bevor sie ihren Bestimmungsort erreichten. Ihre Kleidung scheuerte unangenehm auf der Haut, die nur noch Bettlaken und weiche Nachthemden kannte.

Ebony und Penny grasten auf der Weide. Mary ging durch das Gras zum Zaun, angezogen von ihrer Schönheit. Es war so lange her, seit sie Pferde gesehen hatte, und das rhythmische Schlagen ihrer Schweife sowie das Schimmern ihres glänzenden Fells im Sonnenlicht erschienen ihr fast surreal.

»Hallo, altes Mädchen«, sagte Mary zu der schwarzen Stute. Ihre Stimme war kaum mehr als ein Krächzen, aber Ebony hob den Kopf und stellte die Ohren auf. »Ebony, komm her, mein Mädchen«, lockte Mary, woraufhin das Pferd leise wieherte und an den Zaun kam.

Mary streckte die Hand aus, berührte die samtige Haut an Ebonys Nase und strich über das weiche schwarze Pferdegesicht. Ebony stupste sie am Arm und stieß durch geblähte Nüstern einen großen Seufzer aus, als wolle sie sagen: »Na endlich.« Mary warf der Stute die Arme um den Hals und schluchzte in die dichte Mähne.

Aber wo war Monarch?

Die Frage schoss ihr durch den Kopf und wurde von einem lauten Schnauben aus dem Stall beantwortet. Sie ließ Ebony stehen und ging durch die Doppeltüren, auf Monarchs Box zu, blieb aber erschrocken stehen, als das Pferd in Sicht kam.

Marys erster Gedanke war, dass es sich bei diesem Pferd, das sie da anschaute, nicht um Monarch handeln konnte. Es musste ein anderes Tier sein, dessen Brustkorb sich deutlich unter dem stumpfen, dunklen Fell abzeichnete. Dann dachte sie, das Pferd hätte die Farbe gewechselt. Als sie näher trat, bewegte sich Monarch unruhig. Seine Hufe machten seltsame, saugende Geräusche. Wie Mary nun sah, war die Box mit einer hohen Schicht aus verschmutztem Stroh und Dung bedeckt, die dem Hengst bis über die Fesseln reichte. Seine Augen waren halb geschlossen und mit Schleim verkrustet. Am schlimmsten war jedoch, dass das glanzlose Fell an seiner Brust und auf dem Rücken mit langen, halb verheilten Striemen bedeckt war – Striemen von einer Peitsche.

Einen Augenblick stand sie nur da und starrte Monarch an. Sie versuchte zu begreifen, was passiert war. Patrick weiß davon, dachte sie. Dann kam ihr blitzartig die Erkenntnis, und ihr Gehirn formulierte den ersten vernünftigen Gedanken seit Monaten: Das muss Patrick gewesen sein. Doch sie verdrängte den Gedanken und die aufsteigende Wut, um sich nur auf das arme Geschöpf vor ihr zu konzentrieren.

Langsam öffnete Mary die Tür zu Monarchs Box. Der Hengst wich zurück, bis er mit dem Hinterteil an die Wand stieß. Mary redete mit leiser Stimme auf ihn ein und trat vor. Er scheute vor ihrer Hand zurück, und Mary blieb stehen, sprach aber geduldig weiter. Schließlich kam sie nahe genug heran, um sein Halfter zu packen. Als sie Monarch aus der Box führte, bewegte er sich mit dem unsicheren Gang eines alten Mannes.

Nachdem sie den Hengst in einer sauberen Box untergebracht hatte, riss Mary einen Armvoll frisches Heu aus einem offenen Ballen und füllte es in die Heuraufe. So wie der Hengst sich darüber hermachte, war es vermutlich seit Tagen das erste Futter, das er bekam. Sie stellte einen Eimer frisches Wasser neben ihn in die Box. Dann machte sie sich an die Arbeit.

Stunden später, nachdem sie Monarchs Box ausgemistet, den Hengst so gut wie möglich gestriegelt und seine Heuraufe, den Futterkasten und den Wassereimer aufgefüllt hatte, brachte sie Ebony und Penny von der Weide herein und machte sich auf den Weg zurück zum Haus. Ihre Gedanken kreisten nur um Monarchs Wohlergehen. Sie musste sofort den Tierarzt anrufen, denn zusätzlich zu der offensichtlichen Mangelernährung schonte der Hengst sein rechtes Hinterbein. Mary vermutete eine Entzündung, vielleicht einen Abszess, der sich gebildet hatte, als er wochenlang im Dreck stand.

Während sie zum Haus ging, bemerkte Mary weder den Wind, der ihr durch die Haare fuhr, noch die lila-graue Färbung des Himmels. Das ferne Donnergrollen nahm sie kaum wahr, doch das Rumpeln von Patricks Packard Coupé in der Auffahrt erregte ihre Aufmerksamkeit. Als sie um das Haus bog, sah sie das schräg geparkte Auto. Gerade torkelte Patrick heraus. Sie hatte keine Angst vor ihm, und so erfasste sie die unglaubliche Wut, die sie im Stall unterdrückt hatte. Mit zerzaustem, wild um den Kopf wehendem Haar schrie sie ihn an.

»Warum hast du das getan? Warum? Mein Gott, Patrick, er war fast tot, halb verhungert, als ich ihn fand, und du wusstest es! Du wusstest es!«

Selbst in seinem betrunkenen Zustand war Patrick überrascht, Mary draußen zu sehen, ganz zu schweigen von der rasenden Wut, die sie an ihm ausließ. Es passte so gar nicht zu ihr.

»Du scheinst ja genau zu wissen, wie man seinen Ehemann nach einem langen Arbeitstag begrüßt, Mary.« Patrick lächelte. »Der Dreckskerl lebt immer noch, ja? Na, gib ihm noch ein paar Tage, dann ist er hin.« Die ersten großen Regentropfen fielen herab, als Patrick seine Frau beiseitestieß und ins Haus wankte.

»Du bist ein Ungeheuer! Wie konntest du so ein wunderschönes Pferd derart misshandeln? Du wolltest ihn doch unbedingt haben! Hast das Zweifache für ihn bezahlt, sogar einen Sommer lang gearbeitet, um ihn meinem Vater abzukaufen. Und jetzt lässt du ihn eingesperrt im Stall, damit er verhungert?« Sie stiegen die Marmortreppe hinauf, Patrick stolpernd und Mary schreiend hinter ihm.

»Das Pferd ist das Ungeheuer«, nuschelte Patrick und warf Hut und Jackett aufs Bett. »Hat nie gelernt, das zu tun, was man von ihm erwartet. Wollte immer beißen und ausschlagen, hat versucht, mich abzuwerfen, wenn ich ihn geritten habe. Ist nie ordentlich zugeritten worden.« Marys blaue Augen schleuderten Blitze bei dem indirekten Vorwurf gegen ihren Vater. »Der dachte, er könnte mit mir machen, was er wollte. Tja, ich hab's ihm gezeigt. Jetzt weiß er's besser.«

Patricks Gebrüll ließ den Alkohol in seinem Atem deutlich hervortreten. Mary trat zurück, um dem Gestank auszuweichen.

»Ich habe geholfen, das Pferd großzuziehen.« Tränen liefen ihr über die Wangen. »Er ist ein gutes Pferd. Der einzige Grund, warum er, oder jedes andere Pferd, sich so verhalten würde, ist Misshandlung. Ich habe die Striemen gesehen, Patrick. Wie oft hast du ihn geschlagen?«

»Bis er kapiert hat, wer der Chef ist.« Patrick nahm seine Krawatte ab. »Und offensichtlich würde dir diese Lektion auch guttun. Du hast nie gelernt, eine anständige Ehefrau zu sein. Wolltest nie das, was ich wollte. Du bist genau wie er. Am Anfang hast du wirklich gut ausgesehen, wirklich gut.«

Die Worte kamen lallend aus seinem Mund. »Musste euch beide haben. Aber du warst überhaupt nicht gut, und er auch nicht. Überhaupt nicht gut.« Ein krachender Donnerschlag entlud sich über dem Haus, und der Himmel verdunkelte sich. Patrick fummelte an einer Lampe herum, und als seine ungeschickten Finger den Schalter nicht finden konnten, schleuderte er die Lampe quer durchs Zimmer.

Mary schrie auf. Ihr Instinkt riet ihr wegzulaufen, aber Patrick stand zwischen ihr und der Schlafzimmertür. Er stürzte sich auf sie, erwischte sie mit einem Arm und schleuderte sie in dieselbe Richtung wie die Lampe.

Als Mary sich aufzurichten versuchte, ging Patrick zielstrebig auf die Kommode zu. Er griff nach der kleinen Marmorstatue von Ebony, hielt sie hoch und fuhr mit dem Finger über die glatten Linien. Blitze zuckten vor dem Fenster.

»Fass mich nicht an!«, keuchte Mary, als Patrick auf sie zukam, doch er lächelte nur und kam näher. »Findest du das nicht komisch«, sagte er, als er zwei Schritte von ihr entfernt war, »dass nach monatelanger Vernachlässigung, wenn ich kurz davor stehe, in einen Krieg hineingezogen zu werden, und meine Familie nicht einen verdammten Finger rührt, um mir zu helfen, meine Frau nichts anderes im Sinn hat als einen GOTTVERDAMMTEN GAUL!«

Er holte aus. Mary wandte den Kopf ab, versuchte Patrick wegzustoßen, aber die schwarze Marmorfigur traf sie direkt über dem linken Auge am Kopf. Sie sackte bewusstlos zusammen, und Patrick blieb schwankend über ihr stehen.

Einen Moment verharrte er in dieser Haltung, dann ließ er die Figur fallen. Sie prallte mit einem dumpfen Knall auf den Boden, aber er hörte es nicht. Er wusste nicht, ob Mary noch lebte oder tot war, doch sein berauschtes Gehirn sagte ihm, dass er verschwinden musste. Er würde wegfahren, irgendwohin, wo ihn die Einberufungsbehörde und die Gesetzeshüter nie finden würden. Er würde sein Leben neu beginnen, frei von seiner anspruchsvollen Familie und seiner frigiden Frau.

Patrick riss die Tür des Schlafzimmerschranks auf, zog einen Koffer vom obersten Regal und stopfte Kleidungsstücke hinein. Dann griff er nach seinem Hut und stolperte die Marmortreppe hinunter zu seinem Auto.

Wahre Sturzfluten ergossen sich über ihn, als er den Koffer in den Kofferraum warf und sich hinter das Steuer setzte. So viel Wasser lief über die Windschutzscheibe, dass die Scheibenwischer nutzlos waren, und da er nach dem Alkohol ohnehin alles verschwommen sah, konnte er die Straße vor sich kaum erkennen. Er durchquerte Mill River und beschloss, nach Kanada zu fahren. Dort, außerhalb der Reichweite des Gesetzes und weit weg von seiner Familie, würde er eine neue Identität annehmen, sich Arbeit suchen und von vorn anfangen.

Patrick dachte darüber nach, wie er an die Einlagen auf seinem Treuhandkonto herankommen konnte, als die Straße kurvig wurde. Es gelang ihm, den Packard um die erste scharfe Kurve zu lenken, doch der Wagen brach aus, als er um die zweite schlingerte. Erschrocken trat er auf die Bremse, brachte das Auto aber nicht mehr unter Kontrolle. Er kam von der Straße ab und rutschte auf ein Ahornwäldchen zu.

Ich werde auch ein neues Auto brauchen, dachte Patrick im Augenblick vor dem Aufprall. Dann wurde alles schwarz, als er durch die Windschutzscheibe auf die mitternachtsblaue Motorhaube geschleudert wurde.

11

Seit dem Ende der Sonntagsmesse vor einer Stunde hatte Father O'Brien in seinem Arbeitszimmer im Pfarrhaus gesessen und nachgedacht. Müde und emotional ausgelaugt, war er sich ziemlich sicher, dass der Gottesdienst, den er gerade abgehalten hatte, der schwierigste in seiner langen Laufbahn gewesen war. Schlimmer noch, jedes Mal, wenn er aus dem Fenster schaute, schimmerte Marys Marmorvilla im hellen Sonnenlicht. Das weiße Monument, umgeben von Neuschnee, war eine wunderschöne und gramvolle Erinnerung an sie.

Ein Klopfen an der Pfarrhaustür ließ ihn zusammenfahren. Als er öffnete, stand Daisy Delaine vor ihm und hielt ein Marmeladenglas mit einer grün-braunen Flüssigkeit hoch.

»Hallo, Father O'Brien«, sagte sie atemlos. »Sie erinnern sich doch an das Gebraute, das ich gestern erwähnt habe? Die Tinktur für Mary? Also, hier ist sie. Das ist mein Heiltrank, der stärkste, den ich je gebraut habe. Ich weiß einfach, dass er ihr helfen wird. Und ich dachte, dass Sie mich wegen des Schnees vielleicht zu ihr fahren könnten.«

Father O'Brien kämpfte gegen die Tränen an, als er Daisy bedeutete einzutreten. Nachdem er die Tür geschlossen hatte, blieb sie im Vorraum des Pfarrhauses stehen und schaute ihn mit großen, besorgten Augen an.

»Daisy, ich …«, hob er an, doch ihm brach die Stimme, und die zurückgehaltenen Tränen rannen ihm über die Wangen. »Daisy, ich wollte gerade zu Ihnen. Sie ist letzte Nacht von uns gegangen, meine Liebe. Mary ist letzte Nacht gestorben.«

Daisy zuckte zusammen, als ihr aufging, was er da gesagt hatte. »Oh.« Sie schaute auf das Glas in ihren Händen. »Oh. Ich komme zu spät. Ich habe mich beeilt, nachdem ich den Schnee gemacht hatte, aber ich brauchte noch ein bisschen Zeit, um ihr …« Sie begann zu zittern, und Father O'Brien nahm ihr das Glas aus den Händen, damit es nicht zu Boden fiel.

»Setzen Sie sich einen Moment zu mir, meine Liebe.« Er legte Daisy den Arm um die Schultern, schob sie zum Sofa im Wohnzimmer und setzte sich neben sie. »Sehen Sie mich an, Daisy«, bat er, und sie hob den Kopf und sah ihn aus tränenverschleierten Augen an. »Sie müssen etwas begreifen. Sosehr wir auch wollten, dass es Mary besserging, es gab nichts, was Sie oder ich hätten tun können, um sie wieder gesund zu machen. Gott hat entschieden, dass es Zeit für sie war, von uns zu gehen, und nicht einmal Ihr stärkster Trank hätte etwas gegen diese Entscheidung ausrichten können. Es ist nicht Ihre Schuld, dass sie gestorben ist.«

»Ich weiß nicht, was ich ohne sie tun soll, Father. Außer Ihnen habe ich doch sonst niemanden. Sie war … Sie war meine …«

»Schhh, ich weiß.« Father O'Brien tätschelte die Schulter der schluchzenden Frau. »Für keinen von uns wird es leicht werden. Aber Mary würde nicht wollen, dass wir traurig sind. Sie würde sich von uns wünschen, dass wir stark und fröhlich sind und an die glücklichen Zeiten mit ihr denken, nicht?«

Nickend und schniefend, lehnte Daisy sich zurück und fuhr sich mit dem Ärmel über die Augen. Von den Tränen ganz nass, trat das rote Muttermal auf ihrer Wange besonders deutlich hervor.

»Werden wir einen Gedenkgottesdienst für sie abhalten?«

»Im Frühjahr, meine Liebe. Mary wollte, dass wir ihre Asche auf der Farm ihres Vaters verstreuen, wenn der Schnee getaut ist. Werden Sie mir dabei helfen?«

Wieder nickte Daisy. Beide versuchten sich zu fassen und saßen ein paar Minuten schweigend da.

»Möchten Sie noch ein bisschen bleiben? Ich wollte mir gerade etwas zum Mittagessen machen«, lud Father O'Brien sie ein, obwohl ihm der Appetit vergangen war.

Daisy schniefte laut und schüttelte den Kopf. »Nein, vielen Dank. Ich wollte ein paar Vorbestellungen für meinen berühmten Liebestrank einholen. Für den Valentinstag. Vielleicht hält mich das davon ab, an … an sie zu denken.«

»Sie würde nicht wollen, dass wir traurig sind«, wiederholte Father O'Brien und reichte Daisy das Glas mit der grünbraunen Flüssigkeit. Sie steckte es wieder in die Manteltasche.

»Ich weiß.« Daisy stand auf und ging langsam zur Tür. Als sie die Haustür erreichte, drehte sie sich zu Father O'Brien um. »Möchten Sie auch einen Liebestrank bestellen?«

Father O'Brien musste lächeln. Er tat Daisy meist den Gefallen, ihre seltsamen Heiltränke zu kaufen, aber sie hatte ihm noch nie ihren Liebestrank angeboten. Natürlich war sie etwas durcheinander, und er vermutete, dass sie es in diesem Jahr schwerer hatte, die Heiltränke zu verkaufen.

»Nun ja, Daisy«, begann er sanft. »Ich kann mich nicht erinnern, Ihnen in der Vergangenheit je einen Liebestrank abgekauft zu haben. Und Sie wissen, dass ich, da ich ja Priester bin, ähm, wirklich keine Verwendung dafür habe. Aber«, fügte er beschwichtigend hinzu, als er Daisys enttäuschtes Gesicht sah, »notieren Sie meinen Namen trotzdem für ein Glas, ein kleines, und ich gebe es an jemanden weiter, der es gebrauchen kann.«

»Okay.« Daisys Augen funkelten ein wenig. »Ich bringe es in ein paar Tagen vorbei. Und«, flüsterte sie, wobei das Funkeln verschwand, »ich werde versuchen, nicht traurig zu sein.« Kaum hatte sie das gesagt, flossen wieder die Tränen, und sie trottete nach draußen und zum nächsten Haus.

Father O'Brien schloss die Tür, und auch ihm rannen

erneut Tränen über die Wangen. Er wusste, dass Daisys Schmerz ebenso groß war wie der seine.

Sosehr er sich auch bemühte, nicht daran zu denken, wie er Mary vorgefunden hatte, tauchte die Szene doch immer wieder vor seinem inneren Auge auf. Sie war so … still gewesen. Und dann, als er sich auf seinen Schreibtischsessel setzte, überkam ihn ein schreckliches Déjà-vu. Seine Erinnerung führte ihn zurück zu einem anderen Tag vor fast sechzig Jahren, an dem er Mary in der Marmorvilla gefunden hatte. Er versuchte, die furchtbaren Bilder zu verdrängen, aber sie brachen über ihn herein, mischten sich mit dem Anblick der toten Mary, und er konnte sich nicht dagegen wehren.

An einem stürmischen Abend im Juni 1942 hatte er einen Anruf von der Polizei aus Mill River erhalten. Patrick McAllister war bei einem Unfall durch die Windschutzscheibe seines Autos geschleudert worden und ums Leben gekommen. »Father«, hatte man ihn gebeten, »könnten Sie uns begleiten, um es seiner Frau beizubringen?«

Die Seitentür hatte offen gestanden, was seltsam war bei dem heftigen Gewitter. Als niemand an die Tür kam, hatte er mit dem Polizisten das Haus betreten. Drinnen war es dunkel und still, und sie nahmen an, dass Mrs McAllister oben im Bett lag. Das stimmte fast.

Sie war oben und lag zusammengesunken an der Schlafzimmerwand. Zuerst hatten sie Mary nicht gesehen. Dann entdeckte der junge Polizist sie, eilte zu ihr und schrak augenblicklich zurück. »Lieber Himmel, großer Gott, o mein Gott, tut mir leid, Father, aber so etwas habe ich noch nie erlebt.«

Das, was er von Marys Gesicht gesehen hatte, sah kaum mehr menschlich aus. Ihr linkes Auge war unter einer großen, lila-schwarzen Schwellung verschwunden, die bis zum Haaransatz reichte. Father O'Brien erhaschte nur einen Blick auf sie, bevor der Polizist, der anscheinend seinen ersten Schreck überwunden hatte, sie hochnahm, um sie nach unten zu tragen, und ihm zurief: »Gehen Sie vor, Father, sie ist schwer verletzt, und wir müssen uns beeilen!« Mit einem flauen Gefühl im Magen war er die Treppe hinuntergerannt, hinter sich den Polizisten, der Mary auf den Armen trug.

Sie fuhren mit ihr ins Krankenhaus von Rutland County, wohin man auch Patricks Leiche gebracht hatte. Dort stellten die Ärzte fest, dass der Knochen am oberen Rand der linken Augenhöhle zersplittert war. Eine solche Verletzung konnte nur durch einen kräftigen Schlag mit einem harten, schweren Gegenstand verursacht worden sein. Außerdem registrierten die Ärzte überrascht, dass ihre Patientin, Angehörige einer der wohlhabendsten und angesehensten Familien von Rutland, schmutzige Kleidung trug. Ihr verfilztes Haar sah aus, als habe sie es wochenlang weder gewaschen noch gebürstet.

Father O'Brien wusste nicht, was er den Ärzten sagen sollte, ebenso wenig Patricks Eltern und dessen Großvater, als sie ins Krankenhaus kamen, um Patricks Leiche zu identifizieren. Der Familie wurde es gestattet, Mary kurz zu sehen. Nur gut, dass sie bewusstlos blieb und den erneuten Schock in den Gesichtern ihrer Schwiegereltern nicht sehen konnte.

»Es kann sein, dass sie sich gestritten haben«, sagte Father O'Brien zu den McAllisters, als sie alle wie betäubt im Wartezimmer des Krankenhauses standen.

»Wir wissen, dass Patrick getrunken hatte«, sagte Conor. »Und wir wissen, dass er vor dem Unfall nach Hause gefahren sein muss, weil er einen Koffer dabeihatte. Vielleicht ist er in Wut geraten und …«

»So etwas würde mein Sohn niemals tun«, schluchzte Elise an Stephens Schulter.

»Dann schau dir doch an, in welchem Zustand sie ist«, fuhr Conor sie wütend an. »Ihr ging es offensichtlich viel schlechter, als wir die ganze Zeit dachten.«

»Sie hat ihn vernachlässigt! Hat ihn aus seinem eigenen Haus getrieben«, entgegnete Elise zwischen Schluchzern.

»Vielleicht ist es das Beste, wenn wir das Wie und Warum nicht gerade jetzt diskutieren.« Stephen hielt Elise noch immer an sich gedrückt. »Wir können darüber mit Mary reden, wenn sie zu sich kommt …«

»Falls sie zu sich kommt«, sagte Conor.

»… und das wird sie, Pop, daran müssen wir glauben. Aber jetzt sollten wir erst mal nach Hause gehen. Es gibt einiges zu tun.«

»Geht ihr zwei nur. Ich warte hier. Sollte sie wieder zu sich kommen, rufe ich euch gleich an.« Patricks Eltern gingen und ließen Conor und Father O'Brien allein im Wartezimmer zurück.

Auch nach sechzig Jahren hatte Father O'Brien das folgende Gespräch mit Conor McAllister nicht vergessen. Das Gespräch, das sein Leben verändert hatte.

»Father«, setzte Conor an, »ich möchte Ihnen sagen, dass ich meinen Enkelsohn sehr liebe … geliebt habe. Es gibt nichts auf der Welt, was ich nicht für ihn getan hätte.« Father O'Brien erinnerte sich noch gut an das Zittern in der Stimme des Patriarchen und die silbrigen Tränen, die sich ihren Weg durch die Falten in den dichten weißen Bart gebahnt hatten.

»Ich weiß jedoch, habe es immer gewusst, wozu Patrick fähig war. Er war talentiert, gutaussehend, selbstbewusst. Sein Vater hat dafür gesorgt, dass er immer alles bekam, was er sich wünschte. Er wollte nicht auf mich hören, als ich ihn davon abzuhalten versuchte, den Jungen zu verwöhnen. Ich hatte so viel mit den Marmorwerken zu tun und hielt es für das Beste, mich nicht einzumischen, aber das war falsch. Ich hätte mehr tun sollen, um zu verhindern, dass Patrick so wurde, wie er geworden ist. Patrick entwickelte sich zu einem entschlossenen jungen Mann, wild entschlossen, Erfolg zu haben, und wild entschlossen, dafür zu sorgen, dass die Welt seinen Forderungen nachkam. Er wollte alles in seinem Leben kontrollieren, die Frau, die er geheiratet hat, und seine

Aufgaben in den Marmorwerken. Aber er konnte nicht alles kontrollieren. Zumindest nicht die ganze Zeit.«

Conor sah zu ihm auf, mit einem Tränenschleier in den grünen, blutunterlaufenen Augen. »Heute Morgen, Father, hat Patrick die Mitteilung bekommen, dass er zur Armee eingezogen würde. Sein Vater und er glaubten, ich hätte das verhindern können, aber das konnte ich nicht. Wirklich nicht. Patrick hat die Marmorwerke kurz vor Mittag verlassen. Ich dachte, er bräuchte ein wenig Zeit für sich, um sich abzukühlen, daher sind wir ihm nicht gefolgt. Jetzt wünschte ich, wir hätten es getan. Wir wussten nicht …«

Conors Ton veränderte sich, als er zu Boden blickte. »Ich habe mir jedoch immer Sorgen um Mary gemacht. Von dem Moment an, als ich sie kennenlernte, als Patrick sie zum ersten Mal mit nach Hause brachte, weil ich erkannte, wie unschuldig und verletzlich sie war, ein armes, schüchternes Ding. Ich befürchtete, dass Patrick diese Schwäche weidlich ausnützen oder die Geduld mit Mary verlieren und versuchen würde, sie in etwas zu verwandeln, das sie nicht war. Ich hätte wissen müssen, dass sie ernste Probleme hatten, als er aufhörte, sie mit zu uns zu bringen. Er sagte uns, der Tod ihres Vaters habe sie schwer getroffen, sie würde sich mit Freunden treffen, aber wir hatten ja keine Ahnung.« Conor hielt kurz inne, bevor er fortfuhr. »Sie haben Mary heute Abend gesehen, Father. So ungern ich es mir eingestehe, ich glaube, Patrick hat ihr das angetan. Wenn sie überlebt, wird sie äußerlich und innerlich für immer gezeichnet sein. Und«, Conors Stimme brach, »das werfe ich mir vor. Ich hätte sie beschützen sollen.« Die Tränen liefen jetzt rascher. Conor bedeckte Mund und Kinn mit seiner zitternden Hand.

»Das dürfen Sie sich nicht vorwerfen, Mr McAllister. Auch wenn Sie das glauben, sind Sie nicht für Patricks Verhalten verantwortlich. Sie hätten niemals voraussehen können, dass das passieren würde«, sagte er. Lange saßen sie schweigend beisammen. Schließlich blickte Conor auf und sah Father O'Brien direkt in die Augen.

»Ich brauche Ihre Hilfe, Father. Wenn Mary am Leben bleibt, möchte ich sichergehen, dass für sie gesorgt ist und sie für den Rest ihres Lebens beschützt wird. Den finanziellen Teil kann ich übernehmen. Meine Enkelkinder besitzen alle Treuhandfonds. Patricks beläuft sich zurzeit auf etwas über zweihunderttausend Dollar. Da Mary seine Alleinerbin ist, steht ihr das Geld zu. Außerdem gedenke ich, ihr eine weitere beträchtliche Summe zu vermachen. Wenn das Geld gut angelegt wird, sollte es reichen, um sie für den Rest ihres Lebens zu versorgen.«

»Das ist sehr großzügig von Ihnen, Mr McAllister«, sagte Father O'Brien, aber Conor war noch nicht fertig.

»Doch ich werde nicht lange genug auf dieser Erde weilen, um auf sie aufzupassen. Mary wird vollkommen allein sein, wenn sie überlebt. Sie wissen, wie nahe sie ihrem Vater stand, aber der ist jetzt tot, und ich kann mir nicht vorstellen, dass Elise sich je um sie kümmern wird. Sie glaubt, Mary habe Patrick aus dem Haus vertrieben. Darum brauche ich Sie, Father. Sie sind jung, etwa im selben Alter wie Mary. Sie werden noch lange leben, wenn ich tot bin. Sie können sich an meiner Stelle um Mary kümmern«, sagte Conor.

Father O'Brien erinnerte sich an das Gefühl, als er begriffen hatte, worum Conor ihn bat. »Mr McAllister, natürlich werde ich alles in meiner Macht Stehende tun, um für Mrs McAllisters Wohlergehen zu sorgen. Aber Sie müssen verstehen, dass sie sich entscheiden könnte, Mill River zu verlassen. Die Kirche könnte mich einer anderen Gemeinde zuweisen. So viele Dinge könnten sich ändern, über die ich keine Kontrolle habe.«

»Ich kann mit Bischof Ross über Ihre Situation sprechen und ihn bitten, für Sie eine Ausnahme zu machen. Zumindest könnte er dafür sorgen, dass Sie nicht aus Mill River versetzt werden. Was ansonsten noch geschehen könnte, nun ja, niemand kann die Zukunft vorhersagen, aber ich vertraue Ihnen, Father. Ich habe Ihnen von dem Moment an vertraut, als ich Sie kennenlernte, und ich vertraue darauf, dass Sie einen Weg finden werden, diese Sache für mich zu tun. Das werden Sie, nicht wahr, Father?«

Ehe er etwas erwidern konnte, kam Bischof Ross ins Wartezimmer.

»Ich bin gleich gekommen, als ich es hörte, Conor. Ich kann es nicht fassen, und seine Frau ist ebenfalls hier, verletzt?« Der beleibte Bischof war ein wenig außer Atem. »Gut, dass Sie auch gekommen sind, Father O'Brien.«

»Ja, sie ist hier«, antwortete Conor, »aber sie ist immer noch bewusstlos. Wir wissen nicht genau, was mit Mary passiert ist. Stephen und Elise sind vor ein paar Minuten nach Hause gegangen. Könntest du vielleicht zu ihnen gehen? Ich komme nach, sobald ich mit dem Arzt gesprochen habe, und ich glaube, Father O'Brien sollte heute Nacht bei Mary bleiben, falls sich an ihrem Zustand etwas ändert.«

»Natürlich, selbstverständlich. Ich gehe sofort und komme morgen früh noch mal vorbei.« Bischof Ross eilte aus der Tür.

Conor wandte sich wieder Father O'Brien zu und wartete auf eine Antwort. Er wusste nicht, wie er das bewältigen sollte, worum Conor ihn gebeten hatte, aber er konnte auch nicht ablehnen.

»Ich werde sie so gut beschützen, wie es mir möglich ist, Mr McAllister, solange ich dazu fähig bin. Mehr kann ich nicht versprechen.«

Und er hatte sein Versprechen gehalten, fast sechzig Jahre lang, bis zum heutigen Tag. Wohl zum hundertsten Mal schaute er auf den Umschlag und das Päckchen auf seinem Schreibtisch. Nun, da Mary gestorben war, würde er tun, was getan werden musste, um das letzte, geheime Versprechen einzulösen, das er ihr gegeben hatte.

Teil II

*Gib Licht, und die Dunkelheit wird
von allein verschwinden*

Erasmus von Rotterdam

12

Das Fenster in dem schwach erleuchteten Krankenzimmer stand einen Spaltbreit offen, und die frische Luft, die hereindrang, durchschnitt den stickigen Geruch von Krankheit und Desinfektionsmitteln. Mary lag im Bett, ihre zierliche Gestalt zeichnete sich unter den enganliegenden weißen Laken ab. Ein Verband um ihren Kopf verbarg die angeschwollene purpurrote Masse, die ihr linkes Auge war. Sie war noch immer bewusstlos.

Father O'Brien schlief ebenfalls. Er hatte die Nacht zusammengesunken auf einem Holzstuhl neben ihrem Bett verbracht. Jetzt strich ihm der Luftzug über die Wange und durch das Haar, und er schlug die Augen auf.

»Guten Morgen, Father«, sagte eine Schwester, die gerade hereinkam.

»Guten Morgen, Miss …«, erwiderte Father O'Brien und bemühte sich, den Namen der Schwester auf dem Schildchen zu entziffern.

»Clarke«, sagte die Schwester und fühlte Mary den Puls. Sie schaute von ihrer Armbanduhr auf, während Father O'Brien sich den steifen Nacken rieb. Ihre braunen Augen zeugten von Mitgefühl. »Haben Sie es geschafft, die ganze Nacht dort zu schlafen?«

»Ich war die ganze Zeit hier. Was den Schlaf betrifft«, Father O'Brien seufzte und schaute Mary an. »Sagen wir mal, ich habe nicht annähernd so viel gehabt wie sie.«

»Dann ist sie noch immer nicht zu sich gekommen«, sagte Schwester Clarke und las Marys Krankenblatt. »Der

Arzt kommt gleich, um sie zu untersuchen.« Kopfschüttelnd steckte sie das Krankenblatt wieder ans Fußende des Bettes. »Wenn es wirklich ihr Gatte war, der ihr das angetan hat …«

»Papa?«, stöhnte Mary plötzlich und drehte den Kopf auf dem Kissen. Ihr rechtes Auge öffnete sich flatternd.

»Mrs McAllister, ich bin's, Father O'Brien«, sagte der Priester und sprang vom Stuhl auf. »Können Sie mich hören?«

»Ich hole den Arzt.« Die Schwester lief aus dem Zimmer.

Langsam drehte Mary den Kopf zum Priester. »Kann nichts sehen«, sagte sie und hob die linke Hand an ihr verletztes Auge. Father O'Brien packte die Hand, bevor sie den Verband berührte.

»Nein, Sie dürfen es nicht anfassen. Sie sind im Krankenhaus. Sie wurden verletzt«, sagte Father O'Brien behutsam. Ihre Hand war schlaff und zerbrechlich. »Können Sie sich noch erinnern, was Ihnen zugestoßen ist?«

Einen Moment lang war Mary sichtlich verwirrt. Ihr Mund öffnete sich leicht, während ihr vom Schlaf betäubter Verstand mühsam zu arbeiten begann. Dann zuckte sie zusammen, als hätte sie jemand erschreckt. Sie versteifte sich. Die Hand, die Father O'Brien festhielt, krallte sich plötzlich um seine Finger.

»Er lässt ihn verhungern«, flüsterte sie verzweifelt.

»Wer lässt wen verhungern?«

»Patrick«, antwortete Mary und begann zu zittern. »Monarch. In der Scheune, seit Wochen. Er schlägt ihn und gibt ihm nichts zu fressen.« Sie zog an der Hand des Priesters und versuchte sich aufzurichten. »Er wird ihn umbringen, Sie müssen ihm Einhalt gebieten.«

»Schon gut, Mrs McAllister, Patrick wird niemandem etwas zuleide tun.«

Tränen rannen aus ihrem unverletzten Auge. »Er wird ihn umbringen, bitte, Father.«

Ein Mann im weißen Kittel kam herein, gefolgt von

Schwester Clarke, die ein kleines Silbertablett vor sich her trug. Der Arzt trat langsam an das Bett, während die Schwester an die andere Seite ging.

»Mrs McAllister, ich bin Dr. Mason. Wissen Sie, wo Sie sind?«

Mary wandte sich ihm zu und verzog leicht das Gesicht. »Im Krankenhaus.«

»Können Sie sich erinnern, wie Sie verletzt wurden?«

Mary blinzelte, schauderte erneut und sah den Arzt an. »Ebony, die Statue von Ebony«, sagte sie geistesabwesend. Sie holte tief Luft, ließ den Blick aus dem unverletzten Auge hastig hin und her wandern, offenbar durchlebte sie das Ereignis noch einmal. Der Arzt blickte Father O'Brien an und zog die Augenbrauen hoch. Der Priester zuckte mit den Schultern.

»Wer ist Ebony?«

»Mein Pferd. Und Monarch. Sie müssen ihn von ihnen fernhalten.« Marys Stimme wurde wieder lauter.

»Wen fernhalten?«, fragte Dr. Mason.

»Patrick, ich habe es ihm schon gesagt«, erwiderte Mary und wandte sich erneut dem Priester zu. »Monarch braucht Hilfe. Sie müssen den Tierarzt rufen. Sein Fuß ist entzündet, und er verhungert, bitte ...« Mary warf sich jetzt hin und her und murmelte Unverständliches, die rechte Gesichtshälfte tränenüberströmt.

Dr. Mason nickte Schwester Clarke zu, die sein Nicken erwiderte und eine Spritze vom Tablett nahm. Rasch injizierte sie ein Beruhigungsmittel in Marys Oberarm.

»Sie müssen sich ausruhen, Mrs McAllister«, sagte Schwester Clarke leise und strich Mary die Haare aus dem Gesicht. Nach wenigen Minuten hörte Mary auf zu zittern und lag ruhig da.

»Mrs McAllister«, sagte Father O'Brien, der noch immer ihre Hand hielt, »machen Sie sich keine Sorgen um die Pferde. Ich werde Conor anrufen, und wir werden uns um sie kümmern.« Seine Worte besänftigten sie anscheinend, denn sie nickte und schloss das gesunde Auge.

Father O'Brien trat von Marys Bett zurück und bedeutete dem Arzt, ihm zu folgen. »Glauben Sie, dass sie sich daran erinnert, was geschehen ist?«, flüsterte er, sobald sie außer Hörweite waren.

»Wenn nicht jetzt, dann vielleicht in den nächsten Tagen. Aber offensichtlich ist es für sie im Moment zu belastend, oder sie macht sich größere Sorgen um etwas anderes – die Pferde, nehme ich an.«

»Es ist aber gut, dass sie aufgewacht ist?«

»O ja, natürlich. Anscheinend kann sie normal sprechen und sich bewegen, was darauf hindeutet, dass ihr Gehirn keinen ernsthaften Schaden davongetragen hat. Aber es wird lange dauern, bis sie sich von dem seelischen Schock erholt hat. Und was das Auge betrifft, so wissen wir von der Röntgenaufnahme, dass ihre Augenhöhle eine Fraktur hat, aber das Ausmaß des Schadens können wir erst einschätzen, wenn die Schwellung zurückgeht.«

Father O'Brien schaute auf die Uhr. Es war kurz nach acht. Als Conor am Abend zuvor gegangen war, hatte er ihm versprochen, am Morgen wiederzukommen. Vielleicht wäre Conor bereit, mit ihm zum Marmorhaus zu fahren. Vielleicht konnten sie herausfinden, was passiert war und was Mary ihnen nicht selbst hatte sagen können.

»Passen Sie auf. Ich muss Sie bitten, nichts anzufassen. Wir wollen nichts durcheinanderbringen, was als Beweis dienen könnte, bevor wir unsere Ermittlungen abschließen.« Der junge Polizist, der Mary am Abend zuvor mit Father O'Brien gefunden hatte, begleitete Conor und den Priester in Marys Schlafzimmer. »Wir können auch nicht allzu lange bleiben. Mein Chef hat gesagt, Sie dürfen sich nur kurz umschauen.«

»Wir brauchen nicht lange«, sagte Conor, »und wir wissen es zu schätzen, dass Sie uns ins Haus lassen. Haben Sie eine Ahnung, wie lange Ihre Ermittlungen dauern werden?«

»Wahrscheinlich nicht länger als ein paar Tage«, erwiderte der Polizist. »Ich weiß, dass zwei weitere Polizeibeamte hierherkommen, um alles aufzunehmen.«

Nur im Schlafzimmer gab es Anzeichen für einen Kampf. Die Überreste einer Lampe waren auf dem Boden verstreut. Die Schranktür stand offen, und ein paar Kleidungsstücke von Patrick lagen auf dem Bett. Conor und Father O'Brien gingen vorsichtig durch das Zimmer. Conor bemerkte schließlich die kleine Marmorfigur auf dem Boden.

»Ich weiß nicht recht«, sagte er und deutete auf die Statue von Ebony. »Gestern Abend hat Elise hartnäckig darauf bestanden, dass Patrick seiner Frau niemals weh getan hätte. Sie ist davon überzeugt, dass Marys Verletzung ein Unfall war, dass Mary sich irgendwie selbst verletzt hat. Sie hat nie diese Seite von Patrick gesehen, die mir durchaus bekannt war.« Er hielt inne und starrte auf die schwarze Marmorfigur. »Ich frage mich, ob er die benutzt hat …«

»Mag sein«, sagte Father O'Brien. »Sie ist klein genug, um sie mit einer Hand zu greifen.«

Conor gab keine Antwort, sondern starrte weiter vor sich hin. Kurz darauf räusperte sich der Polizist.

»Ich weiß nicht, was wir hier noch finden könnten«, bemerkte Father O'Brien und nickte dem Beamten zu. »Sollen wir einen Blick in die Scheune werfen? Mary schien sich ja sehr um die Pferde zu sorgen.«

»Ja, natürlich«, sagte Conor. »Aber tun Sie mir einen Gefallen, ja?«, bat er den Polizisten, als sie hinausgingen. »Sorgen Sie dafür, dass von der Marmorfigur Fingerabdrücke genommen werden, und danach schicken Sie die Statue an mich.« Der Polizist nickte.

Sollte Father O'Brien noch Zweifel an Patricks wahrem

Charakter gehabt haben, so wurden diese zerstreut, als sie den Rotbraunen in der Scheune sahen. Die Peitschenspuren und die Unterernährung waren schockierend. Als Father O'Brien sich Monarchs Box näherte, rollte das Pferd voller Angst mit den Augen und wich nach hinten aus, wobei es ins Straucheln geriet bei dem Versuch, den entzündeten Hinterlauf nicht zu belasten.

»Großer Gott«, murmelte Father O'Brien, »wer tut einem Tier so etwas an?«

Conor war an Marys Bett, als sie am späten Nachmittag wieder zu sich kam. Dank der Beruhigungsspritze war sie zwar angeschlagen, aber wesentlich ruhiger als am Morgen.

»Grandpa?« Mary schaute zu ihm auf.

»Mary, mein Liebes, wie geht es dir?«, erwiderte Conor und ergriff ihre Hand.

»Müde. Mein Gesicht tut weh. Mein Auge.«

»Das weiß ich, Mary. Dein Augenbogen ist zersplittert, aber jetzt bist du in Sicherheit.«

»In Sicherheit«, sagte Mary, dann plötzlich: »Die Pferde …«

»Denen geht es gut«, erwiderte Conor. »Father O'Brien und ich sind heute Morgen im Haus gewesen. Mit den Pferden ist alles in Ordnung. Wir haben den Tierarzt angerufen, und man wird sich um den Rotbraunen kümmern, keine Sorge.«

»Oh, Grandpa, das hat Patrick getan. Er hat Monarch geschlagen, ihn verhungern lassen, und ich hatte keine Ahnung. Versprich mir, dass du Patrick von ihnen allen fernhalten wirst, Grandpa.«

Conor zögerte. Mary sah ihn aus ihrem gesunden Auge flehend an. Er fragte sich, wie viel er ihr erzählen durfte, wie viel sie in ihrem fragilen Geisteszustand verkraften konnte. Jemandem, der sie nicht kannte, würde sie wahrscheinlich ganz normal erscheinen, wenn auch ein wenig apathisch. Er hingegen wusste, dass ihre ruhige Erscheinung täuschte, und Father O'Brien hatte ihm gesagt, was passiert war, als sie am Morgen zum ersten Mal aufwachte. Mary drohte den Verstand zu verlieren, und sie klammerte sich daran fest wie ein Kind, das sich an einem stürmischen Tag an seinen Drachen klammerte. Viel wäre nicht mehr nötig, und sie hätte ihn endgültig verloren.

»Ich verspreche es dir, Mary«, sagte Conor. »Und du darfst dir wegen des Rotbraunen keinen Vorwurf machen. Du hast es nicht gewusst. Niemand von uns wusste davon.«

Mary war einen Moment lang still. Als sie wieder sprach, war ihre Stimme nur noch ein Flüstern. »Grandpa, ich habe Angst vor ihm.«

»Vor Patrick?«

»Ja.«

»Mary, ich will dich nicht aus der Fassung bringen, aber wir müssen wissen, wie deine Verletzung zustande kam.«

Nach einer Weile antwortete sie: »Die Ebony-Statue. Damit hat er mich geschlagen.«

Conor sah die kleine Marmorfigur auf dem Boden wieder vor sich. »Mary, meinst du die kleine Pferdestatue in deinem Schlafzimmer?«

»Ja.«

»Patrick hat dir damit ins Gesicht geschlagen?«

»Ja.« Langsam rannen Tränen aus Marys rechtem Auge über die Rundung ihrer Wange. »Er war betrunken, schrie mich an, sagte, ich sei keine gute Ehefrau.« Conors grüne Augen blitzten. »Ich liebe ihn so. Ich habe versucht, eine gute Frau zu sein, aber er wollte mehr. Immer. Bitte, Grandpa, du wirst nicht zulassen, dass er mich noch einmal verletzt, ja?«

Conor schaute Mary ins verbundene, tränenüberströmte Gesicht. Ihre Miene zeugte von großer Liebe und noch größerer Angst, die unlösbar miteinander verbunden waren.

Nach kurzem Zögern entschied er, sie von Patricks Tod in Kenntnis zu setzen. Wenn sie es wusste, konnte sie wenigstens sicher sein, dass er ihr nie wieder etwas tun würde.

»Mary«, begann er leise und ergriff nun auch ihre andere Hand, »ich muss dir etwas sagen. Gestern Abend, nachdem Patrick dich verletzt hat, wollte er die Stadt verlassen. Es gab einen Unfall. Er war bereits tot, als die Polizei ihn fand.« Conor hielt inne und sah, wie Marys Ausdruck sich veränderte, von Angst über Schock bis zu Ungläubigkeit. »Sie gehen davon aus, dass es schnell ging, Mary, verstehst du mich?« Conor drückte Marys Hände. »Patrick ist gestern Abend umgekommen, Liebes. Es tut mir so leid. Mary?«

Sie schaute ihn nur an, ihr sichtbares Auge glasig und blutunterlaufen, und schwieg.

»Um Himmels willen, Pop, ich weiß nicht, warum du ihr das mit Patrick so früh schon mitteilen musstest«, sagte Stephen, als er mit Conor das Rutland County Hospital verließ. »Zwölf Tage kein einziges Wort, zu niemandem. Wie lange kann sie noch in dieser … dieser Trance verweilen, oder wie immer man es nennen mag? Eine Woche? Zwei Wochen? Einen Monat?« Conor antwortete nicht, während sie in den schwarzen Lincoln stiegen.

Stephen schlug die Tür zu und steckte den Schlüssel ins Zündschloss, drehte ihn aber nicht um. Eine Weile saßen die beiden schweigend in den exklusiven Ledersitzen. Stephen umschloss das Lenkrad, hob an, etwas zu sagen, hielt sich jedoch zurück. Anscheinend rang er mit den Worten, entschied dann aber, einfach zu sprechen.

»Pop, ich glaube, wir sollten wirklich überlegen, ob wir sie nicht nach Brattleboro schicken …«

»Kommt nicht in Frage. Wir hatten diese Diskussion bereits, und du weißt, ich habe nicht die Absicht, sie in ein Irrenhaus abzuschieben.«

»Aber Pop …«

»Sie ist deine Schwiegertochter«, fuhr Conor ihn an. »Deine Familie. Und meine. Die Ärzte sagen, das Beste für sie ist jetzt, bei ihrer Familie und bei den Menschen zu sein, die sie kennt. Wenn Sara oder Emma in diesem Krankenzimmer lägen, würdest du nie im Leben an Brattleboro denken.«

»Wenn ich der Meinung wäre, es könnte helfen …«

»Schwachsinn. Du würdest nichts dergleichen unternehmen. Und was Mary betrifft, sie ist so eingeschüchtert und ängstlich, dass sie sich niemals erholen würde, wenn man sie in eine fremde Umgebung verlegte.«

»Ich wünschte, du hättest vor zwölf Tagen an ihre Heilung gedacht, bevor du beschlossen hast, ihr zu sagen, was passiert ist.«

Conor seufzte, als Stephen schließlich den Motor anließ. »Vielleicht war es ein Fehler, es ihr so früh zu sagen, aber … sie war so verschreckt. Ich habe nur versucht, sie zu beruhigen, ihr Sicherheit zu vermitteln, als ich sie wissen ließ, dass Patrick ihr nichts mehr antun kann.«

»Wir wissen nicht einmal genau, ob sich alles so zugetragen hat, wie Mary es schildert. In Anbetracht ihres derzeitigen Zustands könnte sie verwirrt sein. Vielleicht hat sie das Ganze auch nur erfunden.« Stephen warf seinem Vater einen Seitenblick zu und erkannte sofort, dass er zu weit gegangen war.

»Ach ja?«, dröhnte Conor. »Glaubst du, sie hat sich den Schädel selbst eingeschlagen? Weil sie beschlossen hat, dass sie das eine Auge nicht mehr braucht?«

»Nein, Pop, aber …«

»Sie ist auf dem Auge blind! Der Knochen wird verheilen, doch die Ärzte können nichts tun, um ihr Sehvermögen wiederherzustellen.« Conor lief rot an, als er mit dem Zeigefinger vor dem Gesicht seines Sohnes herumfuchtelte. »Nein, ich kann dir auch genau sagen, wie du auf diese Idee kommst.

Ich weiß, dass Elise eine schwere Zeit durchmacht. Das geht uns allen so. Aber sie will nicht wahrhaben, was Patrick getan hat. Sie macht Mary verantwortlich für etwas Entsetzliches, das allein Patricks Schuld war. Und jetzt klingt es so, als würde sie auch dich allmählich davon überzeugen.«

Stephen schien in sich zusammenzusinken.

»Ich wusste es!«, sagte Conor. »Und ich wette, sie steckt auch hinter diesem neuerlichen Vorstoß, Mary nach Brattleboro zu schicken! Ein einfacher Weg, sich der einzigen Mahnung an das zu entledigen, was wirklich geschehen ist. Was Patrick getan hat. Wir sind die einzige Familie, die Mary noch hat. Wir sind für ihre Genesung und ihr Wohlbefinden verantwortlich. Schlimm genug, dass wir keine Ahnung hatten, wie er sie behandelt hat. Wir werden sie jetzt ganz bestimmt nicht im Stich lassen.«

Stephen lenkte den Lincoln in die Auffahrt der gelben viktorianischen Villa, und Vater und Sohn gingen hinein, ohne ein weiteres Wort zu wechseln. Stephen begab sich sofort ins Wohnzimmer, wo Elise auf ihn wartete. Conor hörte ihre gedämpften Stimmen, während er sich auf den Weg in sein Büro machte. Dort angelangt, schaltete er das Licht ein und schloss die Tür.

Die Fotografien an der Wand empfingen ihn wie immer mit einer Flut von Erinnerungen. Ihm fiel der Abend ein, als er Mary zum ersten Mal hier angetroffen hatte, wie sie sich das alte Foto von ihm und seinem Vater ansah. Schon damals hatte er sich Sorgen um sie gemacht, als sie noch eines von den vielen Mädchen hätte sein können, mit denen Patrick zusammen war. Jetzt war er anscheinend der Einzige in seiner Familie, den das, was ihr zugestoßen war, tief ins Herz traf. Er würde sie nicht noch einmal im Stich lassen.

Conor griff zum Telefonhörer und wählte die Nummer von Jack Gasaway, dem Anwalt der Familie McAllister. Er musste ein paar Änderungen vornehmen, und zwar bald.

Falls Mary wusste, dass er im Raum war, gab sie es nicht zu erkennen.

Auch drei Wochen nach ihrer Verletzung lag Mary noch im Rutland County Hospital, starrte blicklos vor sich hin, sprach mit niemandem und zeigte keinerlei Regung, bis auf einen gelegentlichen Seufzer. Sie wich zurück, wenn sich ihr jemand näherte, leistete aber keinen spürbaren Widerstand, wenn die Schwestern sich ihrer annahmen. Über einen Tropf wurde sie künstlich ernährt, obwohl die Schwestern ihr regelmäßig Essen brachten in der Hoffnung, sie aus ihrer Apathie zu holen. Ihr glasiger Blick blieb unverändert, als Dr. Mason den Verband von ihrem linken Auge entfernte und es untersuchte.

Dr. Mason war sich ziemlich sicher, dass ihr Auge nie wieder genesen würde. Die Schwellung war zurückgegangen und hatte einen leicht verformten Brauenknochen sichtbar gemacht, der allmählich verheilte. Doch Patrick hatte mit derart roher Gewalt zugeschlagen, dass sich die Netzhaut ihres linken Auges fast vollständig abgelöst hatte. Dieser Schaden war nicht zu beheben.

Father O'Brien stattete Mary alle paar Tage einen Besuch ab. Er betrachtete es als Teil des Versprechens, das er Conor gegeben hatte. Aber die Besuche verschafften ihm auch eine gewisse Erleichterung. Nachdem die jungen Männer aus Rutland County zum Kriegsdienst eingezogen worden waren, fühlte er sich oft hilflos, wenn er die Familien der Soldaten aufsuchte. Seine Worte des Trostes drangen nicht zu ihnen durch. Die Begegnungen mit Mary waren für ihn immer eine Verschnaufpause von diesen unerfreulichen Besuchen.

Er saß wie üblich neben ihrem Bett, redete mehr oder weniger mit sich selbst und versuchte, ihr eine Reaktion zu entlocken. Er war hartnäckig und geduldig. Es schien keine Rolle zu spielen.

Gerade hatte er ihr die schönen Rosen beschrieben, die auf

dem Gelände des Krankenhauses blühten. Er erzählte auch, er sei bei ihrem Haus in Mill River gewesen, Conor sorge dafür, dass es in Ordnung gehalten werde, und den Pferden gehe es gut. Als er die Pferde erwähnte, glaubte Father O'Brien ein leichtes Zucken um ihre Mundwinkel zu sehen, aber vielleicht hatte er sich auch getäuscht.

Kurz vor Mittag kam Schwester Clarke mit einem Essenstablett für Mary ins Zimmer. Father O'Brien warf einen Blick darauf, aber nicht weil ihn die wässrige Suppe oder das Glas Saft interessierten.

»Hallo, Mrs McAllister. Haben Sie Hunger? Ich habe Ihnen etwas zu essen gebracht«, sagte sie mit strahlendem Lächeln und stellte das Tablett auf den Rolltisch neben dem Bett. Mary reagierte nicht.

»Und wie geht es Ihnen heute, Father?«, erkundigte sich die Schwester und wandte sich ihm zu. Sie war anscheinend froh, mit jemanden zu sprechen, der auch antwortete.

»Danke, sehr gut. Ich habe Mary gerade von den wunderbaren Rosen draußen berichtet. Die schönsten, die ich seit langem gesehen habe.«

»Sie sind prächtig«, sagte Schwester Clarke. »Mrs McAllister, der Arzt kommt gleich. Wenn Sie etwas von Ihrem Mittagessen zu sich nehmen würden, wäre er sehr zufrieden, glaube ich.« Sie beugte sich vor und wartete auf eine Antwort. Mary starrte die Wand an.

»Na ja. Ich komme nachher und schaue nach Ihnen. Bis gleich, Father.« Lächelnd schloss Schwester Clarke die Tür hinter sich.

Father O'Brien stand auf und drehte eine Runde durch das Krankenzimmer. Er blieb eine Weile am Fenster stehen und schaute hinaus. Mary lag noch immer reglos da und reagierte nicht. Auf dem Weg zurück ans Bett warf er einen Blick durch das kleine Glasfenster in der Zimmertür. Auf dem Flur war niemand zu sehen. Unauffällig streckte er die Hand nach dem Tablett aus, auf dem Marys Mittagessen kalt geworden war. Neben der schlichten weißen Suppenschale lag ein ebenso schlichter Suppenlöffel.

Mit zitternder Hand griff er danach. Der Löffel war alt, leicht verbogen. Vom häufigen Spülen in der Krankenhausküche verkratzt. Ein *herrliches* Stück. Er hielt ihn vor sich, beugte sich nach hinten, um zur Tür hinauszuschauen und noch einmal zu prüfen, ob niemand auf dem Weg zum Krankenzimmer war. Das schlechte Gewissen, das ihn immer wegen seiner Löffelsucht überkam, meldete sich, doch er schob es beiseite und steckte den Suppenlöffel in eine kleine Tasche seiner Jacke. Der wäre eine schöne Ergänzung zu seiner Sammlung.

»Du sollst nicht stehlen«, flüsterte eine Stimme. Mary sah ihn direkt an. Sie hatte alles mitbekommen.

Es folgte ein Schweigen, und Father O'Brien stand da mit offenem Mund, bis Dr. Mason hereinstürmte. Sofort wurde Mary wieder teilnahmslos.

»Hallo, Mrs McAllister, wie geht es Ihnen heute?«, fragte Dr. Mason und nickte Father O'Brien zu. Wie gewöhnlich zuckte Mary leicht zusammen, reagierte aber sonst nicht weiter. Der Priester sah zu, wie Dr. Mason Mary den Puls fühlte, ihr Auge genau untersuchte und ihr Herz abhörte. Father O'Brien hätte ihm so gern erzählt, dass Mary gesprochen hatte, doch der harte, schmale Löffel in seinem Ärmel hielt ihn davon ab. Was hätte er antworten sollen, wenn der Arzt fragte, was Mary gesagt hatte?

»Keine Veränderung, vermute ich«, murmelte Dr. Mason vor sich hin. »Wie gut, dass Sie immer noch vorbeischauen, Father. Sie braucht einfach noch Zeit, und Ihre Besuche können nur eine Hilfe sein. Haben Sie eine Ahnung, ob Mr McAllister heute Abend kommen wird?«

»Mr McAllister … Sie meinen Conor?«, fragte Father O'Brien und zwang seinen Unterkiefer, wieder in Funktion zu treten. Dr. Mason nickte. »Ich denke schon. Er hat sich angewöhnt, abends nach der Arbeit regelmäßig vorbeizukommen.«

»Dann werde ich wohl auch noch hier sein, und ich würde gern mit ihm über Marys Zustand sprechen. Sollten Sie ihn heute Nachmittag sehen, würden Sie ihm ausrichten, dass er sich bei mir melden soll, wenn er kommt?«

»Gewiss doch«, erwiderte Father O'Brien. Dr. Mason lächelte, warf noch einen Blick auf Mary und ging hinaus, um seine Visite fortzusetzen.

»Mrs McAllister«, hob Father O'Brien an und zog seinen Stuhl näher an ihr Bett, »Mrs McAllister, können Sie …«

»Ich möchte nach Hause, Father«, sagte Mary, wandte ihm das Gesicht zu und richtete das gesunde Auge auf seinen rechten Ärmel. »Bitte, sagen Sie Grandpa und den anderen, dass ich nach Hause möchte.«

Ihre vollkommen normale, deutliche Aussprache erschreckte ihn. »Ich bin mir sicher, dass man Sie nach Hause bringen wird, Mrs McAllister, sobald Sie wieder gesund sind.« Sie schien den Zwischenfall mit dem Löffel vergessen zu haben, und er war erleichtert. »Aber wie lange haben Sie – wir wussten nicht, dass Sie alles mitbekommen, was um Sie herum vorgeht«, stammelte Father O'Brien.

»Ich weiß noch, dass Grandpa mir das mit Patrick erzählt hat«, sagte Mary, deren Stimme ein wenig krächzte, als sie Patricks Namen aussprach, »und ich verspürte dieselbe Angst, die ich immer hatte, aber viel schlimmer als je zuvor. Sie überkam mich, und alles verschwamm mir vor den Augen. Ich kann mich bruchstückhaft an Unterhaltungen erinnern, Menschen, die ein und aus gingen. Ich weiß noch, dass der Arzt mir den Verband vom Auge genommen hat, und ich konnte immer noch nicht sehen. Meine Gedanken kamen und gingen, und mir war alles gleichgültig. Bis vor ein paar Tagen wollte ich sterben.

Dann kam Grandpa wieder vorbei. Ich weiß nicht mehr genau, an welchem Tag es war, aber er erzählte etwas von Brattleboro, einer Anstalt für Geisteskranke. Er sagte zu mir, Mary, bitte, komm zu uns zurück, ich weiß nicht, was ich machen soll. Ich will nicht zulassen, dass sie dich wegschicken, aber ich weiß nicht mehr ein noch aus.« Tränen rannen ihr aus den Augenwinkeln – aus beiden, wie Father O'Brien auffiel –, und sie wischte sie ab. »Als er fort war, wurde mir klar, dass Patrick mich verletzen, vielleicht sogar umbringen wollte, und wenn ich nicht gesund würde, hätte er genau das bekommen, was er wollte. Sollte Grandpa etwas zustoßen, wären Patricks Eltern nur froh, wenn sie mich fortschicken könnten. Niemand wäre mehr für die Pferde da.« Die Tränen flossen jetzt schneller. »Und vor allem hätte Papa gewollt, dass ich wieder auf die Beine komme, das weiß ich. Ich habe versucht, wirklich versucht, ins Leben zurückzufinden, aber hier ist das so schwer, umgeben von Fremden, die mich für verrückt halten. Ich möchte so gern nach Hause, Father.«

Seine Gedanken überschlugen sich. Father O'Brien lehnte sich auf seinem Stuhl zurück. Er konnte noch immer nicht glauben, dass sie so klar und deutlich sprach, obwohl sie noch vor wenigen Tagen vollkommen apathisch gewesen war. »Ich glaube, ich sollte Conor anrufen«, sagte er. »Wenn wir Sie hier rausholen wollen, muss er es tun. Und Sie müssen mit viel mehr Leuten als nur mit mir sprechen.«

»Ich weiß«, erwiderte Mary. »Aber Father, bitte sagen Sie niemandem etwas von meiner Angst. Alle dachten, sie sei vorbei, doch das war nie der Fall. Ich kann sie nicht kontrollieren, das konnte ich nie, und jetzt ist sie schlimmer denn je. Ich möchte nicht, dass die Ärzte oder Patricks Familie mich fortschicken.«

»Natürlich nicht«, sagte Father O'Brien und erhob sich.

»Father … Warum stehlen Sie Löffel?« Sie schaute mit feuchten Augen zu ihm auf und lächelte – zum ersten Mal seit Wochen. Trotz ihrer Worte klang ihre Frage nicht anklagend. Sie sprach leichthin, als wäre sie amüsiert über einen Zauberer, der einen Trick vorführte. Father O'Brien machte den Mund auf, um zu antworten, aber sie fuhr fort: »Als Sie Patricks Mutter einen Löffel stahlen an dem Tag, an dem Sie zu Besuch kamen, um mit uns die Hochzeit zu planen, habe ich mich gefragt, ob Sie regelmäßig Silber stibitzen. Ich dachte, der Grund dafür wäre vielleicht, dass Ihr Gehalt von der Kirche so bescheiden war … aber heute, die Krankenhauslöffel sind ja bestimmt wertlos.«

Father O'Brien stand neben ihrem Bett und hatte das deutliche Gefühl, dass sein rechter Ärmel schwerer herabhing als sein linker. *Sie hat mich an dem Tag bei den McAllisters gesehen.* Er überlegte, welche Ausrede er ihr auftischen könnte, doch auch mit nur einem gesunden Auge würde sie jede Lüge durchschauen. Seufzend setzte er sich wieder. Sie wartete.

»Die Wahrheit ist, Mrs McAllister«, setzte er an.

»Nennen Sie mich einfach Mary.«

»Gut, Mary.« Er hielt inne. »In Anbetracht dessen, was ich Ihnen erzählen werde, sollten Sie vielleicht Michael zu mir sagen.« Und er berichtete von seinen Sünden, einhundertzwölf an der Zahl, gesammelt in einer Schachtel in seinem Büro, die einhundertdreizehnte in seinem Jackenärmel. Seine Löffelsucht habe kurz nach Eintritt ins Priesterseminar angefangen, sei stärker geworden, nachdem er sein Gelübde abgelegt hatte, und treibe ihn dazu, Löffel zu stehlen, einen nach dem anderen. Seine Stimme überschlug sich, während er von seiner Schuld sprach, davon, dass er seine neuesten Übertretungen stets beichte und dennoch nicht in der Lage sei aufzuhören. Er rechnete damit, dass sie mit Enttäuschung und Verachtung reagieren würde, und flehte sie an, es niemandem zu verraten.

Nach einer kurzen Pause ergriff sie leise das Wort, und ihre Reaktion überraschte ihn. »Niemand ist perfekt, Michael, selbst Priester nicht. Manche sind weniger perfekt als andere. Alles in allem sind Sie ein guter Mensch. Sie sind fürsorglich und freundlich. In unserer Welt bleiben selbst kleine Gesten der Freundschaft im Gedächtnis haften, und Sie haben so viel mehr getan. Dass Sie in den letzten Tagen und Wochen hierhergekommen sind, hat mir geholfen, wahrscheinlich mehr, als mir jetzt bewusst ist.« Father O'Brien spürte, wie seine Unterlippe zu zittern begann, er senkte den Kopf und blinzelte heftig. Mary streckte ihre Hand nach ihm aus, um ihn zu trösten. »Michael, Ihre Schwäche ist nicht der Rede wert. Ich werde es niemandem erzählen, versprochen.«

13

Claudia beobachtete den Minutenzeiger der Uhr an der Wand ihres Klassenzimmers, der auf die Zwölf zu kroch. Noch siebzehn Minuten, bis sie einen kleinen Snack einnehmen durfte. Es war die letzte Unterrichtsstunde, bevor der Schultag um halb vier zu Ende ging, und ihre Viertklässler arbeiteten in kleinen Gruppen an Multiplikationsaufgaben. Die letzte Stunde war immer die schwerste, denn die Kinder wollten nach Hause und waren leicht abzulenken.

»Miss Simon! Miss Simon!«, jammerte eine Mädchenstimme. Claudia schaute auf und sah Mia Wallace, die sich auf ihrem Stuhl wand. Ein paar Jungs hinter ihr hatten die Köpfe zusammengesteckt und kicherten. »Travis hat mir einen Popel auf den Rücken geschmiert!«

Mia Wallace war die Außenseiterin der Klasse. Sie hatte den doppelten Umfang einer normalen Viertklässlerin, und Claudia wusste, dass die meisten anderen Kinder sie »Mia Walross« nannten. Einmal hatte sie Travis Shay in der Pause dabei erwischt, wie er Mia nachäffte, über den Boden rutschte und allen, die vorbeikamen, zurief: »Ich bin Mia Walross!« Claudia hatte Mitgefühl mit Mia. Sie konnte sich noch gut an ihre eigene Schulzeit als dickes Kind erinnern, und es war noch schmerzhafter mit anzusehen, wie die Neunjährigen ihre Grausamkeit gegen jemand anderen richteten. Sie würde es nicht zulassen.

»Travis!«, sagte Claudia und erhob sich.

»Ich habe nichts gemacht, Miss Simon! Ich habe nur so getan! Sehen Sie? Da klebt nichts an ihr!«

Claudia untersuchte Mias Rücken. Keine Spur von Popeln.

»Trotzdem, Travis, so behandelt man andere nicht. Ich glaube, Miss Finney wird nicht erfreut sein, wenn ihr das zu Ohren kommt. Geh in ihr Büro«, sagte Claudia und ging zur Gegensprechanlage im Klassenzimmer. »Und nicht, dass du auf dem Flur herumtrödelst. Ich sage ihr jetzt, dass du unterwegs bist.«

Mia lächelte Claudia an. Travis verdrehte die Augen und machte sich auf den Weg zum Büro der Rektorin. Das war für ihn nichts Neues.

Kurz darauf nahmen die Schüler ihre Gespräche wieder auf. Claudia versuchte, sich darauf zu konzentrieren, den Stapel Arbeitsblätter zu korrigieren, der vor ihr lag, doch sie ertappte sich dabei, dass sie an die Möhrenstäbchen und die Erdnussbutter in der Schublade ihres Schreibtisches dachte. Ihr Magen knurrte beinahe so laut, dass man es trotz des Plapperns ihrer Schüler hören konnte. Das Mittagessen lag drei Stunden zurück.

»Miss Simon, wir können das hier nicht«, sagte Rowen Hansen und brachte ihr Buch und das Arbeitsblatt mit zum Pult. Die beiden Mädchen, mit denen Rowen arbeitete, folgten ihr.

»Zeig mal her«, sagte Claudia und sah sich Rowens Blatt und die Multiplikationsaufgabe an. Sogleich erkannte sie den Irrtum der Mädchen. Sehr langsam arbeitete Claudia das Problem heraus, zeigte ihnen, wie man die richtige Anzahl Zwischenräume einrückte, bis die Mädchen verständnisvoll lächelten. Sie wollte Rowen das Buch zurückgeben, doch als sie es losließ, glitten die losen Seiten aus dem Buchrücken und fielen zu Boden.

»Oh-oh, ich glaube, dein Buch ist aus dem Leim gegangen«, sagte Claudia und griff nach den Seiten.

»Ich weiß. So ist es schon seit dem letzten Halbjahr«, erwiderte Rowen. Sie hielt Claudia den Einband hin. »Ich habe es Mrs Schultz gesagt. Sie hat versucht, mir ein neues Buch zu besorgen, aber die Schule hat keine mehr. Dann hat sie die Seiten wieder eingeklebt, aber vorige Woche sind sie wieder rausgefallen.«

»Oh. Na ja, du brauchst es heute Abend für deine Hausaufgaben«, sagte Claudia, »aber morgen früh werde ich als Erstes versuchen, es dir wieder zu leimen. Und ich werde noch einmal nach einem anderen Buch für dich schauen. Vielleicht gibt es jetzt ein neues, das noch nicht da war, als Mrs Schultz nachgesehen hat. Okay?«

»Okay.« Rowen lächelte und trug ihr Mathebuch und das Arbeitsblatt sorgsam wieder an ihren Sitzplatz.

Claudia warf erneut einen Blick auf die Uhr. Noch zwei Minuten, bis es läutete. Eine Minute. Dann sprangen ihre Schüler auf, stopften hastig ihre Bücher und Hefte in die Rucksäcke und rannten in den Flur, wo ihre Mäntel und Schneestiefel warteten. »Bis morgen«, rief sie den Kindern nach.

Claudia stürzte sich auf die untere rechte Schublade ihres Schreibtisches und kramte nach dem Beutel mit ihrem Snack. Sie holte eine Plastiktüte mit Möhrenstäbchen und eine kleine Tupperdose mit Erdnussbutter heraus. *Der beste Snack der ganzen Welt*, dachte sie, als sie ein Stück Möhre in die Erdnussbutter steckte und in den Mund schob. Das Stück war eigentlich ein bisschen zu groß, um es ganz in den Mund zu stecken, aber das war ihr einerlei.

»Claudia, hi«, sagte eine Stimme zu ihrer Linken. Erschrocken drehte Claudia sich um und sah Kyle Hansen zur Klassenzimmertür hereinkommen. Er trug seine Polizeiuniform und schenkte ihr ein Lächeln. Die Möhre mit Erdnussbutter klebte an ihrem Gaumen, und ihr wurde schlagartig klar, dass sie den Mund so nicht leer essen konnte, um richtig zu antworten.

»Oh, hi«, sagte sie, stand auf und legte die Hand vor den

Mund. Sie kaute wie wild und schluckte in der Hoffnung, die halb gekaute Möhre würde ihr nicht in der Kehle steckenbleiben. »Ich habe nicht damit gerechnet, Sie so schnell wieder hier zu sehen. Sie haben Rowen verpasst. Ich glaube, sie zieht sich im Flur gerade den Mantel an.«

»Ja, ich habe sie schon gesehen. Ich habe heute Abend Dienst und wollte sie abholen, bevor ich zum Revier muss. Und außerdem wollte ich Ihnen guten Tag sagen, wo ich schon mal hier bin.« Er steckte die Hände in die Taschen und trat von einem Fuß auf den anderen. »Und eigentlich, äh, wollte ich fragen, ob Sie irgendwann diese Woche vielleicht mit mir essen gehen würden. Etwas Schlichtes, Pizza zum Beispiel.«

»Oh.« Claudia schluckte noch einmal, um sicherzugehen, dass ihr keine Möhrenstückchen aus dem Mund flogen.

»Wir könnten auch einfach nur Kaffee trinken gehen«, sagte Kyle. »Ich weiß, Sie haben abends wahrscheinlich jede Menge Arbeiten zu korrigieren, deshalb müssen wir nicht abends essen gehen, wenn Ihnen das lieber wäre.«

Er trat einen Schritt zurück, und Claudia bemerkte, dass er ihr Zögern als Vorzeichen einer Ablehnung deutete.

»Pizza klingt toll«, sagte sie voller Überzeugung, aus Gründen, die Kyle nicht alle kannte.

»Wirklich?« Er strahlte. »Wie wär's mit morgen? Mein Dienst fängt um elf an, also hätten wir vorher reichlich Zeit für ein Abendessen. Ich könnte Sie um sechs Uhr abholen.«

»Perfekt! Wissen Sie, wo ich wohne?«

»Sie haben das Haus neben St. John's gemietet, nicht wahr?«

Claudia nickte lächelnd. »Stimmt. Mill River ist so klein. Ich vergesse immer wieder, dass jeder weiß, wer wo wohnt.«

»Dad! Komm schon! Ich will nach Hause und nach Sham sehen!« Rowen steckte den Kopf zur Tür herein.

»Bin gleich da, Kleine«, sagte er, und Rowen verschwand

wieder. Er folgte seiner Tochter, blieb stehen und grinste Claudia an. »Bis morgen dann«, verabschiedete er sich und ging hinaus.

Claudia setzte sich wieder auf ihren Stuhl am Pult. Wie in Zeitlupe griff sie nach einer weiteren Möhre und tunkte sie in die Erdnussbutter. Sie hatte tatsächlich eine richtige Verabredung. Mit Kyle. Und Pizza. Beides war aufregend und erschreckend, doch während sie in ihrem leeren Klassenzimmer saß und Möhren kaute, beschloss Claudia, das Erschreckende daran zu ignorieren und es einfach zu genießen.

Am Montagnachmittag waren die Arbeitsflächen in Daisys Kochnische über und über mit Einmachgläsern in allen Größen bedeckt, gefüllt mit ihrem roten Liebestrank. Sie versuchte, die Gedanken an Marys Tod zu verscheuchen, und hatte den ganzen Tag an der Zusammensetzung und Konsistenz der dickflüssigen Substanz gearbeitet, hatte die Gläser sterilisiert und den Trank behutsam köcheln lassen, bis er fertig war. Jetzt, da die Gläser versiegelt waren, blieb ihr nur noch, den abschließenden Zauber zu vollführen.

Während Smudgie ihr von einem Küchenstuhl aus zusah, schaffte Daisy zwischen zwei Gläserreihen Platz auf der Arbeitsplatte. Sie holte drei Kerzenständer vom Fensterbrett in der Kochnische, jeder mit einer spitzen roten Kerze versehen, und stellte sie in die Lücke. Die mittlere Kerze war die größte. Behutsam zündete Daisy sie mit einem Streichholz an. Dann hielt sie die Dochte der beiden anderen Kerzen an die Flamme, bis alle brannten. Sie trat zurück und stimmte einen Singsang an.

»Sankt Valentin, du großer Heiliger der Zuneigung, und Venus, du Göttin der Liebe, Cupido, du geflügelter Liebesbote, der Zurückweisung vereitelt, kommet herab vom Himmel. Ich bitte euch drei, zu diesen Flammen zu kommen und meinen blutroten Trank mit dem Zauber der Liebe zu segnen.« Sie schwenkte die Arme im Rhythmus der gesprochenen Worte und wiederholte ihren Vortrag. Smudgie stand vom Küchenstuhl auf, jaulte und wedelte mit dem Schwanz.

»Schhh, Smudgie«, flüsterte Daisy, hob den kleinen Hund hoch und setzte sich, »wir müssen ganz, ganz still sein. Valentinstag ist am vierzehnten, also müssen wir vierzehn Minuten warten, bis der Zauber wirkt, bevor wir die Flammen löschen.« Schweigend saß sie bei flackerndem Kerzenlicht in der Kochnische und sah zu, wie der Sekundenzeiger an der Wanduhr über das Ziffernblatt glitt. An den Kerzen rann rotes Wachs herab. Daisy ließ sie nie länger als ein paar Sekunden aus den Augen.

Mit Kerzen war sie immer vorsichtig gewesen. Für ihre Anrufungen brauchte Daisy sie hin und wieder, aber seit dem Brand kurz nach Thanksgiving passte sie besonders auf. Noch immer bekümmerte es sie, dass alle in der Stadt davon überzeugt waren, ihr Wohnwagen habe Feuer gefangen, weil sie eine brennende Kerze unbeaufsichtigt gelassen hatte. Aber sie wusste es besser.

Noch mehr beunruhigte sie, dass niemand sie ernst genommen hatte, als sie, nachdem die Flammen ihren Wohnwagen verschlungen hatten, von dem Mann berichtete, den sie hatte davonlaufen sehen. Sie hatte versucht, die Fragen der Polizisten so genau wie möglich zu beantworten. Nein, sie hatte sein Gesicht nicht gesehen – er trug eine schwarze Skimaske. Sie hatte keine Ahnung, wie groß er war, nur dass er größer gewesen war als sie. Nein, sie hatte vorher nie einen Mann in einer schwarzen Skimaske herumlungern sehen. Nein, sie habe keine Brandschutzversicherung.

Am Ende wurde der Brand als Unfall eingestuft, den sie selbst verursacht hatte. Sie hatte es geschafft, Smudgie, ein paar Notizhefte mit ihren handgeschriebenen Zaubersprüchen und sich selbst zu retten, aber das war alles. Father

O'Brien hatte ihr ein Gästezimmer im Pfarrhaus angeboten, bis sie eine neue Unterkunft fand. Drei Tage lang hatte sie sich gefragt, was sie tun sollte. Sie hatte niemanden, bis auf Smudgie natürlich. Sie hatte keine nennenswerten Ersparnisse, kein Zuhause mehr, keine Hoffnung. Sie hatte nichts außer ihrer Zauberkraft. Drei Tage lang hatte sie einen Zauberspruch nach dem anderen probiert, aber ohne Erfolg. Doch was dann geschah, war schlichtweg ein Wunder.

»Kommen Sie, wir machen einen Spaziergang, Daisy«, hatte Father O'Brien am vierten Tag nach dem Brand zu ihr gesagt. »Ich bin mir sicher, Smudgie wird der Auslauf guttun, und ich habe eine kleine Überraschung für Sie.« Sie waren die Straße hinunter bis zu Daisys Stellplatz gegangen, auf dem die Ruinen ihres abgebrannten Wohnwagens standen. Oder hätten stehen sollen. Der verkohlte Haufen jedoch war verschwunden, und ein brandneuer Wohnwagen wartete an seiner Stelle.

»Überraschung, Daisy«, hatte Father O'Brien gesagt und zwei Schlüssel aus seiner Robe gezogen. »Er gehört Ihnen. Kommen Sie, wir werfen einen Blick hinein.«

Sie konnte sich noch erinnern, wie sie gestaunt hatte, als sie zum ersten Mal durch ihre neue Haustür gegangen war und die schöne kleine Kochnische entdeckt hatte, in der sie jetzt saß. Sie war voll eingerichtet gewesen, bis hin zu einem funkelnagelneuen Satz Einmachgläser in den Regalen.

»Father«, hatte sie gesagt, »ich wusste gar nicht, dass meine Zauberkraft so mächtig ist. Ich meine, ich habe in den letzten drei Tagen versucht, eine Lösung für meine Lage herbeizuzaubern, und dann so etwas! Das ist bei weitem mein größter Erfolg!«

»Na ja, Daisy«, hatte Father O'Brien erwidert, »niemand in diesem Leben weiß, was der nächste Tag bringen wird.«

Father O'Brien hat absolut recht, dachte Daisy lächelnd und spürte eine angenehme Vorfreude darauf, was dieser Valentinstag bringen mochte. Sie schaute zur Uhr an der Wand, gerade als der Sekundenzeiger die vierzehnte Minute vollendete.

»Huch! Auf, auf, Smudgie, sei ein braver Junge«, sagte sie, sprang auf und setzte den Hund wieder auf den Stuhl. Sie benetzte ihre Finger unter dem Wasserhahn und löschte die drei Kerzen, die mittlere zuletzt. »So! Alles fertig für die Lieferung! Ich glaube, ich werde jetzt schon ein paar Bestellungen erledigen, bevor es draußen dunkel wird. Ist 'ne ganze Menge, was, Smudgie?«

Smudgie wedelte zustimmend.

Daisy stellte ein paar Gläser mit dem roten Gebräu in eine Plastiktüte und zog Parka und Stiefel an. Ihre erste Kundin, Mrs Murray, hatte zwei Gläser bestellt und wohnte nur ein paar Häuserblocks entfernt.

Das Haus der Murrays war bescheiden, ein beigefarbenes Farmhaus mit einem Carport und einem Erkerfenster vorne. Daisy trat auf die verschlissene Fußmatte und klingelte. Kurz darauf ging die Haustür auf. Ein kleines Mädchen mit großen braunen Augen und langen Zöpfen spähte zu ihr auf.

»Hallo Lindsey. Ist deine Mutter zu Hause?«, fragte Daisy und bückte sich zu dem Kind hinab.

Das kleine Mädchen nickte, als die Tür weiter aufging.

»Vorsicht, Süße«, sagte Mrs Murray und schob ihre Tochter beiseite. »Hallo, Daisy. Was führt Sie her?«

»Oh, hallo! Ich habe den Liebestrank, den Sie bestellt haben, Mrs Murray. Zwei Gläser, hier. Bin gerade damit fertig geworden und dachte, ich bringe sie Ihnen, solange sie noch warm sind.« Sie zog zwei Gläser mit der roten Flüssigkeit aus ihrer Einkaufstüte.

Lindsey starrte auf die Gläser in Daisys Hand. »Mom, ist das Kool-Aid?«, fragte sie und schaute zu Mrs Murray auf.

»Nein, Liebes, das ist für Erwachsene. Hör mal, du hast deine Puppe in der Küche gelassen. Geh doch rüber und spiel mit ihr, ja?« Mrs Murray nahm die Gläser. »Äh, wie viel schulde ich Ihnen, Daisy?«

»Acht Dollar«, antwortete Daisy und lächelte, als das kleine Mädchen sich ins Haus zurückzog. »Sie bekommen Rabatt, weil Sie mehr als eins bestellt haben. Ihre Tochter ist übrigens sehr goldig. Sie ist ein gutes Stück gewachsen, seit ich sie zuletzt gesehen habe.«

»Mhm, sie bleiben nicht lange klein. Entschuldigen Sie mich kurz, ich muss eben meinen Geldbeutel holen.« Mrs Murray trat zurück, schloss die Haustür und ließ Daisy auf der Veranda stehen.

Ein leises Klopfen erregte ihre Aufmerksamkeit. Daisy drehte sich um und sah Lindsey, eine Babypuppe im Arm, wie sie ihr lächelnd vom Erkerfenster aus zuwinkte. Das kleine Mädchen verschwand kurz hinter dem Vorhang, bevor es wieder hervorlugte.

»Kuckuck!«, rief Daisy, als die Haustür wieder aufging.

»Bitte«, sagte Mrs Murray. Sie beugte sich vor und drückte Daisy ein paar Geldscheine in die Hand. »Danke, dass Sie vorbeigekommen sind!« Sie folgte Daisys Blick zum Fenster, deutete ein schwaches Lächeln an und machte rasch die Tür zu.

»Danke für Ihre Bestellung«, rief Daisy und schob die Geldscheine in die Tasche. Sie schaute ein letztes Mal zum Erkerfenster hinüber, drehte sich um und ging. Lindsey war noch zu sehen und spielte Kuckuck hinter den Vorhängen, bis eine Erwachsenenhand sie abrupt beiseitenahm und die Vorhänge zuzog.

Daisy blieb noch eine Weile stehen, betrachtete das stille, verschlossene Haus und wischte sich über die Augen, bevor sie ihre Lieferungen fortsetzte.

Leroy war nicht in der Verfassung zur Arbeit zu gehen, aber ihm blieb nichts anderes übrig. Sein Kopf pochte. Der blendende Neuschnee tat in seinen Augen weh, woraufhin sein Kopf noch mehr schmerzte. Er war verkatert und lechzte nach Nikotin. Am Morgen waren ihm die Zigaretten ausgegangen, aber er hatte sich nicht aus dem Haus getraut, weil er fürchtete, in den verdammten Laden zu kotzen. Erst in den letzten paar Stunden war es ihm allmählich bessergegangen, und er hielt auf dem Weg zur Arbeit an, um sich Lucky Strikes zu kaufen. Mit einer frischen Zigarette zwischen den Fingern lenkte er seinen Camaro in die Main Street und gab Gas. Der Wagen bebte und rutschte ein Stück, bis die Winterreifen festen Halt auf der Fahrbahn fanden. Ein paar Blocks hinter dem Wohnwagenpark auf der Westseite der Stadt erblickte er eine gedrungene Gestalt unter einer Kapuze, die eine Tüte auf den Bürgersteig hievte. Bestimmt Crazy Daisy.

Die Windschutzscheibe beschlug ständig, entweder infolge des Rauchs oder weil seine Heizung kaputt war. Wegwischen half kaum. Er fuhr langsamer und öffnete die Seitenfenster, um frische Luft hereinzulassen. Als er an Daisy vorbeifuhr, reckte er den Hals, um zu sehen, was in ihrer Tüte war.

»Hallo, Officer! Habe meinen berühmten Liebestrank zum Valentinstag bei mir! Nur fünf Dollar das Glas, oder acht für zwei.« Daisy setzte ein künstliches Lächeln auf, zog ein Glas heraus und schwenkte es hin und her.

Leroy ermahnte sich im Stillen, dass er als Gesetzeshüter lieber höflich sein sollte.

»Nö, danke«, sagte er und verzog den Mund beim Anblick der ekligen roten Schmiere auf ihrer Wange. Er gab Gas, während Daisy ihm trübsinnig nachschaute. Das war ihm scheißegal. Als würde er jemals Geld für so einen Mist ausgeben.

Er brauchte keinen Liebestrank – Claudias Slip steckte säuberlich gefaltet in seiner Hosentasche, und das reichte ihm vollkommen. Er nahm das seidige schwarze Andenken fast überallhin mit. Es war sogar noch besser als die Fotos, die er heimlich von ihr gemacht hatte, und es erinnerte ihn ständig an sie. Er dachte oft an Claudia – wie er sich an sie heranmachen, sie verführen und sie dazu bringen würde, dass sie nach ihm schrie. Er würde ihr die Karte schicken und sie am Valentinstag zum Essen ausführen, um dann den unwiderstehlichen Underwood-Charme spielen zu lassen.

Nach weiteren dreißig Sekunden hatte er die Stadt durchquert und das Polizeirevier am Ostrand erreicht. Seine Kopfschmerzen waren noch heftig, fühlten sich aber so an, als würden sie bald nachlassen. Acht Stunden, nur acht Stunden, dachte Leroy, als er auf den Parkplatz fuhr. Er zog eine Schachtel Lucky Strike aus der neuen Stange und steckte sie in die Jackentasche. Wenigstens hatte er jetzt jede Menge Zigaretten. Und wenn seine Schicht um elf Uhr zu Ende war, könnte er einen Schlenker zu Claudias Haus machen für eine kleine Überwachung am späten Abend.

Kyle, der Rowen nach der Schule in ihrer Wohnung abgesetzt hatte, war schon auf dem Revier, als Leroy eintraf. Er vernahm das Rumpeln des alten Camaro auf dem Parkplatz, dann ein *Rums* und lautes Fluchen. Kurz darauf humpelte Leroy durch die Tür des Polizeireviers.

»Hey, du siehst aber gar nicht gut aus«, sagte Kyle.

Mit finsterer Miene lief Leroy direkt zur Kaffeemaschine. »Was dagegen, wenn ich welchen mache?«, fragte er und überhörte Kyles Kommentar.

»Nur zu. Wieso humpelst du?«

»Bin auf dem Parkplatz gestolpert und auf die Bordsteinkante gefallen. Das verdammte Ding ist total vereist. Hab mir den Knöchel verrenkt.«

»Ich streue gleich Salz. Wykowski hat es wahrscheinlich vergessen«, erwiderte Kyle und ging zu einem Vorratsschrank. Er schaufelte eine Tasse voll Salz aus einem Beutel und verstreute es vor dem Eingang. Als er zurückkam, war der Kaffee fast fertig, und Leroy saß neben der Maschine auf einem Bürostuhl, die Augen geschlossen, die Beine weit von sich gestreckt.

»Hast wohl gestern Abend ein paar über den Durst getrunken, was?«, fragte Kyle. Leroy grunzte und funkelte Kyle unter halb geöffneten Lidern wütend an, machte die Augen dann aber wieder zu.

Kyle gluckste. Es machte ihm Spaß, Leroy ab und an zu ärgern, statt immer nur umgekehrt. »Hattest du Gesellschaft, oder warst du allein?«

Leroy überhörte die Frage.

»Wieder allein.« Kyle seufzte in gespieltem Mitleid. »Wie ich hörte, hat Daisy Delaine vor ein paar Tagen Bestellungen für Liebestränke entgegengenommen. Vielleicht ist es noch nicht zu spät für dich, dir einen zu besorgen. Valentinstag ist schon in einer Woche, weißt du.«

»Ich bin an ihr vorbeigefahren, als sie eine Tüte mit diesem roten Glibber den Hügel hinaufschleppte. Die verrückte Alte hat schon versucht, mir was zu verkaufen. Aber«, sagte Leroy und richtete sich im Stuhl auf, »ich brauche nichts von dem Scheißzeug. Und ich habe bereits Pläne für den Valentinstag, vielen Dank.«

»Tatsächlich?«, fragte Kyle. »Das glaub ich erst, wenn ich es sehe.«

»Es stimmt aber. Ich besorge mir ein heißes Date für den Valentinstag, wart's nur ab.«

»Mit wem?«

Leroy lächelte und bewegte den Mund, als würde er etwas Köstliches genießen. »Claudia Simon.«

Kyle wirbelte herum. »Hat sie etwa zugestimmt, am Valentinstag mit dir auszugehen?«

»Ich hab sie noch nicht gefragt, aber sie wird ja sagen. Ich hab schon alles geplant, weißt du. Ich werde ihr diese Woche eine Karte und ein paar Blumen schicken und sie dann ins

King's Lodge in Rutland zu einem schicken Valentinsdinner ausführen.«

Kyle brauchte nicht zu fragen, was Leroy als Nachtisch plante. Der Ausdruck auf Leroys Gesicht sagte ihm alles. »Leroy, Mann, tut mir leid, aber ich muss dir sagen, dass sie nicht deine Liga ist. Und sie ist älter als du. Ich würde meine Zeit nicht mit dem Versuch vergeuden, bei ihr zu landen.«

Leroy runzelte die Stirn, als er aufstand und die Schlüssel für den Jeep Cherokee des Reviers an sich nahm. »Ist mir doch egal, wie alt sie ist, ihr heißer kleiner Arsch macht mich an. Und es wird keine Zeitverschwendung sein. Ich fahr jetzt für ein paar Stunden auf Streife. Mach dir keine Sorgen. Bin wieder da, wenn deine Schicht zu Ende ist.«

Kyle konnte nicht widerstehen, noch einen letzten Hieb auszuteilen. »Mach dich schon mal auf eine Abfuhr gefasst«, rief er Leroy nach, der zur Tür hinaus ging. »Und du hast deinen Kaffee vergessen.«

Während die Kaffeemaschine den letzten Wasserrest in den Filter sprudeln ließ, setzte er sich auf den anderen Bürostuhl und schlug eine Mappe auf, die Schadensberichte – zwei insgesamt – von der vorangegangenen Schicht enthielt. Sie durchzusehen und zu ordnen würde nur ein paar Minuten in Anspruch nehmen. Das Telefon schwieg. Kyles Schicht würde wahrscheinlich ohne besondere Vorkommnisse zu Ende gehen.

Kyle schenkte sich Kaffee ein, der sich wie Schlamm in die Tasse ergoss. »Der muss die halbe Dose genommen haben«, murmelte er vor sich hin, und sein Verdacht bestätigte sich, als er den Filter herausnahm und feststellte, dass er bis zum Rand voll mit Kaffeepulver war. Grinsend warf er den Filter in den Abfalleimer. Leroy war einfach ein Volltrottel. Bestimmt hatte er nicht den Hauch einer Chance bei Claudia. Dass er nicht einmal einen anständigen Kaffee zuwege brachte, war trotzdem ganz beruhigend.

Kyle kippte den Inhalt seiner Tasse und die halbe Kanne Kaffee im Pausenraum in die Spüle und schüttete noch mehr Wasser in die Kaffeemaschine. Wenn er erst einmal verdünnt war, würde der Kaffee wahrscheinlich genießbar sein. Er setzte sich wieder und konzentrierte sich auf den ersten Schadensbericht. Bis auf das erneute Gluckern der Kaffeemaschine blieb es ruhig im Revier.

Das mächtige weiße Haus war still und dunkel.

Kurz vor vier am Montagnachmittag öffnete Jean Wykowski die Hintertür der alten Marmorvilla. »Hallo?«, rief sie, doch nur das Ticken der Standuhr im Salon antwortete ihr. Sie trat in die Küche und schloss die Tür. Den Diamantring in Mrs McAllisters Schmuckkasten zurückzulegen würde nur einen Moment dauern.

Jean stieg langsam die Treppe hinauf, und ihr fiel wieder ein, wie sie in ihrem Alptraum versucht hatte, zu der alten Frau zu gelangen. Es war nur ein Traum, dachte sie und konzentrierte sich auf die bevorstehende Aufgabe. Als sie jedoch an die Schlafzimmertür kam, zögerte sie, bevor sie hineinging. Plötzlich war ihr mulmig zumute, als wäre es ein Sakrileg, wenn sie jetzt das Zimmer der alten Witwe betrat, vor allem mit dem Ring, den sie dort entwendet hatte. Fast hätte sie kehrtgemacht. Aber nur fast.

Das Krankenbett befand sich in seiner üblichen Position – mit Blick aus dem Fenster, das Kopfteil halb aufgerichtet. Die Vorhänge waren zurückgezogen, so dass man vom Bett aus nach draußen schauen konnte. Die schwere Kommode stand an der Wand wie immer, darauf Mrs McAllisters Schmuckschatulle.

An jenem ersten Tag war Jean überrascht gewesen, dass sie den Mut aufgebracht hatte, die kleine, dunkle Schatulle zu öffnen, während die alte Frau schlief. Sie hatte festgestellt, dass sie praktisch leer war. Eine schöne Perlenkette und ein dazu passendes Armband befanden sich darin, eine Kameenkette, ein goldener Ehering und der mit einem Diamanten besetzte Verlobungsring. In Anbetracht der wertvollen Innenausstattung der Marmorvilla hatte Jean erwartet, dass die Schmuckschatulle überquellen würde.

Sie öffnete ihre Handtasche und holte den Diamantring aus der Innentasche mit dem Reißverschluss. Er war bezaubernd wie eh und je. Als sie ihn zum ersten Mal auf dem roten Samt im Innern der Schatulle gesehen hatte, hielt sie ihn nicht für echt. Ihren eigenen Verlobungsring von einem Viertel Karat stellte er in den Schatten.

Sie wusste noch, wie sie sich den Ring zum ersten Mal an den Finger gesteckt hatte. Es spielte keine Rolle, dass ihre Nägel abgebrochen waren, dass die Haut an ihren Händen vom vielen Waschen und den Gummihandschuhen schmerzhaft spröde war. Der riesige Diamant hatte ihre Hand verwandelt. Mehr noch, er hatte Jean verwandelt. Wenn auch nur für einen Moment, hatte er sie von einer durchschnittlich aussehenden, bürgerlichen Frau mittleren Alters in ein Mitglied des Königshauses verwandelt. Sie hatte die ersten Spuren des Alters an ihrem Körper vergessen, die Plage, sich alle paar Wochen die Haare zu färben, um das Grau zu verstecken. Vergessen das Gefühl, sich etwas Schönes und Besonderes zu Weihnachten zu wünschen und stattdessen eine Mikrowelle geschenkt zu bekommen.

Bei jedem Besuch hatte sie den Ring angezogen, jeden Tag hatte sie ihn etwas länger getragen. Am vergangenen Samstag dann hatte sie ihn, statt ihn in die Sicherheit der Schatulle zurückzulegen, in ihre Handtasche gleiten lassen.

Jetzt, bevor sie sich eines Besseren besann, öffnete sie die Schmuckschachtel und legte den Ring wieder hinein. Traurig warf sie einen letzten Blick auf den Diamanten und schloss den Deckel. Sie gab ihr heimliches Glück auf. Ihr blieb keine Wahl.

Die Treppe vor dem Schlafzimmer knarrte plötzlich unter Schritten. Erschrocken wirbelte Jean herum und erblickte Father O'Brien im Türrahmen.

»Oh! Father! Haben Sie mich erschreckt!« Sie überlegte krampfhaft, wie sie erklären sollte, warum sie im Zimmer der Verstorbenen stand. »Ich habe das mit Mrs McAllister gehört. Ich wusste nicht, dass noch jemand hier ist. Ich habe noch einen Schlüssel von der Hintertür, und ich musste einfach, na ja, noch ein letztes Mal kommen, ich meine …«

Father O'Briens Neugier wich Mitgefühl. Er trat zu ihr und schaute aus dem Fenster hinaus auf Mill River. »Ich weiß, Jean, auch ich habe Schwierigkeiten zu glauben, dass sie tot ist. Ich kann mir vorstellen, dass es Ihnen genauso geht, nachdem Sie sich so lange um sie gekümmert haben. Ist schon gut, dass Sie hier sind, meine ich. Ich bin hier, um mir die nötigen Papiere zu holen und Anordnungen für ihre Beisetzung und die Abwicklung ihres Besitzes zu treffen. Aber bleiben Sie ruhig, so lange Sie wollen.«

»Eigentlich wollte ich gerade aufbrechen.« Sie reichte ihm den Schlüssel für die Marmorvilla und hängte sich die Handtasche über die Schulter. »Father«, sagte sie und blieb an der Türschwelle stehen, »stimmt es, dass Mrs McAllister gar keine Familie hatte?«

Father O'Brien schwieg eine Weile. »Nun ja«, sagte er bedächtig, »die Angehörigen der Familie McAllister haben sie schon vor langer Zeit vergessen. Ich glaube, sie hat seit Jahrzehnten keinen Kontakt mehr zu ihnen gehabt.«

»Was wird denn aus all dem hier?«, wollte Jean wissen und vollzog eine ausholende Geste mit der freien Hand. »Aus dem Haus und allem anderen?«

»Ich glaube, es geht an alle möglichen Leute«, sagte Father O'Brien vorsichtig, »aber an wen genau …« Er zögerte, als suchte er nach den richtigen Worten. »Wer diese Leute sein werden, bleibt abzuwarten.«

»Oh! Na, dann gehe ich am besten nach Hause. Alles Gute«, sagte sie und ging die Treppe hinunter.

Du dummes Huhn, dachte Jean, als sie in ihren Wagen stieg und eilig den Motor anließ. Du hättest nur rein und wieder raus gehen sollen. Um ein Haar hätte er dich mit dem Ring gesehen. Sie schauderte bei dem Gedanken, wie schlimm es gewesen wäre, wenn ausgerechnet ein *Priester* sie beim Stehlen erwischt hätte, oder dabei, wie sie etwas Gestohlenes zurücklegte. Ihr Herz, das seit dem Augenblick, in dem sie Father O'Brien gesehen hatte, wie wild schlug, kam allmählich zur Ruhe. Wenigstens war der Ring jetzt wieder an seinem alten Platz, und sie hatte ein reines Gewissen.

Father O'Brien beobachtete, wie Jean Wykowskis Wagen aus Marys Auffahrt fuhr und auf der Straße zur Stadt auftauchte. Er öffnete den Deckel der Schmuckschatulle und sah, dass der Ring wieder an seinem Platz lag. Er konnte noch immer nicht glauben, dass sie ihn tatsächlich zurückgegeben und Mary recht behalten hatte. Ach, Jean, dachte er, Mary wusste, dass du ihn nur kurz behalten würdest. Er bewunderte die Charakterstärke, die Jean besitzen musste, um den Ring zurückzugeben, der ihr offensichtlich so sehr gefiel. In den vielen Jahren seiner Diebstähle hatte er weder die Stärke noch den Mut aufgebracht, auch nur einen der vielen Löffel zurückzugeben.

Father O'Brien verließ das Schlafzimmer und ging über den Flur in die Bibliothek. Die Tür quietschte, als er sie aufmachte. Die Staubschicht, die auf den Regalen lag, und die abgestandene Luft im Raum ließen erahnen, wie lange es zurücklag, dass Mary oder sonst irgendjemand dort drin gewesen war. Ein kleiner Schreibtisch füllte die gegenüberliegende Ecke aus. Father O'Brien ging hin und zog die obere Schublade vollständig heraus. Sie war angefüllt mit diversen Papieren und mit Stapeln alter Briefe, die von Gummibändern zusammengehalten wurden. Ganz hinten in der Schublade fand er, wonach er suchte: ein zerknitterter brauner Briefumschlag, in dem ein paar zusammengefaltete Papiere steckten, außerdem zwei Visitenkarten und ein Lederbüchlein.

Eine der beiden Visitenkarten von Gasaway und Gasaway, Rechtsanwälte, war vergilbt und wellte sich an den Ecken. Die andere war im Vergleich dazu unversehrt und neu. *James R. Gasaway, Rechtsanwalt*, stand darauf. Das Büchlein war alt und trug den Schriftzug »Rutland County Savings and Loan« rechts unten in der Ecke.

Father O'Brien steckte den Umschlag in seine Manteltasche, verließ die Bibliothek und schloss die quietschende Tür hinter sich. Er ging wieder ins Schlafzimmer und zog einen kleinen Notizblock und einen Kugelschreiber heraus. Er begann, sich Notizen zu machen, Listen von Gegenständen aufzustellen. Die Schmuckschatulle und ihr Inhalt waren auf der Liste. Das Haus, die Möbel, der mitternachtsblaue Oldtimer in der Garage, das alte Gestüt, das Marys Vater gehört hatte. Die sechzehn Millionen Dollar Barvermögen. Sham, der Siamkater.

Dann begann er, die Namen aufzuschreiben. Die öffentliche Bibliothek von Mill River. Grundschule, Mittelschule und Gymnasium von Mill River. Rowen Hansen. Ruth Fitzgerald. Daisy Delaine. Jean Wykowski wäre schockiert gewesen, wenn sie gewusst hätte, dass ihr Name auch auf der Liste stand.

Die Sonne ging allmählich unter, und Father O'Brien warf einen Blick auf Mill River, während die kleine Stadt von den Schatten verschlungen wurde. Es war der neunte Februar. Bis zum dritten März blieben ihm noch dreiundzwanzig Tage.

Dienstag, der 3. März, würde ein sehr wichtiger Tag werden. Das Landesgesetz von Vermont bestimmte, dass jährlich am ersten Dienstag im März eine Bürgerversammlung stattfand. An diesem Tag kamen die Einwohner jeder Stadt zusammen, um über den Haushalt zu debattieren und abzustimmen, Stadtverordnete zu wählen und nicht zuletzt, um Nachbarn zu treffen. Die Bürgerversammlung war stets ein großes gesellschaftliches Ereignis in Mill River. Anfang März sehnten sich die meisten Menschen in der kleinen Stadt nach einer Abwechslung in ihrem winterlichen Alltag. Die Versammlung wurde für gewöhnlich um vier Uhr nachmittags abgehalten, gleich danach fand ein gemeinsames Abendessen statt, zu dem jeder etwas beisteuerte.

Father O'Brien dachte an das braune Päckchen und den versiegelten Brief, die Mary ihm gegeben hatte. Sie lagen noch immer auf seinem Schreibtisch im Pfarrhaus. Nach der Debatte und der Wahl würde er den Brief verlesen und der Stadt zeigen, was in dem Päckchen war. Damit würde er das letzte Versprechen, das er Mary gegeben hatte, einlösen.

Er schaute auf Mill River hinab, sah zu, wie das Sonnenlicht nachließ und die Straßenlaternen angingen. In den kommenden dreiundzwanzig Tagen hatte er viel zu erledigen.

14

»So, da wären wir«, sagte Conor und hielt Mary die Hintertür der Marmorvilla auf. Vier Wochen war es her, seit sie zuletzt in ihrem Zuhause gewesen war, und sie betrachtete alles, als sähe sie es zum ersten Mal. Ihr linkes Auge war nicht vollkommen blind, aber so gut wie. Es nahm Bewegungen nur schemenhaft wahr und reagierte äußerst empfindlich auf helles Licht. Auch seine Farbe hatte sich verändert, aus dem klaren, strahlenden Blau war ein trübes Blaugrau geworden. Mary hatte sich angewöhnt, eine Augenklappe zu tragen.

»Wie fühlst du dich?«, fragte Conor und trat neben sie.

»Gut. Ein bisschen komisch, wieder hier zu sein, aber erleichtert, das Krankenhaus hinter mir zu haben.«

Conor nickte. Er stand eine Weile im Wohnzimmer und sah zu, wie Mary langsam um das Sofa und die Sessel herumging und mit dem Finger am Treppengeländer entlangfuhr. Sie schaute hinauf zu ihrem Schlafzimmer, setzte einen Fuß auf die unterste Treppenstufe, traute sich dann aber nicht weiter. Sie war noch nicht bereit, dorthin zu gehen.

»Grandpa«, sagte sie und trat von der Treppe zurück, »ich möchte hinunter zum Stall gehen.«

Conor lächelte. »Ich dachte schon, du würdest gar nicht mehr fragen. Dort gibt es etwas, das ich dir zeigen möchte.«

Alle drei Pferde grasten auf der Weide. Ebony und Penny hatten sich überhaupt nicht verändert, sie waren nur dicker geworden. Doch beim Anblick von Monarch schnappte Mary vor Freude nach Luft. Nachdem er einen Monat lang aufgepäppelt worden war, hatte der Rotbraune fast schon wieder sein früheres Gewicht erreicht. Seine Rippen traten nicht mehr hervor, und sein Fell, auf dem sich noch weiße Narben von den Peitschenhieben abzeichneten, nahm allmählich einen gesunden Glanz an.

»Er sieht wunderbar aus! Sie alle«, sagte Mary. Die Pferde kamen näher, die Ohren aufgestellt, und wieherten leise. Monarch lahmte überhaupt nicht mehr. Tatsächlich deutete nichts mehr darauf hin, dass mit seinem Hinterlauf etwas nicht gestimmt hatte.

»Der Tierarzt war anfangs fast jeden Tag hier draußen«, berichtete Conor. »Er sagte, er habe noch nie ein Pferd in einem so schlechten Zustand gesehen. In der ersten Woche wurde der Hinterlauf zwei Mal täglich in einem Eimer gebadet. Ich weiß nicht, was der Arzt sonst noch gemacht hat, aber es ist ihm gelungen, die Entzündung zu kurieren. Er sagte, es sei knapp gewesen. Noch ein paar Tage länger, und er hätte nichts mehr für ihn tun können.« Ebony ging direkt zu Mary. Monarch hingegen kam zu Conor und begann, an seiner Hemdtasche zu schnüffeln.

»Ja, ja, ich weiß«, sagte er zu dem Pferd und lachte.

»Er mag dich!«, stellte Mary fest.

Conor holte ein paar Zuckerwürfel aus der Tasche und hielt sie Monarch hin. »Der Zucker ist rationiert, weißt du, daher sollte ich ihn eigentlich nicht dem Pferd geben. Aber ich fürchte, ich habe ihn verwöhnt«, erklärte er. »Ich war in den vergangenen Wochen mehrmals hier, und wir haben einander kennengelernt. Anfangs war er ziemlich scheu, aber der Kerl hier ist ein Leckermäulchen. Sobald ich das herausgefunden hatte, kam er ziemlich schnell angetrabt.«

»Grandpa, ich hatte ja keine Ahnung, dass du Pferde magst.«

Conor lachte in sich hinein und rubbelte über Monarchs Stirn. »Es ist eine ganze Weile her, seit ich in der Nähe von Pferden war. Aber du darfst nicht vergessen, als ich so alt war wie du, war ein Pferd die einzige Möglichkeit, wenn man nicht zu Fuß irgendwohin gehen oder einen Zug nehmen wollte. Als ich ein junger Mann war, haben sie mir viel Spaß gemacht. Ich glaube, das ist noch immer so.«

»Würdest du gern einmal mit mir ausreiten?«, fragte Mary.

»Ich bin seit Jahren nicht geritten. Und wohlgemerkt, ich war schon als Heranwachsender nicht gut darin. Aber vielleicht könnte ich mich überreden lassen, es noch einmal zu versuchen, wenn der Arzt sagt, dass du wieder reiten darfst.«

Mary strich Ebony über die samtige Nase und lächelte.

Kurz darauf schaute Conor auf seine Uhr. »Mary, es ist nach halb drei, und ich habe Stephen versprochen, um drei wieder da zu sein.«

»Oh! Du solltest nicht meinetwegen zu spät kommen.« Ihre Aufmerksamkeit war noch auf die schwarze Stute gerichtet.

»Ja, gut.« Conor trat verlegen von einem Fuß auf den anderen. »Mary, bist du sicher, dass du nicht für ein paar Wochen im Haus der Familie in der Stadt wohnen willst? Nur bis es dir wieder … gutgeht und du wieder du selbst bist?«

Mary seufzte und schaute in Conors sorgenvolle grüne Augen. »Grandpa, ich komme schon klar, wirklich. Mir geht es gut. Doktor Mason sagte, es gebe keinen Grund, warum ich mich nicht im Haus betätigen kann, solange ich mich in den ersten paar Tagen nicht übernehme. Und ich weiß, wie Stephen und Elise zu mir stehen. Meine Anwesenheit in ihrem Haus würde alles nur noch schlimmer machen, für alle. Hier geht es mir viel besser.«

»Aber du bist ganz allein. Ich werde alles daransetzen, dich regelmäßig zu besuchen, doch du musst wissen, dass das Benzin jetzt wegen des Krieges rationiert ist, und Vergnügungsfahrten sind verboten. Ich musste eine Sondererlaubnis einholen, um dich nach Hause zu bringen, und ich weiß nicht, wie oft ich in der Lage sein werde, hierherzukommen.«

»Grandpa, bitte, versteh mich nicht falsch – du weißt, wie sehr ich deine Gesellschaft genieße –, aber ich bin es gewohnt, allein zu sein. Das macht mir nichts aus. Es war schon immer so. Du weißt, dass fremde Menschen und Orte mir Angst einjagen. Mir ist viel wohler in der tröstlichen Umgebung meines eigenen Hauses oder auf Ausritten mit Ebony. Hier wird es mir gutgehen, wirklich. Sobald ich kann, werde ich einen Garten anlegen, ausreiten und die Bibliothek neu einrichten. Und ich weiß, du wirst so oft kommen, wie es dir möglich ist.«

»Father O'Brien ebenfalls. Er ist gleich hier in der Stadt, daher hat er angeboten, ein paar Mal die Woche vorbeizuschauen und nach dir zu sehen, um einem gewissen Jemand einen Gefallen zu tun.« Conor zwinkerte ihr zu. »Er sagte auch, du sollst ihm Bescheid geben, wenn du etwas brauchst, und sei es auch nur eine Kleinigkeit.«

»Das werde ich«, sagte Mary. Sie musste schmunzeln, als sie daran dachte, wie Father O'Brien verlegen in ihrem Krankenzimmer stand, das Gesicht vor Scham verzogen, nachdem sie ihn zum ersten Mal auf die Löffel angesprochen hatte. »Er ist sehr freundlich und hat so viel Zeit bei mir im Krankenhaus verbracht. Bei ihm fühle ich mich wohl.«

»Gut, gut. Also, meine Liebe, bist du bereit, einen alten Mann zu seinem Wagen zurückzubringen?«

»Natürlich, aber du bist nicht alt, Grandpa.«

Conor lächelte und bot Mary seinen Arm an. »Oh, fast hätte ich es vergessen. Ich habe eine junge Frau aus dem Ort eingestellt, die dir im Haus zur Hand geht. Sie war bereits für dich auf dem Markt einkaufen«, sagte er, als sie sich auf den Weg zur Marmorvilla machten. »Außerdem habe ich dafür gesorgt, dass zwei Jungen von einer Farm ein paar Meilen entfernt jeden Tag nach den Pferden schauen. Ich werde ihnen sagen, dass sie zumindest vorläufig weitermachen sollen, ja?«

Mary nickte. »Sie haben ihre Sache sehr gut gemacht.« Dann zog sie die Stirn kraus. »Solange es nicht zu kostspielig ist. Ich kann mir gar nicht vorstellen, wie viel es gekostet hat, den Tierarzt für Monarch so oft herkommen zu lassen.« Tatsächlich hatte sie sich darüber gar keine Gedanken gemacht, ebenso wenig wie über ihre Krankenhausrechnungen oder die Kosten für die Villa oder den Wagen ... Sie berührte die Klappe über ihrem linken Auge.

»Meine Güte, Mary, deswegen musst du dir keine Sorgen machen, im Übrigen auch nicht wegen deiner anderen Auslagen. Ich habe Vorkehrungen getroffen, dass du finanziell abgesichert bist. Ich brauche nur noch ein paar Tage, um die Einzelheiten auszuarbeiten, dann setzen wir uns zusammen und besprechen alles.« Er tätschelte die Hand, mit der sie sich bei ihm untergehakt hatte. »Versprich mir, dass du dir um nichts anderes Sorgen machst als um deine Genesung, damit du dein Leben wieder zurückbekommst.«

Mary schaute zu Conor auf und nickte. »Gut. Wenn du meinst.«

»Ja, das meine ich«, sagte er. Sie hatten die Marmorvilla erreicht, und er streckte die Hand aus, um die Tür zu öffnen.

»Grandpa?« Conor schaute Mary an und stellte fest, dass ihr Tränen ins Auge stiegen. »Ich möchte dir nur sagen ... Ich habe das Gefühl, ich finde nicht die richtigen Worte, um dir für all das zu danken, was du getan hast, wie du für mich gesorgt hast ...« Sie verstummte, während sie die Tränen abwischte, die ihr über die Wange liefen.

»Mary, meine Liebe«, erwiderte er, doch ihm blieben die Worte im Hals stecken. Er legte den Arm um sie, küsste sie auf die Stirn und versuchte es noch einmal. »Mary, dafür ist deine Familie doch da.«

Der nächste Tag war ein Sonntag, und wie Conor versprochen hatte, kam Father O'Brien am frühen Nachmittag vorbei. Mary bat ihn ins Wohnzimmer und ging in die Küche, um Teewasser aufzusetzen.

»Es dürfte gleich fertig sein. Ich höre den Kessel, wenn er pfeift«, sagte sie und gesellte sich wieder zu ihm.

»Ich habe es nicht eilig«, erwiderte er und lehnte sich im Sessel zurück. »Nach dem Gottesdienst heute Morgen hatte ich zwei Besuche auf meiner Liste, aber sonst nichts.«

Sie schauten sich eine Weile an und waren sich beide des anhaltenden Schweigens bewusst.

»Haben Sie sich schon mal überlegt, an der Messe teilzunehmen? Sobald Sie sich hier wieder eingerichtet haben?«, fragte Father O'Brien.

»Das habe ich, ja«, erwiderte Mary, »aber ich glaube nicht ... nein, ich werde es wohl nicht tun.« Auf Father O'Briens Gesicht zeichnete sich höfliche Verwunderung ab. »Michael, ich möchte nicht, dass Sie glauben, meine Entscheidung habe irgendetwas mit Ihnen zu tun. Das ist nicht der Fall. Ich glaube, ich könnte es nicht ertragen, unter so vielen Menschen zu sein. Und selbst wenn ich es könnte, dann sind da noch die schmerzhaften Erinnerungen an alles, was in der Kirche passiert ist, der Beginn eines Jahres, das ich am liebsten vergessen möchte.«

»Verstehe«, sagte Father O'Brien. »Ich dachte nur, es könnte Ihnen helfen, alles zu verarbeiten, was geschehen ist. Viele Menschen empfinden die Nähe zu anderen und zu Gott als Trost.«

Mary wandte den Blick ab und schaute auf ihren Arm, der auf der Sofalehne ruhte. Sie wirkte kleinlaut, beschämt beinahe, während sie über den feinen Stoff unter ihrer Hand strich. »Ich habe mich in der Gegenwart anderer Menschen noch nie wohl gefühlt. Gut, das stimmt nicht ganz. Mit Patrick ging es mir allmählich besser, doch jetzt ist es sehr viel schlimmer.« Mary suchte offenbar nach Worten, aber ihr fielen keine ein. Sie schüttelte rasch den Kopf über sich selbst, bevor sie fortfuhr: »Was Gott betrifft ... gerade jetzt habe ich jede Menge Fragen. Patrick bestand darauf, dass wir an der Messe teilnahmen, und zuerst hielt ich es auch für eine gute Sache. Aber jetzt ertappe ich mich bei der Frage, ob es überhaupt einen Gott gibt. Conor hat mir auf dem Heimweg die neuesten Nachrichten über den Krieg erzählt. Warum sollte ein Gott, der angeblich jeden Menschen liebt, zulassen, dass die Welt sich gegen sich selbst richtet? Und was ist mit mir?« Ihre Stimme wurde brüchig. »Im letzten Jahr habe ich fast alles verloren – meinen Vater, meine Ehe, meinen Mann. Ich habe Glück, dass ich nicht mein Leben verloren habe.« Mary zitterte, umklammerte die Sofalehne und starrte den Priester mit ihrem einen blauen Auge an. »Ich habe fast das Gefühl, als wäre ich bestraft worden, aber wofür? Ich habe nie jemandem etwas zuleide getan. Ich wollte nie jemandem weh tun.«

Father O'Brien drückte sich fest mit dem Rücken an die Stuhllehne. Solche Fragen waren zu erwarten gewesen. Er hatte vielen Menschen Rat gegeben, die nach persönlichen Tragödien an ihrem Glauben zweifelten. Doch der intensive Schmerz in Marys Stimme und der Kummer, der ihr junges Gesicht zeichnete, raubten ihm die Sprache. Er holte tief Luft und versuchte, sich etwas einfallen zu lassen.

Der Teekessel kam ihm zuvor. Der Pfeifton hatte eine befreiende Wirkung, ähnlich einem Glockenschlag am Ende einer Boxrunde. Mary atmete tief ein, zog die schwarze Klappe über ihrem linken Auge zurecht und wischte sich die Tränen von der Wange. »Entschuldigen Sie mich bitte«, sagte sie und ging in die Küche.

Kurz darauf kehrte sie mit einem silbernen Teetablett zurück. Sie stellte es auf den Couchtisch, und zusätzlich zur Teekanne und den beiden Tassen mit Untertassen holte sie einen Teller mit Plätzchen, eine Zuckerschale und ein Kännchen Milch. Er glaubte gesehen zu haben, dass auf jeder Untertasse ein kleiner Teelöffel lag.

»Bitte«, sagte Mary und füllte eine Tasse für ihn. »Ich wusste nicht, wie Sie Ihren Tee trinken, daher habe ich alles mitgebracht. Bitte, bedienen Sie sich.« Sie reichte ihm die Tasse mit Untertasse und goss sich selbst Tee ein.

»Danke, Mary«, sagte er und nahm den Tee vorsichtig entgegen. Am meisten interessierte ihn der Löffel, der auf der Untertasse lag. Bestimmt war er eine Schönheit aus feinstem Silber, mit zarten Wirbelmustern verziert. Gespannt hielt er den Atem an, nahm die Untertasse in die linke Hand und griff mit der Rechten nach dem Löffel. Er hob ihn über den Tassenrand, doch es war gar kein Löffel.

Es war eine Gabel.

Bei jedem anderen hätte er dies für ein Versehen gehalten, doch er wusste, dass Marys Besteckwahl kein Zufall war. Er musste schlucken und spürte, wie seine Wangen glühten.

Mary beobachtete ihn. Sie selbst hatte einen Löffel, den sie benutzte, um Zuckerwürfel in ihre Tasse zu geben. Sie fügte noch Sahne hinzu und rührte um. »Nur eine kleine Vorsichtsmaßnahme, Michael«, sagte sie mit entschuldigendem Lächeln. »Ich hoffe, das verstehen Sie.«

»O ja«, erwiderte er und verwendete die Gabel, um einen Zuckerwürfel zu nehmen. Dieser Besuch erwies sich als äußerst unerquicklich.

Mary stellte ihre Tasse wieder auf die Untertasse und seufzte. »Tut mir leid, dass ich vorhin so aus der Fassung geraten bin. Es ist nur, seitdem ich zu Hause bin, hatte ich Zeit, über alles nachzudenken, was mir zugestoßen ist. Ich bin wütend, weil ich weiß, dass ich jemanden geliebt habe – immer noch liebe –, den ich eigentlich überhaupt nicht kannte, jemanden, der mir dies angetan hat.« Sie hielt inne und wartete auf eine Reaktion von Father O'Brien, aber er nickte nur. »Ich habe daran gedacht, wie Patrick gestorben ist, und das finde ich nicht gerecht. Er hat nicht genug gelitten. Nicht so wie ich, nicht so wie Monarch. Grandpa hat mir erzählt, dass über hundert Menschen zu Patricks Beerdigung kamen. Geschäftspartner und prominente Paare aus Rutland, Familie im weitesten Sinne. Ich war noch im Krankenhaus, und nur seine Eltern und der engste Familienkreis wussten, wo ich war und was Patrick mir angetan hatte. Er musste sich nie all den Menschen stellen, die gekommen waren, um ihn zu betrauern. Er starb, ehe er mit dem konfrontiert wurde, was er aus mir gemacht hat, eine entstellte Frau mit einem blinden Auge, und ehe er Scham oder Reue für seine Tat empfinden konnte. Obwohl ich inzwischen glaube, dass er das alles nicht empfunden hätte.«

»Mary«, sagte Father O'Brien, »auch wenn Patrick nicht mehr lebt, glaube ich, dass er für das, was er getan hat, zur Rechenschaft gezogen wird. Ich glaube auch, dass alles aus einem bestimmten Grund passiert, auch wenn der für uns vielleicht nicht offensichtlich ist.«

»Sie glauben, Gott hat aus einem bestimmten Grund zugelassen, dass Patrick mir das angetan hat?« Erneut schlich sich Schärfe in ihren Ton.

»Der Mensch hat einen freien Willen, und Patrick hat sich entschieden, das zu tun, was er getan hat. Aber ja, ich glaube durchaus, dass es zu einem bestimmten Zweck geschah, der uns allen nicht bewusst ist, zumindest zum jetzigen Zeitpunkt nicht.«

Mary erhob sich und trat ans Wohnzimmerfenster. »Dann ist es also Schicksal?«, fragte sie, den Blick nach draußen auf ein unbestimmtes Ziel gerichtet. »Das glaube ich nicht. Ich glaube, dass einzig und allein unsere Entscheidungen zu bestimmten Ergebnissen führen. Schauen Sie mich an. Mein Entschluss, Patrick zu heiraten, allein aufgrund meiner Gefühle für ihn und ohne zu erkennen, dass ich in Gefahr war …« Sie betastete die Klappe über ihrem linken Auge.

»Aber, Mary, was hat ihn damals überhaupt zur Farm Ihres Vaters geführt?«

Mary antwortete zunächst nicht. Als sie dann wieder das Wort ergriff, sprach sie so leise, als führte sie ein Selbstgespräch, und Father O'Brien musste genau hinhören. »Mich auf ihn einzulassen war dennoch meine Entscheidung. Mit wem ich zusammen bin, was ich mache, was ich glaube. Jetzt habe ich nur noch mich. Ich kann es mir nicht mehr leisten, falsche Entscheidungen zu treffen.«

»Mary, Sie haben mich, Sie haben Conor, und Sie haben Gott. Sie sollten vor allem versuchen, Gott zu vertrauen. Ihn um Hilfe bei Entscheidungen in Ihrem Leben zu bitten ist in Ordnung.«

»Es ist meine Entscheidung, was ich glaube«, wiederholte sie und drehte sich zu Father O'Brien um. »Michael, Sie waren in den letzten Wochen wundervoll zu mir, und ich betrachte Sie inzwischen als einen Freund. Außer Conor sind Sie mein *einziger* Freund.« Sie verstummte einen Augenblick und nahm wieder auf dem Sofa Platz. »Aber das Haus zu verlassen ist sehr schwierig für mich. Das ist gerade jetzt das Letzte, was ich brauche. Zu viel ist geschehen. Ich muss über so vieles nachdenken. Ich muss mich schützen und wieder gesund werden. Vielleicht wird eines Tages alles besser.« Marys Auge sah ihn flehend an. »Und jetzt, da Sie wissen, wie ich über die Messe denke, hoffe ich, dass Sie auch weiterhin mein Freund bleiben können.«

Father O'Brien schluckte und schaute Mary an. »Na ja, äh, natürlich«, sagte er. »Sie haben so viel durchgemacht, und ich werde alles daransetzen, Ihnen zu helfen. Aber wir wollen das Leben von der positiven Seite betrachten, nicht? Sie sind so jung. Das ganze Leben liegt noch vor Ihnen. Ich weiß, dass die Zeit viele Wunden heilt. Und es kann sein, dass Ihre Ängste mit der Zeit nachlassen. Können Sie sich daran erinnern, wann Sie sie zum ersten Mal erlebt haben? Wenn ich wüsste, wie die Ängste anfingen, könnte ich Ihnen möglicherweise helfen, sie zu überwinden.« Wenigstens hatte er vor, es zu versuchen – das Versprechen, das er Conor gegeben hatte, verlangte es von ihm. Im Übrigen wusste sie über die Löffel Bescheid. Trotz ihrer Zusicherung, niemandem davon zu erzählen, beunruhigte es ihn sehr, dass sie es wusste. Er wagte nicht, ihr einen Grund zu liefern, ihr Versprechen zu brechen.

Mary versteifte sich und runzelte die Stirn. »Nein, das kann ich Ihnen nicht erzählen«, sagte sie. Ihre knappe Antwort kam fast reflexartig, sie schauderte und wandte das Gesicht ab. »Ich kann nicht darüber reden. Tut mir leid, es geht einfach nicht.«

»Oh, Mary.« Father O'Brien war überrascht, dass seine unschuldige Frage eine solche Reaktion hervorgerufen hatte. Er wählte seine Worte mit Bedacht. »Das tut mir sehr leid. Ich wollte nicht neugierig erscheinen. Ich versichere Ihnen, dass ich Ihre Privatsphäre absolut respektiere. Sie haben so viel durchgemacht, Mary, und ich als Ihr Freund bin hier, wann immer Sie meine Hilfe wünschen.«

Sie nickte, wandte sich ihm wieder zu, und ihre Miene wurde milder. »Danke, Michael. Ich kann wirklich einen Freund gebrauchen.«

Father O'Brien besuchte Mary am Mittwoch noch einmal, und Conor kam am Freitag vorbei. Mary war überrascht, wie schnell die Woche vergangen war. Sie hatte die meiste Zeit mit Lesen, Ausruhen oder bei den Pferden verbracht. Außerdem hatte sie die Fenster der weißen Marmorvilla geöffnet, damit die laue Sommerbrise die abgestandene Luft im Haus vertrieb. Der Duft nach Geißblatt und Kiefern, der durch die Räume zog, belebte sie. Ihre Kraft kehrte zurück.

Mary hatte sich gerade fertig angezogen, als Conor an die Tür klopfte. In ihrer Reitkleidung lief sie die Treppe hinunter, um ihn zu begrüßen.

»Grandpa!« Sie umarmte ihn. »Ich habe nicht vor dem

Wochenende mit dir gerechnet! Ich wollte gerade hinunter zu den Ställen. Ich reite mit Ebony aus. Hättest du Lust, mitzukommen?«

»Holla, nicht so hastig! Bist du sicher, dass du es schaffst? Hat der Arzt gesagt, dass du so bald nach deiner Heimkehr reiten darfst?«

»Er hat weder das eine noch das andere gesagt, aber ich halte es nicht mehr aus. Im Übrigen ist Ebony so zahm, das geht schon. Möchtest du nicht mitkommen, Grandpa?«

Conor lächelte, schüttelte aber den Kopf. »Ich fürchte, ich kann heute nicht. Ich muss wieder zurück in die Marmorwerke. Ich habe mich zu diesem besonderen Ausflug heute entschlossen, um dir etwas zu bringen – das hier.« Er zog einen dicken weißen Umschlag aus seiner Jackentasche. »Können wir uns einen Augenblick hinsetzen?«

»Ja, natürlich«, erwiderte sie und betrachtete den Umschlag mit leichtem Stirnrunzeln. Sie hakte sich bei Conor unter und ging mit ihm ins Wohnzimmer. »Es ist doch alles in Ordnung?«

»Aber ja, Mary, alles bestens«, sagte er und ließ sich auf einem Stuhl nieder. »Hier.« Er reichte ihr den Umschlag. »Los, wirf einen Blick hinein.«

Sie holte mehrere zusammengefaltete Blätter heraus. Ein blaues Büchlein steckte in der Mitte. Langsam faltete sie die Papiere auseinander und begann das erste Blatt zu lesen. *Letzter Wille und Testament des Conor McAllister. Ich, Conor Murphy McAllister, wohnhaft in Rutland County, Vermont, erkläre in vollem Besitz meiner geistigen Kräfte dies zu meinem letzten Willen und Testament ...* Mary hielt inne und schüttelte den Kopf. »Grandpa, das verstehe ich nicht.«

Conor lächelte. »Weißt du noch, als ich dir letztes Wochenende sagte, dass du dir über deine Rechnungen keine Sorgen machen musst?«

»Ja.«

»Nun, ich habe mich um alles gekümmert. Ich habe mein Testament aktualisiert, verstehst du. Du musst nicht alles lesen. Ich wollte dir nur einen bestimmten Abschnitt zeigen. Gib mal kurz her.« Mary reichte ihm den Stapel. Conor setzte die Brille auf und blätterte durch die Seiten. »Hier ist es«, sagte er, gab Mary die Papiere zurück und deutete auf den unteren Teil einer Seite.

Ich vermache die Summe von zweihundertfünfzigtausend Dollar Mary Hayes McAllister, las sie. Sprachlos und ihr rechtes Auge weit aufgerissen, schaute sie ihn an.

Er lachte, hocherfreut über ihre Reaktion. »Du solltest eine Kopie des Testaments haben. Aber wir wollen hoffen, dass es noch eine Weile dauert, bis du das Geld bekommst, nicht wahr? Bis dahin müsste das, was in dem blauen Büchlein steht, für deine Bedürfnisse genügen.«

Mary nahm das blaue Büchlein, das auf ihrem Schoß lag, und ließ Conors Testament zu Boden fallen. Aus irgendeinem Grund wollten ihr die Hände nicht gehorchen, und es fiel ihr schwer, die verstreuten Papiere aufzusammeln. Schließlich legte sie den Stapel auf den Couchtisch und schlug das blaue Büchlein auf.

»Das ist der Bankbericht von Patricks Treuhandfonds«, sagte Conor und beobachtete sie. Die ersten paar Seiten waren angefüllt mit Zahlen, handschriftlich mit Tinte eingetragen. Die meisten Einträge waren Jahresübersichten über den Kontostand, obwohl auch einige größere Einzahlungen vermerkt waren. Mary blätterte zur letzten Seite, die den neuesten Kontostand enthielt, und schnappte nach Luft.

»Es dürften etwa zweihundertviertausend Dollar sein, wenn ich mich recht entsinne. Ich habe den Treuhandfonds auf deinen Namen umschreiben lassen. Außerdem habe ich es so eingerichtet, dass du monatliche Bezüge erhältst, mit denen du deine Rechnungen und Auslagen begleichen kannst. Sie werden von Zeit zu Zeit erhöht, um steigende

Lebenshaltungskosten aufzufangen. Aber solange du nicht viel mehr als diesen Betrag im Monat ausgibst, sollte der Treuhandfonds mehr als genug Zinsen abwerfen, um deinen Bedarf zu decken.«

Mary versuchte zu sprechen, aber es gelang ihr nicht. Jede einzelne Summe, die sie gerade vor sich gesehen hatte, überstieg ihre Vorstellungskraft. Nie hätte sie gedacht, dass sie je so viel besitzen würde. Ihr war schwindelig, ihr Atem stockte. Tränen stiegen ihr in die Augen, doch sie zwang sich, sie zurückzuhalten, damit Conor nicht dachte, sie würde jedes Mal weinen, wenn er sie besuchte. Als es ihr schließlich gelang, einen Laut von sich zu geben, war es nur ein Piepsen, und die Tränen überwanden ihre Selbstbeherrschung.

»Also, Mary, das sind jetzt hoffentlich Glückstränen«, sagte Conor und setzte sich neben sie auf das Sofa. Er kramte sein Taschentuch hervor und hielt es ihr hin.

»Ja«, nuschelte sie und nahm das Taschentuch. Sie tupfte um die Augenklappe herum und darunter. Sie wurde unangenehm kalt und feucht, wenn Mary weinte.

»Ich wusste, dass es ziemlich überraschend für dich kommt. Ich habe ein wichtiges Geschäftsessen in Rutland, deshalb werde ich dich jetzt allein lassen, damit du dich an den Gedanken gewöhnen kannst.« Conor stand auf. »Ich habe dir doch gesagt, dass ich mich um alles kümmern würde, und das war mein Ernst: Du musst dir keine Sorgen machen, Mary, denn du gehörst zu meiner Familie und ich kümmere mich um dich. Nein, nein, bleib sitzen, ich finde allein raus.« Seine Worte ließen sie nur noch mehr weinen. Sie hielt ihm sein Taschentuch hin in der Annahme, er würde es wieder einstecken, aber er schloss ihre Hand darum.

»Behalte es, ich werde es beim nächsten Mal mitnehmen, wenn ich wiederkomme und wir ausreiten.« Er zwinkerte ihr zu und ging zur Hintertür hinaus.

15

»Dad, war die Frau, der Sham gehörte, eine Hexe?«

Es war Dienstagabend, Kyle saß auf dem Sofa im Wohnzimmer und faltete noch schnell eine Ladung frischer Wäsche zusammen, bevor er zu seinem Treffen mit Claudia aufbrechen wollte. Die Kleidung stapelte sich rechts und links von ihm auf den Polstern. Jetzt waren nur noch die Socken im Wäschekorb zu seinen Füßen, und er begann, die zueinander passenden herauszusuchen. Rowen saß auf dem Boden und spielte mit Sham. Sie zog einen Faden vor dem Siamkater entlang, und Shams blaue Augen wurden dunkel und rund, während er zum Sprung ansetzte.

»Natürlich nicht. Du weißt doch, dass es keine Hexen gibt. Warum fragst du?«

»Ich habe Jen und Stacy in der Schule von Sham erzählt. Sie haben gesagt, dass die Frau, die in dem großen weißen Haus wohnte, eine böse alte Hexe war, die nie rauskam. Sie haben gesagt, jahrelang hat niemand sie gesehen, und dass sie den bösen Blick gehabt hat, und dass sie immer nur in ihrem Haus gewesen ist und alle durch das Fenster beobachtet hat. Und sie haben gesagt, dass Sham der Kater von einer Hexe ist.«

»Haben Jen und Stacy Mrs McAllister schon mal gesehen? So hieß sie nämlich – Mary McAllister.«

»Nein, ich glaube nicht.«

»Aber ich habe sie gesehen, und sie war eine ganz normale alte Frau. Was die anderen von einem ›bösen Blick‹ daherreden, ist ein Haufen Blödsinn. In Wirklichkeit war sie auf einem Auge *blind*. Fitz hat mir erzählt, dass sie vor langer Zeit bei einem Unfall verletzt wurde. Und«, sagte er, als Sham über den Teppich sprang und das Ende des Fadens mit den Vorderpfoten zu fassen bekam, »ich glaube, Sham sieht aus wie ein normaler Kater und verhält sich auch so, findest du nicht?«

»Doch. Aber warum ist Mrs McAllister nicht aus dem Haus gekommen?«

Kyle dachte eine Weile darüber nach. »Na ja«, hob er an und zog noch eine Handvoll Socken aus dem Wäschekorb, »das weiß ich nicht genau. Sie war sehr lange krank, zu krank, um ihr Haus zu verlassen. Davor könnte es eine Menge Gründe gegeben haben. Manchmal haben Menschen einfach Angst, nach draußen zu gehen. Das ist fast so etwas wie eine Krankheit in ihrem Kopf. Sie haben Angst, dass etwas Schlimmes passieren könnte, wenn sie hinausgehen, auch wenn es gar keinen Grund dafür gibt, und sie bleiben die ganze Zeit drinnen. Ich nehme an, so ein Mensch war Mrs McAllister.«

»Oh.«

»Und jetzt, Kiddo, sag mir, was wirst du Jen und Stacy sagen, wenn sie wieder mit diesem Hexenunsinn anfangen?«

»Dass Mrs McAllister nur eine kranke alte Frau war und dass es keine Hexen gibt.« Rowen schaute grinsend zu ihm auf.

»Braves Mädchen.« Kyle beugte sich vor und wuschelte ihr durchs Haar. »Und jetzt räumen wir das hier weg, damit wir morgen etwas Sauberes zum Anziehen haben. Ich werde mich um die Hemden und die Hosen kümmern. Bringst du dein Zeug bitte in dein Zimmer?«

Rowen stand auf und wartete, bis er ihre Sachen zusammengesucht hatte. Bevor er sie ihr reichte, hielt Kyle ein Paar seiner Socken hoch und schüttelte den Kopf.

»Mann, Rowen, deine Füße wachsen aber schnell. So große Füße habe ich noch nie an einer Neunjährigen gesehen. Wenn sie noch größer werden, dann weiß ich nicht, ob wir nicht Spezialsocken für dich anfertigen lassen müssen. Vielleicht gibt es gar keine größeren als die hier.«

»Lass das, Dad. Das sind deine«, sagte sie kichernd. Sie zog ihm die Socken aus der Hand und bewarf ihn damit.

Kyle lachte, als Rowen in ihrem Zimmer verschwand. Rasch sammelte er seine eigene Wäsche ein. Es war Viertel vor sechs, und er wollte nicht zu spät kommen. »Ich muss gleich weg«, rief er und stopfte seine Unterwäsche in die Schublade. »Ruth dürfte in ein paar Minuten hier sein, aber ich bin wieder da, um dich ins Bett zu bringen, bevor ich zur Arbeit muss. Sieh zu, dass du deine Hausaufgaben machst. Ich prüfe das nach, wenn ich nach Hause komme, okay?«

»Okay«, rief Rowen aus dem Wohnzimmer. Sie war schon wieder dabei, mit Sham zu spielen. Sie sah Kyle zu, als er sich die Stiefel anzog. »Ich find's lustig, dass du eine Verabredung mit Miss Simon hast. Werdet ihr über mich reden?«

»Schon möglich.« Kyle zwinkerte ihr zu. »Aber ich bin mir sicher, dass wir nur Gutes über dich sagen werden.«

»Versprochen?«

»Versprochen.«

An der Wohnungstür klopfte es laut, und Kyle machte mit einer Hand auf, während er an der Wand lehnte und die Schuhe zuschnürte. Ruth Fitzgerald stürmte herein mit einem abgedeckten Tablett in der Hand.

»Hallo, hallo!«, sagte sie. »Ich hab dir ein paar Leckerbissen mitgebracht – Zimtrollen! Hast du schon zu Abend gegessen, Rowen?«

»Ja, Dad hat Pizza gemacht! Da ist noch jede Menge in der Küche übrig, wenn du ein Stück haben willst.«

Ruth schaute Kyle an und lächelte. »Na, da hast du aber Glück! Ich habe gerade gegessen, danke. Ich nehme an, dann bist du zu satt für einen Nachtisch?«

»Nein.« Rowen sprang auf und schaute neugierig auf das Tablett in Ruths Händen.

»Ich muss los, Ruth«, sagte Kyle. »Ich werde wohl so gegen halb zehn wieder da sein. Du kannst mich über das Revier erreichen – ich werde mein Funkgerät anlassen –, falls etwas sein sollte.«

»Okay«, sagte Ruth. »Viel Spaß. Komm, Rowen, wir bringen die hier in die Küche und wärmen sie auf, damit die Glasur schön klebrig wird.«

Kyle schaute Ruth nach, die in die Küche eilte, gefolgt von Rowen und Sham, zog seinen Mantel an und ging, um Claudia abzuholen.

Fünf Minuten vor sechs spähte Claudia zum tausendsten Mal in den Spiegel.

Bildete sie sich das ein, oder war ihr Lippenstift verschmiert? War an dem einen Auge mehr Lidschatten als an dem anderen? Vielleicht lag es an der Beleuchtung. Bestimmt. Ihr schimmerndes rotblondes Haar spiegelte das Licht wider und schien dank des Haarsprays perfekt zu sitzen. Claudia schaute tief in ihre eigenen Augen, machte einen Schmollmund und strich sich die Haare auf einer Seite hinter das Ohr.

Sie trug ihre Lieblingsjeans und einen schwarzen Kaschmirpullover. Die Hose zog sie am liebsten an, weil es die erste war, die sie in Größe 40 gekauft hatte, die allererste Jeans, in der sie sich schlank und attraktiv gefühlt hatte. Sie würde sie heute Abend an dieses Gefühl erinnern, wenn sie zum ersten Mal seit Monaten vor einer Pizza sitzen würde.

Claudia schaute sich noch ein Mal an und trat vom Spiegel zurück. Sie ging in die Küche und warf einen Blick aus dem Fenster, auf der Suche nach einem Wagen in der Auffahrt. Sie hatte ihr »fettes« Foto vom Kühlschrank abgenommen, vergewisserte sich, dass es wirklich nicht mehr dort hing. Noch immer konnte sie nicht begreifen, dass sie tatsächlich mit Kyle verabredet war. Sie fürchtete sich davor, ihm eines Tages die Identität der Frau auf dem Foto preisgeben zu müssen.

Zwei helle Scheinwerfer leuchteten plötzlich durch das Küchenfenster. Claudia sah, wie Kyle aus einem blauen Pick-up sprang und zur Haustür ging. Er bemerkte sie hinter dem Fenster und winkte. Sie erwiderte sein Lächeln und machte die Tür auf, bevor er klingelte.

»Hi«, sagte sie, als er in die Diele kam. »Ich hol schnell meinen Mantel.« Sie schloss die Tür hinter ihm und trat an den Schrank.

»Packen Sie sich ja dick ein. Da draußen ist es ziemlich frostig. Ich hab den Motor angelassen, aber im Wagen ist es noch nicht sehr warm. Auf dem Weg hierher hab ich im Radio gehört, dass wir minus fünfzehn Grad haben, gefühlt noch weniger, bei dem eiskalten Wind.«

Claudia tauchte in einem langen Wollmantel wieder auf. »Ich bin im Staat New York aufgewachsen«, sagte sie und streifte sich die großen Ohrenschützer über. »Mir gefällt die Kälte. Man muss sich nur entsprechend anziehen, das ist alles.«

»Dem kann ich nur zustimmen«, sagte er grinsend. »Ich bin in Massachusetts groß geworden.« Er hielt einen Moment inne und betrachtete sie. »Ich muss Ihnen schon sagen, das sind die größten Ohrenschützer, die ich je gesehen habe.«

»Oh!« Claudia lachte. »Die hat mir meine Mom vor ein paar Jahren zu Weihnachten geschenkt. Genau das hat sie gesagt, als sie mir die Dinger überreichte, und sie sind schön warm.« Lächelnd tätschelte sie ihre bedeckten Ohren. Mit Kyle zu sprechen fiel ihr so leicht, dass sie einen Augenblick lang vergessen hatte, wie nervös sie eigentlich war.

»Tja, wollen wir dann den Elementen trotzen?«, fragte er und ging zur Tür. Sobald sie draußen waren, hielt er ihr die Wagentür auf.

»Wo waren Sie denn auf dem College?«, fragte Kyle, während er rückwärts aus der Auffahrt setzte.

»In Syracuse.«

»Aha! Dann sind Sie ein Orangeman, äh, eine Orangewoman, meine ich.«

»Ich denke schon«, erwiderte Claudia. »Und wo haben Sie studiert?«

»An der Uni in Boston.«

»Hm. Damit sind Sie ...?«

»Ein Terrier.« Claudia glaubte einen Hauch Farbe an Kyles Ohrspitzen zu sehen, aber das konnte sie in der Dunkelheit nicht genau erkennen. »Die Uni in Boston ist toll, hat aber ein ziemlich armseliges Maskottchen.«

»Was war Ihr Hauptfach?«

»Strafjustiz und Geschichte, ich hatte zwei Hauptfächer«, sagte er. »Eine Zeitlang wusste ich nicht, ob ich Kriminalbeamter oder Geschichtslehrer werden wollte, daher habe ich beide Fächer belegt. Das war nicht allzu schwer, weil die meisten Vorlesungen sich überschnitten. Wie man sieht, hat die Polizeivariante sich am Ende durchgesetzt.«

»Als Sie in meine Klasse kamen, sagten Sie, dass Sie in Boston gearbeitet haben.«

»Yep. Ein paar Jahre bevor ich hierhergezogen bin, wurde ich zum Detective befördert. Manchmal ändert sich das, wovon man glaubt, dass man es unbedingt will, so schnell. Nachdem meine Frau gestorben war, wollte ich nicht mehr als Detective Karriere machen. Rowen zuliebe wollte ich nicht einmal mehr in Boston leben, denn in der Stadt werden Polizisten so leicht verwundet oder umgebracht. Das Risiko konnte ich nicht länger eingehen.«

Claudia hatte gehört, dass Kyle Witwer war. Ob er zu einer wie auch immer gearteten neuen Beziehung bereit war, wusste sie nicht, aber sie ging lieber nicht auf seine verstorbene Frau ein. Sie schenkte ihm ein warmherziges Lächeln, als sie auf den Parkplatz vor Pizza Hut einbogen. »Ich finde jedenfalls, Sie haben mit Mill River eine gute Wahl getroffen. Dabei wohne ich selbst noch nicht allzu lange hier, aber der Ort scheint mir hervorragend geeignet zu sein, um Kinder großzuziehen.«

Claudia machte die Wagentür auf, und die Kälte schlug ihr entgegen. Sie schnappte nach Luft.

Kyle hatte es gehört und gluckste. »Da merkt man erst, wie kalt es draußen ist, wenn man aus einem warmen Haus oder Auto kommt. Der erste Atemzug ist immer ziemlich übel – man spürt ihn auf dem ganzen Weg bis in die Lunge.«

»Ja«, sagte Claudia, aber sie hatte gar nicht wegen der Kälte nach Luft geschnappt. Vielmehr hatte der himmlische Duft, der aus dem Restaurant drang, ihr den Atem verschlagen. Der warme, köstliche Duft nach frischem Hefeteig, Knoblauch, Tomatensoße, Pepperoni – Claudia konnte sich nicht erinnern, wann sie zuletzt auch nur in der Nähe einer Pizza gewesen war. Ihr Magen knurrte, und das Wasser lief ihr im Mund zusammen.

»Es geht doch nichts über eine heiße Pizza an einem kalten Abend«, sagte Kyle und hielt ihr die Restauranttür auf.

»Stimmt«, erwiderte sie und ging hinein.

Sie wurden rasch an einen Platz geführt. Das Lokal war fast leer, wie zu erwarten an einem Dienstagabend. Die Kellnerin nahm ihre Getränkebestellung entgegen und ließ sie allein.

Claudia schlug die Speisekarte auf. Die Vorspeisen sprangen sie geradezu an. Sie hätte nichts lieber getan, als ein paar Chickenwings zu bestellen, und panierte Mozzarellastäbchen und eine Portion Chilischoten, mit Käse gefüllt. Aber all das war frittiert.

»Ich glaube, ich nehme ein paar Chickenwings«, sagte Kyle. Seine Bemerkung ließ Claudias Magen wieder knurren, doch sie sammelte ihre ganze Willenskraft. »Ich esse erst mal einen Beilagensalat«, sagte sie. »Und vielleicht teilen wir uns eine Pizza?« Sie war stolz auf sich, weil sie diesen Vorschlag gemacht hatte. Eigentlich hätte sie gern eine große Pepperonipizza mit gefüllter Kruste ganz für sich allein gehabt.

Nachdem die Kellnerin ihre Bestellung aufgenommen hatte, wurde Claudia allmählich nervös. Vor diesem Augenblick hatte sie sich gefürchtet, in dem das Essen bestellt war und ihnen nichts anderes übrigblieb, als sich zu unterhalten. Ihre Gedanken überschlugen sich auf der Suche nach einem geeigneten Thema, doch Kyle rettete sie.

»Wie lange unterrichten Sie denn schon?«

»Neun Jahre, wenn man das laufende Schuljahr mitrechnet. Aber es kommt mir nicht annähernd so lange vor.«

»Und immer die vierte Klasse?«

»Nein. Ich habe auch in der zweiten und in der fünften Klasse unterrichtet, aber ich hatte eine vierte, bevor ich die Stelle hier angenommen habe. Ich glaube, die vierte gefällt mir am besten, weil die Kinder in diesem Alter noch unschuldig sind, aber ihre Persönlichkeit beginnt sich herauszukristallisieren. Und auch andere Dinge – Sinn für Humor, mehr Weitblick, bessere soziale Interaktion. Man kann förmlich zusehen, wie Individuen aus ihnen werden. So in etwa.«

»Ja, ich weiß, was Sie meinen. Das sehe ich jeden Tag bei Rowen. Sie wird so schnell groß. Manchmal redet oder handelt sie wie eine Erwachsene, das haut mich jedes Mal um.«

»Sie ist ein besonderes Kind«, stimmte Claudia ihm zu. »Ich meine, das sind sie alle, aber Rowen begreift so schnell, und für eine Neunjährige ist sie wirklich empathisch.«

»Sie mag Sie sehr«, sagte Kyle. »Bevor ich das Haus verließ, hat sie mich sogar gefragt, ob wir über sie reden würden. Nur Gutes, habe ich geantwortet.«

Claudia lachte. »Na ja, ich glaube, über Rowen gibt es auch nur Gutes zu sagen.«

Kyle strahlte sie an, und Claudia bemerkte, wie stolz er aussah. Sie freute sich für ihn, dass es Rowen so gutgetan hatte, nach Mill River zu ziehen.

Die Kellnerin trat mit den Chickenwings und dem Salat an ihren Tisch. Claudia breitete die Serviette sorgfältig über ihren Schoß und war erleichtert, dass die einleitende Unterhaltung so gut gelaufen war.

»Ich bin neugierig«, sagte Kyle und langte zu, »was hat Sie bewogen, nach Mill River zu ziehen? Besonders mitten im Schuljahr?«

Claudia hatte mit dieser Frage gerechnet, und sie gab die übliche Antwort. »Oh. Na ja, die Entscheidung ist mir nicht leichtgefallen. Ich habe in Dryden unterrichtet, einer kleinen Stadt im Staat New York. Meine beiden Brüder und meine Eltern leben dort, und ich habe auch mehrere Jahre in dem Ort gewohnt. Vermutlich wollte ich eine Veränderung. Ich hatte das Gefühl, als wäre mein Leben zum Stillstand gekommen, und ich brauchte einfach einen Ortswechsel.« Sie schaute ein paar Sekunden auf ihren Salat, dann auf ihre Jeans in Größe 40. Sie fragte sich, wie sie ihm je den wahren Grund nennen sollte, warum sie sich entwurzelt hatte – dass sie kurz vor den Ferien ihr Wunschgewicht erreicht und das überwältigende Bedürfnis verspürt hatte, im neuen Jahr neu anzufangen, an einem Ort, wo niemand wusste, dass sie dick gewesen war.

Kyle nickte mit vollem Mund, und sie fuhr fort: »Es war nicht einfach für mich, dem Rektor meiner alten Schule zu sagen, dass ich am Ende des Halbjahrs fortgehen würde. Es gab eigentlich nichts, womit ich meine Kündigung rechtfertigen konnte, außer, dass ich das Gefühl hatte, mein Leben würde stagnieren. Aber er war großartig. Er sagte mir, ich solle tun, was ich tun müsse, er werde mir immer gute Referenzen ausstellen, und er hat mir alles Gute gewünscht.«

»Klingt, als wäre er ein netter Typ«, sagte Kyle. »Man weiß ja nie, mit welchen Menschen man zusammenarbeitet. Es hört sich so an, als hätten Sie Glück gehabt.«

»Ja, er hatte wirklich Verständnis, aber ich mag die Rektorin und die Lehrer hier auch«, sagte Claudia. »Alle haben mich willkommen geheißen, mir angeboten, mich herumzuführen und so weiter. Ich glaube, das ist ein guter Anfang.«

»Ich mag auch die meisten im Polizeirevier«, sagte Kyle. »Fitz, der Chef, war so gut zu mir. Er hat mir die Wohnung über der Bäckerei vermietet. Ruth, seine Frau, passt auf Rowen auf, wenn ich Spätdienst habe … oder wenn ich aus anderen Gründen außer Haus bin.« Er schaute sie an, und Claudia grinste. »Ich habe ihr angeboten, sie dafür zu bezahlen, aber sie will keinen Cent haben. Sie ist wirklich eine gute Seele. Wykowski ist auch ganz in Ordnung. Der Einzige, den ich nicht so recht leiden kann, ist Leroy. Leider überschneiden sich meine Schichten meistens mit seinen, aber es läuft eben nicht alles so, wie man es gern hätte.«

»Das kann ich gut nachvollziehen. Bei Leroy hatte ich gleich ein komisches Gefühl, als Sie beide in meine Klasse kamen. Ich weiß auch nicht genau, warum. Es war nur etwas an ihm, vielleicht die Art und Weise, wie er mich ansah.«

»Tut mir leid«, sagte Kyle. »Hätte mir denken können, dass es keine so gute Idee war, ihn mitzunehmen. Er hat kein Feingefühl, und er hält sich für einen Frauenhelden. Soweit ich weiß, hat er nicht viel Erfolg bei Frauen, aber er ist trotzdem hinter jedem Rock her, wenn Sie wissen, was ich meine.«

»Ja. Sie müssen ihn nicht in Schutz nehmen. Leroys Benehmen ist schließlich sein Problem. Ich kann mir nicht vorstellen, welche Frau mit ihm zusammen sein wollte.«

Kyle strahlte plötzlich, und in seinen braunen Augen blitzte der Schalk. »Hören Sie, ich sollte Ihnen das wahrscheinlich nicht sagen, aber Leroy hat vor, Sie zum Valentinstag auszuführen.«

»Wie bitte?« Claudia hatte den Mund voll Salat und hielt sich rasch eine Serviette davor.

»O ja«, erwiderte Kyle lachend. »Gestern hat er es mir

erzählt. Diese Woche wird er Ihnen Blumen schicken und Sie dann ins King's Lodge in Rutland zu einem romantischen Dinner am Valentinstag einladen. Zugegeben, King's Lodge ist ein nettes Lokal, aber …«

»O nein!«, sagte Claudia, nachdem sie geschluckt hatte. »Bitte, sagen Sie mir, dass das ein Scherz ist.« Doch Kyle schüttelte nur den Kopf und lachte noch mehr.

»Oje«, stöhnte Claudia und legte ihre Hand an die Stirn.

»Das Schlimmste ist, dass Leroy manchmal ziemlich hartnäckig sein kann, wenn er etwas wirklich haben will«, sagte Kyle. »Wenn er Sie anruft, könnten Sie ihm ja einfach sagen, dass Sie am Valentinstag schon etwas vorhaben.«

»Das wäre zwar gelogen«, sagte Claudia. »Aber vielleicht entmutigt es ihn.«

»Ah. Gut, ich glaube, ich habe da eine Idee. Wenn Sie am Samstagabend mit *mir* ausgehen, müssen Sie nicht lügen, und wir beide könnten uns einen schönen Abend machen.«

Claudia blieb beinahe der Mund offen stehen. Sie schämte sich bei dem Gedanken, dass sie ihm womöglich das Gefühl vermittelt hatte, er müsste ihr anbieten, sie am Valentinstag auszuführen. »Du liebe Güte, Kyle, damit wollte ich nicht andeuten, dass Sie mich am Samstag zum Essen einladen sollen.« Ihr Gesicht brannte.

»Oh, nein«, sagte Kyle, und diesmal war es eindeutig – seine Ohren liefen rosa an. »Eigentlich wollte ich Sie schon die ganze Zeit fragen, und jetzt schien mir einfach die perfekte Gelegenheit.« Er grinste dümmlich.

Die Kellnerin kam mit der Pizza und reichte jedem eine Hälfte.

»Und, was sagen Sie?«, fragte Kyle, als die Kellnerin wieder weg war.

»Oh, liebend gern«, antwortete Claudia, noch immer um Fassung bemüht. Sie schaute ihn an und brachte ein schüchternes Lächeln zustande.

»Gut.« Er nahm ein Stück Pizza in die Hand und biss hinein. »Die ist auch gut«, sagte er und wischte sich hastig einen langen Käsefaden vom Kinn.

Claudia lachte. Kyle war so witzig und ungekünstelt, und sie hatte Spaß mit ihm. Die Pizza war phänomenal. Sie erlaubte sich zwei Stücke, obwohl sie ohne weiteres die ganze hätte essen können.

Sie waren fertig und unterhielten sich, während sie auf die Rechnung warteten, als sie an der Theke eine Singsangstimme hörten.

»Hallöchen, ich möchte meine Bestellung abholen, eine kleine Pizza mit gefüllter Kruste und Knabberstangen. Ach, und übrigens, Sie wollen nicht zufällig einen meiner berühmten Liebestränke probieren?«

Kyle und Claudia spähten fast gleichzeitig um die Ecke. Eine kleine, stämmige Gestalt in Parka mit Kapuze stand an der Theke. Obwohl sie gerade gegessen hatte, dachte Claudia an die warmen, teigigen, knoblauchhaltigen Knabberstangen und verspürte einen überwältigenden Drang, welche zum Mitnehmen zu bestellen. Sei nicht so verfressen, schalt sie sich.

»Nein danke, Ma'am. Macht dann zwölf fünfundsiebzig.« Der Junge hinter der Theke trat bei Daisys Angebot verlegen von einem Fuß auf den anderen.

»Hier«, sagte Daisy und reichte dem Jungen eine Handvoll Scheine. Sie schniefte laut, zog ein Taschentuch aus der Manteltasche und schnäuzte sich. »Junge, wenn die Nase schneller läuft als man selbst, weiß man, dass es kalt draußen ist.« Sie schnaubte noch einmal laut, ungeachtet der Aufmerksamkeit, die sie dabei erregte. »Schade, mein Liebestrank ist bei Jugendlichen wie dir besonders wirksam. Er würde dir sogar gegen die Pickel helfen. Aber ist schon gut – ich habe schon fast alles verkauft. Die Nachfrage war dieses Jahr ziemlich groß.«

Der Junge schielte zu zwei hübschen Kellnerinnen hinüber, die in der Nähe standen, und wurde rot, bevor er Daisys Scheine in die Kasse legte. »Und fünfundzwanzig Cent zurück.« Er reichte ihr einen Vierteldollar und die Quittung und schob zwei flache Pizzakartons über die Theke. »Ihre Dips sind in der Schachtel mit den Knabberstangen. Einen schönen Abend noch.«

»Danke, den werde ich haben!«, erwiderte Daisy. »Dir auch!« Sie nahm ihre Pizza und die Knabberstangen und drehte sich laut summend zur Tür um. Der Kassierer und die Kellnerinnen sahen ihr kichernd hinterher.

»Wer ist diese Frau?«, wollte Claudia von Kyle wissen, als sie sich wieder in ihrer Nische zurücklehnten.

»Sie heißt Daisy Delaine«, sagte Kyle, »aber in der Stadt nennen sie fast alle ›Crazy Daisy‹. Das ist gemein, ich weiß.«

»Vor ein paar Tagen kam sie zu mir und wollte mir einen Liebestrank verkaufen, was immer das ist. Sie macht ihn selbst, hat sie gesagt. Ich verstehe, wie sie zu dem Spitznamen kommt.«

»Sie ist eigentlich nicht verrückt, zumindest nicht so wie die Leute in der Anstalt unten in Waterbury. Fitz hat mir erzählt, dass sie schon seit Jahren in Mill River wohnt und immer schon ein bisschen ... schräg war. Man hat allerdings ein paar Mal versucht, sie einweisen zu lassen, aber kein Gericht hat sie je für geschäftsunfähig erklärt. Soweit ich weiß, stellt sie für jeden Feiertag eine andere, selbstgemachte Mischung zusammen und geht damit überall hausieren. Aber sie ist harmlos. Den meisten tut sie einfach nur leid.«

»Das erklärt den Liebestrank. Demnach verdient sie ihr eigenes Geld?«, fragte Claudia. »Wo wohnt sie denn?«

»In einem kleinen Wohnwagen, ein paar Blocks die Straße runter. Sie kommt ganz gut zurecht. Vermutlich lebt sie von staatlichen Beihilfen und dem, was sie mit dem Verkauf ihrer Heiltränke einnimmt. Hey, möchten Sie nicht etwas davon mit nach Hause nehmen?«, fragte Kyle und deutete auf die restlichen Pizzastücke vor ihnen. »Sie könnten es morgen Mittag essen.«

»Oh, nein danke«, sagte Claudia und dachte, wie gut es wäre, morgen wieder eine Pizza zu haben. Aber in diese Falle würde sie nicht tappen. »Nehmen Sie sie doch mit für Rowen.«

»Okay«, sagte Kyle. Er bedeutete der Kellnerin, einen Karton für die Pizza zu bringen. Er bestand darauf, die Rechnung zu bezahlen und half Claudia in den Mantel. Sie waren nur anderthalb Stunden unterwegs gewesen, aber es kam ihnen viel länger vor.

Frierend saßen sie im Pick-up, als Kyle den Motor anließ und die Heizung einschaltete. Jetzt fühlte es sich kälter an als bei ihrer Ankunft.

»Wenigstens ist die Rückfahrt nur kurz«, sagte Kyle.

»Ja.« Claudia versuchte, nicht mit den Zähnen zu klappern. Obwohl ihr kalt war, wünschte sie sich, die Fahrt würde lange dauern. Sie schwiegen eine Weile.

Die Schneedecke glitzerte im Licht der Straßenlaternen. Als sie in die Hauptstraße einbogen, kam die große weiße Villa auf dem Hügel in Sicht. Sie schimmerte wie der Schnee und reflektierte das Licht, so dass es aussah, als schwebe sie über der Stadt.

»Kyle, wer wohnt eigentlich in dem großen weißen Haus?«

Er lächelte. »Das habe ich mich auch gefragt, als ich es zum ersten Mal gesehen habe. Die Villa steht jetzt leer. Die Frau, die dort lebte, ist vor zwei Tagen gestorben. Sie hieß Mary McAllister. Ich weiß nicht viel über sie, nur dass sie dort die meiste Zeit ihres Lebens verbrachte und nur selten hinausging. Fitz und ich waren am Sonntagmorgen dort, um einen Bericht für den Gerichtsmediziner zu verfassen. Father O'Brien war auch da, von St. John's. Er sagte, sie sei fast ein Jahr krank gewesen.«

»Das Haus ist sehr schön. Ich glaube, so eins habe ich noch nie gesehen.«

»Die Außenfront besteht aus weißem Marmor. Die Familie ihres Mannes hat es vor Jahren gebaut. Auch die Inneneinrichtung ist etwas Besonderes. Alle möglichen kostbaren Möbel und Gemälde, wie in einem Palast.«

»Wow. So etwas würde man in einer kleinen Stadt wie dieser kaum erwarten.«

»Ich weiß. Aber ich habe die Erfahrung gemacht, dass man in einer Kleinstadt manchmal Überraschungen erleben kann.« Er schaute sie an und lächelte wieder. Claudia wusste plötzlich, dass er sie meinte und merkte, wie sie rot wurde.

Sie fuhren an St. John's vorbei, dann lenkte Kyle den blauen Pick-up in Claudias Einfahrt. Sie wandte sich ihm zu, um sich für den Abend zu bedanken, doch bevor sie etwas sagen konnte, war er bei laufendem Motor ausgestiegen. Er hob einen Finger, um anzudeuten, dass sie warten solle, lief um den Wagen herum und öffnete ihr die Tür.

»Kyle, das müssen Sie jetzt nicht dauernd machen«, sagte sie lachend, als er ihr aus dem Wagen half.

»Ich bestehe darauf«, sagte er. »Es ist unsere erste Verabredung, und ich muss einen guten Eindruck hinterlassen. Besonders, da ich offenbar Konkurrenz von einem Kollegen habe.«

Er sprach so ernsthaft, dass Claudia beunruhigt war. »Sie glauben doch nicht etwa, dass ich mich in Leroy verknallen würde, oder?«

»Nein, eigentlich nicht, nachdem wir uns heute Abend unterhalten haben«, sagte er lächelnd. Sie standen vor Claudias Haustür.

»Es war ein wunderschöner Abend«, sagte sie. Sie fühlte sich allmählich etwas unbehaglich. Warum hörte Kyle nicht auf, sie anzugrinsen? Voller Entsetzen kam ihr in den Sinn, dass sie vielleicht Salat zwischen den Schneidezähnen hängen hatte. Sie erwiderte sein Lächeln, jedoch ohne die Zähne zu entblößen. »Was ist los? Warum lächeln Sie mich unentwegt an?«

Er trat einen Schritt näher. »Ich weiß nicht.« Er nahm ihren Kopf sanft zwischen beide Hände. »Aber ich glaube, es liegt an den Ohrenschützern. Damit sehen Sie aus wie ein süßer kleiner Bär.«

Bevor sie etwas erwidern konnte, umfasste er ihr Gesicht und küsste sie.

Ohne nachzudenken schloss Claudia die Augen, schlang die Arme um seine Taille und zog ihn an sich. Sie roch sein Rasierwasser, das glatte Leder seines Mantels, spürte seinen warmen Mund an ihren Lippen und dachte, ihre Beine würden nachgeben.

»Ups«, sagte er, nachdem er sich zurückgezogen hatte, »vielleicht hätte ich vorher fragen sollen.« Claudia lächelte wieder und schüttelte besänftigend den Kopf. »Morgen werde ich uns Plätze für Samstagabend reservieren, dann rufe ich dich an und gebe dir die Zeit durch.«

»Okay«, sagte sie und trat zögerlich auf ihre Haustür zu. Jetzt strahlte sie – und verschwendete keinen Gedanken mehr an Essensreste zwischen den Zähnen. »Ich freu mich auf Samstag.«

»Ich mich auch«, sagte Kyle. Er ging erst wieder zum Wagen zurück, als sie sicher im Haus war und ihm zum Abschied aus dem Küchenfenster zuwinkte.

Claudia wartete, bis die Scheinwerfer aus ihrer Einfahrt verschwunden und wieder auf die Straße gerichtet waren. Sie stand starr in der Küche, das Herz hämmerte in ihrer Brust, und sie hatte weder Mantel noch Handschuhe noch Ohrenschützer abgelegt. Als sie sicher sein konnte, dass er fort war, machte sie Luftsprünge und kreischte vor Freude. Sie hatte gerade ihr erstes Date und ihren ersten Kuss hinter sich, und er hatte gesagt, sie sehe aus wie ein süßer *kleiner* Bär. Sie hatte sich im Pizza Hut nicht wie ein Vielfraß benommen, und das Allerbeste war, dass sie eine Verabredung zum Valentinstag hatte!

Er konnte es nicht glauben.

Die Asche an Leroys Zigarette war fast drei Zentimeter lang und schon beinahe auf seinen Schoß gefallen, als er sie bemerkte. Mechanisch streifte er die Zigarette am Aschenbecher im Jeep ab, ohne den Blick von Claudias Haus abzuwenden.

Sie war mit Kyle zusammen gewesen. Den ganzen Abend.

Leroy war zu Beginn seiner Schicht auf Streife gefahren, an ihrem Haus vorbei, und hatte gehofft, sie durch ein Fenster zu erspähen. Ihr Wagen stand in der Einfahrt, das Licht über der Veranda brannte, doch im Haus war alles dunkel. Für gewöhnlich kam sie nach Hause, wenn die Schule zu Ende war, und blieb den ganzen Abend dort, ging aufs Laufband, korrigierte Arbeiten oder machte irgendetwas anderes, bevor sie zu Bett ging. Heute jedoch, als er kurz nach sechs vorbeikam, war sie nicht da. Er war auf den Parkplatz von St. John's gefahren, hatte sich nicht einmal einen Block von ihrem Haus entfernt hinter ein paar Bäume gestellt und auf ihre Rückkehr gewartet.

Kyle, der hinterhältige Schweinehund, hatte sie tatsächlich geküsst, vor ihrem Haus, genau vor seinen Augen.

Leroys linke Hand umklammerte das Lenkrad. Mit der Rechten drückte er die Zigarette im Aschenbecher aus. Er hatte zwei Dutzend Rosen bestellt, die morgen in Claudias Klassenzimmer geliefert wurden, als Überraschung, um den Beginn ihrer Beziehung zu markieren. Er ging jede Wette ein, dass sie morgen überzeugt sein würde, die Blumen seien von Kyle.

Ihr Slip steckte in seiner Hosentasche, wie sonst auch, doch statt Trost zu spenden, fachte er die rasende Eifersucht an, die in Leroy hochkochte. Er ließ den Jeep an und rammte den Rückwärtsgang rein, schaltete die Automatik dann auf Drive und schoss aus dem Parkplatz. Seine Schicht dauerte noch ein paar Stunden, und er musste fahren.

Die Hauptstraße war weitgehend vom Schnee geräumt worden, doch am Rande der Stadt waren ein paar vereiste Stellen geblieben. Da er seinem Allradantrieb vertraute, scherte Leroy sich nicht darum.

Sein angeschlagenes Ego meldete sich zu Wort, stachelte ihn an und redete ihm ein, er könnte es jederzeit mit Kyle aufnehmen. Er war jünger und stärker. Er musste keine Wohnung von seinem Chef mieten, und er hatte kein Balg am Hals. In Wirklichkeit war es für Claudia eine noch größere Überraschung, wenn sie morgen feststellen würde, dass die Rosen von ihm waren!

Leroy hatte Mill River gerade hinter sich gelassen, als der Jeep in einer scharfen Kurve auf Glatteis geriet. Leroy versuchte wie wild gegenzusteuern, doch der Allradantrieb nützte nichts. Er merkte nur noch, wie er über einen Schneehaufen am Straßenrand flog. Plötzlich tauchte neben ihm ein Telefonmast auf, und die rechte Seite der Motorhaube prallte dagegen. Er verspürte einen kräftigen Ruck quer über der Brust, als sein Sitzgurt sich straffte. Ploppend und zischend ging der Airbag auf, Leroy prallte mit dem Gesicht dagegen und spürte ein schmerzhaftes Brennen auf der Haut.

»Was zum Teufel?«

Die Lichter im Haus der Wykowskis flackerten. Ron Wykowski sprang aus seinem Sessel auf und fiel beinahe über die ausgezogene Fußstütze. Er drückte auf die Fernbedienung in seiner Hand, um den Fernseher auszuschalten. Ein gewaltiges Krachen ertönte, direkt hinter der Wohnzimmerwand.

»Schnell, hol deinen Mantel. Ich glaube, da hatte jemand

einen Unfall«, sagte Jean, die aus dem Fenster schaute. Sie merkte nicht, dass Ron bereits auf den Beinen war und seine Stiefel anzog. »Ich kann von hier aus nicht weit genug um das Haus herum schauen, aber ich werde Hilfe rufen. Vielleicht gab es Verletzte.«

Jimmy und Johnny stürmten ins Wohnzimmer. »Mom, Dad, ein Polizist ist draußen verunglückt!«, rief Jimmy.

»Vom Fenster in unserem Zimmer kann man die Lichter blitzen sehen«, erklärte Johnny. »Ich glaube, es ist der Jeep vom Revier.«

»Ihr Jungs bleibt drinnen«, wies Ron sie an, woraufhin die Aufregung in ihren Gesichtern ein wenig nachließ. Er schaute auf seine Armbanduhr und ging zur Tür. »Muss Leroy sein. Kyle hat nicht vor elf Uhr Dienst.«

Ron stapfte gerade um das Haus herum, als Leroy die Tür des Jeeps aufstieß. Der Telefonmast vor dem Haus der Wykowskis hatte sich tief in die Kühlerhaube geschoben. Die Sirene war nicht zu hören, doch das Blaulicht wirbelte und blitzte.

Leroy schwang die Beine aus dem Jeep, versuchte zu stehen, schwankte und brach im tiefen Schnee zusammen, als Ron ihn erreichte.

»Leroy, kannst du mich hören? Sag was, wenn du bei Bewusstsein bist.«

Leroy setzte sich mühsam auf. Sein Gesicht war gerötet und an ein paar Stellen vom Airbag zerkratzt. »Mir ist schwummrig. Und mein Fußgelenk tut ein bisschen weh.«

»Jean hat sofort Hilfe gerufen, als wir den Aufprall gehört haben. Müsste bald jemand hier sein. Und jetzt raus aus dem Schnee mit dir.« Er half Leroy wieder auf den Fahrersitz. »Was ist passiert? Bist du in der Kurve auf Eis geraten?«

»Äh, ja, ich glaube schon«, sagte Leroy. »Hab versucht, in die andere Richtung zu lenken, aber die Räder wollten nicht auf der Straße bleiben.«

Atemlos kam Jean herbeigeeilt. »Ein Krankenwagen ist unterwegs. Bist du verletzt, Leroy?«, fragte sie.

»Nichts Schlimmes«, erwiderte er. Inzwischen war er weniger benommen und klang fast schon wieder wie der Alte. »Bloß mein linkes Fußgelenk. Das andere hab ich gestern Morgen verrenkt, jetzt ist es das. Am Ende werde ich noch zum Krüppel.«

»Lass mal sehen«, sagte Jean. Sie hockte sich vor ihn und zog ihm behutsam den Stiefel aus. »Kannst du den Fuß bewegen?«, fragte sie, und Leroy ließ vorsichtig das Gelenk in ihrer Hand kreisen.

»Gut«, sagte sie. »Und jetzt versuch, gegen meine Hand zu drücken.« Auch das gelang Leroy. Jean tastete sorgfältig den ganzen Fuß ab und ließ ihn dann sinken. »Du kannst ihn gut bewegen, obwohl er ein wenig geschwollen ist. Ich glaube nicht, dass er gebrochen ist, aber du solltest ihn nicht belasten, bevor er geröntgt worden ist.«

Leroy grunzte und lehnte sich seitlich an die Rückenlehne. Der Airbag ragte aus der Mitte des Lenkrades, und er schob ihn beiseite.

Jean beobachtete ihn. »Ohne den und deinen Sitzgurt hättest du dir wahrscheinlich das Genick gebrochen«, bemerkte sie. »Viele der Gelähmten, die ich versorge, hatten nicht annähernd so viel Glück wie du.«

Leroy ärgerte sich über ihre Lektion, wandte den Blick ab und grunzte erneut.

Kurz darauf traf ein Krankenwagen ein, der vorsichtig an der Stelle vorbeifuhr, an der Leroys Jeep von der Straße gerutscht war. Ron und ein Sanitäter stützten Leroy und brachten ihn zum Krankenwagen.

»Ich folge euch nach Rutland«, sagte Ron. »Ich muss ohnehin einen Bericht darüber schreiben, und jemand muss dich vom Krankenhaus zurückfahren.«

»Nö, schon gut«, sagte Leroy. »Ich bin ja nicht richtig verletzt. Wahrscheinlich untersuchen sie mich und schicken mich nach Hause, also hat es keinen Sinn, wenn du mitkommst.«

»Na ja, vielleicht wäre es tatsächlich besser, wenn ich mich um den Jeep kümmere«, sagte Ron. »Soll ich jemanden anrufen?«

»Meine Schwester wohnt in einem Vorort von Rutland. Der kannst du Bescheid geben, und ich lass mich einfach von ihr abholen, wenn die mit mir fertig sind.« Leroy blieb stehen und reckte den Hals, um noch einen letzten Blick auf den beschädigten Dienstwagen zu werfen. »Du kannst auch den Chef für mich anrufen, um ihm das mit dem Jeep zu sagen. Ich weiß, er wird ausrasten, wenn er es erfährt. Vielleicht ist es leichter für mich, wenn du es ihm beibringst.«

Ron warf seiner Frau einen Blick zu und verdrehte die Augen, wandte sich dann aber wieder zum Krankenwagen. »Klar, ich werde Fitz Bescheid geben. Und ich rufe Kyle an und frage ihn, ob er früher kommen kann, um den Rest deiner Schicht abzudecken.«

»Ja, okay«, sagte Leroy, kurz bevor der Rettungssanitäter die hinteren Türen des Krankenwagens schloss.

»Fitz wird ihm morgen den Kopf abreißen«, sagte Ron zu Jean und lehnte sich an den beschädigten Jeep. »Das ist der einzige Allradantrieb, den wir haben, und für mich sieht es nach Totalschaden aus.«

»Na ja, ich bin nur froh, dass niemand ernsthaft verletzt wurde«, erwiderte Jean. »Er hätte mit jemandem zusammenstoßen können, der aus der Gegenrichtung kam. Hätte der Telefonmast ihn nicht aufgehalten, wäre er vielleicht in unserem Haus gelandet!«

»Er muss mindestens neunzig gefahren sein, als er auf das Glatteis geraten ist.« Ron schüttelte den Kopf. »Leroy fährt wie ein Wahnsinniger. Vermutlich musste so was früher oder später passieren.«

»Komm, wir gehen rein und rufen einen Abschleppwagen«, sagte Jean. »Die Kinder brennen wahrscheinlich darauf zu erfahren, was passiert ist, und ich friere mir hier den Hintern ab.«

Am nächsten Morgen wurde Father O'Brien um sechs Uhr wach, draußen war es noch dunkel. Fröstelnd zog er sich in dem kühlen Pfarrhaus an. Auch nachdem er die Heizung hochgestellt hatte, wurde ihm nicht richtig warm. Er stellte sich den heißen Kaffee vor, der unten in der Bäckerei aufgebrüht wurde, und den süßen, angenehmen Duft von Zimt und Teig, und fast ging es ihm besser. Oft sehnte er sich nach einem Stück Kirschkuchen. Jetzt reichte allein der Gedanke an den warmen Belag auf Ruth Fitzgeralds knusprigem Teigboden, und schon ging er an den Schrank, um seinen Mantel zu holen.

Um sieben traf er in der Bäckerei ein, gerade als Ruth das Schild »Geschlossen« umdrehte. Lächelnd hielt sie ihm die Tür auf.

»Guten Morgen, Father. Hab Sie eine Weile nicht gesehen!«, begrüßte sie ihn. Ihr Haar war hinten sauber zu einem Knoten aufgesteckt, und die große Schürze war übersät mit Mehl und Teigspritzern. Die warme Luft, die an ihm vorbei nach draußen wehte, duftete schwer nach Backwaren. »Das mit Mrs McAllister tut mir schrecklich leid. Fitz hat mir erzählt, was passiert ist.«

»Danke, Ruth. Die letzten Tage gab es viel zu tun, und es war nicht leicht. Aber als ich heute Morgen wach wurde, konnte ich nur an heißen Kaffee und Kirschkuchen denken.«

Sie lachte und ging hinter die Theke. »Da haben Sie aber Glück. Vor einer halben Stunde habe ich einen aus dem Backofen geholt, und er ist jetzt so weit abgekühlt, dass ich ihn schneiden kann.«

»Er muss mich gerufen haben«, sagte er und zwinkerte ihr zu. »Dann setze ich mich mal an meinen gewohnten Tisch.« Er machte sich auf den Weg zu einem kleinen Tisch am Fenster.

»Da drüben auf der Theke liegt die Zeitung von heute«, sagte sie und reichte ihm eine frische Tasse Kaffee. »Ich bringe Ihnen den Kuchen gleich rüber.«

Er nickte, strebte dem kleinen Tisch zu und nahm im Vorbeigehen die Zeitung von der Theke. Nach und nach kamen noch mehr Leute herein, die meisten, um Muffins und Plunderstücke zum Frühstück zu holen oder um sich Thermoskannen mit Kaffee füllen zu lassen. Seufzend schlug er die Zeitung auf, die diesen Namen kaum verdient hatte. Die *Mill River Gazette* erschien dreimal wöchentlich, montags, mittwochs und samstags, enthielt für gewöhnlich Polizeimeldungen, Todesanzeigen und vielleicht einen oder zwei Artikel. Doch die Nachrichten drangen so langsam nach Mill River vor, dass die meisten Ausgaben mehr Werbung als alles andere enthielten.

»Hallo Father, schön, Sie zu sehen«, sagte Fitz und stellte ein großes Stück Kirschkuchen vor ihn hin. »Wie ist es Ihnen seit Sonntag ergangen?«

»Fitz! Ich habe Sie nicht kommen sehen«, sagte Father O'Brien und legte die Zeitung ab. In der Bäckerei herrschte inzwischen viel Betrieb, und die Leute drängten sich an der Theke. »Mir geht es gut.« Das stimmt nicht ganz, dachte er bei sich, als ihm der Sonntagmorgen einfiel, aber vermutlich ging es ihm den Umständen entsprechend gut. »Sie sind unterwegs zum Revier, nehme ich an?«

»Ja, und ich freue mich nicht gerade darauf. Sie haben wahrscheinlich nichts gehört von dem Unfall gestern Abend?« Father O'Brien riss die Augen auf und schüttelte den Kopf. »Na ja«, fuhr Fitz fort, »kurz nach neun gestern Abend erhielt ich einen Anruf. Leroy war mit dem Jeep auf Streife, geriet bei Ron Wykowskis Haus auf ein Stück vereiste Fahrbahn und krachte in einen Telefonmast.«

»Ach du große Güte«, sagte Father O'Brien. »Ist er verletzt?«

»Nur ein verstauchter Knöchel und ein paar Kratzer im Gesicht.«

»Das ist gut.«

»Ja«, erwiderte Fitz, doch sein Gesicht schien das Gegenteil auszudrücken. »Jedenfalls hat der Jeep einen Totalschaden. Ich weiß noch nicht genau, was wir jetzt machen werden, denn das war unser einziges Fahrzeug mit Allradantrieb, wissen Sie. Und er war alt. Die Versicherungssumme wird die Kosten für eine Neuanschaffung nicht annähernd decken. Wie ich hörte, versteigert der Staat manchmal Gebrauchtwagen an Bundesstaats- oder Bezirksbehörden, und in ein paar Wochen findet eine Versteigerung statt. Ich werde nach Montpellier fahren und sehen, ob sie etwas haben, was wir uns leisten können. Vielleicht haben wir ja Glück.«

Father O'Brien nickte, und seine Gedanken überschlugen sich. Er dachte an die Liste in seiner Manteltasche. Die Gelegenheit war perfekt, aber er musste rasch handeln. »Am Ende wird alles gut ausgehen, Fitz, dessen bin ich mir sicher«, sagte er zum Polizeichef, der sein Lächeln erwiderte.

»Wenn Sie meinen, Father, ich werde versuchen, mir keine Sorgen zu machen. Wahrscheinlich sind in dieser kleinen Stadt schon seltsamere Dinge passiert.« Fitz zog seine Handschuhe an. »Ich muss aufbrechen.« Er ging zur Tür. »Lassen Sie sich Ihren Kuchen schmecken.«

»Das werde ich«, erwiderte Father O'Brien. Er aß den Kuchen rasch auf und trank seinen Kaffee. Als niemand hinschaute, ließ er den Teelöffel, mit dem er seinen Kaffee umgerührt hatte, in den Ärmel gleiten. Wieder einer, den er in den Karton in seinem Büro legen konnte. Die üblichen Schuldgefühle stellten sich ein, aber heute hatte er keine Zeit, sich damit zu beschäftigen. Er musste sich um etwas viel Wichtigeres als um Löffel kümmern. Er winkte Ruth zum Abschied, zog den Mantel an und wappnete sich vor der Kälte draußen.

16

Während die Alliierten gegen Hitlers Streitmacht kämpften, führte Mary ihre ganz eigene Schlacht gegen die Angst.

Außer Conor und Father O'Brien hatte sie nie Besuch. Schließlich sah sich Conor infolge der Benzinrationierung gezwungen, seine Fahrten nach Mill River noch mehr einzuschränken. Hin und wieder gelang es ihm, Mary zu besuchen, aber sie gingen dazu über, sich hauptsächlich in Briefen auszutauschen.

Da Mary die meiste Zeit allein war, endeten ihre gelegentlichen Versuche, den Postboten zu begrüßen, mit Zittern und Panikattacken. Während sie durchaus für sich kochte und saubermachte, standen Einkäufe und andere Besorgungen außer Frage. Über Father O'Brien ließ Mary eine junge Frau einstellen, die diese Aufgaben übernahm und die Pakete oder Lebensmittel rasch vor der Tür ablegte und wieder ging.

Am 2. September 1945, dem Tag der japanischen Kapitulation, zog sie ihr bestes Kleid und die Augenklappe an, blieb aber in der Marmorvilla und jubelte still von ihrem Schlafzimmerfenster aus, während die kleine Stadt das Kriegsende mit einer Siegesparade beging. Sie richtete sich in ihrer Einsamkeit ein. Die Briefe von Conor McAllister und die Besuche von Father O'Brien, die Nachrichten und Musik im Radio und der Blick auf Mill River von ihrem Schlafzimmerfenster aus waren ihre einzige Verbindung zur Außenwelt.

Mary liebte die Aussicht aus ihrem Schlafzimmerfenster über alles. Sie betrachtete Mill River an klaren, hellen Vormittagen, während der allgemeinen Geschäftigkeit mittags, im Zwielicht, wenn die wenigen Straßenlaternen aufleuchteten. Ihr machte es nichts aus, hoch oben über der Stadt in ihrem Haus zu stehen, weit entfernt von der kleinen Ansammlung der Häuser und von der Hauptstraße, die mitten hindurch führte. Auch dass sie die Menschen nicht kannte, die tagtäglich den Bürgersteig entlanggingen, spielte keine Rolle. Ungeachtet ihrer Gebrechen gehörte sie zu Mill River, und die Stadt gehörte zu ihr – eine gleichmäßige, beruhigende Präsenz, die sich nie veränderte.

Father O'Brien hielt das Versprechen, das er Conor gegeben hatte, und schaute mindestens zwei Mal pro Woche in der Marmorvilla vorbei. Der junge Priester kam jeden Mittwochabend und an Sonntagen nach der Messe. Dann blieb er oft zum Lunch und zu einem Ausritt.

»Ich glaube, die ist nicht groß genug für mich«, sagte er, als er zum ersten Mal auf Ebony aufsaß. Mary hatte vorgeschlagen, auf dem Reitplatz zu bleiben, damit sie dem Priester die richtige Körperhaltung und den festen Sitz im Sattel beibringen konnte. »Und wenn sie nun scheut und durchgeht?«

»Ebony scheut nicht so schnell«, sagte Mary und stellte die Steigbügelriemen für seine langen Beine ein. »Sie ist ein braves Mädchen. Und stark obendrein. Morgans sind eher kleine Pferde, aber Sie wären überrascht, wie überlegen sie den größeren sind. Ebby könnte wahrscheinlich auch jemanden tragen, der doppelt so viel wiegt wie Sie. Denken Sie einfach daran, die Fersen nach unten zu drücken und den Rücken gerade zu halten. Und wenn sie trabt, spannen Sie die Schenkel an und versuchen, sich mit ihr auf und ab zu bewegen.«

Father O'Brien nickte und bemühte sich, Marys Anweisungen zu behalten.

»Sind Sie so weit?«, fragte Mary.

»Ich denke schon.« Er schaute nach unten. Obwohl Ebony ein kleines Pferd war, schien ihm der Boden unter seinen Füßen jetzt, da er im Sattel saß, weit weg zu sein.

Mary schnalzte mit der Longe, und die schwarze Stute setzte sich in Bewegung. Sobald Father O'Brien sich an den leicht wiegenden Gang der Stute gewöhnt hatte, schnalzte Mary erneut mit der Longe. Das Pferd begann zu traben, und er hüpfte unbehaglich auf und ab.

»Versuchen Sie zu spüren, wie sie sich bewegt«, rief Mary. »Verlagern Sie Ihr Gewicht in die Steigbügel.« Kurz darauf gelang es ihm, sich Ebonys Rhythmus anzugleichen. Verwundert über seinen Erfolg lächelte er Mary zu.

»Gut!«, lobte sie ihn. »Jetzt wollen wir es mit einem kurzen Galopp versuchen, nur ein paar Minuten.« Mary schnalzte zum dritten Mal mit der Longe, Ebony warf den Kopf zurück und fiel in einen langsamen, leichten Galopp.

Father O'Brien gefiel diese fließende Gangart am besten. Er beugte sich im Sattel etwas nach vorn, und ihm war, als schwebte er über den Reitplatz. Staunend spürte er, wie die schwarze Stute ihre Kraft in jeden Schritt legte, und freute sich, so mühelos getragen zu werden.

Nach ein paar Runden ließ Mary die Stute wieder im Schritt gehen. »Ich hatte den Eindruck, es hat Ihnen Spaß gemacht«, sagte sie, während der junge Priester sich wieder im Sattel zurücksetzte. Seine große, schlaksige Gestalt wirkte auf dem kleinen Morgan irgendwie komisch. Auch wenn er richtig mit den Füßen in den Steigbügeln saß, schien Father O'Brien nur aus Ellbogen und Knien zu bestehen. Mary musste unwillkürlich lachen, als er nach dem Absitzen mit leichten O-Beinen ging und über die Schmerzen an der Innenseite seiner Oberschenkel klagte.

»Betrachten Sie es als Buße«, sagte sie augenzwinkernd und kicherte, als ihm der Mund vor Überraschung offen stand. »Keine Bange, Michael, wir werden Sie trainieren.«

Sie hatte recht. Mit etwas Übung und noch genaueren Anweisungen wurde Father O'Brien auf Ebony immer sicherer. Er wollte keins der anderen Pferde reiten, was Mary ihm nicht übelnahm. Penny war als Vollblüter etwas zu nervös für einen Anfänger. Monarch war jetzt ein Wallach, hatte sich aber den Übermut eines Hengstes bewahrt und war gesattelt zuweilen schwierig.

Ebony und Penny hatten während des Krieges gefohlt, nachdem Monarch in dem Zaun zwischen ihrer und seiner Weide eine Schwachstelle entdeckt hatte. Pennys Fohlen war ein dunkelbraunes Hengstfohlen, Ebonys ein hellbraunes Stutfohlen, eine Miniaturausgabe seines Erzeugers. Mary freute sich über die Geburt der Fohlen, beschloss jedoch, dass fünf Pferde reichten. Sie hatte Father O'Brien gebeten, den Tierarzt kommen zu lassen, damit er Monarch kastrierte und hatte ängstlich in der Marmorvilla gewartet, bis der Priester aus dem Stall kam, um ihr zu berichten, dass alles gutgegangen war.

Manchmal gingen sie zu Fuß über die Weide, redeten und boten den Pferden hin und wieder Leckerbissen an. Father O'Brien hatte noch nie junge Pferde spielen sehen und konnte sich gar nicht sattsehen an den beiden Fohlen.

»Sie sind genau wie Kinder«, bemerkte er eines Nachmittags auf der Weide, als das Stutfohlen das Hengstfohlen mit den Zähnen zwickte. Der kleine Hengst zwickte zurück, schlug aus und lief zu Penny hinüber, um sich hinter ihr zu verstecken. »Kabbeln und kämpfen! Wenn sie ihre Ohren anlegen und die Stirn kraus ziehen, sieht es aus, als würden sie schmollen!«

»Das tun sie auch«, stimmte Mary ihm zu. »Aber sie können sehr lieb sein. Sehen Sie?« Das Fohlen war zu ihr gekommen und nuckelte an ihren Fingern. »Und jedes entwickelt einen eigenen Charakter, genau wie ein Mensch. Das mag ich wirklich an ihnen.«

»So habe ich noch nie über Pferde nachgedacht«, erwiderte Father O'Brien, »aber ich vermute, ich werde diese Kleinen hier aufwachsen sehen.« Er lächelte, als das Stutfohlen die Nase zu ihm hinstreckte. »Sie liebt jedenfalls Aufmerksamkeit.«

Wegen des hellroten Fells gaben sie dem Stutfohlen den Namen Ruby. Für den kleinen Hengst fiel ihnen wochenlang kein Name ein, bis sie eines Tages sahen, wie er im Kreis tänzelte, um seine Mutter und die anderen Pferde auf sich aufmerksam zu machen. Trotz seiner Schreie und Späße grasten die anderen Pferde zufrieden weiter, und das Hengstfohlen hatte sich schließlich wie benommen ins Gras fallen lassen und alle viere von sich gestreckt.

»Was für eine Vorstellung!« Father O'Brien schüttete sich aus vor Lachen. Auch Mary musste lachen, obwohl ihr die ulkigen Sprünge junger Pferde nicht neu waren. Glucksend wischte Father O'Brien sich über die Augen. »Ich kann mich nicht erinnern, wann ich zuletzt etwas so Lustiges gesehen habe. Er ist wie ein kleiner Narr, der versucht, den königlichen Hof zu unterhalten.«

Daher bekam das Hengstfohlen den Namen Jester, Narr. Mary fand ihn besonders passend, da sein Vater der Monarch war.

Als die amerikanischen Soldaten aus dem Krieg heimkehrten, normalisierte sich Marys Leben wieder, in dem Maße, in dem es normal werden konnte. Sie trat einem Buchclub bei, da ihr Hunger nach neuem Lesestoff unersättlich war. Oben in der Bibliothek ließ sie noch mehr Regale aufstellen und verlor sich in der Vielfalt der Bücher.

Conor konnte endlich seine Besuche wieder aufnehmen. Mary hielt eifrig nach seinem Wagen Ausschau, und wenn sie ihn dann entdeckte, wie er durch die Stadt auf ihre Marmorvilla zufuhr, wurde sie ganz aufgeregt. Sie riss die Tür auf und umarmte ihn, bevor er auch nur die Klingel drücken konnte. »Immer mit der Ruhe. Du willst doch deinen Grandpa nicht umwerfen, oder?« Das war natürlich Unsinn, denn der Patriarch war groß und stämmig wie eh und je.

Mary hatte fast vergessen, wie sehr sie sich auf sein freundliches, fröhliches Gesicht freute. Bei seinem ersten Besuch unterhielten sie sich stundenlang, und Conor erzählte davon, wie es während des Krieges gewesen war, als er sich auf seine Familie beschränken musste.

»Stephen war so außer sich. Er hat sich die ganze Zeit beschwert, dass er seine Autos nicht fahren konnte. Trotzdem hat er sie jede Woche gewachst und poliert. Und Elise, die sich ständig Sorgen machte, dass Jack zum Militär eingezogen werden könnte. Sie hat uns fast verrückt gemacht. Der Tropfen, der das Fass zum Überlaufen brachte, war, als Sara und Emma aufeinander losgingen, weil sie sich nicht einig wurden, wer das letzte Paar Seidenstrümpfe ohne Laufmasche tragen durfte. Jake und Stephen mussten sie auseinanderzerren, kannst du dir das vorstellen? Sie bestanden darauf, ihre Seidenstrümpfe zu behalten, obwohl die meisten anderen sie abgaben, damit die Regierung daraus Fallschirme herstellen konnte. Versteh mich nicht falsch, ich liebe meine Familie, aber ich sage dir, die sind alle verwöhnt und egoistisch.« Conor schüttelte den Kopf. »Ich hatte mir angewöhnt, abends spazieren zu gehen, um allem zu entkommen. Ich glaube, wir waren alle am Ende, weil der Krieg so lange dauerte und wir wirklich nichts tun konnten.«

»Du musst viel Zeit mit Schreiben verbracht haben«, sagte Mary. »Deine Briefe haben mir so viel bedeutet. Ich kann dir gar nicht sagen, wie ich mich darauf gefreut habe, sie zu lesen. Jedes Mal, wenn ich einen geöffnet habe, kam es mir so vor, als wärst du hier. Und du hattest so viel in den Marmorwerken zu tun. Das hat dir doch bestimmt geholfen, dich zu Hause nicht so eingesperrt zu fühlen.«

»Nun ja. Obwohl wir seit einiger Zeit nicht mehr viel mit Marmor gemacht haben. Wir haben Zielfernrohre und Bohrer für Gewehrläufe und vieles andere hergestellt. Sobald die Teile angeliefert wurden, haben wir sie zusammengebaut und versandt. Das war eine leichte Aufgabe für mich. Ich musste am Ende des Herstellungsprozesses lediglich die Papiere abzeichnen.«

Mary nickte. »Und was machst du jetzt, da der Krieg vorbei ist?«

Conor zuckte mit den Schultern. »Oh, irgendwann werden wir wieder Marmor schneiden, aber zuerst müssen wir Aufträge hereinbekommen. Alles dauert viel länger als früher. Das Land erholt sich langsam, und ich gehe davon aus, dass es noch eine Weile braucht, bis die Leute wieder Marmor haben wollen. Außer für Grabsteine, versteht sich.«

»Meiner Ansicht nach solltest du deine freie Zeit hier draußen verbringen, während du darauf wartest, dass die Geschäfte wieder anziehen«, schlug Mary ihm vor. Lächelnd sprang sie vom Sofa. »Komm, wir gehen hinunter zum Stall. Du glaubst nicht, wie groß die Kleinen geworden sind.«

In der Woche darauf wartete Mary auf Conors Besuch, aber ein kreidebleicher Father O'Brien stand von ihrer Tür.

»Michael! Was ist los? Fühlen Sie sich nicht gut?«, fragte Mary und zog ihn ins Haus.

»Doch. Das heißt, nein. Ich habe eine furchtbare Nachricht für Sie.« Ihre Verwunderung schlug in Besorgnis um. In ihrem gesunden Auge sah er etwas wie Erkenntnis aufblitzen, als hätte sie schon vermutet, was er ihr kaum zu sagen wagte. »Bischof Ross hat mich gerade angerufen.« Er senkte die Stimme und sprach langsamer, als wollte er die Wirkung seiner Worte abmildern. »Conor ist in der vergangenen Nacht im Schlaf gestorben. Oh, Mary, es tut mir so leid.«

»Was?« Sie schnappte nach Luft. Er fing sie auf, als ihre

Knie nachgaben, führte sie zu einem Stuhl in der Küche, und sie packte ihn kopfschüttelnd am Arm. »Das ist nicht wahr. Er kommt heute zu Besuch, in ein paar Minuten.«

»Ich bin mir sicher, dass er das vorhatte. Ich habe es zuerst auch nicht geglaubt, Mary.« Father O'Brien zog einen zweiten Stuhl heran und setzte sich neben sie. Er konnte beobachten, wie Mary anfing, sich mit dem Gedanken zu befassen. Bald flossen die Tränen, und ihr Kinn bebte, als sie versuchte zu sprechen. »Es tut mir so leid«, wiederholte er, aber seine Worte klangen erbärmlich und unangemessen.

»Ich verstehe es nicht«, sagte sie schließlich. »Er war doch gar nicht krank. Er hatte gar keinen Grund zu sterben.«

»Jedenfalls keinen, der uns bekannt wäre«, stimmte Father O'Brien ihr zu. Mary erwiderte nichts, und sie saßen lange schweigend da. Er richtete sich auf seinem Stuhl auf und räusperte sich. »Der Bischof sagt, die Lage im Haus der McAllisters in Rutland sei noch immer chaotisch, aber es sehe so aus, dass die Totenwache und die Messe übermorgen stattfinden. Ich würde Sie gern hinfahren, wenn Sie wollen.«

»Nein.« Ihre scharfe Ablehnung war mit Entsetzen vermischt. »Nein, ich kann nicht hingehen, bei den vielen Menschen, die dort sein werden, dem Rest der Familie.« Sie verstummte, als ihr Blick sich starr auf einen unsichtbaren Fleck auf dem Küchenboden richtete. »Im Übrigen will ich ihn so nicht sehen. Ich möchte ihn lieber in Erinnerung behalten, wie er war, wenn er mich hier besuchte.«

Father O'Brien hatte erwartet, dass sie so reagieren würde. Er nickte, nahm ihre Hand und drückte sie. »Ich bin mir sicher, Conor hätte es verstanden. Warten Sie, ich hole Ihnen ein Glas Wasser.« Er wollte aufstehen, aber sie schüttelte den Kopf.

»Nein, kein Wasser. Bitte, bleiben Sie noch ein bisschen hier bei mir sitzen, ja?«

»Natürlich, Mary. Ich bleibe, so lange Sie wollen.«

Erst nach Conors Tod begriff Father O'Brien, wie unermesslich das Versprechen war, das er dem Patriarchen gegeben hatte. Er war nun Marys einziger menschlicher Kontakt. Natürlich hatte er nach wie vor die feste Absicht, sein Versprechen zu halten, aber ob er dazu *ein Leben lang* fähig wäre? Er befürchtete, dass ihn irgendetwas, eine unvorhersehbare Veränderung der Umstände, zwingen könnte, Mill River zu verlassen. Was würde aus Mary, wenn er nicht mehr da war?

Zu Beginn war er aus reinem Pflichtgefühl mit ihr in Kontakt geblieben, vielleicht auch aus Mitleid. Inzwischen jedoch bedeutete ihm die Beziehung etwas. Er hatte Zuneigung zu Mary gefasst, eine rein freundschaftliche natürlich. Er war sich sicher, dass nur wenige Menschen von seinen Besuchen in der Marmorvilla wussten, und das beruhigte ihn, denn so entstanden keine Gerüchte. Ein Verdacht würde ihre Beziehung gefährden, und eine solche Beziehung hatte er bisher noch nie erlebt.

Die Besuche bei Mary waren eine willkommene Abwechslung zu seinen Verpflichtungen. Er fand Zuflucht in ihrem Haus, ihre Gegenwart belebte ihn, und sie war so anders als die Menschen, mit denen er normalerweise umging. Sie war klug und entzückend, vollkommen unbeeinflusst von dem, was andere dachten, taten oder besaßen. Sie nahm begierig alle Informationen in sich auf, die ihr zugänglich waren, und bildete sich eine eigene Meinung. Solange sie sich in ihrem Haus und auf ihrem Anwesen aufhielt, war sie glücklich und für Father O'Brien ein Quell der Stabilität und des Vertrauens.

Dies änderte sich jedoch, sobald er den Vorschlag machte, sie solle das Grundstück verlassen, oder wenn ein Fremder kommen musste, um nach einer undichten Stelle im Dach zu schauen oder einen Zaun zu reparieren. Sie verweigerte jeden Kontakt zu diesen Menschen und bat stets Father O'Brien, sich um die Angelegenheit zu kümmern. Dann zog sie sich in ihre Bibliothek oder ihr Schlafzimmer zurück, bis der Unbekannte gegangen war. An das Telefon, das sie besaß, ging sie nie dran.

Father O'Brien kam ihren Wünschen nach, und die ganze Zeit über fragte er sich, was ihre tiefsitzende Angst ursprünglich ausgelöst haben mochte. Seit seinem ersten Besuch in der Marmorvilla hatte er nie wieder gewagt, sie zu fragen. Er war noch immer davon überzeugt, ihr helfen zu können, wenn sie sich ihm nur anvertrauen würde. Er wollte sie mit Menschen zusammenbringen, die ihren Kummer verstanden und die sie akzeptierten, trotz ihres entstellten Gesichts. Er wollte ihr zeigen, dass sie sich nicht vor ihren Nachbarn zu fürchten brauchte.

Eines Tages erfüllten sich seine Hoffnungen, doch als Mary zum ersten Mal wieder unter Menschen ging, waren die Folgen katastrophal.

Er hatte Mary überredet, an Halloween teilzunehmen. Eine gute Gelegenheit, dachte er. Sie kann Dutzenden Menschen begegnen, während sie in ihrer vertrauten Umgebung bleibt. Er brachte einen riesigen Kürbis mit, und sie entkernten ihn, höhlten ihn aus und schnitzten eine Laterne daraus. An Halloween verbrachte Mary den ganzen Tag damit, Plätzchen zu backen und kleine Portionen davon in Alufolie einzuwickeln. Sie bestand darauf, dass Father O'Brien wie geplant an der Halloweenfeier in St. John's teilnahm und wollte die Plätzchen am Abend selbst verteilen.

Er hätte sie nie allein lassen dürfen.

Als er nach der Messe am späten Abend nach ihr schaute, fand er die Kürbislaterne zerstört vor, der Weg zum Haus war übersät mit zerbrochenen Eiern. Er entdeckte den Korb mit den Plätzchen in der leeren Diele. Mary hatte sich in der Besenkammer eingeschlossen und weinte.

»Ich konnte es nicht«, sagte sie. »Da waren so viele kleine Kinder … Sie haben immer wieder geklingelt und angeklopft, und sie haben so lange gewartet. Ich wollte die Tür aufmachen, ich habe es wirklich versucht, ehrlich, aber ich konnte nicht. Dann kamen ein paar von ihnen wieder zurück. Sie haben entsetzliche Sachen geschrien und an die Tür geschlagen. Ich hatte solche Angst, Michael. Und ich hatte mir so gewünscht, dass es ein fröhlicher Abend wird.«

Unter Schluchzen erzählte sie ihm, was weiter passiert war. Den ganzen Abend lang hatte sie die Rufe »Süßes oder Saures« vernommen. Sie stand zitternd in der Diele, den Korb mit den Plätzchen im Arm. Sie war nicht imstande gewesen, die Tür zu öffnen und vor die Kinder zu treten.

Father O'Brien verspürte beinahe körperlichen Schmerz, als Mary weitersprach. Ein paar Stunden nachdem die harmlosen Kinder weg waren, hörte sie das Geräusch von zerplatzenden Kürbissen, wildes Gelächter und Rufe wie »geizige alte Hexe«. Alle paar Minuten schlug jemand heftig gegen ihre Haustür. Unheimliche Schatten bewegten sich vor den Fenstern, und sie hatte entsetzliche Angst, dass jemand ins Haus eindringen könnte. Sie hatte sogar erwogen, die Polizei zu rufen, aber der Gedanke, das Telefon zu benutzen, war ebenso schrecklich wie der, nichts zu unternehmen. Und so hatte sie sich schließlich in der Kammer versteckt.

»Keine Sorge, liebe Mary«, sagte Father O'Brien. »Ich hätte bei Ihnen bleiben sollen. Aber Sie haben es versucht, haben sich die größte Mühe gegeben, und darauf kommt es an.«

Nach jenem Tag hatte es Jahre gedauert, bis er ihr wieder vorschlug, mit Fremden in Kontakt zu treten.

Dennoch hätte er sie oft am liebsten in die Außenwelt gezerrt, auch wenn sie dabei um sich treten und schreien würde. Obwohl sie das Gegenteil behauptete, wusste er, dass sie manchmal einsam war. Er hatte bemerkt, dass sie oft mit sehnsüchtigem Blick auf Mill River schaute. Er wusste, dass sie sich zuweilen vorstellte, ein richtiges Mitglied der Gemeinschaft zu sein. Er war überzeugt, dass es besser für sie wäre, sich in Behandlung zu begeben. Bestimmt könnte sie mit der richtigen Therapie ihre Angst überwinden und ein normales Leben führen, dachte er.

Aber er konnte und wollte sie nicht überreden. Sie hatte in ihrem Leben bereits so viel Schmerz erlitten, und sie bestand darauf, dass es ihr gutging in ihrer Isolation. Sie hatte sich so eingerichtet, dass ihr die lähmende Angst erspart blieb. Diese Sicherheit wollte er ihr nicht nehmen.

»Kinder werden so schnell erwachsen.«

Mary saß am Küchentisch in der Marmorvilla, strich die neueste Ausgabe der *Mill River Gazette* glatt und seufzte. Die Schlagzeile auf der Titelseite lautete »Abschlussklasse 1968«, und die Bilder der Schüler aus einer Sonderbeilage lagen vor ihr. »Erinnern Sie sich an den Jüngsten der Wilsons, Michael?«

Father O'Brien schaute von seinen Notizen für eine Predigt auf. »Meinen Sie den kleinen Simon? Klar. Warum fragen Sie?«

»Der ist nicht mehr klein. Er hält in diesem Jahr die Abschlussrede, und er hat ein Stipendium fürs College.«

»Sofern er nicht nach Vietnam geschickt wird. Hoffentlich nicht.«

»Ich kann den Gedanken an all die Kinder nicht ertragen, die dort umkommen. Krieg ist immer so schrecklich.« Mary seufzte erneut. »Ich habe Simon Wilson gesehen, wie er sonntagnachmittags immer unten in der Bücherei war, im Sommer manchmal noch öfter. Er hat sich so gut gemacht. Eigentlich haben sich die Kinder alle gut entwickelt und ihren Abschluss geschafft. Irgendwie habe ich das Gefühl, als wären es meine Kinder. Der Gedanke, dass sie heranwachsen und fortgehen, ist mir zuwider.«

»Mir auch, liebe Mary«, sagte Father O'Brien leise. Still sah er zu, wie Mary über den Porträtfotos der Absolventen lächelnd in Erinnerungen schwelgte. Ihre Freude über den Anblick der Schüler bestätigte ihn in seiner Annahme, dass ihre Zurückgezogenheit nicht erdrückend auf ihr lastete. Er versorgte sie mit Neuigkeiten aus der Stadt, über Aktivitäten an Schulen, Hochzeiten und Menschen, die zugezogen oder weggezogen waren. Sie kannte die Namen und das Alter der meisten Bewohner, wusste, wie sie ihren Lebensunterhalt verdienten, ob sie Kinder waren oder Kinder hatten, wann sie krank oder gesund waren. Sie erkundigte sich nach ihnen, machte sich Sorgen um sie, und er erzählte ihr alles, was er erzählen konnte, ohne sein Gelübde zu brechen. Sie behielt alles im Gedächtnis.

Dass Mary sich zu den Menschen in der Stadt hingezogen fühlte, obwohl sie nicht unter ihnen lebte, war seiner Ansicht nach nur natürlich. Jedes Jahr freute sie sich besonders auf die Ausgabe der *Gazette*, in der die Fotos der Highschool-absolventen waren. Neuerdings aber tat sie mehr, als zu beobachten und sich seine Geschichten über ihre Nachbarn anzuhören.

Mit Father O'Briens Hilfe hatte Mary angefangen, kleine anonyme Geschenke an die Menschen zu verteilen, die sie so gut zu kennen schien. Die Geschenke waren zunächst nicht groß, gemessen an Marys Vermögen. Hundert Dollar, um der Familie eines Mannes zu helfen, der im Vietnamkrieg gefallen war. Windelpakete und Babykleidung für frischgebackene Eltern. Geburtstagskarten mit Zehndollarscheinen für die Kinder in der Stadt. Er sorgte dafür, dass die Geschenke spätabends abgeliefert wurden, wenn die Empfänger schliefen.

Father O'Brien wünschte sich von ganzem Herzen, dass Mary mit eigenen Augen die Freude sehen könnte, die sie den Menschen in der Stadt schenkte. Sie gab den Bewohnern von Mill River ein Gefühl der Sicherheit, der Dankbarkeit für die anonymen Wohltaten. Er bemühte sich, ihr diese Dankbarkeit zu vermitteln, obwohl er selbst nicht direkt mitbekam, wie die Empfänger auf Marys Geschenke reagierten. Viel zufriedenstellender wäre es gewesen, dabei zu sein. Mary jedoch war das einerlei. »In unserer Welt erinnert man sich selbst an kleine Gesten der Freundschaft«, rief sie ihm häufig ins Gedächtnis. Zu wissen, dass sie geholfen hatte, machte sie glücklich.

Die Dankbarkeit ihrer Nachbarn war eines von vielen Dingen, die Mary hätte erleben sollen, wenn es nach Father O'Brien gegangen wäre. Im Sommer 1972 fasste er einen Plan, der alles verändern sollte.

Um dreißig Jahre ihrer Freundschaft zu feiern, kaufte er Mary einen brandneuen RCA Farbfernseher. Sie liebte noch immer ihr Radio und hatte sich nie sehr für die neue Technologie interessiert, aber die Zeiten änderten sich. Die meisten Programme wurden in Farbe ausgestrahlt, und die Bildschirme der neueren Fernsehgeräte waren größer als die der früheren Modelle. Ein Fernseher könnte Mary einen lebensnahen Blick auf die Welt ermöglichen, den ihre Angst ihr vorenthielt.

Marys Radio bekam damit eine ernsthafte Konkurrenz. Sie starrte auf die Gesichter der Nachrichtensprecher, fasziniert von jeder Muskelbewegung und ihrem Mienenspiel. Wiederholt sagte sie Father O'Brien, wie wundervoll es sei, von einem Fremden angesprochen zu werden, ihm zuhören zu können und den unbekannten Menschen auf dem Bildschirm zu sehen, ohne von Angst überwältigt zu werden.

Mary liebte Tiersendungen und mochte das Krümelmonster in der *Sesamstraße*. »Es sind diese Glubschaugen«, erklärte sie Father O'Brien, als sie zusah, wie das blaue Monster sich über Plätzchen hermachte, nachdem es den Buchstaben »C« besungen hatte. »Ich glaube, *ihm* hätte ich damals an Halloween die Tür aufmachen können.«

Mary schwärmte von *Der Preis ist heiß* und gestand Father

O'Brien, dass sie davon träume, vor allen auf die Bühne zu laufen und Bob Barker einen Kuss auf die Wange zu geben. Sie lachten über die alten Wiederholungen von *I love Lucy*, bis sie Seitenstechen bekamen. Mary war nie aus Neuengland herausgekommen, erlebte jedoch dank *Bonanza* den Wilden Westen. Sie schaute sich Kochsendungen auf PBS an, jubelte, als das Rennpferd »Secretaria« im Frühjahr 1973 die Dreifache Krone der USA gewann. Sie freute sich darauf, im Dezember wieder die Folge *Fröhliche Weihnachten* von den *Peanuts* zu sehen.

Diese Sendung verhalf ihr zu dem Entschluss, jeder Familie in Mill River einen neuen Farbfernseher zu schenken. »Niemand sollte so etwas Wunderbares wie diese Sendung verpassen. Und überlegen Sie nur, Michael«, sagte sie, als sie mit ihm die Anzahl der zu bestellenden Fernseher ausrechnete und sie das Lieferdatum festlegten, »was es bedeuten wird, besonders für die Kinder. Sie können Dinge sehen und Orte besuchen, die bisher nur in ihrer Phantasie existiert haben.«

»Ja«, erwiderte er, schaute Mary an und musste unwillkürlich an den mickrigen Weihnachtsbaum denken, den Charlie Brown ausgesucht hatte. Er wusste, mit der Unterstützung und Zuneigung anderer Menschen würde Mary ebenso aufblühen wie der dürre Nadelbaum.

Father O'Briens Löffelsammlung wuchs und wuchs.

Seine Löffel stammten aus den Häusern der Gemeindemitglieder, aus Restaurants, Krankenhäusern, von Picknicks, von überall, wohin er kam. Nur von Marys Besteck fehlte noch kein Exemplar. Er erschrak vor sich selbst, wenn er daran dachte, was er tun würde, hätte sie ihre Löffel nicht vor ihm versteckt. Mary bestand darauf, dass er sich seine eigenen Löffel mitbrachte, wenn er zum Lunch oder zum Abendessen kam und es etwas gab, das man nur mit dem Löffel essen konnte. Er nahm es ihr nicht übel.

Allmählich zählte sein ungewöhnliches Diebesgut über sechshundert Exemplare. Der anfängliche Schuhkarton quoll über, die Schachteln wurden immer größer, bis er sich gezwungen sah, die Löffel in der Kiste zu lagern, in der sein Fernseher geliefert worden war. Doch das viereckige Ungetüm war zu groß, um unter sein Bett oder in den Schrank zu passen. Schließlich schob er es unter den Schreibtisch, damit er es nicht ständig vor Augen hatte und an seine Schwäche erinnert wurde.

Mary gab sein Geheimnis nie preis.

Schon in den Begrüßungen war ihre enge Vertrautheit spürbar. »Guten Tag, Mary« oder »Guten Abend, Michael«, ein Lächeln, die offene Tür. Die tröstliche Gegenwart des anderen bildete eine Konstante in ihrem Leben. Sie bemerkten die ersten grauen Haare und Falten aneinander, doch diese körperlichen Alterserscheinungen veränderten nichts zwischen ihnen.

Mit großer Freude überreichte Father O'Brien Mary einen der ersten Kuchen aus der neuen Bäckerei in der Stadt. »Die wurde gerade erst eröffnet«, berichtete er ihr, als er zum Abendessen in die Marmorvilla kam. »Ruth betreibt sie, die Frau des neuen Polizeichefs Joe Fitzgerald. Sie sagt, sie spare, um eine Pension zu eröffnen, wenn Fitz in den Ruhestand geht. Ich weiß nicht, wie sie es macht, aber ihr Kuchen ist einfach toll. Dies ist ein Kirschkuchen. Ich dachte, wir könnten ihn zum Nachtisch essen.« Beim Dessert lächelte er über ihre Reaktion – Neugier, dann Überraschung, schließlich Wonne –, als sie den ersten Bissen probierte.

Kuchen aus der Bäckerei wurde zu einem wöchentlichen Leckerbissen in der Marmorvilla.

Mit der Zeit lernte Father O'Brien, und durch ihn auch Mary, Fitz und Ruth kennen. Besonders die Frau des Polizeichefs war bei allen beliebt. Sie sagte nie ein böses Wort über jemanden, tratschte nicht, und sie war sehr hilfsbereit zu all ihren Nachbarn. Mit Marys Zustimmung bat Father O'Brien sie, die Einkäufe für Mary zu erledigen. Er wusste, dass Ruth die Lebensmittel für Mary ebenso sorgfältig aussuchen würde wie ihre eigenen. Sie würde diskret mit allem umgehen, was er ihr über Mary erzählte, und, was noch wichtiger war, sie hätte Verständnis dafür, dass Mary ihr nicht persönlich begegnen wollte. Er war nicht überrascht, als Ruth keinen einzigen Penny für ihre wöchentliche Hilfe annahm.

Der Gedanke, Ruth endlich kennenzulernen, veranlasste Mary schließlich zu einem neuen Versuch, mit ihren Nachbarn Kontakt aufzunehmen. »Ich bin inzwischen älter geworden«, sagte sie zu Father O'Brien, »und hoffentlich klüger. Ich weiß jetzt, dass ich versuchen muss, hier rauszugehen. Vielleicht werde ich es diesmal schaffen. Ich habe das Gefühl, dass ich Ruth den Versuch schuldig bin. Sie tut so viel für mich.«

»Tja, dann lassen Sie uns doch auf einen Kaffee in die Bäckerei gehen. Nach dem Andrang am Morgen ist es für gewöhnlich ruhig, und ich weiß, dass Ruth sich sehr freuen würde.« Father O'Brien bemühte sich, seine Aufregung nicht durchklingen zu lassen – er wollte nicht, dass Mary es sich anders überlegte.

Father O'Brien kam am vereinbarten Morgen früh vorbei, denn er fürchtete, dass Mary ihren Entschluss bereuen und sich weigern könnte, ihr Haus zu verlassen. Er brauchte zwei Stunden, um sie zu überreden, das Schlafzimmer zu verlassen. Eine weitere Stunde verging, bis sie bereit war, mit ihm durch die Hintertür zu seinem Pick-up zu gehen, und ihr Schluchzen und Wimmern, während sie die Auffahrt hinunterfuhren, beunruhigte ihn. Er hielt am Straßenrand.

»Ist schon gut, meine Liebe«, sagte er. Mary kauerte auf dem Beifahrersitz, hatte ihre Augenklappe angelegt und eine leichte Jacke übergezogen. »Atmen Sie ein paar Mal tief durch. Ja, genau so. Alles ist gut. Mary, meine Liebe, schauen Sie mich an. Wissen Sie noch, wie Sie mir gesagt haben, Sie müssten es tun? Bekämpfen Sie die Angst, Mary! Die kann Ihnen nichts anhaben, diesmal nicht! Okay?«

»Ja, fahren Sie weiter«, jammerte sie und sagte dann mehr zu sich selbst: »Ich *muss* es tun. Die Angst kann mir nichts anhaben.« Er straffte sich, gab Gas und sauste in die Stadt, bevor sie ihre Entscheidung wieder zurücknahm.

Sie hielten vor der Bäckerei. Mary war inzwischen ruhiger, zitterte aber immer noch. Er streckte die Hand nach ihr aus. »Mary, wir sind da. Sie halten sich ganz tapfer. Draußen ist niemand. Wir können hineinschlüpfen. Ruth erwartet uns. Ich komme um den Wagen rum – Sie müssen sich nur an mir festhalten.«

Er ging auf die andere Seite des Pick-ups, um ihr beim Aussteigen zu helfen. Zitternd klammerte sie sich an seinen Arm. Ihr Gesicht war so weiß wie ihre Haare.

Sie schafften es bis zur Tür der Bäckerei, wobei Father O'Brien die ganze Zeit auf Mary einredete. Als sie gerade hineingehen wollten, kam eine Gruppe Halbwüchsiger aus dem Laden. Die Jungen zogen warme Zimtrollen auseinander und stopften sie in den Mund. Es war kurz vor zehn. Father O'Brien wusste, dass die Jungen die Schule schwänzten. Er wagte aber nicht, sie anzusprechen, aus Angst, Mary aus der Fassung zu bringen.

Einer der Jungen schaute ihn neugierig an, sah dann auf Mary herab und kicherte. Father O'Brien erkannte ihn sofort. »He, Jungs«, sagte der junge Leroy Underwood und zeigte auf Mary, »da haben wir einen echten Piraten! Brrr, da krieg ich ja das kalte Grausen!«

Die ganze Gruppe blieb stehen und gaffte. Einige Jungen lachten nervös und schauten von Leroy zu Mary und zu Father O'Brien. Andere beobachteten die Szene schweigend. Nur Leroy schien den Ernst der Lage nicht wahrzunehmen.

Marys Aufschrei brachte alle zum Schweigen. Sie ließ Father O'Briens Arm los. Er rechnete damit, dass sie zum Pick-up zurücklaufen würde, doch sie blieb stehen, funkelte die Jugendlichen wütend an und schloss dann das rechte Auge.

»IHR KÖNNT MIR NICHTS ANHABEN! IHR KÖNNT MIR NICHTS ANHABEN!«

»Mann, die ist gaga«, murmelte einer der Jungen, während sie sich zurückzogen. Mary redete mit fest geschlossenen Augen weiter, als sie wegliefen.

»IHR KÖNNT MIR NICHTS ANHABEN! DIESMAL NICHT!«

»Mary, kommen Sie, wir gehen rein«, sagte Father O'Brien und berührte ihren Arm. Doch sie schlug das Auge auf und schrie erneut.

»Können mir nichts anhaben! Michael, ich kann nicht, ich kann nicht!«

Durch die Scheibe der Bäckerei sah er, wie Ruth Fitzgerald sich näherte. Er runzelte die Stirn, schüttelte den Kopf, woraufhin sie stehen blieb und von innen zuschaute.

Zitternd drehte Mary sich zur Tür der Bäckerei um und erblickte Ruth. Sie trat einen Schritt vor. Father O'Brien beobachtete gespannt, wie Mary Freundlichkeit und Mitleid von Ruths Gesicht ablas.

»Oh, Ruth«, sagte Mary und legte die Hand aufs Herz. Einen Augenblick lang machte sich eine gewisse Anerkennung auf ihrem Gesicht bemerkbar, Erkennen und Dankbarkeit blitzten auf, eine freundschaftliche Zuneigung. Dann riss sie sich von ihm los und eilte zum Pick-up.

Father O'Brien begegnete Ruths Blick, doch ihm blieb nichts anderes übrig, als hinter Mary herzulaufen, nach dem Schlüssel zu suchen und die Wagentür aufzuschließen.

Kaum hatte er den Pick-up vor der Tür der Marmorvilla abgestellt, sprang Mary hinaus und rannte ins Haus. Father O'Brien folgte ihr, aber sie schloss sich oben in ihrem

Schlafzimmer ein. Seufzend schaute er auf seine Uhr. Als sie schließlich Stunden später auftauchte, schlief er tief und fest auf dem Sofa im Wohnzimmer.

Ihre Hand auf seiner Schulter weckte ihn. Er setzte sich langsam auf, blinzelte und stellte erleichtert fest, dass sie sich beruhigt hatte.

»Michael, ich …«

»Mary, ich habe Sie gar nicht herunterkommen hören. Ist alles in Ordnung? Ich hatte nicht vor, hier einzuschlafen, ich wollte nur sichergehen …«

»… dass alles in Ordnung ist mit mir, ich weiß, und keine Bange, Michael, es geht mir gut. Ich bin enttäuscht von mir selbst, aber es geht mir gut. Ich wollte Ihnen etwas sagen. Ich schulde Ihnen eine Erklärung.«

»Eine Erklärung? Wofür? Was meinen Sie?«

»Ich habe nachgedacht«, erwiderte sie und setzte sich neben ihn auf das Sofa. »Die ganzen Jahre über waren Sie so geduldig mit mir. Wenn ich Angst bekomme und mich so verhalte, wie ich es eben tue, passen Sie immer auf mich auf. Sie tun Ihr Bestes, um mir zu helfen, und Sie sehen ja, was dabei herauskommt. Wenn ich an all die Sorgen denke, die ich Ihnen bereitet habe, muss ich glauben, dass ich eine enorme Bürde gewesen bin.«

»Unsinn. Sie haben mir vor langer Zeit einmal gesagt, niemand sei perfekt. Und so ist es. Wir sind Freunde, ungeachtet unserer Fehler. Nichts wird daran etwas ändern, und Sie werden nie eine Bürde für mich sein.«

Mary schwieg einen Moment. »Gerade deshalb muss ich Ihnen etwas erklären. Ich hätte es vor Jahren schon tun sollen. Schon daran zu denken fällt mir schwer, aber Sie haben es verdient zu wissen, was passiert ist, warum ich so wurde, wie ich bin.«

Father O'Brien war hellwach. Er richtete sich gerade auf und wartete, dass Mary fortfuhr.

»Als ich noch die Highschool besuchte, war ich ein schüchternes Mädchen, aber ich war normal. Ich ging gern zur Schule. In der Mittelstufe bekamen wir jedoch einen neuen Englischlehrer. Er fand Gefallen an mir, rief mich ständig auf, beobachtete mich während des Unterrichts, solche Sachen. An einem Freitag bat er mich, nach der Schule in sein Klassenzimmer zu kommen.« Mary hatte begonnen zu zittern, doch Father O'Brien rührte sich nicht aus Angst, sie könnte wieder nach oben laufen. Sie sprach leise und langsam weiter, als müsste sie die Wörter aus dem Mund zwingen.

»Als ich in sein Klassenzimmer kam, hat er die Tür abgeschlossen. Und dann hat er mich vergewaltigt.«

»Meine Güte, Mary.« Vorsichtig streckte er den Arm aus und ergriff Marys Hand, aber sie war noch nicht fertig.

»Drei Tage lang habe ich nichts gesagt. Nicht einmal meinem Vater. Vermutlich habe ich versucht, mir einzureden, es sei nichts geschehen. Ich habe es sogar geschafft, am Montag wieder in den Englischunterricht zu gehen. Aber der Lehrer ließ mich vor die Klasse treten und einen Aufsatz vorlesen. Die ganze Zeit beobachtete er mich aus seinen kalten, dunklen Augen, und mir war, als würde alles noch einmal passieren, auf dem Boden des Klassenzimmers direkt vor mir. Ich habe mich so geschämt. Alle in der Klasse starrten mich an, der Raum begann sich zu drehen … ich wollte nur noch raus. Ich war erst sechzehn.

Der Lehrer wurde entlassen, aber ich glaube nicht, dass er je strafrechtlich verfolgt wurde. Mein Vater war entschlossen, mich zu beschützen. Er wollte mir den ganzen Schlamassel ersparen, der entsteht, wenn so etwas an die Öffentlichkeit dringt. Aber das bedeutete, dass ich vor Gericht nicht gegen ihn aussagen konnte. Ich werfe es meinem Vater nicht vor, nach allem, was dann geschah. Auch als der Lehrer nicht mehr da war, bin ich nie wieder zur Schule gegangen. Ich konnte nicht.«

»Wie furchtbar … Das tut mir so leid, Mary«, hob Father O'Brien an und wusste nicht, was er weiter sagen sollte.

Mary sah ihn schweigend an, die Augen voller Tränen. Ihr Kinn und ihre Unterlippe bebten, und sie sah aus, als wollte sie weitersprechen und schaffte es nicht.

»Schh, kommen Sie.« Father O'Brien rutschte näher zu ihr und nahm Mary in die Arme. Sie schluchzte an seiner Brust, schluchzte Jahrzehnte unterdrückter Qualen in seine dunkle Jacke.

»Sie müssen nichts mehr sagen, meine Liebe. Und Sie haben keinen Grund, sich für irgendetwas zu schämen«, sagte er, das Kinn in ihre weißen Haare gedrückt. »Überhaupt keinen.«

Er hielt sie eine Weile fest und begriff endlich, woher ihre Angst kam.

Nach dem Vorfall vor der Bäckerei zeigte Mary nie wieder Interesse daran, ihr Haus zu verlassen.

Father O'Brien schaute oft zu der Marmorvilla hoch und sah ihre immer zerbrechlicher werdende Gestalt am Schlafzimmerfenster. Die Sehkraft in ihrem gesunden Auge ließ allmählich nach, und Mary erzählte ihm, dass sie die Gebäude an der Hauptstraße nur noch unscharf erkennen konnte. Daraufhin schenkte er ihr ein kleines Teleskop zum Geburtstag, damit sie weiterhin die Stadt betrachten konnte. Ein Fernglas brauchte sie nicht, mit dem kleinen Teleskop beobachtete sie die Vorgänge in der Stadt wie bisher.

Obwohl es Jahre her war, seit Mary Pferde besessen hatte, sah er sie oft durch die Fenster der Bibliothek zum Stall und zur Weide hinüberschauen. Nachdem Jester und Ruby gestorben waren, hatte sie keine neuen Pferde angeschafft. Sie sagte, sie wolle nicht noch einen Freund lieben und verlieren, das könne sie nicht ertragen. Gemeinsam hatten sie einen Pferdefriedhof angelegt, in dessen Mitte Ebonys Gedenktafel stand. Der kleine Kreis aus Steinen war vom Bibliotheksfenster aus zu sehen.

Anlässlich des Todes von Ebony hatte Father O'Brien Mary schließlich die kleine Statue aus Marmor zurückgebracht. »Conor bat mich, sie für Sie aufzubewahren. Sie sollten sie zu gegebener Zeit zurückbekommen.«

Mary nahm das Marmorpferdchen entgegen, ohne zu zögern. »Was mir angetan wurde, war nicht Ebonys Schuld.« Sie stellte die Statue auf ihre Kommode, dorthin, wo sie früher gestanden hatte.

Dass sie die Statue so gelassen entgegennahm, überraschte Father O'Brien, wie so vieles an Mary. Zu seinem achtzigsten Geburtstag schenkte sie ihm eine schöne Mahagonivitrine, die sie bei einem Versandhaus in New Jersey bestellt hatte. »Für Ihre Löffel«, sagte sie. Der Schrank war in der Tat verblüffend. Er bot Platz für ungefähr drei Dutzend Löffel. »Ich konnte nicht widerstehen, ihn für Sie zu kaufen, denn nach all den Jahren kam ich mir fast wie Ihre Mittäterin vor«, sagte sie mit einem frechen Grinsen.

Da fiel ihm ein, wie sie Taschen in seine Ärmel genäht hatte, um ihm den Diebstahl zu erleichtern.

»Sie ist sehr schön«, sagte er und bewunderte die feine Holzmaserung der Vitrine. Später stellte er jedoch fest, dass es ihm nicht möglich war, aus seinen Hunderten von Löffeln die sechsunddreißig auszuwählen, die einen Platz in der Vitrine bekommen sollten. Aber er brachte es nicht übers Herz, Mary das zu sagen.

Zu Marys sechsundsiebzigstem Geburtstag schenkte Father O'Brien ihr einen Siamkater. Obwohl sie sich geweigert hatte, neue Pferde anzuschaffen, hoffte er, sie würde diesen Gefährten akzeptieren, einen, der die ganze Zeit bei ihr war. Als er sah, wie Mary vor Begeisterung nach Luft schnappte, ärgerte er sich fast, dass er nicht früher auf die Idee gekommen war. Mary gab dem Kater den Namen Sham.

An einem strahlenden Februarnachmittag kurz nach Marys neunundsiebzigstem Geburtstag kam Father O'Brien an die Hintertür der Marmorvilla. Für gewöhnlich machte Mary ihm die Tür auf, aber diesmal war sie nicht da. Er schloss selbst auf und rief nach ihr. Vielleicht war sie im Bad.

Sie hörte ihn und erhob sich vom Sofa im Wohnzimmer.

»Oh, Michael! Tut mir leid, ich bin einfach eingedöst. Das Mittagessen ist schon fertig, ich muss es nur noch warm machen.«

Sie stand auf und kam auf ihn zu. Er wollte etwas sagen, hielt aber plötzlich inne und musterte sie. Er schluckte und schaute noch einmal hin. Sie bemerkte seinen sorgenvollen Blick.

»Michael, was ist los?«

Er wusste nicht, warum, aber ihr Anblick sagte ihm, dass etwas mit ihr ganz und gar nicht stimmte.

17

Während Father O'Brien in der Bäckerei Kuchen aß und Kaffee trank, teilte Claudia gerade die wöchentliche Mathematikarbeit an ihre Klasse aus. »Auf die Plätze, fertig, los«, sagte sie, und dreiundzwanzig Blätter wurden umgedreht, dreiundzwanzig Köpfe senkten sich über die Pulte. Das einzige Geräusch im Raum machten die Stifte, mit denen geschrieben, ausradiert und nervös gespielt wurde. Claudia würde ein paar ruhige Minuten haben, um ungestört über die Verabredung mit Kyle am Abend zuvor nachzudenken. Sie lächelte.

Leise klopfte es an die Klassentür. Joyce Rennert, eine der Schulsekretärinnen, öffnete die Tür und streckte den Kopf herein.

»Miss Simon, draußen ist etwas für Sie abgegeben worden«, flüsterte sie. »Ich hätte sie mitgebracht, aber es sind so viele.«

»So viele was?«

»Rosen.« Joyce kicherte. »Sieht aus, als hätte jemand den Laden für Sie leergekauft.«

»Oh«, erwiderte Claudia, und ihr wurde klar, dass dies Leroys Versuch sein musste, ihr zu imponieren. »Ich komme runter ins Büro, wenn meine Klasse zum Musikunterricht geht. Könnten Sie sie solange für mich aufheben?«

»Oh, nichts lieber als das.« Joyce lächelte sehnsüchtig. »Brenda und ich werden so tun, als wären wir die glücklichen Empfängerinnen!«

Wenn ihr wüsstet, wer die Rosen geschickt hat, wärt ihr

nicht so glücklich, dachte Claudia und widmete sich wieder ihren Gedanken an den Vorabend.

Ein paar Stunden später sah Claudia nach, was sie erwartete. Trotz der Ankündigung war sie schockiert. Ein Strauß aus mindestens zwei Dutzend langstieligen roten Rosen, mit Schleierkraut und Farnen gebunden, stand auf dem Empfangstresen im Sekretariat. Die Vase war riesig. Claudia nahm die Karte, die im Grün steckte, und klappte sie auf. Vorn war ein entflammtes Herz abgebildet, und der Text auf der Karte lautete »Mein Herz steht für Dich in Flammen«. Darunter war eine handschriftliche Notiz:

Claudia,

Rosen sind rot,
Feilchen sind blau,
du weißt es nicht,
ich denk an dich

Einen schönen Tag,
Officer Leroy Underwood

Sie hatte Mühe, das Gedicht zu lesen, denn die Handschrift war krakelig. Sofort fiel ihr auf, dass »Veilchen« falsch geschrieben war. Im ersten Moment tat ihr Leroy beinahe leid, bis ihr einfiel, wie er sie in ihrem Klassenzimmer angestarrt hatte. Sie schauderte. Die Rosen waren schön, aber sie wollte nichts damit zu tun haben.

Joyce trat neben sie und seufzte. »Die sind auf jeden Fall was Besonderes. Ich frage mich, ob die überhaupt in Ihr Auto passen?«

»Wahrscheinlich würde ich sie irgendwie hineinbekommen. Ich glaube, ich lasse sie hier, bis der Unterricht zu Ende ist.« In Wirklichkeit wollte sie die Blumen nicht mit nach

Hause nehmen. Sie begann darüber nachzudenken, wie sie sie loswerden konnte.

»Das ganze Büro duftet schon nach Rosen! Wie die erst bei Ihnen zu Hause aussehen werden! Wer hat sie Ihnen denn geschickt? Und zu welchem Anlass?« Joyces Augen leuchteten erwartungsvoll, und sie hoffte, einen saftigen Happen Klatsch zu erbeuten.

»Jemand, den ich vor kurzem kennengelernt habe«, erwiderte Claudia. »Kein besonderer Anlass. Ich glaube, er wollte mich damit überraschen.« Sie hatte nicht die geringste Absicht, das Gerücht in die Welt zu setzen, das Objekt von Leroy Underwoods Begierde zu sein.

Joyces Freude verflog augenblicklich.

Als Claudia gerade wieder in ihr Klassenzimmer gehen wollte, kam ein Mann ins Büro, auf dessen Mütze »Kathy's Blumen und Geschenke« stand. Er stellte eine Langhalsvase mit einer einzelnen zartrosa Rose auf den Empfangstisch. »Noch mal hallo«, sagte er zu Joyce. »Ich sag Ihnen, diese Miss Simon ist heute beliebt. Schon die zweite Bestellung für sie, und wir haben noch nicht mal Mittag.«

Als sie ihren Namen hörte, drehte Claudia sich wieder um. »Ich bin Claudia Simon«, sagte sie.

»Tja, Sie Glückliche, das hier wurde gerade für Sie bestellt.« Er schob ihr die Vase zu, bevor er sich zum Gehen wandte. »Schönen Tag noch.«

Joyce riss ungläubig die Augen auf. Sie starrte Claudia an, ohne etwas zu sagen.

Auf der kleinen Karte, die an der Vase hing, stand: *Wollte Dir nur sagen, wie sehr mir der gestrige Abend gefallen hat. Freue mich auf Samstag. Kyle*

»Noch eine neue Bekanntschaft?«, fragte Joyce.

»Ja«, erwiderte Claudia und nahm die Vase an sich. Nie hätte sie gedacht, dass eine einzelne Rose von einem Mann ihr so viel mehr bedeuten könnte als zwei Dutzend von einem anderen, doch Kyle hatte genau die richtige Wahl getroffen. Freudestrahlend schaute sie auf die Rose. »Die werde ich auf jeden Fall mitnehmen.«

Als sie an diesem Nachmittag nach Hause fuhr, warf Claudia Leroys Valentinskarte weg und gab die Rosenmasse bei einem Pflegeheim am Rande von Mill River ab. »Mission accomplished«, sang sie auf dem Heimweg zu den Klängen des Autoradios. Als ihr Telefon am Abend zum ersten Mal klingelte, saß sie am Küchentisch, vor sich die Langhalsvase, und korrigierte Arbeiten. Noch immer von einem warmen, benommenen Gefühl durchdrungen, meldete sie sich.

»Hallo?«

»Claudia.« Die schleppende Aussprache sagte alles.

»Ja?«

»Leroy Underwood hier. Wie geht es Ihnen heute Abend?« Claudia verdrehte die Augen. Er klang wie ein schlecht vorbereiteter Callcenteragent.

»Gut, danke. Ich war heute Morgen ziemlich überrascht von den Rosen, um nicht zu sagen schockiert. Sie sind schön. Und die Karte auch. Vielen Dank.« Sie musste sich zu diesen Worten zwingen, und es machte ihr nichts aus, dass sie hölzern klangen.

»Nicht so schön wie Sie, und ich hatte gehofft, Sie damit zu überraschen. Ich wollte nur wissen, ob Ihre Beine müde sind?«

»Meine Beine? Nein«, antwortete Claudia und überlegte, ob er mit dieser Frage auf ihre Trainingsroutine abzielte. »Warum fragen Sie?«

»Na ja, seit Kyle und ich in Ihrem Klassenraum waren, sind die mir nicht mehr aus dem Kopf gegangen. Übrigens hatten Sie an dem Tag eine echt hübsche Bluse an.« Seine Sätze klangen unbeholfen und plump, als würden die einzelnen Worte sonst nicht in seinem Sprachgebrauch vorkommen. Er verstummte, und Claudia sah förmlich vor sich, wie sich sein

Mund am anderen Ende der Leitung zu einem schmierigen Lächeln verzog. Angewidert schwieg sie, und Leroy quasselte weiter, wobei er die Stimme zu einem heiseren Flüstern senkte. »Und was auf der Karte stand, stimmte, verstehen Sie. Die hab ich gestern auf dem Weg zur Arbeit geholt. Also, ich hab mich gefragt, ob Sie irgendwann diese Woche mit mir ausgehen würden?«

Unter keinen Umständen, dachte Claudia, bemühte sich aber, höflich zu bleiben. »Oh. Um ehrlich zu sein, ich habe abends immer jede Menge Arbeiten zu korrigieren, für meine Klasse. Und ich muss Unterrichtsstunden vorbereiten.« Sie hoffte, ihre Stimme würde Leroy die tatsächliche Botschaft vermitteln, aber er hakte nach.

»Na ja, Samstag ist Valentinstag. Und am nächsten Tag ist keine Schule. Ich würde Sie gern für einen Abend nach Rutland einladen. Wir gehen ins King's Lodge. Es soll Ihr Glücksabend werden.« Er klang ungeduldig, beinahe beharrlich, als schulde sie ihm ein Date.

Claudia brachte ihre nachdrückliche Entschuldigung vor. »Es ist nur so, Leroy, dass ich am Samstagabend schon etwas vorhabe, und eigentlich bin ich gerade mit jemandem zusammen.« Flüchtig fragte sie sich, ob eine vergangene und eine bevorstehende Verabredung schon die Formulierung »mit jemandem zusammen sein« verdienten, entschied dann aber, dass dies der falsche Zeitpunkt war, sich darüber Sorgen zu machen. »Aber vielen Dank für Ihre Einladung. Und nochmals danke für die Rosen und die Karte. Die waren hübsch.«

»Oh. Ja, klar. Dann gute Nacht.« Seine Stimme klang frustriert.

»Danke gleichfalls.« Claudia legte auf. Erleichterung erfüllte sie. *Damit dürfte Leroy abgehakt sein*, dachte sie.

Wieder klingelte das Telefon.

Er würde es doch nicht etwa noch einmal versuchen?

Sie beschloss, den Anruf zu ignorieren. Nach dem vierten Klingeln schaltete sich der Anrufbeantworter ein. Eine freundliche Stimme ertönte.

»Hi, Claudia, Kyle hier. Ich wollte nur anrufen, um …« Claudia griff nach dem Hörer, bevor Kyle weitersprechen konnte.

»Kyle? Hi, tut mir leid, das mit dem Anrufbeantworter. Ich wäre drangegangen, aber Leroy hat eben angerufen. Ich dachte, er ist es wieder, als das Telefon läutete.«

Kyle lachte. »Kein Problem, schon verstanden. Wie ich hörte, hat er das mit den Blumen tatsächlich gemacht.«

»Ja, das war ein ziemlicher Auftritt. Die Mädels im Sekretariat konnten es kaum glauben, vor allem, als der Mann aus dem Blumenladen ein zweites Mal kam, mit deiner Rose. Vielen Dank übrigens. Sie ist wunderschön.«

»Gern geschehen. Ich wollte ursprünglich eine rote haben, aber dem Blumenladen waren die roten Rosen ausgegangen. Ich frage mich, wie das wohl passieren konnte?«

Claudia musste lachen. »Ich habe Leroys Blumen nicht einmal mit nach Hause genommen. Ich wollte nichts damit zu tun haben. Und vorhin am Telefon wusste ich auch wieder, warum.«

»Also wollte er sich diese Woche mit dir verabreden?«

»Ja, er war ziemlich ekelhaft. Er wollte irgendwann diese Woche oder am Samstagabend mit mir ausgehen, und am Ende hat er richtig gedrängelt. Pech für Leroy, ich habe schon Pläne.«

»Pläne, die Pläne! Ja. Deshalb rufe ich an. Ich habe für sieben Uhr am Samstag im King's Lodge reserviert. Danach könnten wir ins Kino gehen, wenn du Lust hast. Ich könnte dich so gegen halb sieben abholen.«

»Prima«, sagte Claudia.

»Vielleicht sehe ich dich vorher. Ich hole Rowen morgen von der Schule ab, dann komme ich kurz rein und sage guten Tag.«

»Dann bis morgen«, sagte Claudia. »Tschüs.«

»Yep. Tschüs.«

Claudia legte zum zweiten Mal auf. Die Welt war diesmal viel schöner.

Der nächste Tag war ein Donnerstag, und an diesem Morgen tauchte der nagelneue Jeep vor dem Polizeirevier auf.

Er stand draußen, als Fitz eintraf, um seine Schicht anzutreten. Trotz der frostigen Morgenluft blieb Fitz eine Weile stehen, um den Wagen zu bewundern. Es war ein glänzender weißer Grand Cherokee, der selbst den Neuschnee am Rand des Parkplatzes überstrahlte. Sah nagelneu aus. Fitz verzog den Mund und fragte sich, wem der Wagen wohl gehörte. Ein neuer Grand Cherokee kostete ungefähr dreißig Riesen, mit Sonderausstattung vielleicht noch mehr. Er trat näher und spähte durch das Seitenfenster – wahrscheinlich hatte der Wagen auch noch beheizte Sitze. Der Eigentümer dieses Schmuckstücks war auf jeden Fall ein Glückspilz.

Fitz ging um den Jeep herum zur Tür des Polizeireviers, als er den Briefumschlag bemerkte. Er steckte hinter dem Scheibenwischer, und *sein* Name stand darauf. Er nahm den Umschlag und eilte hinein, wobei er aufpasste, dass er nicht ausrutschte.

Ron Wykowski zog gerade den Mantel an, weil er gehen wollte. »Hi, Chef.« Er gähnte. »War wieder eine ruhige Nacht. Ich habe gerade Kaffee aufgesetzt.«

»Guten Morgen, Ron«, sagte Fitz, doch seine Aufmerksamkeit galt dem Umschlag. Er machte ihn auf und zog einen dicken Stapel Papier und Broschüren heraus. Obenauf lag ein weiterer Umschlag, auf dem ebenfalls sein Name stand. Als Nächstes kam ein Formular, das wie eine Rechnung aussah, darunter befand sich die Betriebsanleitung, und zuletzt kam die Zulassungsbescheinigung, auf der das Polizeirevier von Mill River als *Besitzer* des Jeeps eingetragen war.

»Das kann nicht sein.« Fitz starrte ungläubig auf die Zulassung. »Ron, haben Sie gesehen, wer den weißen Jeep da draußen abgestellt hat?«

»Welchen Jeep?« Er kam an den Empfangstresen, auf dem Fitz den Inhalt des Umschlags ausgebreitet hatte. »Worum geht's denn da?«

»Draußen auf dem Parkplatz steht ein nagelneuer Jeep Grand Cherokee. Haben Sie eine Ahnung, wer den da abgestellt hat oder seit wann der da steht?«

»Nee. Zumindest war er nicht da, als meine Schicht gestern Abend anfing. Das war um elf, und danach habe ich das Revier nicht verlassen. Was geht hier vor?«

»Ich hatte gehofft, Sie wüssten es.« Fitz nahm die Zulassung vom Tresen hoch. »Werfen Sie da mal einen Blick drauf.«

Ron riss die Augen weit auf, als er die Zulassung las. »Da draußen steht wirklich ein neuer Jeep?« Er reichte das Papier wieder an Fitz und trat ans Fenster. »Heiliger Strohsack.«

»Mein Bauchgefühl sagt mir, das ist ein mieser Streich, aber diese Zulassung hier sieht echt aus.« Fitz öffnete den zweiten, kleineren Umschlag, der im ersten gesteckt hatte. Er enthielt einen kurzen, maschinengeschriebenen Brief.

Lieber Fitz,
bitte nehmen Sie diesen neuen Jeep als Ersatz für den an, den Ihr Revier vor kurzem eingebüßt hat. Er wurde auf das Revier zugelassen und ist bezahlt. Der Fahrzeugbrief dürfte in den nächsten paar Wochen von der Kraftfahrzeugbehörde ausgestellt werden. Ihr Department wird nur die Versicherung bezahlen müssen, was zu bewältigen sein dürfte.

Mit den besten Wünschen,
ein Bewohner von Mill River

P.S.: Die Schlüssel liegen im Handschuhfach.

»Ron! Ron, gehen Sie raus und sehen Sie im Handschuhfach nach, ja?«, bat Fitz. »Die Türen sind offen. Hier im Brief steht, die Schlüssel seien da drin.«

Ron tat ihm den Gefallen nur allzu gern, und kurz darauf kam er mit zwei Schlüsselsets wieder herein. »Der ist nigelnagelneu, und vollgetankt«, berichtete er. »Der riecht nach Neuwagen und ist laut Tacho erst neunzehn Meilen gefahren.«

»Muss in Rutland gekauft worden sein«, vermutete Fitz. »Da gibt es einen Jeephändler.«

»Ja, aber wer hat ihn gekauft?«, fragte Ron.

»Sieht aus, als wäre es jemand aus Mill River gewesen«, erwiderte Fitz und zeigte ihm den Brief.

»Jemand, der von Leroys Unfall gewusst haben muss. Obwohl es sich inzwischen sicherlich in der ganzen Stadt herumgesprochen hat.«

»Ich werde ein paar Anrufe tätigen. Ich glaube immer noch nicht, dass die Sache legal ist.« Fitz setzte sich an seinen Schreibtisch und zog die Gelben Seiten von Rutland County hervor. Dann fiel ihm die Unterhaltung wieder ein, die er am Morgen zuvor mit Father O'Brien geführt hatte. Er dachte daran, wie der Priester ihm voller Überzeugung zugesichert hatte, dass am Ende alles gut ausgehen würde, und er fragte sich, ob er nicht zuerst Father O'Brien anrufen sollte.

»Tja, wenn das alles mit rechten Dingen zugeht«, sagte Ron und schaute noch einmal aus dem Fenster, »dann hoffe ich nur, dass Sie Leroy nicht einmal in die Nähe des Wagens lassen.«

Als Father O'Brien am Samstagmorgen aufwachte, ging er als Erstes an die Haustür seines Pfarrhauses und holte die Ausgabe der *Mill River Gazette* herein.

Er nahm sie mit in die Küche und setzte den Wasserkessel auf. Manchmal mochte er morgens lieber Tee als Kaffee, und dies war so ein Morgen. Er setzte sich an den Tisch und holte die dünne Zeitung aus ihrer Plastikhülle.

Auf der Titelseite war, wie er erwartet hatte, eine Geschichte über den neuen Jeep abgedruckt. Die Überschrift lautete »Rätselhafter Spender rettet Polizeirevier«, und neben dem Artikel war ein Foto des neuen Grand Cherokee, um den die vier Polizisten von Mill River standen.

Die Stadt war in heller Aufregung. Das Gerücht vom neuen Jeep hatte sich in Windeseile verbreitet. Selbst der *Rutland Herald* schickte einen Reporter, um darüber zu berichten. Der Artikel in der *Gazette* enthielt ein paar Zitate von Fitz, der erzählte, wie er den Jeep entdeckt und sich gefragt hatte, wer der Wohltäter sein könnte. Auch die Alteingesessenen der Stadt hatten ihren Teil beigetragen und die alte Geschichte mit den Fernsehgeräten wieder aufgewärmt. Bei dem Artikel war ein Foto der älteren Herren abgedruckt. Father O'Brien überflog den Bericht und schmunzelte. Er freute sich, weil Fitz offenbar sein Versprechen gehalten und niemandem verraten hatte, dass der Priester in die Sache verwickelt war.

Am Donnerstag war Fitz' Schicht gerade zehn Minuten zu Ende gewesen, als er an die Tür des Pfarrhauses geklopft und gefragt hatte: »Haben Sie mal kurz Zeit, Father? Heute Morgen ist etwas höchst Eigenartiges passiert, und ich dachte, Sie wüssten vielleicht, was da vor sich geht.«

Am Ende hatte Father O'Brien nicht gelogen, aber er hatte Fitz auch nicht direkt gesagt, wer hinter dem Kauf des Jeeps steckte. Die Zeit, diese Information herauszugeben, war noch nicht gekommen. Er hatte jedoch erklärt, dass er den Jeep ans Polizeirevier hatte liefern lassen im Namen einer Person, deren Identität zu gegebener Zeit enthüllt werde. Und ja, das Geschenk ans Polizeirevier sei in der Tat eine sichere, einwandfreie Sache. Da er ein geduldiger, integrer Mann war, hatte Fitz seine Neugier gezügelt und versprochen, ihre Unterhaltung vertraulich zu behandeln. Sein Interview für die *Gazette* war der Beweis, dass er Wort gehalten hatte.

Der Wasserkessel begann zu pfeifen, zunächst leise, dann immer schriller. Ächzend stand Father O'Brien auf und nahm ihn vom Herd, bevor der Kessel den unaufhörlichen, hohen Kreischton ausstieß. Das brauchte er morgens nicht.

Er ließ einen Teebeutel in einen Becher fallen und goss das heiße Wasser darüber. Eine Weile stand er gedankenverloren an der Anrichte und tunkte den Teebeutel in die dunkler werdende Flüssigkeit. Nun waren bereits fünf Tage vergangen, also blieben ihm noch achtzehn Tage bis zur Bürgerversammlung. Bald würde die Tagesordnung in der *Gazette* erscheinen. Er musste dafür sorgen, dass seine Bekanntmachung in die Tagesordnung aufgenommen wurde. Was die rechtliche Seite betraf, so hatte ihm Anwalt Gasaway versichert, dass alle Vorkehrungen planmäßig liefen. Das Polizeirevier von Mill River hatte er seiner Namensliste hinzugefügt. Das Päckchen und der Brief warteten ungeöffnet in seinem Büro. Nur noch achtzehn Tage, und alles würde offenbart werden.

Jean Wykowski spülte am Valentinstag Geschirr.

Mittag war schon vorbei, aber Ron lag noch im Bett und erholte sich von seiner Nachtschicht. Leider hatte er an diesem Abend wieder Spätdienst. Jimmy und Johnny hatten den Wohnzimmerteppich in ein Meer aus billigen rosa und roten Valentinskarten der Grundschule verwandelt. Sie zogen sich gegenseitig damit auf, wer mehr von den Mädchen in seiner Klasse bekommen hatte. In ein paar Jahren würde dieser Wettbewerb unter umgekehrten Vorzeichen stattfinden. Die Jungen würden sich Karten von Mädchen wünschen. Darüber dachte Jean lieber nicht nach.

Sie vernahm ein Quietschen aus dem Schlafzimmer weiter

hinten im Flur und ein dumpfes Geräusch, als Ron aufstand und die Füße auf den Boden stellte. Kurz darauf tappte er hinter sie und schlang die Arme um ihre Taille.

»Morgen, Süße«, sagte er und drückte ihr einen Kuss auf den Hinterkopf. Sein Atem roch scheußlich.

»Nachmittag, meinst du wohl«, sagte sie, drehte sich um und legte ihm eine seifige Hand auf den Mund. Überrascht riss er die Augen auf und trat einen Schritt zurück. »Du riechst aus dem Mund, Schatz.«

»Oh, Entschuldigung.« Jetzt bedeckte er seinen Mund und verschwand im Flur. Jean hörte Wasser laufen und das schnelle, rhythmische Scheuern seiner Zahnbürste. Sie spülte weiter ab.

»Minzfrisch«, sagte er, als er zum zweiten Mal auftauchte. »Kriege ich jetzt einen Valentinskuss?« Sie wandte sich vom Spülbecken ab und betrachtete ihn, wie er in ausgebeulter Jogginghose und T-Shirt vor ihr stand, die Haare auf einer Seite plattgedrückt.

»Hmm. Mit deinen wirren Haaren siehst du ziemlich süß aus«, sagte sie und verzog den Mund.

»Wo sind die Kinder?«

»Im Wohnzimmer, sie lesen die Valentinskarten von ihren Schulkameradinnen. Wieso?«

»Tja, ich habe überlegt, dass nur ein Kuss für heute ziemlich dürftig ist, findest du nicht? Und da ich heute Abend wieder in der Wache hängen werde, … könnten wir doch ein bisschen Spaß haben?«

Jean verdrehte die Augen. Sie hatte nicht gerade Frühlingsgefühle.

»Das geht nicht, wenn die Kinder hier sind«, flüsterte sie, doch als hätten sie etwas geahnt, streiften Jimmy und Johnny in diesem Moment durch die Küche zur Hintertür, um ihre Mäntel und Stiefel anzuziehen.

»Wir wollen eine Schneeburg bauen«, sagte Johnny. »Das

haben wir gestern in der Pause auf dem Schulhof probiert, hatten aber nicht genug Zeit.«

»Ja, und sie ist sowieso eingestürzt«, bemerkte Jimmy, der in seine Stiefel stieg.

»Habt ihr die Valentinskarten eingesammelt, die auf dem Boden lagen?«

»Ach, Mom, das machen wir nachher.«

»Ja, sobald wir reinkommen, versprochen.«

»Schon gut, Süße, lass sie nur. Das sind ja bloß ein paar Papierfetzen«, sagte Ron, zwinkerte ihr zu und stieß sie sanft mit dem Ellbogen an.

Bei all den hoffnungsvollen Mienen musste sie nachgeben. »Na schön«, sagte sie, »wenn ihr beiden versprecht, das Wohnzimmer aufzuräumen, sobald ihr wieder reinkommt, denn ich werde es auf keinen Fall tun.«

»Wird gemacht, keine Bange, Mom.«

»Ja. Danke, Mom.«

Die Hintertür war noch keine zwei Sekunden zu, als Ron seine Frau sanft durch den Flur zog.

»Und wenn die Jungen nun wieder reinkommen, während wir mittendrin sind?«

»Als würden wir sie dann nicht hören. Im Übrigen gibt es nichts Schöneres als die Gefahr, erwischt zu werden.« Inzwischen waren sie im Schlafzimmer, und er zog sich schon aus.

»Hm.« Sie dachte an die Zeit, als sie in der Highschool waren und sich in die Garage seines Vaters geschlichen hatten, auf die abgedeckte Ladefläche seines Pick-ups, um es miteinander zu treiben. Rons Dad war in die Garage gekommen, um ein Verlängerungskabel zu holen, und war wieder hinausgegangen, ohne zu merken, dass sie splitternackt auf seinem Wagen lagen.

Ron drehte sich um, und sie ertappte sich dabei, wie sie auf seinen Hintern schaute. Er sah noch ganz knackig aus, selbst nach dreizehn Ehejahren. Sie warf einen Blick aus dem

Schlafzimmerfenster in den Garten. Die Kinder stapelten draußen fröhlich Schneebälle auf.

»Weißt du noch, wie wir es im Pick-up deines Dads gemacht haben?«, fragte sie und stieg ins Bett.

»O ja«, sagte er gedehnt mit schelmischem Grinsen. »Warum?«

»Oh, ich dachte nur, vielleicht solltest du mich das nächste Mal abholen, wenn du in dem neuen Jeep auf Streife fährst, und wir könnten ihn … einweihen.«

»O Mann, ja!« Er schlüpfte zu ihr unter die Decke. Sie quiekte und kicherte, als er sie an sich zog. »Jeanie Wykowski«, sagte er und rieb zärtlich seine Nase an ihrer Wange, »ich hatte fast schon vergessen, was für ein schlimmes Mädchen du sein kannst.«

Danach zogen sie sich rasch etwas über für den Fall, dass die Jungen wieder hereinkamen, und machten es sich zusammen im Bett bequem.

»Schade aber auch, dass du heute Abend arbeiten musst«, sagte Jean.

»Ja, ich weiß.« Ron setzte sich plötzlich auf. »Hey, ich habe eine Kleinigkeit, an der du dich erfreuen kannst, während ich bei der Arbeit bin.« Grinsend trat er an seinen Nachttisch und holte eine kleine Schachtel aus der oberen Schublade.

»Was soll das heißen?« Auch Jean setzte sich auf, als er wieder ans Bett kam.

»Kaum zu glauben, dass ich das beinahe vergessen hätte. Ich habe es schon vor einiger Zeit gekauft. Hier.« Er reichte ihr die kleine Schachtel. »Alles Gute zum Valentinstag.«

Sie wusste nicht, was sie erwartet hatte, als sie den Deckel öffnete, aber in der Schachtel war etwas, womit sie niemals gerechnet hätte. Es war ein Diamantring – mit drei Diamanten, die viel größer waren, als sie es sich leisten konnten.

»Ron, der ist wunderschön, aber er muss ein Vermögen gekostet haben.« Sie betrachtete den Ring und war sich nicht sicher, ob sie ihn überhaupt aus der Schachtel nehmen durfte.

»Na ja, ich habe Überstunden gemacht und schon lange darauf hingearbeitet. Im Übrigen weiß ich, dass die Mikrowelle nicht gerade ein romantisches Weihnachtsgeschenk war, und ich wollte dir schon lange etwas wirklich Schönes schenken. Gefällt er dir?«

»Ja«, sagte sie und lächelte in Rons hoffnungsvolles Gesicht. Sie zog den Ring behutsam aus dem Schaumstoffpolster und streifte ihn über den Ringfinger der rechten Hand. Er passte wie angegossen. »Wow.« Sie streckte die Hand aus. »Der funkelt aber.«

»Der Stein in der Mitte ist ein Halbkaräter, die Steine an den Seiten sind Viertelkaräter. Ich wollte dir einen Ring schenken mit drei Steinen, einen für die Vergangenheit, einen für die Gegenwart und einen für die Zukunft.« Er war so stolz auf sich, dass sie nicht wagte, über diesen kitschigen Werbeslogan zu lachen.

»Schatz, der ist wirklich richtig schön«, sagte sie und küsste ihn. »Ich glaube, das ist bisher das beste Geschenk zum Valentinstag. Aber ich habe überhaupt nichts für dich.« Sie runzelte die Stirn. »Ich dachte, dass wir uns dieses Jahr nichts schenken …«

»Oh, keine Bange. Du kannst mir mein Valentinsgeschenk auch später noch geben.«

Ron grinste anzüglich. Jean zog die Augenbrauen hoch. »Du siehst aus, als hättest du schon einen ganz bestimmten Wunsch.«

»Den habe ich in der Tat.« Er zog sie wieder auf das Bett. »Eigentlich war es deine Idee.«

»Ach ja?«

»Ja. Ich möchte mit dir eine Fahrt im neuen Jeep machen.«

Gegen Nachmittag am Samstag war Daisy ein Wrack.

Zwei Stunden lang hatte sie alle paar Minuten aus dem Fenster geschaut, ob der Postbote da gewesen war. Sie trug ihre Schneestiefel und den Parka mit Kapuze, bereit, nach draußen zu laufen, sobald er eintraf. Für gewöhnlich kam er gegen halb zwei, aber es war schon nach drei, und er hatte sich noch nicht blicken lassen.

Vielleicht brachte er ja in diesem Jahr eine Valentinskarte für sie.

Vielleicht hatte er die Häuser an der Straße schon beliefert. Vielleicht hatte sie ihn verpasst, und für sie war überhaupt keine Post dabei gewesen.

Daisy war den ganzen Nachmittag auf dieser emotionalen Achterbahn gefahren, hatte geschwankt zwischen der bitteren Enttäuschung bei der Erinnerung an all die Jahre ohne Valentinskarte und der inbrünstigen Hoffnung, dass es in diesem Jahr vielleicht anders sein würde. Smudgie spürte, dass etwas sie beunruhigte. Er saß auf dem Sofa, winselte hin und wieder, und sein Blick folgte ihren Bewegungen, während sie im Wohnwagen auf und ab lief.

Mit einem ungeduldigen Seufzen spähte Daisy wieder aus dem Fenster. Selbst die Sonne machte sich nicht die Mühe herauszukommen. Der Himmel war trüb und verhangen. Obwohl sie in den vergangenen Tagen kein Winterwetter heraufbeschworen hatte, sah es so aus, als stünde ein weiterer Schneesturm bevor.

Sie ließ den Vorhang los und spürte den leichten Luftzug im Gesicht, als er vor das Fenster glitt. Als sie sich umdrehte, um wieder auf und ab zu gehen, fiel ein Schatten auf den Vorhang. Jemand war vor ihrem Wohnwagen stehen geblieben. Daisy zog den Reißverschluss an ihrem Parka hoch und riss die Tür auf.

Endlich!

Vorsichtig, um nicht auszurutschen, tappte sie den Weg

zu ihrem Briefkasten hinunter. Der Briefträger war erst zwei Häuser weiter, als sie ankam. Sie atmete tief durch, zog die quietschende Briefkastentür auf und steckte die Hand hinein.

Sie zog ein glänzendes Blatt mit Gutscheinen für Pizza Hut heraus. Das war alles, was in ihrem Briefkasten war.

Daisy schniefte und schaute sich um, ob jemand sie beobachtete. Ein harter Knoten bildete sich in ihrem Bauch. Ihr Kinn zitterte. Haltsuchend lehnte sie sich mit dem Rücken an den Briefkasten, doch die Beine gaben unter ihr nach. Sie plumpste in eine schmutzige Schneewehe, die der Pflug an der Straße aufgeworfen hatte.

Die Würdelosigkeit ihrer Situation wurde ihr mit einem Mal voll bewusst. Sie stöhnte, kniff die Augen fest zu und brach in das leise, elende Schluchzen einer verlassenen Seele aus. Es dauerte lange, bis sie das Stechen der gefrorenen Tränen auf den Wangen spürte und die Nachbarhunde im Einklang mit ihrem Weinen jaulen hörte.

Als sie sich schließlich wieder aufraffte und zurück zu ihrem Wohnwagen trottete, begrüßte Smudgie sie an der Tür und folgte ihr in die Kochnische. Er winselte, und sie hob ihn mit beiden Armen auf. »Oh, Smudgie«, flüsterte sie in sein graues Fell, »warum hat uns keiner lieb?«

Daisy setzte Smudgie auf seinen Lieblingsstuhl, zog ihren Parka aus und riss ein Papiertuch ab, um sich die Augen zu trocknen. Dabei überlegte sie, was sie falsch gemacht haben könnte. Sie versuchte immer, freundlich zu ihren Nachbarn und den anderen in der Stadt zu sein. Der Gedanke, jemanden zu verletzen, jemanden zu ignorieren, war ihr nie gekommen. Sie fragte sich, warum niemand außer Father O'Brien jemals nett zu ihr war. Sogar zu Officer Underwood war sie freundlich, obwohl sie ihn überhaupt nicht leiden konnte. Wie hätte sie auch jemanden mögen sollen, der Smudgie so gemein behandelt hatte.

Sie streichelte dem kleinen Hund über den Kopf und fragte sich, wie sie überhaupt darauf gekommen war, dass jemand am Valentinstag an sie denken könnte. Bis auf Smudgie und Father O'Brien hatte sie keine richtigen Freunde, und schon gar niemanden, der mehr als ein Freund war. Ob das immer so bleiben würde?

Auf Daisys Arbeitsplatte stand eine Flasche mit hellroter Flüssigkeit. Das war die einzige Flasche ihres Liebestranks, die sie nicht verkauft hatte. Natürlich würde sie die nicht umkommen lassen. Sie betrachtete sie eine Weile, bevor sie den Verschluss aufschraubte. Sie goss für Smudgie ein wenig in eine Untertasse und nahm dann selbst einen Schluck. Winzige Schneeflocken begannen draußen vom Himmel zu schweben. Sie schluckte, schloss die Augen und trank erneut.

Im nächsten Jahr würde wieder Valentinstag sein.

Sie raffte ihre gesammelte Zauberkraft zusammen und hing der alten Hoffnung nach, dass im nächsten Jahr alles anders würde.

Claudia war entschlossen, dass alles perfekt sein sollte.

Ihre Haare waren gebändigt. Sie hatte ihre Lieblingshose mit einem neuen, tief ausgeschnittenen, malvenfarbenen Pullover angezogen. Darunter trug sie einen neuen Spitzen-BH und einen dazu passenden Tangaslip. Sie hatte ihr erstes romantisches Date vor sich, nach dem die sehr reale Möglichkeit bestand, endlich, endlich zum ersten Mal mit einem Mann zu schlafen. Sie fragte sich, wie es wohl sein würde, wenn es dazu käme.

Aber egal. Sie beschloss, sich darüber erst mal keine Gedanken zu machen und den Abend zu genießen. Sie warf einen Blick zu Kyle hinüber, der am Lenkrad saß, und sie nach Rutland hineinfuhr. Er blinzelte, denn Schneeflocken übersäten die Windschutzscheibe wie puderige Motten, er nahm den Fuß vom Gas und bog in den Parkplatz der King's Lodge ein.

Das Restaurant war gemütlich, außen französischer Landhausstil und innen knisternde Kamine. Die Wirtin nahm ihnen die Mäntel ab und führte sie an einen kleinen, etwas abseits stehenden Tisch im Speiseraum.

»Schön hier«, sagte Claudia, sobald sie Platz genommen hatten. Während Kyle eine Flasche Wein bestellte, ließ sie den Blick zu den dunklen Deckenbalken schweifen und zu den Tischen, die in gebührendem Abstand aufgestellt waren, um vertrauliche Unterhaltungen zu ermöglichen. Auf jedem Tisch brannte ein kleines Windlicht. Bis auf die Kamine und ein paar gedämpfte Deckenlampen waren die Windlichter die einzige Beleuchtung.

»Stimmt«, erwiderte Kyle. »Ich war noch nie hier, aber ich habe gehört, dass das Essen gut ist, und es soll eines der nettesten Restaurants in ganz Rutland sein.« Er grinste sie über den Tisch hinweg an. »Angesichts seines sonstigen Geschmacks bin ich überrascht, dass Leroy es dir vorgeschlagen hat.«

»Ich bin so froh, dass ich nicht mit ihm hier bin. Der hätte die Stimmung sicher vermasselt.« Sie lachte, als Kyle ihr mit seinen braunen Augen zuzwinkerte. Ihr fiel auf, dass sie *flirtete*, und es erschien ihr völlig normal.

»Also, ich bin neugierig. Was genau hat Leroy am Telefon zu dir gesagt?«, fragte Kyle. Der Kellner kam mit einer Flasche Merlot und schenkte ihnen ein.

Claudia wiederholte die Unterhaltung mit Leroy, soweit sie sich daran erinnerte. Kyle schüttelte nur den Kopf und lachte glucksend. »Tja, Pech auf der ganzen Linie. Jetzt verstehst du, warum keine Frau was von ihm wissen will.«

»Allerdings. Aber ich glaube, ich habe ihn ziemlich abblitzen lassen. Und ich habe die Wahrheit gesagt – ich hatte ja bereits eine Verabredung.« Claudia klimperte mit den

Wimpern und schaute Kyle über die Speisekarte hinweg an.

»Hm.« Kyle lächelte ihr wieder zu und sah aus, als wäre er sehr zufrieden mit sich.

Während Kyle sich auf seine Speisekarte konzentrierte, musterte Claudia ihn unauffällig. Sie war nicht annähernd so nervös und auch nicht so abgelenkt wie im Pizza Hut. Er trug einen dicken beigefarbenen Pullover mit Rundhalsausschnitt. Ihr fiel auf, wie sein eckiges Kinn in seine glattrasierten Wangen überging und dass seine dunklen Haare an den Schläfen kürzer geschnitten waren. Das Licht der flackernden Kerze warf tanzende Schatten auf sein Gesicht und die Hände.

Seine Hände gefielen ihr besonders gut. Handflächen und Finger waren wohl proportioniert. Sie waren weder zu groß noch zu klein, und die Fingernägel waren gepflegt. Das silberne Armband seiner Uhr lugte unter seinem linken Ärmel hervor und glitzerte im Kerzenlicht, während er lässig mit den Fingerspitzen auf den Tisch trommelte. Sie beobachtete die Umrisse der Sehnen auf seinem Handrücken vom Gelenk bis zu den Fingerknöcheln. Kyle besaß die starken und doch behutsamen Hände eines Mannes, der einen Gesetzesbrecher in den Schraubstockgriff nehmen und einem kleinen Mädchen sanft die Tränen abtupfen konnte.

Sie wollte, dass er sie mit diesen Händen berührte.

Der Kellner kam, um ihre Bestellung aufzunehmen, und Claudia hoffte, dass das gedämpfte Licht ihre Röte verbarg.

Sie stellte fest, dass das Essen nicht nur gut war – es war unglaublich. Sie hatte beschlossen, eine Ausnahme zu machen und das zu essen, was sie wollte. Sie bediente sich an dem warmen Brot, das die Kellnerin brachte, und schmierte die himmlische Kräuterbutter darauf. Sie bestellte Lachs mit Sauerampfersoße, Reispilaw und feine Erbsen. Kyle entschied sich für ein Rumpsteak mit Ofenkartoffel und Spargel. Die Dessertspezialität des Hauses war der »Pyramidenkuchen«, und sie teilten sich ein Stück. Die Kellnerin brachte ihnen einen Teller mit zwei Gabeln. Der Kuchen schien Claudias wildesten, fettesten Träumen entsprungen zu sein – eine Schokoladensünde mit vier Etagen, zwischen den Schichten Vanillecreme. Das Ganze war von Zuckerguss überzogen und mit Schokostreuseln dekoriert.

»Ladies first«, sagte Kyle und schob den Teller zu Claudia hin. Sie lächelte, nahm die Gabel in die Hand und machte vorsichtig einen Bissen ab. Der süße, feuchte Kuchen und der dicke Zuckerguss waren himmlisch. Unwillkürlich schloss sie die Augen und seufzte, als sie den Geschmack genoss.

»Der ist wohl gut?«, fragte Kyle.

Claudia öffnete die Augen und sah seine amüsierte Miene vor sich. »Du glaubst es kaum. Probier mal.«

Sie schwärmten noch immer vom Essen, vor allem vom Nachtisch, als sie ihre Mäntel anzogen.

»Ich kann mich nicht erinnern, wann ich zuletzt so gut gegessen habe«, sagte Claudia.

»Ja.« Kyle stöhnte. »Ich komme mir vor wie im Essenskoma.«

»Im was?« Claudia lachte, sie hatte ihn sehr gut verstanden. Die Beschreibung war so treffend und lustig.

»Im Essenskoma. Verstehst du, wenn man so vollgestopft ist, dass man nicht mehr denken kann«, erläuterte Kyle. »Und dass man nur noch aufs Sofa will.«

»Und ein Couchpotato werden.« Claudia musste kichern. »Oh, ich hoffe, ich schlafe im Kino nicht ein.«

Kyle öffnete die schwere Holztür zum Parkplatz. Ein scharfer Wind und wirbelnder Schnee begrüßten sie. Was vor ein paar Stunden noch zarte Flocken gewesen waren, hatte sich zu einem ordentlichen Schneesturm ausgewachsen. Die Autos auf dem Parkplatz waren bereits mit einer Schneeschicht bedeckt.

»Los, wir rennen«, sagte Kyle und nahm Claudias Hand.

Sie liefen zum Pick-up. Er half ihr hinein und ließ den Motor an, bevor er noch einmal ausstieg und die Tür schloss, um die Scheiben freizuwischen.

»Ich habe im Wetterbericht nichts von einem Schneesturm gehört«, sagte Claudia, sobald er eingestiegen war.

»Ich auch nicht. Sieht allerdings nicht gut aus. Wenn es so weiterschneit, während wir im Kino sitzen, könnten wir Probleme kriegen, nach Hause zu kommen. Was hältst du davon, wenn wir jetzt heimfahren und uns einen Film ausleihen? Rowen ist heute Abend bei einer Pyjamaparty, also wären wir allein. Mit dem Kater.«

»Klingt gut.« Innerlich jubelte Claudia. Ob es an dem leichten Schwips vom Merlot lag oder daran, dass sie sich rasend zu ihm hingezogen fühlte, konnte sie nicht sagen. Aber es war ja auch egal.

Nach einem kurzen Halt beim Videoverleih im Ort kamen sie zu Kyles Wohnung. Sie war keinesfalls schick, jedoch sauber und ordentlich und hübsch dekoriert. Beim Hereinkommen sah Claudia einen großen Siamkater, der über den Flur schlich.

»Möchtest du einen Kaffee?«, fragte Kyle. »Ich habe koffeinfreien da.«

»Klar. Äh, könnte ich vielleicht dein Bad benutzen?«

»Gleich links am Ende des Flurs. Ich setze den Kaffee auf und lege schon mal die DVD ein.«

Eigentlich musste Claudia gar nicht zur Toilette – sie brauchte nur einen Moment um nachzudenken. Still stand sie vor dem Spiegel. Durch die Tür vernahm sie den Lärm der Kaffeemühle. Ihr war klar, wohin der heutige Abend führen könnte, wenn sie es wollte. Und sie wollte, unbedingt. Aber sie war unsicher, ob sie sollte. Im Grunde ihres Herzens hatte sie das Gefühl, es sei zu früh, um mit Kyle zu schlafen. Ein paar Sekunden lang sah sie sich in die Augen, bemerkte die Begeisterung und Unentschlossenheit darin.

Und dann ging das Licht aus.

Sie tastete nach dem Türgriff, fand ihn und trat mit vorsichtigen Schritten in den Flur.

»Kyle?«

»Hier drinnen.« Er war noch in der Küche, kramte aber in einer Schublade herum. »Irgendwo hab ich eine Taschenlampe. Die ganze Straße liegt im Dunkeln.«

Sie tastete an der Wand entlang, bis sie die Armlehne der Couch erreicht hatte. Ein schwacher Lichtstrahl kam aus der Küche, und sie folgte ihm. Eine brennende Taschenlampe lag auf der Arbeitsplatte, und Kyle fummelte an einer zweiten herum.

»Ich glaube, die Batterien hier drin sind leer«, sagte er. »Ich hätte daran denken sollen, neue zu kaufen.« Er lehnte sich an die Arbeitsplatte und wirkte ein wenig enttäuscht. »Ich glaube, da will einer nicht, dass wir uns heute Abend einen Film ansehen. Trotzdem« – er verstummte, nahm die Kanne aus der Kaffeemaschine und hob sie hoch – »freue ich mich, dir fast eine Tasse frisch aufgebrühten Koffeinfreien anbieten zu können.«

Claudia kicherte, als er die Kanne wieder unter den Kaffeefilter stellte. Im nächsten Augenblick holte sie tief Luft und schob ihre Unentschlossenheit beiseite. Sie stellte sich zu Kyle, fuhr schüchtern mit der Hand über seine Finger und beugte sich so weit zu ihm vor, dass er seine Arme um ihre Taille schlingen konnte.

»Ich will ohnehin keinen Film anschauen.«

»Nicht?« Seine Stimme war spielerisch, und er lächelte ein wenig, seine Augen aber waren dunkel und ernst.

»Nein, und der Kaffee kann auch warten.«

Er zog sie fest an sich und küsste sie. Sie spürte seine Hände auf ihrem Rücken, dann bewegten sie sich hinauf und umfassten ihr Gesicht. Sie zog sich ein Stück zurück und öffnete die Augen, dann drehte sie den Kopf in Richtung seines

Schlafzimmers. Als sie ihn wieder anschaute, sagten ihre Augen ihm, was sie nicht laut auszusprechen wagte.

In der Dunkelheit gab es nur noch seinen Mund und seine Hände. Seine Hände, *diese Hände* auf ihrer nackten Haut raubten ihr den Atem. Sie hakten ihren BH auf, glitten sanft über ihre Brüste, schoben den Tanga über ihre Hüften. Er zog sie sacht neben sich auf das Bett und fand ihren Mund mit dem seinen. Sie spürte, wie seine Fingerspitzen über die Innenseiten ihrer Schenkel strichen.

Draußen heulte der Wind und rappelte an den Fensterscheiben, doch Claudia nahm das alles nicht wahr.

Leroy war ungewöhnlich schlecht gelaunt.

Als er nach dem Missgeschick mit dem Jeep wieder zur Arbeit gekommen war, hatte Fitz ihn an den Schreibtisch verbannt. Nachdem der Fotograf der *Gazette* ein Foto von den Polizisten und ihrem neuen Jeep gemacht hatte, hatte Fitz Leroy untersagt, sich auch nur in die Nähe des Wagens zu begeben. Seine Fußgelenke taten noch weh, das eine vom Unfall, das andere, weil er an der verdammten Bordsteinkante vor dem Revier abgerutscht war. Sogar beim Autofahren hatte er Schmerzen.

Diese Schmerzen waren jedoch nichts im Vergleich zu denen, die er Kyle, diesem Arsch, zufügen wollte. Schlimm genug, dass Claudia seine Pläne für den Valentinstag rundweg abgelehnt hatte.

Eine einfache Zurückweisung ihrerseits hätte er verkraften können. Ein paar Tage, um sich zu fangen und einen neuen Anlauf zu nehmen. Jetzt aber mischte sich Kyle in seine Angelegenheiten, und so eifrig, wie Claudia ihm in seine Wohnung gefolgt war, würde er, Leroy, sich ganz besonders große Mühe geben müssen, sie auf andere Gedanken zu bringen.

Leroy blinzelte durch die Windschutzscheibe und versuchte, trotz des Schnees in die Wohnung über der Bäckerei zu schauen. Die Fenster waren dunkel geblieben, nachdem der Strom ausgefallen war, aber er wagte nicht, seine Scheinwerfer einzuschalten, während er mit laufendem Motor parkte.

Er konnte sich ziemlich gut vorstellen, was da oben vor sich ging.

Das sah seinem Glück wieder mal ähnlich, dass er ausgerechnet einen Kollegen hatte, der sich als hinterhältiger Hurensohn erwies. Dass *er* Claudias Slip in der Tasche trug, dass aber Kyle sich in diesem Augenblick zu dem verhalf, was normalerweise *in* diesem Slip war, das war nun wirklich mehr, als Leroy verkraften konnte. Vor allem da Kyle wusste, *wusste*, dass Leroy es auf Claudia abgesehen hatte, und dann ging er einfach hin und baggerte sie an, noch bevor Leroy eine Chance hatte. *Schnappte* sie ihm vor der Nase weg. *Beleidigte* seine Ehre. Das Schwein.

Leroy zündete sich eine Zigarette an, schloss die Augen und lehnte sich an die Kopfstütze. Er versuchte sich zu erinnern, wann er zuletzt derart wütend gewesen war. Das fiel ihm nicht schwer, es war im letzten November gewesen, als die Hexenschlampe Daisy Beschwerde gegen ihn eingereicht hatte, weil er gedroht hatte, ihren Hund aus dem Weg zu räumen. Das musste schließlich bestraft werden, wenn so ein räudiger kleiner Mops an seinen Camaro pinkelte! Die Beschwerde war natürlich folgenlos geblieben. Niemand außer Daisy hatte seine Drohung gehört, und niemand glaubte ihr auch nur ein Wort.

Beinahe hätte er seine Drohung wahr gemacht. Beinahe. Immer noch konnte er nicht glauben, dass aus seinem Plan, diesen kläffenden Scheißhund zu verbrennen und Crazy Daisy einen ordentlichen Schreck einzujagen, um ein Haar viel mehr geworden wäre. Es war so leicht gewesen – durch ihr offenes Küchenfenster zu greifen, eine ihrer Kerzen anzuzünden und unter die Vorhänge zu stellen. Der alte Wohnwagen war wie eine Rakete in Flammen aufgegangen.

Er hatte allerdings nicht damit gerechnet, dass die alte Schlampe zu Hause war und ein Nickerchen hielt, oder dass der verdammte Hund sie vor dem Brand warnen würde.

Aber egal. Zusammen mit Kyle hatte er Daisys Bericht aufgenommen, sobald die Feuerwehr die Reste des ausgebrannten Wohnwagens gelöscht hatte. Wie sich herausstellte, hatte sie ihn davonlaufen sehen – mit einer schwarzen Skimaske –, nachdem der Hund angefangen hatte zu bellen. Natürlich glaubte ihr auch das niemand.

Daisy hatte den Polizisten gesagt, dass sie keine Hausratversicherung besaß, wie sie also an den neuen Wohnwagen gekommen war, wusste er nicht. Irgend so ein wohltätiges Arschloch musste ihr geholfen haben, und jetzt war sie besser dran als je zuvor.

Er streifte seine Zigarette am Aschenbecher ab und merkte, dass er sich richtig in seine Wut hineingesteigert hatte. Er zwang sich, an Naheliegendes zu denken. Was sollte er dagegen unternehmen, dass Claudia derart von Kyle eingenommen war? Das war die Frage.

Wenn Kyle doch nur fort wäre, weg vom Fenster, dann hätte er Claudia für sich. Er holte den schwarzen Tanga aus seiner Tasche, rieb den weichen Stoff zwischen den Fingern und spürte, wie eine neue Woge des Zorns ihn überrollte. Sosehr er sich wünschte, seinen Kollegen einfach abzuknallen, er glaubte nicht, ungeschoren davonzukommen. Fitz behielt ihn im Auge. Der alte Mann hatte es anscheinend auf ihn abgesehen, kritisierte ihn und spielte die ganze Zeit auf seine Fahrkünste an. Er sagte ihm, er solle erwachsen werden, und hielt ihm Vorträge über gute Manieren. Leroy hätte gern gesehen, wie Fitz mit dem Jeep auf dem Glatteis klargekommen wäre. Wahrscheinlich hätte er sich überschlagen oder wäre über die Schneewehe direkt in Wykowskis Haus gekracht.

Es musste doch eine Möglichkeit geben, Claudias Aufmerksamkeit zu erregen, ein Wundermittel, das sie davon überzeugte, dass es verrückt gewesen war, Kyle den Vorzug zu geben. Eine Möglichkeit, ihr zu zeigen, wie sehr er sie liebte, dass er alles für sie tun würde. Erneut schaute Leroy hinaus in die Dunkelheit, konnte aber außer den schwachen Umrissen der Bäckerei nichts erkennen.

Er sehnte sich nach ihr.

Leroy zog noch einmal an der Zigarette und sah zu, wie die Asche am Ende in hellem Orange aufglühte. Er staunte über die Macht, die in dieser Asche lag, ihr Potential, in Flammen aufzugehen und alles um sich herum zu verschlingen.

Im ersten Moment verblüffte ihn der Gedanke in seiner Einfachheit. Er würde seine Verführungskünste vom Valentinstag noch übertreffen. Diesmal würde er es richtig machen. Er würde Feuer benutzen, um seine Überraschungslieferung an die Schule zu übertrumpfen. Er würde auf den perfekten Augenblick warten, um Claudia zu beweisen, wie ernst seine Gefühle waren. Am Ende würde sie verstehen, dass sie füreinander bestimmt waren.

Er schaltete die Scheinwerfer ein und ließ den Motor aufheulen.

Diesmal würde er es sein, der Kyle alt aussehen ließ.

18

Mary war gelb.

Zuerst dachte er, seine Augen täuschten ihn und die unnatürliche Farbe ihrer Haut rühre lediglich vom dämmrigen Licht in der Marmorvilla her, oder von einer eigenartigen Reflexion der Wohnzimmerwände. Dann wurde ihm schlagartig klar, dass das Innere des Hauses nichts mit Marys Hautfarbe zu tun hatte.

»Mary, ist alles in Ordnung mit Ihnen?«

Sie schaute ihn verwirrt an. »Aber ja, Michael, mir geht es gut. Ich bin ein wenig erschöpft, aber sonst … Warum fragen Sie?«

Er wusste nicht genau, wie er ihr Aussehen schildern sollte. »Mary, haben Sie heute in den Spiegel geschaut?«

»Nein, Sie wissen doch, dass ich Spiegel nicht mag. Was ist los? Was haben Sie denn?«

»Ich werde es Ihnen zeigen.« Er ergriff ihre Hand, führte sie ins Bad und schaltete das Licht an. »Schauen Sie sich an, Mary. Sehen Sie es?«

Zögernd trat sie vor den Spiegel und blickte hinein. Sogleich registrierte sie den Kontrast zwischen ihrer Haut und der weißen Wand hinter sich. Sie hob die Hand vor das Gesicht und sah sie prüfend an.

»Michael, ich weiß nicht, was da los ist. Ich fühle mich nicht anders als sonst.«

»Ihre Hautfarbe ist nicht normal«, sagte Father O'Brien. »Ich glaube, Menschen werden gelb, wenn etwas mit ihrer Leber nicht stimmt. Wissen Sie noch, als ich Ihnen vom alten

McGee erzählt habe? Er war jahrelang gelb, bevor er starb. Es hieß, er habe eine Lebererkrankung infolge seiner Trinkerei gehabt.«

»Sie wissen, dass ich Alkohol nicht anrühre, Michael.«

»Natürlich.«

»Warum sollte meine Leber dann nicht in Ordnung sein?«

»Das weiß ich nicht.« Er senkte die Stimme und wappnete sich innerlich vor ihrer Reaktion auf das, was er vorschlagen wollte. »Ich weiß, Sie haben nie viel für Ärzte übriggehabt, aber ich glaube, Sie sollten einen aufsuchen.« Sie warf ihm einen ängstlichen Blick zu, doch er drängte sie weiter. »Sie müssten nirgendwo hingehen. Doktor Richardson ist ein langjähriger Freund von mir. Ich bin sicher, er würde zu Ihnen kommen, wenn ich ihn darum bitte.«

»Nein, o nein.« Mary ging rückwärts aus dem Bad.

»So schlimm ist das nicht, Mary«, sagte er und folgte ihr. »Und ich glaube, was immer es sein mag, es ist etwas Ernstes.« Sie waren wieder im Wohnzimmer und standen voreinander. Mary zitterte.

»Ich kann das nicht, Michael.«

»Doch. Und ich glaube, Sie müssen. Eine einfache Untersuchung dauert nicht lange. Ich bleibe die ganze Zeit bei Ihnen. Bitte, Mary. Ich mache mir solche Sorgen um Sie. Tun Sie es für mich, wenn Sie sonst keinen Grund haben.«

Schließlich war sie zu Father O'Briens großer Erleichterung mit einem kurzen Besuch von Dr. Richardson einverstanden. Zwei Tage später führte er den Arzt zur Hintertür der Marmorvilla und warnte ihn erneut vor Marys extremer Reaktion auf Fremde.

»Kommen Sie, wir lassen unsere Mäntel hier, Fred«, schlug Father O'Brien vor, als sie in der Küche standen. Er nahm den Mantel des Arztes und legte ihn mit seinem eigenen über einen Stuhl. Dr. Richardson schaute sich interessiert um.

»Ich habe mich immer gefragt, wie es wohl in diesem Haus aussehen würde«, sagte der Arzt. Sein immer noch dichtes Haar ergraute, und die Brille, die er wegen seiner Weitsichtigkeit trug, ließ seine staunend aufgerissenen Augen noch größer aussehen. Er krempelte die Ärmel seines weißen Hemdes bis an die Ellbogen hoch. »Nach dem, was Sie mir erzählt haben, gehe ich davon aus, dass nur wenige Menschen das Haus je von innen gesehen haben.«

»Das stimmt.«

Mary wartete im Wohnzimmer auf sie und umklammerte die Enden des Schals, den sie sich über die Schultern gelegt hatte. Sie drehte sich zur Begrüßung nicht einmal um, als sie in den Raum traten, obwohl Father O'Brien sicher war, dass sie sie gehört hatte. Sie zitterte wieder und trug die schwarze Augenklappe über dem linken Auge. *Die hat sie jahrelang nicht angelegt*, dachte Father O'Brien.

Ihm fiel auf, dass ihre Haut noch gelblicher war.

»Mary, darf ich Ihnen Dr. Fred Richardson vorstellen«, sagte er und trat vor sie.

»Nett, Sie kennenzulernen, Mrs McAllister«, sagte der Arzt und nahm sie vorsichtig in Augenschein.

»Hallo«, flüsterte Mary. Sie stellte keinen Augenkontakt her, sondern hielt den Kopf gesenkt, als weinte sie. Ihr Zittern wurde stärker.

»Mrs McAllister, Sie müssen keine Angst vor mir haben. Ich bin hier, um Ihnen zu helfen.« Dr. Richardson trat einen Schritt auf sie zu. Sie schrak zurück. Unsicher, wie er weitermachen sollte, schaute der Arzt zu Father O'Brien.

Der hatte Mary schon oft in diesem erregten Zustand gesehen. Er hoffte nur, dass sie nicht aufspringen und sich in ihrem Schlafzimmer einschließen würde. Das hatte sie vor drei Jahren getan, als Handwerker zur Marmorvilla gekommen waren, um das Dach neu zu decken. Father O'Brien dachte, dass sie sich setzen sollten, um weniger bedrohlich zu wirken. Er nahm auf einem Sessel Platz und bedeutete dem Arzt, dasselbe zu tun.

»Mary, ich habe dem Arzt erzählt, dass es Ihnen gar nicht schlechtging, nur haben wir bemerkt, dass Ihre Gesichtsfarbe vor ein paar Tagen etwas anders aussah.«

Mary warf ihnen einen Blick zu und nickte.

»Ich habe ihm auch gesagt, dass Sie nie Alkohol trinken.« Father O'Brien schaute den Arzt an und zog die Augenbrauen hoch, um ihn aufzufordern, das Wort zu ergreifen.

Dr. Richardson befolgte den Hinweis. »Mrs McAllister, hatten Sie je eine medizinische Behandlung, bei der eine Bluttransfusion erforderlich war?«

»Nein«, flüsterte sie und zog den Schal fester um sich.

»Hatten Sie in letzter Zeit Bauchschmerzen?«

»Nein.«

»Gibt es bestimmte Nahrungsmittel, die Ihnen Magenbeschwerden bereiten?«

»Nein.«

»Ist Ihnen in den letzten Monaten aufgefallen, dass Sie abgenommen haben?«

»Ein bisschen.« Sie warf Father O'Brien einen verstohlenen Blick zu, bevor er die Überraschung und Sorge verbergen konnte, die sich auf seinem Gesicht abzeichneten.

»Hat sich Ihr Appetit verändert?«

Sie schwieg eine Weile, bevor sie antwortete. »Ich esse etwas weniger, glaube ich.«

Nach einer Pause ergriff Dr. Richardson wieder das Wort. »Mrs McAllister«, sagte er sanft, »ich glaube, es wäre sehr hilfreich, wenn ich Sie untersuchen dürfte. Es dauert nicht lange, und Sie können auf dem Sofa bleiben.«

Father O'Brien beobachtete Mary. Ihr Körper zuckte zwei Mal zusammen, und er wusste, sie bekämpfte den Impuls fortzulaufen. Doch zu seiner Überraschung rührte sie sich nicht vom Fleck, als der Arzt langsam zu ihr hinüberging.

Dr. Richardson setzte sich neben sie und holte eine Stiftlampe und ein Stethoskop aus seiner Arzttasche. Seine Bewegungen waren behutsam und wohlüberlegt. Er sprach mit leiser, besänftigender Stimme. »Zuerst muss ich einfach nur mit dieser kleinen Lampe in Ihr Auge schauen. Es tut überhaupt nicht weh. Können Sie mich vielleicht für eine Sekunde ansehen?«

Sie hielt das Gesicht gesenkt und ließ den Blick bis an sein Kinn wandern. Sie wollte ihm noch immer nicht in die Augen schauen. Der Arzt leuchtete in ihr intaktes Auge, und die gelbliche Farbe der Lederhaut wurde deutlich sichtbar. Er versuchte nicht, die Augenklappe vom anderen Auge zu entfernen, um es zu untersuchen.

»Gut«, sagte er und knipste die Stiftlampe aus. »Als Nächstes würde ich Ihnen gern Herz und Lunge abhorchen.« Er legte das Stethoskop an und drückte das Ende ganz vorsichtig auf ihren Brustkorb. »Versuchen Sie, tief und gleichmäßig zu atmen.« Mary zuckte zusammen und atmete schnell.

»Das machen Sie prima, Mrs McAllister«, lobte Dr. Richardson sie geduldig. Der Arzt erhob sich vom Sofa und kniete sich auf den Boden. »Zuletzt müssten Sie sich hier ausstrecken, damit ich Ihren Bauch untersuchen kann. Es dauert nur eine Minute, und dann bin ich fertig.«

Mary kam langsam zur Ruhe, zog die Beine auf das Sofa und legte sich flach auf den Rücken. Sie wandte das Gesicht von ihm ab. Sie hatte beide Hände neben sich zu Fäusten geballt.

»Gut«, sagte er. »Jetzt werde ich nur fühlen, ob alles in Ordnung ist.« Er legte ihr eine Hand auf den Bauch und drückte ganz leicht. Sie rührte sich nicht. Mit beiden Händen tastete der Arzt ihre Bauchdecke ab und fuhr an den Seiten nach unten. Als die Hände Marys rechte Seite erreichten, direkt unterhalb des Brustkorbs, zögerte er und tastete noch sorgfältiger.

»Tut das weh?«, fragte er.

»Ein bisschen.« Ihre geflüsterte Antwort wurde fast vom Stoff der Rückenlehne erstickt.

»Gut, dann sind wir fertig«, sagte er kurz darauf. Er ging zurück zum Sessel, während Mary sich aufsetzte und den Schal wieder um die Schultern legte. Sie sagte nichts, hielt den Kopf weiterhin gesenkt und wartete. Father O'Brien stand auf und nahm neben ihr auf dem Sofa Platz.

»Mrs McAllister«, begann Dr. Richardson, »ohne ein paar zusätzliche Tests kann ich nicht ganz sicher sein, was mit Ihnen los ist, aber es gibt verschiedene Möglichkeiten. Uns ist bekannt, dass Gelbsucht – die gelbe Verfärbung der Haut – beim Zerfall roter Blutkörperchen auftritt. Für gewöhnlich filtert Ihre Leber das Blut in Ihrem Körper und entfernt angesammelte Schadstoffe. Dann leitet sie diese Schadstoffe durch eine kleine Röhre, den sogenannten Gallengang, in den Darm. Menschen werden gelb, wenn entweder die Leber nicht so funktioniert, wie sie sollte, oder wenn der Gallengang verstopft ist und demzufolge die Schadstoffe nicht ausgeschieden werden. Beides führt dazu, dass die Schadstoffe in den Blutkreislauf gelangen und die Haut sich gelb verfärbt.« Er hielt inne und betrachtete Marys Gesicht.

»Verstehen Sie das, Mary?«, wollte Father O'Brien wissen. Mary nickte.

»Wir können nicht mit Sicherheit sagen, was Ihre Gelbsucht verursacht«, fuhr Dr. Richardson fort. »Aufgrund Ihrer Geschichte glaube ich nicht, dass es Hepatitis oder andere Leberschäden sind. Ich würde sagen, wahrscheinlicher ist, dass etwas Ihren Gallengang blockiert, womöglich ein Gallenstein. Wenn dem so ist, können wir ihn entfernen, aber wie gesagt, ohne weitere Tests können wir nicht sicher sein, was es ist.«

»Welche Tests?«, fragte Father O'Brien.

»Nun, ich würde eine Computertomographie vorschlagen«, erwiderte Dr. Richardson. »Das ist kein Eingriff – es ist nur wie eine große Kamera, die Aufnahmen von Ihren Innenorganen macht. Wir würden auch eine Blutuntersuchung durchführen. Am besten wäre meiner Ansicht nach auch ein ERCP. Ich versuche gar nicht erst auszusprechen, wofür die Abkürzung genau steht, denn das ist ein Zungenbrecher. Im Wesentlichen besteht diese Untersuchung darin, dass eine kleine Kamera durch Mund und Magen in den Gallengang eingeführt wird, um genau zu sehen, ob und womit er verstopft ist. Aber Sie würden währenddessen schlafen, daher würden Sie nichts spüren.«

Mary schauderte, als würde sie in Eiswasser getaucht.

»Würde der erste Test, das CT, nicht auch reichen?«, fragte Father O'Brien. Die Sorge im Gesicht des Arztes beunruhigte ihn. Er sah aus wie jemand, der mehr wusste, als er preisgab.

»Könnte sein, aber das ist von Patient zu Patient verschieden«, antwortete Dr. Richardson. »Das CT ist schnell und nimmt ein gutes, allgemeines Bild vom Körperinnern auf. Das Gute beim ERCP ist jedoch, dass ein Gallenstein auch gleich entfernt werden kann, solange die Kamera da unten ist. Oder man kann einen Stent in den Gallengang legen, eine kleine Röhre, um ihn offen zu halten. Das alles könnte in der Klinik in Rutland durchgeführt werden. Und es geschieht ambulant, so dass Sie noch am selben Tag wieder nach Hause könnten.«

Mary hatte die Grenze ihrer Belastbarkeit erreicht. Sie schüttelte den Kopf und hob an, etwas zu sagen. Plötzlich schnellte sie mit einer für ihr Alter ungewöhnlichen Behendigkeit vom Sofa und eilte die Treppe hinauf in ihr Schlafzimmer.

»Ich glaube, sie braucht Zeit, um darüber nachzudenken«, sagte Father O'Brien. »Und um sich zu beruhigen.«

»Das klingt, als hätten Sie Mrs McAllister schon öfter so erlebt.«

»Allerdings, das habe ich.«

»Tja.« Der Arzt warf noch einen letzten Blick durch das Wohnzimmer und griff nach seinem Arztkoffer. »Dann sagen Sie mir Bescheid, wenn sie sich entschieden hat. Ich würde ihr gern eine Einweisung ausstellen oder ihr helfen, soweit es mir möglich ist.«

»Ich begleite Sie zum Auto«, sagte Father O'Brien, als sie ihre Mäntel aus der Küche holten.

Sobald sie die Marmorvilla verlassen hatten, wandte sich Father O'Brien an den Arzt. »So, Fred, raus mit der Sprache.«

»Wie meinen Sie das?«

»Wie schätzen Sie ihre Lage wirklich ein? Ich kenne Sie seit Jahren, und Ihr Gesicht verrät mir, dass es ernst ist.«

Dr. Richardson steckte seufzend die Hände in die Manteltaschen, während sie zu seinem Wagen gingen. »Hören Sie, ich kann aufgrund dieser kurzen Untersuchung keine definitive Diagnose stellen.«

»Aber Sie ahnen, was los sein könnte.«

Der Arzt blieb stehen und seufzte noch einmal. »Sie hat eine vergrößerte Gallenblase. Das ist an sich nicht so ungewöhnlich. Nur glaube ich, dass noch etwas da drinnen ist. Irgendeine Masse. Ich kann nicht sagen, was es ist, und ich wollte sie nicht noch weiter verängstigen, aber …« Er verstummte, als sie an seinen Wagen kamen, und lehnte sich an. »Vor ein paar Jahren hatte ich schon einmal einen Patienten, der so gelb geworden war wie Mrs McAllister. Hatte ungefähr dieselbe Geschichte – kein Alkohol und nichts, das Leberkrankheiten verursacht. Keine schöne Geschichte. Ich glaube, der Onkologe, der ihn behandelte, ist noch in Rutland. Ich schaue seinen Namen nach und rufe Sie an.«

»Ein Onkologe?«

Dr. Richardson nickte.

Father O'Brien war es, als hätte ihn ein Elefant gegen die

Brust getreten. Er machte einen Schritt zurück und hatte Mühe, zu sprechen. »Glauben Sie wirklich, sie hat Krebs?«

»Es muss nicht unbedingt Krebs sein. Ich mache mir nur Sorgen um diese Masse, und auch, weil Verstopfungen des Gallengangs durch Gallensteine für gewöhnlich eintreten, wenn ein Patient bereits Probleme mit Gallensteinen hatte. Sie zeigt keinerlei Symptome für Gallensteine. Aber sie ist offensichtlich sehr krank. Es ist wichtig, dass sie diese Untersuchungen durchführen lässt, damit wir wissen, warum sie so krank ist. Schaffen Sie es, sie dazu zu überreden?«

»Das weiß ich nicht. Allein sie dazu zu bekommen, Sie zu empfangen, war fast unmöglich.«

Der Arzt schüttelte den Kopf. »Ich glaube, ich habe noch nie einen so schweren Fall von Sozialphobie erlebt. War sie schon immer so?«

»Solange ich sie kenne. Das sind inzwischen über sechzig Jahre.« *Sozialphobie*, dachte Father O'Brien. Die Umschreibung eines lebenslangen Leidens mit nur einem Wort.

»Wahrscheinlich hat sich bei ihr eine massive Agoraphobie entwickelt … Das heißt, sie hat eine solche Angst vor den Panikattacken, dass sie es vermeidet, ihre vertraute Umgebung zu verlassen, weil sie sich vor einem Anfall fürchtet. Und ihr Auge … ich hatte nicht vor, sie zu fragen, ob ich es mir ansehen darf. Es ist einfach eine Schande.« Der Arzt öffnete seine Wagentür und setzte sich hinter das Lenkrad. »Hören Sie, Michael, tun Sie, was Sie können, damit sie die Tests durchführen lässt. Sie braucht sie sofort. Ich kann ihr ein paar Beruhigungsmittel verschreiben, dann fällt es ihr leichter, das Haus zu verlassen.«

Father O'Brien nickte. »Ich melde mich.« Er wartete, bis der Arzt die gewundene Auffahrt hinuntergefahren war, bevor er sich zur Hintertür der Marmorvilla umdrehte.

Er war fünfundachtzig Jahre alt, im allerletzten Abschnitt seines Lebens. Er richtete seinen mageren, arthritischen Körper auf und rückte sein weißes Kollar gerade. Eine leichte, kalte Brise fuhr ihm ins schüttere Haar. Fest entschlossen biss er die Zähne zusammen.

Marys Zustand war weder Zahnschmerz noch ein Grippevirus oder ein anderes geringfügiges gesundheitliches Problem, mit dem sie in der Vergangenheit allein zurechtgekommen war. Diesmal brauchte sie wirklich Hilfe, auch wenn sie das nicht wahrhaben wollte. Er glättete sich die Haare. Er fand es beinahe witzig, dass er sich als alter Mann so fühlte wie David, der sich Goliath stellte. Er wusste, ihm stand die Schlacht seines Lebens bevor, wenn er versuchen wollte, Mary zu überreden, ihr Haus zu verlassen und ins Krankenhaus zu fahren. Diese Schlacht wollte er um jeden Preis gewinnen.

Father O'Brien öffnete die Hintertür der Marmorvilla, holte tief Luft und schloss sie leise hinter sich.

Endlich wurde die Landschaft draußen vor dem Fenster des Pick-ups im schwachen Licht des winterlichen Sonnenaufgangs sichtbar.

Mary blinzelte und versuchte, sich auf etwas zu konzentrieren. Die Häuser, die Bäume und alles andere waren verschwommen, klar, dann wieder verschwommen. Sie war es nicht gewohnt, Medikamente einzunehmen, bis auf ein Aspirin hin und wieder. Die Wirkung des Valiums war eigenartig und beunruhigend.

Die Angst war noch immer da, hatte sich nicht verflüchtigt, seitdem Mary auf dem Beifahrersitz von Father O'Briens altem Pick-up saß. Allerdings war sie jetzt durch das Beruhigungsmittel überlagert, zusammengeschrumpft zu einer kleinen Kugel, die sich pausenlos in ihr drehte, eingeschlossen und harmlos. Selbst das unaufhörliche Geplapper von Daisy Delaine auf dem Rücksitz störte Mary nicht.

»Ich gehe wirklich gern zum Arzt, Mrs McAllister«, ließ sie

sich von hinten vernehmen. »Father O'Brien ist so nett und bringt mich hin. Normalerweise habe ich eine Kontrolluntersuchung und bekomme neue Medikamente. Gehen Sie auch zu einer Kontrolluntersuchung und kriegen Medikamente?«

»Vermutlich«, erwiderte Mary. Wenn sie sprach, hatte sie das komische Gefühl, als würden ihre eigenen Gedanken von einer fremden Stimme ausgesprochen.

»Ich mag meinen Arzt sehr gern. Er heißt Dr. Mann. Den Namen kann man sich leicht merken, denn er ist ein Mann, keine Frau. Ich gehe schon lange zu ihm. Mal sehen«, sagte Daisy und zählte leise vor sich hin. »Ich glaube, seit ungefähr zwölf Jahren. Du meine Güte! Die Zeit vergeht wie im Flug, nicht wahr, Father O'Brien?«

»Stimmt, Daisy.« Er schaute sie im Rückspiegel an. Dann warf er einen Blick auf Mary. »Alles in Ordnung bei Ihnen?«

»Mir geht's gut«, antwortete sie. Schläfrigkeit erfasste sie, auch als die Sonne höher stieg. Sie lehnte sich mit dem Kopf ans Fenster.

»Wir kommen jetzt nach Rutland«, sagte er. »Die Klinik ist nur noch ungefähr eine Meile entfernt.«

»Oh, prima!«, rief Daisy von hinten. »Ich kann es kaum erwarten, Dr. Mann meine neuen Zauberformeln zu zeigen.« Mary hörte, wie Daisy Seiten in einem Notizbuch umblätterte, und lächelte in sich hinein.

Michael hatte ihr vor Jahren erzählt, dass Daisy sich in Mill River niedergelassen hatte, nachdem ihre alten Eltern gestorben waren. Die Delaines waren Milchfarmer, die Daisy als kleines Kind adoptiert hatten. Ihre junge, ledige Mutter hatte sie nach einer langen und schweren Geburt zur Welt gebracht, und die Geburt war für Daisy nicht ohne Folgen geblieben. Trotzdem hatten sie ihr beigebracht, eigenständig und kontaktfreudig zu sein, machten sich aber Sorgen darum, was mit ihrer Tochter geschehen würde, wenn sie einmal nicht mehr da waren. Mit Michaels Hilfe hatten sie dafür gesorgt, dass Daisy von ihrer Farm außerhalb von Rutland nach Mill River zog, wo sie gefahrlos allein leben konnte. Er hatte geholfen, eine Wohnung für sie zu finden, und versucht, ihr den Übergang in die Gemeinschaft zu erleichtern. Daisy war immer naiv gewesen, beinahe kindlich.

Mary hatte Daisy ein paar Mal aus der Entfernung gesehen, für gewöhnlich, wenn sie die Hauptstraße im Ort entlangging und Heiltränke oder Einkäufe bei sich trug. Die meisten Menschen in der Stadt behandelten sie höflich, und etliche kauften ihr Gebräu, damit sie sich etwas zu ihrer staatlichen Beihilfe dazuverdienen konnte. Dennoch wusste Mary von Michael, dass die meisten Daisy noch immer auf Abstand hielten und dass sie wahrscheinlich nicht begriff, warum. Mary verspürte eine gewisse Seelenverwandtschaft mit ihr. Sie waren sich ziemlich ähnlich – sie beide wollten so gern zur Gemeinschaft gehören. Auch wenn Daisy Menschen aufsuchte in dem Versuch, akzeptiert zu werden, während Mary sie mied, waren sie beide von den anderen in Mill River abgeschnitten.

Nur einen Moment lang war Mary in Gedanken verloren. Der weiße Winterdunst des ländlichen Vermont wurde abgelöst von den Häusern und dem geschäftigen Treiben von Rutland. Sie blinzelte aus dem Fenster.

Über sechzig Jahre war es her, seitdem sie zuletzt in Rutland gewesen war.

Father O'Brien fuhr langsamer, sobald sie in die Stadt kamen. Während Daisy hinten auf dem Rücksitz etwas in ihr Notizbuch kritzelte, richtete Mary den Blick auf jedes Gebäude, jeden Baum und jedes Straßenschild und suchte nach etwas, das ihr vertraut war. Sie erkannte nichts wieder. Father O'Brien bog an einer Ampel links ab und steuerte das Kreiskrankenhaus an.

Dann sah sie es. Nur ein flüchtiger Eindruck, bevor das Bild wieder aus dem begrenzten Blickfeld des Wagenfensters verschwand: das cremefarbene Gebäude der McAllister Marmorwerke.

Mary schaute zu Father O'Brien hinüber. Er beobachtete sie, nahm ihre Hand in seine und drückte sie. »Mir ist keine Strecke eingefallen, um sie vollständig zu umfahren«, entschuldigte er sich.

Mary schwieg. Sie musste nichts sagen.

Nach wenigen Minuten fuhren sie auf den Parkplatz an der Klinik. Daisy quietschte vor Aufregung und hüpfte auf dem Rücksitz auf und ab, bis Father O'Brien ausstieg und den Fahrersitz nach vorn kippte, damit sie aussteigen konnte. Er ging um den Wagen herum zu Marys Seite.

Die unterdrückte Angst drohte in ihr aufzusteigen. Sie erlebte ein eigenartiges Déjà-vu, das Gefühl, vor einem fremden Haus, einer gelben Villa, stehen zu bleiben und gegen ihren Willen aus einem Fahrzeug gezerrt zu werden. Die Erinnerungen kamen jetzt in rascher Abfolge, überwanden sechzig Jahre, die gedämpfte Unterhaltung, die aus dem Haus der McAllisters drang, das Gaffen des Bruders und der Schwestern, der Vettern und Cousinen, als sie vor ihnen stand. Mary versuchte zu protestieren, als Father O'Brien die Tür öffnete und ihr aus dem Auto half, doch sie war so unsicher, dass sie das Gleichgewicht verlor, sobald ihre Füße den Bürgersteig berührten. Alles um sie herum drehte sich, und sie lehnte sich schwer an ihn. Er stützte sie mit den Armen und seiner Stimme.

»Daisy hat einen der ersten Termine heute, daher wird es nicht allzu lange dauern, bis sie aufgerufen wird, aber ich kann Sie nicht hier draußen im Wagen lassen. Es ist zu kalt, und jemand muss bei Ihnen bleiben, solange das Beruhigungsmittel wirkt.«

Mary nickte. Obwohl nach sechzig Jahren wieder die Bilder vor ihrem inneren Auge auftauchten, verspürte sie nur einen Schatten ihrer alten Angst. Das Medikament hielt einen schützenden Schirm über sie. Sie zog ihren Mantel enger um sich und prüfte mit den Fingern, ob ihre Augenklappe richtig saß.

Daisy tänzelte voraus, während sie sich dem Gebäude näherten. Mary bemerkte ein diskretes Schild an der Tür: *Gemeinschaftspraxis Dr. Richard Mann und Dr. Karen A. Morris, Psychiater*. Daisy hielt die Tür für sie auf, und sie gingen hinein.

Trotz des unscheinbaren Gebäudes war das kleine Wartezimmer elegant eingerichtet und ruhig. Zwei hübsch gepolsterte Sofas standen an den Wänden. Auf polierten kirschroten Tischen stapelten sich Zeitschriften. Der dunkelblaue Plüschteppich verlieh Mary das Gefühl, in samtweiches Wasser zu sinken.

Die Empfangsdame hinter dem Tresen in der Mitte des Raums begrüßte sie mit einem Lächeln. Zwei weitere Patienten warteten. Mary schaute beide an. Sie sahen einigermaßen harmlos aus und blickten nur flüchtig von ihren Zeitschriften auf.

Während Daisy an den Tresen trat, um sich anzumelden, führte Father O'Brien Mary zu zwei Stühlen in der entgegengesetzten Ecke des Raumes. Sie spürte die Blicke, als sie vorbeigingen, aber das Sedativum sorgte dafür, dass sie nicht verunsichert wurde. Er ließ sie auf dem etwas geschützteren Stuhl auf der Innenseite Platz nehmen und setzte sich neben sie.

»Ist doch gar nicht so schlimm, oder?«, flüsterte er.

»Nein.«

Daisy kam zu ihnen, das Notizbuch fest umklammert, und lächelte. »Sie haben gesagt, Dr. Mann wird mich in ein paar Minuten empfangen. Ich kann es kaum erwarten!«

Sie sprach so laut und begeistert, dass die anderen im Wartezimmer unwillkürlich wieder aufschauten.

»Nun, Daisy, setzen Sie sich doch ein paar Minuten, bis

Sie aufgerufen werden«, schlug Father O'Brien vor. »Direkt hinter Ihnen ist noch ein Stuhl frei.«

»Okay.« Daisy trat zurück und setzte sich neben eine Frau mit unordentlichem blonden Haar und blutunterlaufenen Augen. Sie war in einen Zeitschriftenartikel vertieft und achtete nicht darauf, wer sich neben sie gesetzt hatte, bis Daisy sich zu ihr beugte. »Hallo«, sagte Daisy. Über die Schulter der Frau spähte sie in die Zeitschrift und las die Überschrift des Artikels laut vor: »Lernen Sie Ihr sexuelles Ich kennen«. Erschrocken schlug die blonde Frau die Zeitschrift zu und sah sich im Raum um. »Klingt nach einem sehr interessanten Artikel«, fuhr Daisy fort. »Aber eigentlich sind mir Artikel über Zaubertränke lieber.« Daisy wartete auf eine Antwort. Die Frau brachte ein schwaches Lächeln zustande, bevor sie abrupt aufstand und zu einem Stuhl auf der anderen Seite des Raums ging.

Daisy blieb vor Überraschung der Mund offen stehen, und Mary war sich sicher, dass es nur eine Frage der Zeit war, bevor Daisy etwas noch Peinlicheres von sich gab. Mary saß in ihrer Ecke und hatte ein schlechtes Gewissen, weil ihr nach Lachen zumute war und sie nicht wusste, was man mit der armen Daisy machen sollte.

Die kleine rundliche Frau schaute Father O'Brien an und wollte schon etwas sagen, aber er machte rasch den Mund zu, legte einen Finger auf die Lippen und bedeutete ihr, näher zu kommen.

»Father, ist sie böse auf mich?«, fragte Daisy.

Der Priester redete leise auf sie ein. »Wissen Sie, Daisy, manche Menschen, die auf den Arzt warten, möchten nicht gern mit anderen im Wartezimmer sprechen. Für sie ist ein Arzttermin etwas sehr Persönliches. Nicht alle sind so, aber einige. Wie die Dame dort.« Er schaute zu der blonden Frau hinüber. »Das heißt nicht, dass sie wütend auf Sie ist. Sie möchte nur in Ruhe gelassen werden.«

»Oh. Das kann ich verstehen, glaube ich. Ich möchte die Rezepte für meine Heiltränke auch lieber für mich behalten.«

»Genau«, sagte Father O'Brien. Er überredete Daisy, sich wieder auf den freien Stuhl zu setzen. Nach ein paar Minuten rief die Empfangsdame Daisy auf. Sobald sie zu Dr. Mann gegangen war, half Father O'Brien Mary auf die Beine. »Wir haben ein bisschen Zeit, bis sie fertig ist, daher bringen wir Sie jetzt am besten zur Ambulanz.« Mary schauderte, ging aber ruhig mit ihm zurück zum Pick-up.

Die nächsten Stunden waren ein unwirklicher Alptraum. Father O'Brien blieb bei ihr, während sie die Einverständniserklärungen unterschrieb. Mary wusste, dass er bei den Untersuchungen nicht dabei sein durfte. Sie war allein und kämpfte mit dem Valium gegen das Entsetzen, als fremde Schwestern ihre Augenklappe entfernten, ihr getrübtes graues Auge und den deformierten Augenbogen freilegten. Sie halfen ihr in ein Krankenhaushemd und nahmen ihr Blut ab. Sie konnte ihnen nicht ins Gesicht sehen. Obwohl das Beruhigungsmittel ihre Angst dämpfte, spürte sie, wie die Furcht den Schild des Sedativums allmählich durchdrang. Sie zitterte, als ihr Körper sich Zentimeter für Zentimeter durch den kalten Zylinder des CT-Geräts schob.

Panik erfasste sie, als sie vom Stahl des Operationssaals umgeben war. Die Metallwände verstärkten das Licht und die Geräusche, und es roch beißend nach Alkohol und Jod. Die OP-Schwestern hoben sie auf den Operationstisch und schalteten die helle Lampe ein. Die grausamen Strahlen schmerzten in ihrem empfindlichen linken Auge. Sie schrie. Ihre Arme waren seitlich am Tisch festgebunden, und sie konnte ihr Gesicht nicht schützen. Mit einem Ruck drehte sie ihr Gesicht zur Seite und schrie so lange, bis eine Schwester das Auge mit einer weichen Mullbinde bedeckte.

Vage hörte sie eine Männerstimme, die mit ihr redete und sie über die ERCP-Untersuchung aufklärte, sie werde schlafen, und es sei im Handumdrehen vorbei. Das Letzte, was sie spürte, bevor die Narkose wirkte, war ihr Herzschlag, der in ihrem Rücken auf dem harten Operationstisch pulsierte.

Als sie die Augen öffnete, schauten zwei Gesichter auf sie herunter.

»Mary? Können Sie mich hören? Wie geht es Ihnen?«

Sie blinzelte. Die beiden Gesichter verschwammen und veränderten sich. Sie gab sich Mühe, sich zu fokussieren.

Der Mann über ihrem Bett sagte wieder etwas. »Nicht zu nah ran, Daisy. Sie ist noch nicht ganz wach.«

»Hallo, Mrs McAllister«, sagte Daisy. »Ich hoffe, es geht Ihnen besser.«

»Mary, können Sie mich hören?«

Jetzt wusste sie, dass es Michael war. Sie versuchte zu sprechen, doch es kam nur ein Krächzen heraus. Ihre Kehle war schmerzhaft trocken.

»Alles ist gutgegangen, Mary«, berichtete er ihr. »Sie befinden sich im Aufwachraum.«

»Ich möchte nach Hause.«

»Ich weiß, meine Liebe. Es dauert nicht mehr lange. Jetzt müssen Sie sich einfach nur ausruhen. Der Arzt schaut gleich bei Ihnen vorbei.«

Daisy beugte sich über den Bettrand und hielt eine Plastiktasse hoch. »Wollen Sie etwas Eis, Mrs McAllister? Der Arzt hat gesagt, Sie könnten etwas davon haben, wenn Sie wach werden.«

Daisy löffelte ihr ein kleines Eisstück in den Mund. Mary hielt es auf der Zunge, bis es schmolz und ihrer wunden Kehle kühle, wohltuende Erleichterung verschaffte.

Die Minuten verstrichen, und die Betäubungsmittel ließen immer mehr nach. Mary spürte, dass sie wacher wurde. Sie blinzelte in Daisys eifrige Augen. Obwohl sie Mitte sechzig war, hatte sie ein jugendliches, glückliches Gesicht. *Sie kommt mir so vertraut vor*, dachte Mary.

Daisy schaute zu Father O'Brien und flüsterte ihm etwas zu, das Mary nicht hören konnte. Es spielte jedoch keine Rolle, denn Marys Aufmerksamkeit war noch auf Daisys Gesicht gerichtet.

»Hören Sie zu, Mary«, sagte Father O'Brien. Er berührte ihre Hand, die auf der weißen Bettdecke ruhte. »Ihre Haut ist nicht mehr annähernd so gelb, wie sie war.«

Mary schaute auf ihren Arm. Es stimmte – die Verbesserung sprang ins Auge. Sie lächelte schwach. »Vielleicht ist jetzt alles in Ordnung.«

Es muss in Ordnung sein, dachte Mary. Vielleicht hatte sie nichts Ernstes gehabt. Sie hoffte inständig, dass die Untersuchung das wie auch immer geartete Problem beseitigt hatte, und schwor sich, alles zu tun, um ihre Angst zu bekämpfen und wieder gesund zu werden. Als sie zu Daisy und Michael aufschaute, wusste sie, dass sie mehr Zeit brauchte.

Ihre Hoffnung war kurzlebig. Der Ausdruck auf dem Gesicht des Onkologen, der kurz darauf den Raum betrat, sagte ihr alles, was sie wissen musste.

19

Kuchenduft zog durch die Dunkelheit.

Claudia schlug die Augen auf. Ihr erster Gedanke, dass vielleicht alles nur ein Traum gewesen war, wurde rasch widerlegt, als Kyle sich neben ihr im Schlaf regte.

Sie hatte einen entsetzlichen Fehler gemacht.

Wie spät war es? Claudia stützte sich auf ihren Ellbogen, gerade so hoch, um über Kyle hinweg den Digitalwecker auf dem Nachttisch sehen zu können. Die flackernden Neonzahlen zeigten an, dass die Zeit nach dem Stromausfall wieder neu eingestellt werden musste. Sie schniefte, und ihr Magen knurrte. Wenn Ruth Fitzgerald unten mit dem Backen angefangen hatte, dürfte es so gegen sechs sein. Vorsichtig schlüpfte sie unter den Decken hervor und spürte, wie sie eine Gänsehaut bekam. Sie lauschte dem Sturm draußen, doch in der Wohnung war es still. Wenn sie Glück hatte, konnte sie sich anziehen und nach Hause gehen, bevor Kyle wach wurde und Fragen stellte.

Claudia schlich auf Zehenspitzen durch das Schlafzimmer und sammelte ihre Kleidungsstücke ein. Im Dunkeln fummelte sie an ihrem BH herum, konnte ihren Tanga nicht finden und beschloss, ihre Jeans so anzuziehen. Sie streifte den Pullover über den Kopf und tastete auf dem Boden nach ihren Stiefeln.

Warum, warum hatte sie sich darauf eingelassen? Wohl vor allem deshalb, weil sie noch nie mit jemandem zusammen gewesen war und Kyle nichts davon gesagt hatte, dass es ihr erstes Mal war. Das war ihm natürlich aufgefallen, und er war überrascht gewesen. Was er jetzt von ihr denken musste, konnte sie sich lebhaft vorstellen. Sie war zu früh zu weit gegangen. Sie war übereifrig gewesen, aus einer fetten Jungfrau war ein dünnes Flittchen geworden, das bei der zweiten Verabredung schon mit einem Mann ins Bett stieg.

Ganz abgesehen davon, dass Kyle ihr erster richtiger Liebhaber war, ihr erstes Date, der erste Mann, der ihr Interesse erwiderte, ihr erstes Alles. Ein wunderschönes erstes Alles.

Geplagt von Reuegefühlen am Morgen danach, kam sie sich billig vor und schämte sich. Jetzt, nachdem sie ihm alles gegeben hatte, würde er sie vielleicht nicht mehr wollen. Sie hatte nicht die Absicht, so lange zu bleiben, bis er aufwachte und ihr das sagte.

Sie hatte beide Stiefel gefunden, erhob sich und zog sie an. Sie hatte das Bedürfnis zu weinen und atmete tief durch, um es zu unterdrücken. Noch dringender war der Wunsch, sich mit Donuts und Kuchen und frischem Brot vollzustopfen, deren Düfte durch die Bodendielen nach oben drangen. Das Wasser lief ihr im Mund zusammen. Sie dachte an eine warme, klebrige Zimtrolle, daran, wie sie die spiralförmigen Schichten auseinanderzog und in die weiche, würzige Mitte biss.

Sie würde nach Hause gehen und weinen und essen.

Leise ging Claudia zur Schlafzimmertür und machte sie auf. Sie quietschte, als wollte sie den schlafenden Mann im Bett warnen. Kyle rollte sich herum und schlug die Augen auf.

»Claudia? Wohin gehst du?«

»Nach Hause.«

»Was?« Er setzte sich blinzelnd auf, doch sie war schon im Flur und holte ihren Mantel vom Haken neben der Tür. Er sprang aus dem Bett, um ihr nachzulaufen, bemerkte, dass er nackt war und wickelte sich in eine Decke. »Claudia! Was ist los? Warte, geh nicht! Draußen ist es eiskalt! Claudia?«

Sie war aus seiner Wohnung und fast an der Haustür. Er stand oben an der Treppe. Sie drehte sich um und schaute in sein verschlafenes, verwirrtes Gesicht. »Ich glaube, ich habe einen großen Fehler gemacht. Tut mir leid«, sagte sie.

»Claudia, warte mal. Lass uns drüber reden«, bat er, doch sie machte die Tür auf und eilte hinaus.

Während Claudia sich durch die frischen Schneewehen an der Hauptstraße zu ihrem Haus kämpfte, saß Father O'Brien in seiner kalten Küche. Draußen war es noch dunkel. Selbst wenn er versucht hätte, aus dem Fenster zu schauen, hätte er die junge Lehrerin nicht gesehen, die an der Kirche vorbeiging. Er schlürfte eine Tasse heißen Tee und wollte sich auf seine Bibel konzentrieren, aber ohne Erfolg.

Die Bürgerversammlung fand in nur fünfzehn Tagen statt. Am morgigen Tag würde die Tagesordnung in der *Gazette* stehen, einschließlich der Vorankündigung, dass er etwas bekanntmachen würde. Das wäre ungewöhnlich und würde mit Sicherheit die Neugier der Einwohner von Mill River wecken. Doch nach der Aufregung um den neuen Jeep für das Polizeirevier und da ohnehin viele in der Stadt den Verdacht hatten, dass er etwas mit den anonymen Geschenken der vergangenen Jahre zu tun hatte, war er sich sicher, dass genügend Leute zur Versammlung kommen und sich seine Bekanntmachung anhören würden.

Das Problem war, dass er die Vorkehrungen nicht rechtzeitig würde treffen können. Er hatte sich um alle gekümmert, von denen er wusste, dass sie dringend etwas brauchten, aber in einer kleinen Stadt wie Mill River könnte Marys Vermögen noch viel mehr bewirken. Und es *würde* noch mehr bewirken.

Das Geld sollte in einen Fonds zum Wohle der Stadt investiert werden. Es könnte auf verschiedene Konten verteilt und für unterschiedliche Zwecke verwendet werden. Er hatte mit Mary darüber gesprochen, wie möglichst viele Menschen etwas von dem Geld haben würden, dennoch blieb ein großer Betrag, der nicht zugeteilt war. Jetzt hatte er knapp zwei Wochen, um zu entscheiden, was mit dem Geld geschehen sollte, und um alle rechtlichen Angelegenheiten zu regeln. Er legte das Kinn in die Hand und schloss die Augen. Der tröstliche Dampf aus der Tasse wärmte sein Gesicht.

Ihm fiel ein, wie er in der Nacht zuvor im Bett gelegen und dem Sturm gelauscht hatte, der gegen die dicken Mauern des Pfarrhauses blies, und das wohlige Gefühl gehabt hatte, gesund und glücklich zu sein. Er besaß nicht viel, aber er hatte alles, was er brauchte. Nicht viele hatten dieses Glück, das wusste er.

Plötzlich fiel es ihm ein.

Er schlug die Augen auf.

Es war so einfach. Mit Marys Vermögen würde er dafür sorgen, dass alle, die in Mill River wohnten, es warm hatten und gesund und glücklich waren.

Jean öffnete die Augen und schaute zum Schlafzimmerfenster.

Schwaches Morgenlicht drang durch die Vorhänge, gerade genug, um von dem neuen Ring an ihrer rechten Hand eingefangen zu werden.

Sie kam noch immer nicht darüber hinweg, dass der Ring, den Ron ihr geschenkt hatte, beinahe eine Miniaturausgabe von Marys Ring war. Er konnte unmöglich gewusst haben, wie sehr sie den Ring der alten Frau geliebt hatte, geschweige denn, dass ein solcher überhaupt existierte. Er hatte ihn nie gesehen.

Vielleicht hatte er nach dreizehn Ehejahren gelernt, ihre Gedanken zu lesen.

Das Überraschendste war, dass sein Ring ihr so viel mehr bedeutete, obwohl die Diamanten darauf im Vergleich zu dem großen auf Marys winzig waren. Sie würde nie vergessen, wie Ron ausgesehen hatte, als er ihr den Ring schenkte – sein zerzaustes Haar, der Stoppelbart und die flehenden braunen Augen. Ron, der Gute.

Sie liebte ihn so sehr. Seine Schuld war es nicht, wenn ihr Leben zuweilen banal war.

Sie war unglaublich glücklich.

Ihr Mann war der beste auf der ganzen Welt.

Kyle brauchte eine Weile, seine Kleidung und den Mantel anzuziehen und hinaus zu seinem Pick-up zu laufen. Als er die dicke Schneeschicht sah, die sich ringsum angesammelt hatte, beschloss er beinahe, Claudias Beispiel zu folgen und zu Fuß zu ihr zu gehen. Beinahe. Ihr Haus war knapp eine Meile entfernt, und die Schneepflüge hatten die Hauptstraße bereits geräumt. Er hatte keine Ahnung, warum sie gegangen war, und musste es unbedingt herausfinden. Dann kam ihm in den Sinn, dass es vielleicht keine so gute Idee war, sie sofort aufzusuchen. Offensichtlich hatte er etwas falsch gemacht, und vielleicht war es besser, wenn er sie erst mal in Ruhe ließ.

Er ging wieder in seine Wohnung, holte eine Schneeschaufel und begann, den Pick-up freizulegen. Sobald er die Fahrertür öffnen konnte, ließ er den Motor an, um den Innenraum aufzuwärmen. Er schaufelte verbissen weiter, bis der Wagen und die kurze Auffahrt hinter der Bäckerei frei waren. Er durchbrach den Schneeberg, den die Pflüge am Straßenrand aufgeworfen hatten. Schließlich fuhr er im Licht des Sonnenaufgangs vorsichtig über die Hauptstraße zu Claudias Haus.

In der Einfahrt stand ihr schneebedeckter Wagen, daher ließ Kyle seinen Pick-up am Straßenrand vor dem Haus stehen. Eine tiefe Spur von Fußstapfen führte durch den Schnee zur Haustür. Claudia hatte nicht lange für den Heimweg gebraucht, und jetzt war ihr Haus ruhig und dunkel. Hoffentlich würde sie die Tür öffnen, wenn er klopfte.

Claudia war sich selten derartig dumm vorgekommen. Sie war so überzeugt gewesen, dass Kyle nach ihrer gemeinsamen Nacht schlecht über sie denken würde, aber der Ausdruck auf seinem Gesicht, als sie aufgebrochen war, hatte sie überrascht. Anscheinend war er wirklich erschrocken darüber, dass sie ging. Sie wusste nicht, was sie denken sollte. Durchgefroren und verwirrt war sie in ihr Wohnzimmer getaumelt und in Tränen ausgebrochen. Nach zwanzig Minuten Heulen war ihr noch immer elend zumute.

Jetzt nahm sie das Laufband in Angriff. Das Band drehte sich und ächzte unter ihren Laufschuhen. Schweiß rann ihr über Gesicht und Hals. Das kümmerte sie nicht. Sie würde ein anstrengendes Training absolvieren, und dann würde sie essen. French Toast mit echtem Ahornsirup. So viele Scheiben, wie sie schaffte.

Sie war fast eine halbe Stunde gelaufen, als es an der Tür klingelte. Sie versuchte, es zu ignorieren. Es klingelte wieder. Dann klopfte es laut.

Es war natürlich Kyle.

Jetzt rief er nach ihr, klopfte und klingelte weiter. Bat, sie möge die Tür aufmachen, entschuldigte sich für alles, womit er sie aus der Fassung gebracht haben könnte. Sie wollte nicht, dass er sie sah in ihrem ekelhaften, verausgabten Zustand, aber er war hartnäckig. Schließlich beschloss sie, sich ihm zu stellen, wenn auch nur, um zu verhindern, dass er ihre Nachbarn an einem Sonntagmorgen aus dem Schlaf aufschreckte.

Sie riss die Haustür auf. Kyle hatte die Hand erhoben, um erneut zu klopfen. Er zog sie zurück und schaute Claudia verwundert an.

»Hi«, sagte sie.

»Claudia«, begann er und zögerte dann. »Ich, ich weiß nicht, was ich getan habe, und es tut mir leid, wenn ich dich verärgert habe. Ich wäre schon früher gekommen, aber ich musste den Pick-up freischaufeln.« Er brabbelte, als wäre er überrascht, sie plötzlich vor sich zu sehen. »Können wir drinnen reden?«

»Okay«, erwiderte sie und wischte sich mit der Hand den Schweiß von der Stirn. Sie hatte nicht die leiseste Ahnung, was sie ihm sagen sollte, trat aber zurück und bedeutete ihm hereinzukommen.

Sie gingen aus der kalten Diele in die Küche. Einen Moment lang schaute Kyle sie an, ohne etwas zu sagen. Schweigend zog er den Mantel aus und setzte sich an den Küchentisch. Als er zu reden begann, waren seine Worte unbeholfen, aber ehrlich. »Was ich auch getan habe, es tut mir leid. Ich wollte dich nicht aus der Fassung bringen oder dir Unbehagen bereiten. Aber ich verstehe nicht, was ich falsch gemacht habe. Ich meine, ich habe den gestrigen Abend so genossen, weißt du, mit Dinner und allem.« Sein Gesicht lief rot an, und er wurde noch nervöser. »Ich wollte damit nicht andeuten, dass das Einzige, was mir gefällt, na ja, du weißt schon … Ich habe mich in deiner Gesellschaft einfach richtig gut gefühlt. Ich mag dich wirklich, und es tut mir leid, wenn …«

»Du hast nichts falsch gemacht, Kyle. Ich war es. Ich hatte noch nie einen Freund oder so, und es ging alles so schnell.« Sie verschränkte die Arme und schaute auf ihre Laufschuhe.

»Das begreife ich immer noch nicht«, sagte er. »Du dürftest doch keine Schwierigkeiten haben, jeden zu kriegen, den du haben willst. Herrgott, Leroy hat gerade mal zehn Sekunden gebraucht, um zu beschließen, dass du die Richtige für ihn bist. Du bist so hübsch und intelligent und lustig. Um ehrlich zu sein, hatte ich fast nicht den Mumm, dich um ein Date zu bitten, weil ich dachte, ich hätte keine Chance.«

»Ich hätte nie geglaubt, dass du auf diese Weise an mir interessiert sein könntest.«

Er blickte sie ungläubig an. »Du spinnst! Wie kommst du denn darauf?«

Sie konnte ihn nicht anschauen, sah nicht, wie er verwirrt die Stirn runzelte. Stattdessen ging sie direkt zu der Schublade neben dem Kühlschrank. Obwohl sie selbst kaum glauben konnte, was sie da tat, holte sie ihr »fettes« Foto heraus, das sie vor ein paar Tagen versteckt hatte, und reichte es ihm.

»Deshalb.« Er starrte auf das Bild, als versuchte er zu verstehen, was sie ihm sagen wollte. »So habe ich vor achtzehn Monaten ausgesehen. Bis jetzt wollte nie jemand mit mir ausgehen.«

»Wow«, sagte er bedächtig. »Du hast dich … echt verändert.«

»Ich weiß.« Seine Worte bestätigten ihre schlimmste Befürchtung. Vor achtzehn Monaten hätte sie ihn angewidert, und sein jetziges Interesse an ihr konnte nur oberflächlich sein. Sie brach in Tränen aus. Es war, als wäre ein Damm gebrochen, und nach der monatelangen Diät, dem Lauftraining und den Hoffnungen war dies zu viel für sie. »Nach gestern Nacht hatte ich Angst, du würdest denken, ich sei leicht zu haben, ich sei verzweifelt oder so. Die Situation war neu für mich. Ich meine, ich *dachte*, du würdest mich so mögen, wie ich bin, aber wenn ich mich nun geirrt habe? Wenn ich noch fett wäre? Hättest du etwas mit mir zu tun haben wollen? Wenn du nun einer dieser Typen bist, der mit einer Frau schläft und sie nie wieder anruft? Du bist anscheinend nicht so, aber ich habe keinerlei Erfahrung, woher soll ich es also wissen? Ich hatte Angst, dass am Morgen alles anders sein würde.« Die Worte strömten mit den Tränen aus ihr heraus. Außerdem fing ihre Nase an zu laufen. Schließlich holte sie tief Luft und schniefte laut.

»Claudia.« Kyles Stimme war sanft und tröstlich. Er stand

auf und suchte in den Taschen seiner Jeans und seiner Jacke. »Ich möchte dir etwas zeigen.« Er zog seine Brieftasche heraus, die er öffnete und ihr reichte.

Sie schaute auf ein Bild von Kyle, Rowen und einer Frau, die nur Allison sein konnte. Die Ähnlichkeit, die Rowen mit ihrer verstorbenen Mutter hatte, war verblüffend, aber das war es nicht, was Claudia am meisten überraschte.

Allison war pummelig. Richtig pummelig.

»Das ist ein Foto von Allison«, sagte Kyle. »Es wurde aufgenommen, als Rowen sechs war, aber als ich sie kennenlernte, sah sie ungefähr genauso aus. Ich habe sie sehr geliebt.« Claudia hörte, wie schwer ihm diese Worte fielen und schaute zu ihm auf. »Ich habe mich in sie verliebt, so wie sie war. Alle mochten sie. Sie konnte toll mit den Kindern im Revier umgehen. Sie war beherzt und freundlich zugleich. Sie hatte so eine warme Präsenz, verstehst du? In ihrer Gegenwart habe ich mich immer wohl gefühlt. Als ich sie kennenlernte, wusste ich einfach, dass das mit uns etwas Besonderes sein würde.« Er hielt inne und schaute auf seine Hand, die auf dem Küchentisch ruhte. »Sie ist vor etwa anderthalb Jahren gestorben.«

»Ich weiß. Der Rektor hat es mit gesagt, als ich die Stelle hier antrat, weil Rowen in meine Klasse geht.«

Er nickte. »Als sie richtig krank war, kurz bevor sie starb, sah sie ganz und gar nicht mehr so aus wie auf dem Foto. Sie war nur noch Haut und Knochen und wog vielleicht vierzig Kilo. Ich habe sie immer durch das Haus getragen, vom Schlafzimmer zum Sofa oder ins Bad. Ich glaube, am Ende habe ich sie sogar noch mehr geliebt. Wie sie aussah, hat damit nie etwas zu tun gehabt.«

Claudia stand schweigend da und hörte ihm zu.

»Ich wusste nicht, wie lange es dauern würde, über Allison hinwegzukommen. Anfangs konnte ich mir nicht vorstellen, mit einer anderen zusammen zu sein. Dann verging das erste

Jahr, wir zogen hierher, nach Mill River, und ich dachte mit der Zeit, ich könnte wieder jemanden lieben. Das heißt, falls ich jemanden kennenlernte. An dem Tag, als Rowen und ich im Supermarkt über dich stolperten, na ja, da hatte ich zum ersten Mal wieder dieses Gefühl, ich weiß nicht, so wie es mir seit Allison mit keiner Frau gegangen war. Ich wollte dich wirklich kennenlernen. Du bist genauso freundlich. Ich weiß, wir sind erst ein paar Mal ausgegangen, aber ich dachte, wir würden zusammenpassen, und ich bin echt glücklich gewesen.« Er fuhr sich mit der Hand durch das zerzauste Haar. »Ehrlich gesagt, habe ich mich letzte Nacht auch gefragt, ob ich dazu bereit war.«

»Tatsächlich?«

Er lächelte verhalten. »Ich hätte es nicht durchgezogen, wenn ich es nicht gedacht hätte. Und jetzt weiß ich es. Ja, es war ein bisschen früh für uns, andererseits glaube ich nicht, dass es falsch ist, wenn zwei Erwachsene sich mögen und diese Gefühle ausleben.«

Aus seinem Mund klang es so einfach und richtig.

Er hielt sie nicht für ein Flittchen.

Er mochte sie nicht nur wegen ihres Aussehens.

»Ja«, sagte sie und nickte zustimmend, während sie wieder anfing zu heulen. »Ich glaube, ich habe mir einfach zu viele Gedanken gemacht. Es tut mir wirklich leid.«

Er schloss sie fest in die Arme, bevor sie noch etwas sagen konnte. Sie zog sein Gesicht zu sich heran und küsste ihn.

»Kyle?« Sie hatte die Augen noch geschlossen.

»Hm?«

»Wann kommt Rowen wohl von ihrer Pyjamaparty zurück?« Sie hatte die Arme um seine Taille geschlungen und spürte die Feuchtigkeit seines Hemdes. Sie rochen wahrscheinlich beide nicht besonders angenehm.

»Gegen Mittag vermutlich«, sagte er an ihrem Mund. »Warum?«

»Ich glaube, wir brauchen eine Dusche. Wir stinken beide.«

»Wir?« Er küsste ihr tränenüberströmtes Gesicht.

»Ja, wir.«

»Eine Dusche?«

»Ja.«

Er lächelte erneut. »Solange du versprichst, nicht wegzulaufen und mich wieder nackt stehenzulassen, halte ich das für eine gute Idee.«

Sie lachte und wischte sich über die Augen. »Keine Angst.«

Kyle und Claudia waren in den nächsten Wochen unzertrennlich. Sie gingen zusammen essen, schauten sich Filme an, spielten mit Rowen im Schnee. Mehrmals ging Kyle ein bisschen früher zur Arbeit und schaute auf dem Weg zum Revier bei Claudia vorbei.

Leroy beobachtete ihre Unternehmungen diskret und hatte Mühe, sich auf sein Ziel zu konzentrieren. Kyle gegenüber konnte er sich gerade noch zivil verhalten, wenn er mit ihm in einem Raum war. Bei ihrer letzten Begegnung hatte er Kyle zugeraunt, wie potthässlich Claudia im Vergleich zu Jessica sei, einer Frau, die er kurz nach dem Valentinstag in einer Bar in Rutland kennengelernt habe. Natürlich existierte Jessica nicht, und Claudia war bei weitem die schönste Frau, der er je begegnet war. Er hatte seinen Plan ausgearbeitet, um ihr Herz zu gewinnen. Das nächste Mal, wenn sie die Nacht bei Kyle über der Bäckerei verbrachte, würde er so weit sein.

Er wartete zwei Wochen. Sein Plan sah vor, dass Claudia in Kyles Wohnung übernachtete, an einem Abend, an dem er, Leroy, keinen Nachtdienst hatte. Am letzten Samstag im Februar passte alles zusammen. Er hatte die Abendschicht hinter sich und machte sich kurz vor Mitternacht auf den Heimweg, als er ihren Wagen vor der Bäckerei stehen sah. Wykowski hatte den Rest der Nacht Dienst. Die Stadt war ruhig, wie üblich. Sogar das Wetter spielte mit und lieferte feine Schneeflocken, die wie Nebelschwaden durch die Luft waberten. Das war ideal für ihn, um nicht gesehen zu werden. Die Temperatur lag unter null und sollte noch weiter sinken, doch das störte ihn nicht. Sehr bald schon würde es in einem bestimmten Teil von Mill River ziemlich warm werden.

Leroy fuhr nach Hause, um sich vorzubereiten. Er zog schwarze Kleidung und Handschuhe an und legte einen kleinen, tragbaren Benzinkanister in den Kofferraum des Camaro, sowie eine Taschenlampe, einen alten Lappen, eine Sprühdose mit schwarzer Farbe und ein paar große Bierflaschen. Sein Handyakku war aufgeladen. Er hatte immer ein Feuerzeug dabei, und Claudias schwarzer Tanga – sein allgegenwärtiger Talisman – steckte in seiner Manteltasche. Jetzt brauchte er nur noch seine Skimaske.

Alles war noch ruhig, als er gegen ein Uhr morgens zurück in die Stadt fuhr. Im Polizeirevier sah er Ron Wykowski, zurückgelehnt auf einem Stuhl, die gekreuzten Beine auf dem Schreibtisch.

Fauler Arsch, dachte Leroy. Der wird bald aufwachen.

Nachdem er um den Block herumgefahren war, lenkte Leroy den Camaro in eine unbeleuchtete Straße abseits der Hauptstraße und parkte. Er zog die Skimaske über, holte die Utensilien aus dem Kofferraum und nahm die kleinen Seitenstraßen zur Bäckerei.

Er durchquerte ein Kiefernwäldchen und näherte sich seinem Ziel von hinten. Wie erwartet war das Haus dunkel, die Bewohner in der ersten Etage schliefen offenbar tief und fest. Er stellte den Benzinkanister und die anderen Sachen unter eine große Fichte. Vorsichtig nahm er die Taschenlampe heraus und ging auf das Haus zu.

Auf der Rückseite der Bäckerei befand sich ein kleines Fenster. Er leuchtete mit der Taschenlampe und spähte hinein. Alles war absolut ruhig. Die Metallherde und Arbeitsplatten schimmerten, und weiter hinten lagen die Holzstühle mit der Sitzfläche auf den Tischplatten.

Bestes Brennholz, dachte Leroy.

Er kehrte wieder zum Kanister und der Tüte mit den anderen Sachen zurück. Er hockte sich mit dem Rücken an den Baum, angelte in der Tüte nach einem Bier und machte es mit den Zähnen auf. Als Nächstes nahm er die Sprühdose und schüttelte sie. Er schaute auf die Rückseite der Bäckerei, trank einen großen Schluck Bier und grinste.

Sein Plan war wirklich genial: ein bisschen Graffiti auf die Rückwand sprühen. Kyle mit einem getürkten Notruf aus dem Haus locken, damit Claudia allein war. Das Gebäude in Brand setzen. Das brennende Haus betreten und Claudia retten, während Kyle noch unterwegs zu einem sinnlosen Einsatz war. Dank der Schmiererei auf der Wand würde alles wie ein Akt von Vandalismus aussehen. Seine einzige Beteiligung an der Sache wäre die heldenhafte Rettung der Frau, die er liebte.

Natürlich würde es nicht schaden, wenn er sich durch diese heroische Tat in Fitz' Augen wieder rehabilitieren könnte. Und Kyle, das Arschloch, würde wie ein totaler Versager dastehen, wenn er schließlich auftauchte. Das Beste von allem war, dass Claudia, nachdem er ihr das Leben gerettet hätte, bestimmt begreifen würde, dass sie mit dem falschen Mann zusammen war.

Leroy leerte die erste Flasche und machte die zweite auf. Nach einem tiefen Schluck steckte er die offene Flasche in den Schnee, rülpste und kam auf die Beine. Wie ein Künstler, der sich einer leeren Leinwand nähert, schüttelte er die Sprühdose und begab sich zur großen Rückwand der Bäckerei.

Daisys Wecker piepte um Punkt halb zwei Uhr morgens. Sie warf die Bettdecke zur Seite, schaltete das Licht an und rief nach ihrem kleinen Hund, während sie sich anzog. »Wir haben Schalttag, Smudgie! Und den letzten Tag im Februar! Höchste Zeit, die Tinktur für den St. Patrick's Day anzusetzen! Wir müssen ein wenig frisches Wintergrün holen, je frischer, desto besser! O ja, kleine grüne Blätter, vom Mondschein berührt, vom Schnee gewürzt! Bist du wach, Smudgie?«

Der kleine Mops rollte sich auf dem Bett herum und stöhnte.

»Na gut, du bleibst drinnen. Ich bin nicht lange weg, und wenn ich wiederkomme, werden wir schön frühstücken. Aber wenn dir ein Kobold entgeht, wird es dir leidtun!«

Daisy schlüpfte in ihren Parka und die Stiefel und wickelte sich einen dicken Schal um Kopf und Hals. Neben der Tür ihres Wohnwagens warteten eine Schaufel, eine starke Taschenlampe und ein großes Metallsieb. Sie sammelte alles ein und wagte sich in die Nacht hinaus.

Der beste Platz für frisches Wintergrün war in dem Wäldchen hinter den Gebäuden mitten in der Stadt. Dort war der Schnee häufig noch flacher als anderswo, und auf dem Boden im Schatten der großen Fichten und weißen Kiefern gediehen die immergrünen Büsche besonders gut. Jedes Jahr, früh am Morgen des letzten Tages im Februar, wachte Daisy auf, um Wintergrün zu sammeln.

Weder die Kälte noch die winzigen Kristallflocken, die ihr ins Gesicht stoben, machten ihr etwas aus. Sie trottete durch den Schnee und zog die Schaufel hinter sich her, die oben auf der Schneedecke blieb und neben Daisys tiefen Fußstapfen eine Schleifspur hinterließ. Mit diesen Abdrücken in der Dunkelheit, dem weiten Parka als Schutz vor dem Schnee, glich Daisy einer eigenartigen Sorte Winterschnecke.

Sobald sie das Wäldchen erreichte, legte sie die Taschenlampe auf das Sieb und begann zu graben. Sie musste zwei Fuß tiefen Schnee fortträumen, bevor sie einen Klumpen aus wächsernen grünen Blättern freilegte. »Ooh«, quiekte sie, ein wenig außer Atem. Sie ließ die Schaufel fallen und bückte sich, um die Blätter zu pflücken.

Wintergrün war die wichtigste Zutat für ihr Gebräu zum St. Patrick's Day. Bevor sie andere Zutaten hineingab, würde sie die frischen Blätter eine Woche lang in ihrer Kochnische gären lassen, um einen wohlriechenden Tee zu erzeugen.

Im Handumdrehen war ihr Sieb zur Hälfte gefüllt. Sie summte vor sich hin, schaufelte und pflückte abwechselnd, als sie ein tiefes, kehliges Geräusch aus dem Dickicht vernahm. So etwas hatte sie beim Sammeln von Wintergrün noch nie gehört. Vielleicht war es ein Tier – ein Rotluchs, oder gar ein Bär? Sie umklammerte die Schaufel fester. Die Häuser waren ziemlich nah. Ein Bär würde sich doch bestimmt hüten, der Stadt so nah zu kommen.

Daisy griff nach ihrer Taschenlampe und ging langsam auf das Geräusch zu. Wieder ratterte der Lärm durch die Dunkelheit, ein tiefes, gurgelndes Knurren, das ihr einen Schauer über den Rücken jagte. Nur ein kleiner Hügel trennte sie von den Häusern. Eine leise Stimme in ihrem Kopf riet ihr, kehrtzumachen, aber sie nahm ihren ganzen Mut zusammen und ging weiter. Sie stützte sich auf die Schaufel, überquerte langsam den Hügel und leuchtete mit ihrer Taschenlampe.

Da hockte ein schwarzgekleideter Mann an einer großen Kiefer. Als der Strahl der Taschenlampe über ihn hinweghuschte, machte er den Mund auf und stieß den nächsten gewaltigen Rülpser aus. Daisy war angewidert und erleichtert zugleich. Wenigstens war es kein Bär.

Der Mann wandte sich um und starrte sie an, war aber gezwungen, seine Augen vor der grellen Taschenlampe zu schützen. In Sekundenbruchteilen bemerkte Daisy mehrere leere Bierflaschen, die im Schnee glitzerten. Als sie seine schwarze Skimaske sah, erkannte sie ihn sofort.

Das war derselbe Mann, den sie von ihrem brennenden Wohnwagen hatte weglaufen sehen.

»Oh!« Sie schnappte nach Luft. Zu erschrocken, um zu schreien, taumelte Daisy rückwärts und ließ ihre Schaufel fallen. Sie folgte ihrem Pfad zurück durch das Dickicht, schnappte sich ihr Sieb und eilte so schnell sie konnte zu ihrem Wohnwagen.

Smudgie wartete auf sie, inzwischen hellwach, und wedelte fröhlich. Daisy beachtete ihn nicht. Sie schlug die Tür zu und schloss ab, griff nach dem Telefon an der Wand und wählte 911.

»Rutland County 911, um welchen Notfall handelt es sich?«, fragte eine Frau mit monotoner Stimme.

»Ich bin in Mill River, ich muss mit der Polizei sprechen«, rief Daisy in den Hörer.

»Wenn Sie mir sagen, worum es geht, Ma'am, werde ich versuchen, Ihnen zu helfen.«

»Bitte, lassen Sie mich einfach mit der Polizei in Mill River sprechen.«

»Einen Augenblick bitte, ich verbinde.« Daisy hörte, wie es ein paar Mal klickte, dann die Stimme eines Mannes.

»Polizei Mill River, Officer Wykowski am Apparat.«

»Officer, Officer, ich bin's, Daisy Delaine. Da ist ein Mann in Schwarz im Wäldchen hinter der Stadt«, sagte sie keuchend. »Derselbe, den ich gesehen habe, als mein Haus im November abgebrannt ist.«

»Moment, Miss Delaine. Sind Sie sicher, dass Sie jemanden gesehen haben?«

»O ja, Officer, und gehört hab ich ihn auch. Er hat getrunken und gerülpst. Zuerst dachte ich, es sei ein Bär, aber dann habe ich gesehen, wie er gerülpst hat, und da wusste ich, dass es ein Mann war.«

»Verstehe.« Am anderen Ende der Leitung trat ein kurzes Schweigen ein. »Nur aus Neugier, Miss Delaine, dürfte ich fragen, was Sie um diese Uhrzeit draußen im Wald gemacht haben?«

»Ich habe frisches Wintergrün für meinen Trank zum St. Patrick's Day gesammelt. Es muss am letzten Tag im Februar gepflückt werden, verstehen Sie, bevor die Sonne aufgeht. Nach dem Morgengrauen verliert es seine Zauberkräfte.«

»Aha.« Ron Wykowski schwieg eine Weile. »Tja, dann werde ich wohl mal vorbeifahren und es mir anschauen«, sagte er schließlich. »Wo war der Mann ungefähr, sagten Sie?«

»Er saß an einem Baum hinter der Bäckerei, oder vielleicht war es die Eisenwarenhandlung. Er war ganz in Schwarz gekleidet, trug sogar eine schwarze Maske. Ich bin weggelaufen, sobald ich ihn erkannt habe.«

»Sie sagten, Sie haben den Mann schon einmal gesehen … Haben Sie eine Ahnung, wer es sein könnte?«

»Nein, Officer. Er war nicht sehr groß, aber er war eigentlich auch nicht klein. Und sein Gesicht habe ich nie gesehen.«

»Gut, Miss Delaine. Ich fahre vorbei und prüfe die Lage. Wenn Ihnen noch etwas einfällt, rufen Sie uns wieder an.«

»Danke, Officer, das mache ich.« Daisy legte auf und ging wieder an die Tür, um sich zu vergewissern, dass sie abgeschlossen war. Sie ließ auch die Jalousien an den Fenstern herunter und zog die Vorhänge zu. Falls der fremde Mann in Schwarz ihr nach Hause gefolgt sein sollte, würde sie dafür sorgen, dass er nicht hereinkam, um ihr oder Smudgie etwas anzutun.

Claudia schlug die Augen auf.

Als Kyle sich neben ihr bewegte, hob sie den Kopf, um auf seinen Wecker zu schauen. Sie hatten nur ein paar Stunden geschlafen, aber sie war hellwach.

Ob das am Verliebtsein liegt?, fragte sie sich und schlang einen Arm um Kyles Taille. Sie kuschelte sich an ihn, atmete seinen köstlichen Geruch ein und küsste ihn sanft auf den Mund.

Im Halbdunkel des Schlafzimmers öffnete er langsam die Augen, bevor er sich ihr zuwandte.

»Was ist los?«

»Nichts. Bin einfach nur wach geworden.«

»Wie spät ist es?«

»Irgendwann früh am Morgen.«

»Und du bist einfach wach geworden?« Kyle drehte sich auf die Seite und zog Claudia an sich.

»Ja. Aber es ist noch zu früh, um aufzustehen.« Claudia hörte, wie er einen tiefen Atemzug nahm, als sie die Hand in seine Boxershorts gleiten ließ.

»Genau«, stimmte Kyle ihr zu und knabberte an ihrer Wange. »Viel zu früh zum Aufstehen.«

Dass diese Hexe ihn im Wald entdeckt hatte, war das Letzte, was er gebrauchen konnte. Wenigstens war es bloß Crazy Daisy gewesen, zumindest war er sich ziemlich sicher. Bei dem blendenden Licht der verdammten Taschenlampe konnte er nicht mit Bestimmtheit sagen, wen er gesehen hatte.

Immerhin war sonst niemand vorbeigekommen.

Zur Sicherheit wartete Leroy noch eine gute halbe Stunde, nachdem Daisy über ihn gestolpert war. Er rechnete damit, dass sie ihn verpetzen würde, doch bisher hatte er kein Auto gehört. Wykowski war ein ziemlich gewissenhafter Typ, aber falls Daisy im Polizeirevier angerufen haben sollte, dürfte selbst er ihre Geschichte als unwichtig abgetan haben.

Durch die Stille beruhigt, schaute Leroy auf seine Armbanduhr und sah, dass es nach zwei Uhr morgens war. Seine wahllosen Kritzeleien und Phrasen hatten die Rückseite der Bäckerei gründlich verunstaltet. Jetzt, nachdem er noch ein Bier getrunken und den Gestank der Farbe nicht mehr in der Nase hatte, ging es ihm besser. Höchste Zeit, den nächsten Teil seines Plans in Angriff zu nehmen.

Leroy zog sein Handy aus der Manteltasche und räusperte

sich. Er stellte das Handy so ein, dass seine Rufnummer nicht angezeigt wurde und wählte grinsend die 911.

»Rutland County 911, um welchen Notfall handelt es sich?«

»Ja, ich bin in der Mitchell Road 744 in Mill River«, flüsterte er in gespielter Panik. »Wir brauchen hier schnell die Polizei. Jemand ist in meinem Haus, vielleicht mehrere. Ich habe splitterndes Glas gehört und bin wach geworden. Ich glaube, er ist noch unten.«

»Mitchell Road 744 in Mill River?«, wiederholte die Telefonistin. Leroy merkte ihrer Stimme Verwirrung an. »Die Adresse habe ich hier gar nicht ... rufen Sie von einem Handy an?«

»Ja, das Festnetz funktioniert nicht«, erwiderte Leroy und überlegte schnell. »Vielleicht hat der da unten die Leitung durchtrennt. Können Sie den Polizisten bitte sagen, sie sollen sich beeilen?«

»Ja, Sir, ich schicke jemanden vorbei. Soll ich so lange in der Leitung bleiben, bis ...« Leroy beendete den Anruf und ließ das Handy wieder in die Tasche gleiten.

Ron fragte sich, ob es sich wirklich lohnte, in die frostige Nacht hinauszugehen, um Daisys Notruf zu überprüfen, als der Funkempfänger der Einsatzzentrale knackend zum Leben erwachte.

»Officer Wykowski, hier spricht Rutland County. Uns wurde ein Einbruch gemeldet, in der Mitchell Road 744. Vielleicht sind es mehrere Einbrecher. Haben Sie mich verstanden?«

Ron richtete sich auf. Fred Richardson, ein langjähriger Einwohner von Mill River und der einzige Arzt im Ort, wohnte in der Mitchell Road 744.

»Verstanden. Bin schon unterwegs.« Ron stand auf, nahm seinen Mantel und die Handschuhe und beugte sich zum

Mikrofon. »RC, könnten Sie Chief Fitzgerald zu Hause anrufen und ihn über die Lage in Kenntnis setzen? Er wird einen anderen Officer zu Hilfe holen und vielleicht persönlich hier sein wollen.«

»Kein Problem, Officer Wykowski. Wir werden andere Einheiten aus Shrewsbury und Proctor abziehen, wenn Sie Unterstützung brauchen.«

»Danke, RC, ich melde mich. Ende.« Ron schloss die Tür der Wache ab und lief zum Jeep.

»Wer klopft denn um diese Zeit an?« Claudia zog die Bettdecke um sich. Das laute Pochen an Kyles Wohnungstür ging weiter.

»Oh, Scheiße«, stöhnte Kyle. Er stand auf und zog so schnell wie möglich ein Paar Jeans an. »Das ist bestimmt Fitz. Und das heißt, es ist was Ernstes.«

»Hast du nicht frei?«, fragte Claudia, doch Kyle war schon raus aus dem Schlafzimmer.

»Tut mir schrecklich leid«, sagte Fitz, als Kyle die Tür öffnete. Der Polizeichef hatte Tränensäcke unter den Augen und fummelte am Reißverschluss seines Mantels herum. »Wir haben einen Einbruch bei Doktor Richardson. Kann sein, dass zwei oder drei im Haus sind, sagte der Doktor. Ron ist unterwegs, aber er braucht Unterstützung, und wir sind am schnellsten da. Ich habe ihm gefunkt, dass wir ihn vor dem Haus treffen. Wir können meinen Wagen nehmen, und Ruth bleibt bei Rowen, bis wir zurückkommen.«

»Nicht nötig, sie ist bei einer Pyjamaparty«, sagte Kyle rasch. »Ich will nur eben meine Ausrüstung holen. Wir treffen uns unten.«

Fitz nickte und ging die Treppe hinunter, während Kyle zurück in die Wohnung lief.

»Was ist los?«, fragte Claudia. Sie hatte eine Nachttischlampe angeknipst.

»Einbruch«, erwiderte Kyle und holte seine Dienstwaffe aus der Nachttischschublade. »Ich muss da aushelfen, aber das wird nicht allzu lange dauern.« Er zog sich fertig an, schnallte seinen Dienstgürtel um und steckte den Revolver ins Holster. »Vielleicht kannst du ja das Bett für mich warmhalten?«

Claudia lächelte. »Na gut, aber sei vorsichtig.«

»Keine Sorge.« Kyle beugte sich über sie und küsste sie. »Ich passe schon auf.«

In Fitz' Wagen wurde es gerade warm, als Kyle auf den Beifahrersitz sprang. »Ich hoffe nur, dem Doktor ist nichts zugestoßen«, sagte Fitz, während sie vom Parkplatz herunterfuhren. »So etwas passiert hier draußen normalerweise nicht.«

»Wie lange kennen Sie ihn schon?«

»Den alten Doktor? Viele Jahre. Seit Ruth und ich nach Mill River gezogen sind. Er war einer der Ersten, die wir kennengelernt haben, und seither ist er ein guter Freund. Seine Frau und Ruthie sind richtig dicke Freundinnen.«

»Kommt Leroy auch?«

»Nee«, sagte Fitz. »Er hat vor ein paar Stunden seine Schicht beendet, aber er ist nicht zu Hause und geht auch nicht ans Handy. Wer weiß, wo der steckt.«

»Ich kann mir ein paar Orte vorstellen«, sagte Kyle und fügte dann vorsichtig hinzu: »Wissen Sie, vielleicht wäre es besser, wenn Sie ihm einfach kündigen. Sieht so aus, als würde er mehr Probleme bereiten, als er es wert ist.«

Fitz schnaubte. »Ich bin kurz davor, das kann ich Ihnen sagen. Aber es ist schwer, jemanden zu finden, der bereit ist, hier zu arbeiten. Wir können nicht so viel zahlen, wie die Leute verdient haben. Wir haben kaum das Personal und die Mittel, um überhaupt über die Runden zu kommen, weshalb wir beide das hier jetzt machen.«

Kyle nickte, setzte die Unterhaltung aber lieber nicht fort. Fitz fuhr schnell und konzentrierte sich auf die gewundene

Straße vor ihnen. Der Polizeichef konnte eine Ablenkung nicht gebrauchen.

Leroy kauerte sich an die große Fichte hinter der Bäckerei, bis Fitz' Wagen verschwunden war.

Die Vorschrift verlangte mindestens zwei, vorzugsweise drei Beamte bei einem Einbruch. Wie immer hatte Fitz die Vorschriften haargenau befolgt. Der Alte war so berechenbar.

Mitchell Road war eine gewundene Bergstraße, und die Adresse, die er dem Notruf genannt hatte, war gut fünf Meilen vom Stadtzentrum entfernt. Da der Schnee die Sichtweite einschränkte und die Straßen rutschig machte, würden die Beamten mindestens zehn Minuten brauchen, um das Haus zu erreichen. Wahrscheinlich würde es weitere zehn Minuten dauern, bis sie merkten, dass alles in Ordnung war, und noch mal zehn Minuten, um zum Revier zurückzugelangen. Er hatte also mindestens fünfundzwanzig Minuten, um die restlichen Schritte seines Plans auszuführen.

Jede Menge Zeit, sagte er sich.

Leroy griff nach den beiden leeren Bierflaschen, die ihm am nächsten waren, und stellte sie aufrecht in den Schnee. Dann kam er mühsam auf die Beine und nahm den Benzinkanister. Nach den Bieren, einer guten Dosis Farbgeruch und fast einer Stunde in der bitteren Kälte war er wackelig auf den Beinen und sah alles doppelt. Seine Hände zitterten, als er die Öffnung des Benzinkanisters über die leeren Flaschen hielt. Sie mit Benzin zu füllen war nicht einfach. Er hatte einen Trichter vergessen und hatte seine liebe Not, den Kanister ruhig zu halten, um das Benzin einzufüllen. Als die Flaschen fast voll waren, holte Leroy den alten Lappen aus dem Beutel.

Er riss ihn in der Mitte durch, drehte die eine Hälfte zu einem Zylinder, stopfte ihn in die Öffnungen der Bierflaschen und achtete darauf, dass oben ein Stück als Lunte aus den Flaschen heraushing. Das war knapp, dachte er, als er den fast leeren Kanister schüttelte. Er drehte ihn um und tröpfelte den Rest Benzin auf die heraushängenden Fetzen.

Er war bereit, Claudia zu zeigen, wie sehr er sie liebte.

Schwindelig vor Stolz und einem überbordenden Gefühl der Vorfreude, hätte er am liebsten unter der großen Fichte getanzt. Er packte seine Molotowcocktails und schoss förmlich aus dem Dickicht auf die Bäckerei zu, doch ihm fielen die anderen Sachen und Flaschen ein, die rings um seinen Rastplatz verstreut lagen. Er musste sie wohl in seinen Wagen zurückbringen, damit ihn niemand verdächtigen konnte, den Brand gelegt zu haben.

Ein wenig mürrisch stellte Leroy die Molotowcocktails in den Schnee und sammelte seinen Müll ein.

Doktor Richardsons rustikales Blockhaus lag etwas zurückgesetzt vom Highway. Der Jeep des Polizeireviers parkte davor, Blaulicht und Sirenen ausgeschaltet. Ron stieg aus, um Fitz und Kyle in Empfang zu nehmen, als sie vorfuhren.

»Seit ich hier bin, war alles dunkel und still«, sagte Ron. »Aber wir wissen natürlich nicht, was drinnen vorgeht.«

»Es ist mindestens eine Viertelstunde her, seit der Anruf kam«, sagte Fitz. »Wir beeilen uns lieber. Ron, du nimmst die linke Seite. Wir gehen auf der anderen Seite ums Haus und treffen dich hinten.«

Die Polizisten teilten sich, prüften die Fenster und Türen des Hauses auf Anzeichen für einen Einbruch. Hinter dem Haus trafen sie wieder zusammen.

»Ich kann nichts Ungewöhnliches feststellen«, flüsterte Ron.

»Ich auch nicht«, sagte Fitz, »aber in der Funkmeldung hieß es, dass die Telefonleitungen gekappt seien. Ich glaube, wir geben uns lieber zu erkennen und sehen, was dann passiert. Ron, du bleibst hier. Kyle und ich decken den vorderen Bereich ab.«

Kyle und Fitz kehrten zur vorderen Veranda zurück und gingen zu beiden Seiten der Tür in Stellung. Sie zogen ihre Dienstrevolver, Fitz nickte und schlug gegen die Tür.

»Polizei! Machen Sie die Tür auf und kommen Sie mit erhobenen Händen raus!«

Eine Minute verging, und sie hörten Schritte im Haus. Das Licht auf der Veranda ging flackernd an.

Kyle und Fitz traten zurück und gingen mit erhobenen Waffen in die Hocke, als die Tür sich öffnete. Ein älterer Mann im Schlafanzug und mit einer starken Brille stand im Eingang, die Hände über dem Kopf erhoben.

»Nicht schießen, nicht schießen! Was ist los, Fitz?«

»Doktor, alles in Ordnung mit Ihnen? Uns wurde ein Einbruch hier draußen gemeldet«, sagte Fitz. Er ließ den Revolver sinken, Kyle ebenso. »Haben Sie jemanden gehört?«

»Wie? Nein, hier ist niemand außer mir.«

»Sind Sie sicher?«, fragte Fitz. »Sie haben nicht vor zwanzig Minuten 911 angerufen?«

»Nein, ich schlafe seit etwa zehn Uhr. Ich habe Sie nicht einmal vorfahren hören.« Der Arzt wirkte schlaftrunken und verblüfft. »Sie können reinkommen und sich umschauen, wenn Sie wollen.«

»Sieht aus, als wäre es ein getürkter Anruf gewesen, Chef«, sagte Kyle. Er steckte seine Dienstwaffe wieder ins Holster, während Fitz seufzend den Kopf schüttelte.

»Verdammte Dreckskerle. Ron, falscher Alarm. Komm wieder nach vorn«, rief Fitz. »Doktor, tut mir leid, wenn wir Sie gestört haben. Das wird Folgen haben für den Spaßvogel, das verspreche ich Ihnen.«

»Nein, kein Problem«, sagte der Arzt. »Tut mir allerdings leid, wenn ihr Jungs die ganze Strecke umsonst hier rausgefahren seid. Wollen Sie eine Weile reinkommen? Ich könnte Kaffee kochen.«

»Nett von Ihnen, aber das ist nicht nötig. Ich muss wieder

zurück zu Ruthie, um ihr zu sagen, dass alles in Ordnung ist, und dann die Funkzentrale zu fassen bekommen und versuchen herauszufinden, wer uns hierhergeschickt hat.« Fitz ging wieder zum Jeep zurück. »Aber kommen Sie bei der Bäckerei vorbei, wenn Sie morgen in der Stadt sind … äh, heute«, sagte er über die Schulter. »Sie bekommen Kaffee und Kuchen aufs Haus.«

»Mach ich.« Doktor Richardson lächelte und hob eine Hand zum Abschied, bevor er die Tür schloss.

Leroy stand unter der großen Fichte mit den abgefüllten Bierflaschen zu seinen Füßen. Er rückte seine Skimaske gerade und schaute zu den Fenstern der Wohnung über der Bäckerei hoch. Sein Herz klopfte wild.

Dafür wird sie mich lieben, dachte er und trieb sich selbst zur Entschlossenheit an. Leroy machte das Feuerzeug an und lächelte über die winzige, perfekte Flamme.

Er musste es einfach tun, er war dazu bestimmt, mit Claudia zusammen zu sein, und er würde nie wieder so eine Gelegenheit bekommen.

Er hielt das Feuerzeug an die Spitze des Lappens, der aus dem ersten Molotowcocktail hing. Der Stoff fing Feuer. Leroy ließ das Feuerzeug fallen, hob die Flaschenbombe hoch und schleuderte sie durch das Fenster in die Bäckerei.

Beim Geräusch des zersplitternden Glases zuckte er zusammen. Einen Moment lang stand er reglos da, gebannt vom Anblick des Feuers auf dem Boden der Bäckerei.

Noch eine, dachte er und gab sich einen Ruck. Dann würde er zu seinem Wagen laufen, einmal um den Block auf die Hauptstraße fahren und gerade rechtzeitig bei der Bäckerei eintreffen, um Claudia zu retten.

Leroy zündete den zweiten Molotowcocktail an und nahm ihn in die Hand.

Alarmiert wachte Claudia auf und drehte sich in Kyles Bett um.

Sie hielt die Luft an und lauschte auf das Geräusch, das sie geweckt hatte. Wieder hörte sie einen Knall, dann war alles still.

Fehlzündungen an Fitz' Wagen? Vielleicht ist Kyle wieder da, dachte sie. Sie kuschelte sich unter die Decken und versuchte Schritte auf der Treppe zur Wohnung auszumachen, doch das Haus blieb still.

Claudia war beinahe wieder eingenickt, als sie den Rauch roch. Sie setzte sich auf und schnüffelte, um sich zu vergewissern. Dann kroch sie aus dem Bett. Sie fuhr zusammen, als die Rauchmelder in Kyles Wohnung und in der Bäckerei losgingen. Sie suchte verzweifelt nach etwas, das sie anziehen konnte, aber die Luft in der Wohnung machte das Atmen immer schwerer. Sie riss ein Fenster auf. Eisige Luft strömte herein, und sie atmete ein paar Mal tief durch.

Kyles Bademantel lag über einem Stuhl neben dem Bett. Sie atmete noch einmal ein und zog den Bademantel über, bevor sie sich auf Hände und Knie niederließ.

Bleib unten am Boden, dachte sie, während ihr die Anweisungen für die Brandschutzmaßnahmen durch den Kopf gingen. Krieche zur Tür und prüfe, ob sie heiß oder kalt ist. Jetzt kroch sie durch den Flur zum Wohnzimmer und zur Wohnungstür. Dort angekommen, hielt sie die Hand dagegen.

Die Tür war warm.

Sie ist nicht heiß, entschied Claudia und öffnete die Tür einen Spalt breit. Noch mehr Rauch drang herein, aber sie konnte keine Flammen sehen. Los, los, los, drängte sie sich und kroch aus der Wohnung. Der Rauch wurde immer dichter. Sie fing an zu husten. Ihre Augen brannten und tränten, aber sie konnte die Tür zur Wohnung auf der anderen Seite des Treppenabsatzes erkennen.

Ruth!

Claudia krabbelte zur Tür der Fitzgeralds und hämmerte dagegen. »Ruth, bist du da?« Nach Luft schnappend, drehte sie am Türknauf. Er war verschlossen, und sie ballerte noch mal gegen die Tür.

»Es brennt, wir müssen hier raus. Ruth?« Sie merkte, dass sie allmählich benommen wurde. Der Qualm war erstickend und drückte sich in ihre Kehle und ihre Augen.

»Ruth«, rief sie und musste wieder husten. Sie bekam keine Luft mehr. Ihr Gesichtsfeld verdunkelte sich, wurde grau, dann schwarz, und sie brach zusammen.

Fitz und Kyle folgten Ron, der den Jeep des Reviers fuhr, um die letzte Kurve des Highways und gelangten wieder nach Mill River. In der Ferne heulten Sirenen.

»Was ist da bloß los«, murmelte Fitz. Sie bogen in die Hauptstraße ein. Selbst aus einer Entfernung von ein paar Häuserblocks konnten sie sehen, dass Flammen aus der Bäckerei schlugen.

»Mein Gott, Ruthie«, rief Fitz. Das Blaulicht und die Sirene des Jeeps vor ihnen erwachten zum Leben, und der Wagen machte einen Satz nach vorn. Auch Fitz trat auf das Gaspedal.

»Claudia ist in meiner Wohnung!« Kyle griff nach dem CB-Funk in Fitz' Wagen, aber Rons Stimme tönte durch die Lautsprecher, noch ehe er etwas sagen konnte.

»Zentrale, hier ist Officer Wykowski in Mill River. Wir haben ein brennendes Haus in der Main Street 130. Feuerwehr und Notarzt erforderlich, Ende.«

»Officer Wykowski, hier spricht die Einsatzzentrale Rutland County. Feuerwehr und Notarzt sind bereits unterwegs.«

»Wir können nicht warten«, sagte Kyle, als Fitz vor der Bäckerei in die Bremsen stieg. Ein paar Schaulustige sammelten sich auf der Straße. Fitz und Kyle sprangen aus dem Wagen, schoben sie beiseite und rannten zum Eingang des Hauses. Fitz riss die Tür auf, und eine dicke Rauchwolke quoll heraus.

Das Treppenhaus zu den Wohnungen war durch eine Wand vom Rest des Parterres getrennt, dennoch angefüllt mit dichtem Rauch. Fitz und Kyle hielten sich am Geländer fest und stiegen zu den Wohnungen hinauf, eine behandschuhte Hand über Nase und Mund.

Kyle wollte sich schon zu seiner eigenen Wohnungstür umdrehen, als sie beinahe über Claudia stolperten, die an Fitz' Tür zusammengebrochen war.

»Ruthie!«, schrie der Chief. Er schloss die Wohnungstür auf, während Kyle sich bückte, um Claudia hochzuheben. »Nehmen Sie sie mit! Ich muss Ruthie rausholen!« Fitz rannte an ihm vorbei in die Wohnung.

Kyle fiel das Atmen schwer, während er Claudia die Treppe hinunter zur Haustür trug. Zwei Feuerwehrwagen und ein Notarzt hielten gerade vor der Bäckerei.

»Ich brauche Hilfe! Holen Sie Sauerstoff!«, rief Kyle mit krächzender, heiserer Stimme. Er hustete, als zwei Feuerwehrmänner ihm Claudia aus den Armen nahmen. Ein dritter brachte ihn zu einem Löschwagen und hielt ihm eine Sauerstoffmaske vor das Gesicht. Ein paar Männer zogen lange weiße Schläuche heraus, während eine weitere Gruppe in Schutzkleidung an ihm vorbei ins Treppenhaus rannte.

»Atmen Sie tief durch. Ist noch jemand im Haus?«, fragte ihn der Feuerwehrmann, der die Sauerstoffmaske hielt.

Kyle nickte und hob die Maske an, damit er sprechen konnte. »Der Polizeichef. Und seine Frau. Er ist hineingegangen, um sie zu suchen. Die Wohnung im ersten Stock rechts.« Der Feuerwehrmann gab die Information über Funk an die Männer im Haus weiter. Kyle schaute sich um, auf der Suche nach Claudia.

»Sie ist da«, sagte der Feuerwehrmann und zeigte hinter

ihn. Kyle drehte sich um und sah Claudia auf einer Trage liegen mit einer Maske über dem Gesicht. Sie war wieder zu sich gekommen und nickte schwach als Reaktion auf die Fragen eines Sanitäters.

Gott sei Dank, dachte Kyle, doch dann fielen ihm Fitz und Ruth wieder ein. Er sah den Feuerwehrleuten dabei zu, wie sie die Bäckerei unter Wasser setzten. Die meisten Flammen waren anscheinend gelöscht, aber die Feuerwehr ging kein Risiko ein.

Erneut brach Hektik aus, als die Feuerwehrleute wieder aus dem Gebäude herauskamen. Fitz und Ruth wurden von jeweils zwei Männern gestützt. Sie husteten und schnappten nach Luft.

»Sie stand am offenen Fenster«, krächzte Fitz zu Kyle hinüber, während ein Feuerwehrmann ihm eine Sauerstoffmaske aufsetzen wollte. »Sie hat gesagt, die Tür war warm, und sie hatte Angst, sie zu öffnen, also hat sie nasse Tücher vor die Ritzen gelegt. Sie hat gewusst, dass wir sie retten würden.«

»Was ist mit Claudia?«, fragte Ruth. »Ist sie unversehrt?«

Kyle zog seine Sauerstoffmaske herunter. »Ich glaube schon. Ich bin gleich wieder da.« Er ging zu Claudia hinüber und ergriff ihre Hand.

»Kyle«, sagte sie, und ihre Stimme war kaum hörbar. »Ruth …«

»Mit ihr ist alles in Ordnung. Ich habe gerade mit ihnen gesprochen. Alle haben es gut überstanden.« Er sah einen Sanitäter auf sie zukommen. »Du hast viel Rauch eingeatmet. Man wird dich bestimmt nach Rutland in die Klinik bringen, um sicherzugehen, dass mit dir alles in Ordnung ist, aber ich komme dorthin, ja?«

Claudia schloss die Augen und nickte. Kyle drückte ihre Hand und ging wieder zu Fitz. »Hey, wir haben noch einen!« Der letzte Feuerwehrmann hatte das Haus mit einem Bündel aus beigefarbenem Fell auf den Armen verlassen. »Allerdings müssen wir ihn zum Tierarzt bringen.« Sham, der Siamkater, jaulte und fauchte, als der Feuerwehrmann ihn in einen Transportkäfig setzte.

Alle sind davongekommen. Erleichtert lehnte Kyle sich an den leuchtend roten Kotflügel des Löschwagens.

»Hey, Kyle! Chef! Alles okay bei euch?« Ron bahnte sich einen Weg durch das hektische Treiben.

»Uns geht's gut«, erwiderte Kyle. Fitz zog seine Sauerstoffmaske herunter und nickte.

»Ihr glaubt nicht, was wir auf der anderen Seite des Hauses gefunden haben.« Ron bedeutete Kyle und dem Polizeichef, ihm zu folgen.

Sie näherten sich einem zweiten Krankenwagen, in dem eine weitere Trage für den Transport vorbereitet wurde. Ron zeigte auf den Mann auf der Trage. »Nun ratet mal, wen wir hier haben!«

Kyle und Fitz traten näher an die Trage. Der bewusstlose Mann hatte ernsthafte Verbrennungen an der rechten Gesichtshälfte, und ein Teil seiner rechten Hand fehlte.

»Ich habe da so eine Ahnung, dass es jemand ist, den wir alle kennen«, sagte Kyle stirnrunzelnd. Er beugte sich vor, um das Opfer genauer in Augenschein zu nehmen, und schüttelte dann angewidert den Kopf.

»Der Drecksack«, sagte Fitz.

»Der lag ausgestreckt im Schnee und trug eine schwarze Skimaske, als wir ihn fanden«, sagte Ron. »Offensichtlich führte er nichts Gutes im Schilde. Und ihr solltet die frischen Schmierereien auf der Rückwand sehen. Ich nehme an, die alte Daisy hat recht gehabt.«

»Was den Mann in Schwarz betrifft, meinst du?«, fragte Kyle.

»Genau. Sie hat vor ein paar Stunden im Revier angerufen und gesagt, sie habe hinter der Bäckerei denselben Typen herumschleichen sehen, der damals ihren Wohnwagen abgefackelt hat. Ich hatte allerdings keine Zeit, es zu überprüfen, weil der getürkte Anruf wegen des Diebstahls gleich nach ihrem einging.«

»Was wollen wir wetten, dass er der Anrufer war?«

»Würde mich nicht wundern.« Ron schaute zur Bäckerei und seufzte. »Ich hoffe, Sie haben eine gute Feuerversicherung, Chef. Und du auch«, sagte er zu Kyle. Kyle nickte, und Fitz schaute mit verzerrter Miene zu seinem rauchschwarzen Haus hinauf.

»Wir sind heute alle davongekommen. Das ist mir das Wichtigste«, sagte Fitz. »Aber was um alles in der Welt hatte Leroy hier überhaupt verloren?«

»Vielleicht so eine Art Rache«, vermutete Ron. »Wir fanden ihn hinter dem Haus, und neben ihm reichlich zerbrochenes braunes Glas. Vielleicht hat er mit Flaschenbomben hantiert, um die Bäckerei in Brand zu stecken, aber der Idiot hat es nicht richtig hinbekommen. Eine Bierflasche hat keinen Hals, nicht so wie eine Weinflasche jedenfalls. Wenn er sie mit Benzin gefüllt und angezündet hat, dürfte er nicht genug Zeit gehabt haben, sie zu werfen, bevor sie explodierte. Ich werde mich da hinten noch einmal genau umsehen, falls er noch Spuren hinterlassen hat.« Kyle und Fitz nickten Ron zu, bevor sie ihre Aufmerksamkeit wieder auf Leroy richteten.

»Er muss noch immer hinter Claudia her gewesen sein«, sagte Kyle schließlich. »Aber so etwas Gefährliches, ich hätte nie gedacht, ich meine, Leroy …«

»… ist der nachtragendste Typ, den ich kenne«, sagte Fitz. »Vielleicht war er wirklich sauer wegen Ihrer Beziehung mit Claudia. Er war schon eine Weile scharf auf sie. Vielleicht hat er versucht, Sie loszuwerden. Wir werden einen Durchsuchungsbeschluss für seinen Wagen und sein Haus erwirken, um zu sehen, ob wir herausbekommen, was er im Sinn hatte. Und dann werde ich dafür sorgen, dass er kriegt, was er verdient.«

Kyle nickte und hörte Fitz' nur mit halbem Ohr zu. Er dachte daran, wie dankbar er sein konnte, dass seine Tochter nicht im Haus gewesen war, und wie dankbar, dass Claudia, Fitz, Ruth und sogar Sham unversehrt waren.

Die Sanitäter luden Leroy in den Krankenwagen und schlossen die Türen. Als er davonbrauste, fielen Kyle die Worte wieder ein, die er zu Claudia gesagt hatte: Manchmal kann man auch in einer kleinen Stadt Überraschungen erleben.

20

Die Marmorwerke hatten sich nicht verändert. Noch immer war es dasselbe stattliche Gebäude, bis hin zu dem Bronzeschild an der Eingangstür, auf dem das Datum der Fertigstellung eingraviert war. In Father O'Briens Wagen war Mary zu weit entfernt, um die Inschrift lesen zu können, aber sie hatte sie sich schon vor vielen Jahren gemerkt: *»McAllister Marmorwerke, gegr. 22. Juli 1894«*.

Beim Verlassen des Krankenhauses hatte sie beschlossen, einen genauen Blick auf die Marmorwerke zu werfen. Sie hatte Father O'Brien gebeten, einen Umweg zu machen. Das prächtige Bauwerk schien aus einer anderen Zeit zu stammen. Als sie es erblickte, kamen Erinnerungen an ihre Jugend hoch, an Patrick. Ihr fiel das vergilbte Foto von Conor ein, wie er als junger Mann mit seinem Vater auf der Treppe vor den Marmorwerken stand. Er war einem echten Großvater am nächsten gekommen, und er fehlte ihr noch immer.

»Jetzt leitet einer von Conors Ururenkeln die Werke«, sagte Mary und spähte aus dem Fenster. »Hat sie vor dem finanziellen Ruin bewahrt. Das habe ich vor einiger Zeit im *Herald* gelesen.«

Father O'Brien umklammerte das Lenkrad und wartete. Daisy war auf dem Rücksitz fest eingeschlafen. Schließlich seufzte Mary und wandte sich ihm zu. »Fahren wir.« Der Priester nickte und startete den Wagen.

Mary warf noch einen Blick zurück auf die Marmorwerke. Sie betrachtete auch die anderen Gebäude in Rutland und versuchte, sich die Stadt genau einzuprägen. Nichts davon würde sie je wiedersehen.

Ein Teil von ihr weigerte sich zu glauben, was die Ärzte ihr gesagt hatten – sie hatte bösartigen Bauchspeicheldrüsenkrebs, und ihr blieben vielleicht noch sechs Monate zu leben. Sie war ein wenig benommen von der Vollnarkose und den Beruhigungsmitteln, ansonsten ging es ihr aber gut. Die gelbliche Hautfärbung ließ schnell nach. Die Ärzte hatten einen Stent in ihre Gallenröhre gesetzt, damit sie nicht vom Tumor verstopft wurde. Dies würde zumindest für ein paar Monate dafür sorgen, dass sie nicht wieder gelb wurde. Für ihre letzten Monate, wie es aussah.

Mary schaute zu dem betagten Priester hinüber. Sein Blick war starr auf die Straße gerichtet, aber sie war sich sicher, dass er in Gedanken weit weg vom Highway war. Seine Schultern waren etwas gebeugter als am Morgen auf dem Weg in die Stadt.

Das Schlimmste an ihrem nahen Ende war die Erkenntnis, dass er ohne sie zurückbleiben würde. Die Vorstellung, dass er allein im Pfarrhaus sitzen und sein Abendessen zu sich nehmen würde, schmerzte sie. Mary sah ihn vor sich, wie er in seinem Büro las, seine Löffel zählte und niemanden hatte, mit dem er richtig reden konnte. Sie wusste, dass er ihr dann von seinem Tag erzählen, sich ihr anvertrauen und sie um Rat fragen wollen würde. Er würde allein sein.

Ein lautes Schnarchen auf dem Rücksitz ließ sie zusammenfahren. Daisy bewegte sich und murmelte Unverständliches vor sich hin, nur das Wort »Zauberschnee« war deutlich zu hören. Mary drehte sich um und schaute sie liebevoll an, als würde sie Daisy zum ersten Mal sehen. Die leibhaftige Daisy war genau so, wie Father O'Brien sie beschrieben hatte. Die reizende Außenseiterin war kindlich und unbeholfen im Umgang mit anderen, ja, aber Mary wusste jetzt, dass sie viel mehr war.

»Wir sind fast zu Hause«, sagte Father O'Brien, als sie um die Kurve fuhren, hinter der Mill River lag.

Mary schaute zur Villa hoch. Es war merkwürdig, das Haus durch die Windschutzscheibe des Pick-ups zu sehen, statt von ihrem Schlafzimmerfenster aus die Fahrzeuge unten auf der Hauptstraße zu beobachten. Sie war erschrocken, wie sehr ihr weißes Marmorhaus zwischen den entlaubten Bäumen hervorstach. So sieht es für die anderen aus, dachte sie. Ein mächtiges weißes Haus, das keinem in der Stadt gleicht. Mary schloss die Augen und versuchte sich zu erinnern, wann sie diesen Kontrast je bemerkt hatte. Bei ihrem katastrophalen Ausflug zur Bäckerei vor zehn Jahren hatte sie es nicht wahrgenommen. Vielleicht zu der Zeit, als die Villa gerade fertiggestellt worden war, oder auf dem Rückweg, wenn sie abends mit Patrick ausgegangen war. Sie konzentrierte sich auf die ferne Vergangenheit, wusste aber nur noch, wie sie sich in Patricks neuem Wagen zusammengekrümmt hatte, um niemanden sehen zu müssen.

Father O'Brien hatte ihr erzählt, dass ihr zurückgezogenes Leben in der Marmorvilla bei den anderen in Mill River große Neugier weckte. Dass sie ein rätselhaftes Objekt war, hatte sie nie gestört, aber wenn die Menschen in der Stadt, Menschen, die sie beobachtete und liebte, nun so über sie dachten, wie sie selbst jetzt über ihre Marmorvilla? Wenn sie nur dieses monströse Haus betrachteten und sie sich nicht als lebende Person vorstellen konnten?

Die Bewohner von Mill River wussten zwar nicht, dass sie für die anonymen Überraschungen der letzten Jahrzehnte verantwortlich war oder dass sie sich mit ihrem Leben derart verbunden fühlte. Sie hatte ihnen keine Möglichkeit gegeben, sie kennenzulernen. Sie wussten nichts über ihre Vorlieben und Abneigungen, ihren Sinn für Humor, ihre Träume. Aber sie war ein lebendiger Mensch, ein Mensch, der den Unterschied zwischen Alleinsein und Einsamkeit kannte, der so gern anerkannt werden würde, Kaffee in der Bäckerei trinken und jemandem von Angesicht zu Angesicht begegnen würde, den sie nicht kannte, ohne Angst zu haben.

Da kam ihr in den Sinn, was sie tun könnte, wie sie den Menschen von Mill River zeigen könnte, wer sie war und dass sie sich ihrer annahm.

Sie atmete erleichtert auf, als der Pick-up vor der Hintertür der Marmorvilla anhielt. Trotz des Valiums hatte sie sich seit ihrem Aufbruch am Morgen unwohl gefühlt. Sie ergriff die Hand des Priesters, als sie aus dem Wagen stieg. Ihre Beine waren schwach und wackelig.

»Immer mit der Ruhe, ich halte Sie fest«, sagte Father O'Brien und stützte sie.

»Ich kann auch mithelfen, Father!« Daisy kletterte vom Rücksitz. Sie eilte um den Wagen und legte Mary einen Arm um die Taille. »Zwei sind besser als einer, nicht wahr?«

»Ja, in diesem Fall schon«, sagte er und brachte ein schwaches Lächeln zustande.

Sie halfen Mary die Treppe hinauf in ihr Schlafzimmer. Father O'Brien setzte sich auf die Bettkante, als Mary sich hinlegte. »Ich weiß, Sie sind erschöpft. Versuchen Sie einfach, sich auszuruhen. Ich muss Daisy nach Hause bringen, dann komme ich wieder.« Sein Gesichtsausdruck gefiel Mary nicht. So sah er aus, wenn er ihr von seinen schwierigsten Erfahrungen als Priester erzählte. Sie wusste, dass er seine Gefühle wegschob und versuchte, ihren Gesundheitszustand vorübergehend zu vergessen.

»Es war schön, Sie kennenzulernen, Mrs McAllister«, sagte Daisy. »Und keine Bange, Ihnen wird es bald bessergehen, das weiß ich! Oh! Dabei fällt mir ein – hätten Sie gern eine kostenlose Flasche von meinem Heiltrank, der Krankheit verscheucht? Wirkt echt wie ein Zauber, und ich weiß, dass ich noch welchen zu Hause habe.«

»Das wäre sehr nett von Ihnen, Daisy, danke«, sagte Father

O'Brien, bevor Mary antworten konnte. Daisy war nicht im Raum gewesen, als die Ärzte Mary die Diagnose mitgeteilt hatten, und Mary war ihm für seine Antwort dankbar. Jetzt aber legte sie Father O'Brien die Hand auf den Arm und lächelte Daisy zu.

»Daisy, Sie waren heute so freundlich zu mir«, sagte sie, ohne Father O'Briens überraschtes Einatmen zu beachten. »Hätten Sie vielleicht Lust, mich hin und wieder zu besuchen? Ich bin mir sicher, dass Father O'Brien Sie herbringen würde. Ich würde mich so über Ihre Gesellschaft freuen.«

Daisy konnte kaum an sich halten. »Oh, Mrs McAllister, ich würde Sie gern wiedersehen! Und ich weiß einfach, der Trank wird Ihnen helfen, dann geht es Ihnen bald besser.« Sie klatschte in die Hände, beugte sich vor und küsste Mary auf die Wange. »Auf Wiedersehen, Mrs McAllister! Gute Besserung!«

Father O'Brien drückte Marys Hand und folgte Daisy aus dem Schlafzimmer.

Mit Tränen in den Augen lauschte Mary, wie die Hintertür sich öffnete und schloss. Erst als sie endlich allein in der geschützten Stille ihres Hauses war, hörte sie auf, die niederschmetternde Wahrheit zu bekämpfen und begann zu weinen.

Father O'Brien war seit etwa einer Stunde unterwegs. Er hatte Daisy vor ihrem Wohnwagen abgesetzt und war dann auf dem Weg ein paar Lebensmittel einkaufen gegangen. Er stellte fest, dass er durch die Gänge des Supermarkts eilte, nach Brot und Obst und Suppendosen griff. Er zwang sich, langsamer zu gehen. Wahrscheinlich schlief Mary tief und fest, sagte er sich, und es bestand wirklich kein Grund zur Eile. Andererseits war die Zeit jetzt kostbar, und er wollte sie nicht vergeuden.

Zwischen den Eiernudeln und den hübschen blau-orangefarbenen Schachteln mit Makkaroni und Käse brach er beinahe zusammen.

Er atmete ein paar Mal tief durch und kniff die Augen zu. Er beschloss, nicht mehr an Mary zu denken, bis er wieder in ihrem Haus war. Mechanisch beendete er seinen Einkauf und konzentrierte sich darauf, traurige Gedanken davon abzuhalten, in seinen Verstand vorzudringen.

Ihr Haus war dunkel, als er wieder vor der Hintertür parkte, aber sie hatte das Licht über der Veranda angemacht. Vielleicht war sie wach. Er ließ die Einkäufe auf der Arbeitsplatte in der Küche, ging die Treppe hinauf und rief nach Mary.

Sie stand am großen Erkerfenster in ihrem Schlafzimmer. Ein Schal, den sie um die Schultern geschlungen hatte, rutschte ein Stück herunter, als Father O'Brien neben sie trat.

»Wie geht es Ihnen?«, fragte er.

»Gut. Ich bin froh, zu Hause zu sein.« Sie trug noch immer die Augenklappe. Als sie sich ihm zuwandte, fiel ihm auf, dass ihr Gesicht tränenüberströmt war, und er spürte, dass seine Emotionen wieder seiner Kontrolle zu entgleiten drohten.

»Das wusste ich. Mary, ich … Es tut mir so leid. Ich wünschte von ganzem Herzen, das Ding wäre nicht da, aber ich weiß einfach nicht, was ich machen soll.« Er rang mit sich, schob die Lippen vor und blinzelte heftig.

»So vieles hat sich verändert«, sagte sie mit ruhiger Stimme. »Aber wir werden weitermachen, so wie immer. Ich habe ja noch ein bisschen Zeit. Davon abgesehen, gibt es wohl nichts, was wir tun können.« Sie wischte sich eine Träne ab, die unter ihrer Augenklappe hervorgequollen war. »Als wir heute Morgen hier aufbrachen, habe ich mir einfach immer wieder eingeredet, dass der Arzt das, was mit mir nicht stimmt, schon wieder in Ordnung bringen wird.«

»Das haben wir beide gehofft.«

»Und ich hatte solche Angst, trotz des Valiums. Als die Ärzte nach der Untersuchung kamen, konnte ich schon an ihren Mienen ablesen, was sie mir sagen würden. Aber es zu hören war trotzdem ein furchtbarer Schock.« Sie zitterte.

»So etwas zu hören ist schwer, ganz gleich unter welchen Umständen.«

»Ja. Und, Michael, ich hätte es Ihnen früher sagen müssen, aber ich wollte Ihnen danken, dass Sie mich nach Rutland gefahren haben. Ich weiß, ich habe es Ihnen alles andere als leicht gemacht. Auf der Hinfahrt glaubte ich nicht, die Marmorwerke sehen zu wollen, aber auf der Rückfahrt, wohl wissend, dass es mein letztes Mal in Rutland wäre … Ich bin froh, dass ich sie noch einmal gesehen habe.«

»Und Sie haben Daisy kennengelernt.«

Mary lächelte schwach. »Ich kann Ihnen nicht sagen, wie froh ich darüber bin. Nach all den Jahren, in denen ich von ihr gehört und ihre kleinen Gläser mit eigenartigen Tränken gekauft habe …«

»… und ins Spülbecken gegossen«, fügte Father O'Brien schmunzelnd hinzu.

Mary seufzte. »Ja, sie ist genau so, wie Sie sie mir in all den Jahren beschrieben haben, dennoch war so vieles an ihr … unerwartet. Die Begegnung mit Daisy heute hat mich etwas gelehrt. Aber auch, dass ich mein eigenes Haus von der Stadt aus gesehen habe, so wie alle anderen es sehen.« Marys Miene wurde ernster, als sie wieder aus dem Fenster schaute.

»Was wollen Sie damit sagen?«

»Ich lebe seit so vielen Jahren in diesem Haus, und bis heute habe ich nicht ein einziges Mal daran gedacht, wie es von unten wirkt – ein Ungetüm, isoliert und anders als alles ringsum.« Stirnrunzelnd schüttelte sie den Kopf. »Dank Ihnen kenne ich alle in Mill River, aber ich kenne sie nicht so gut, wie ich sollte. Und für mich ist es zu spät, daran noch etwas zu ändern. Aber all die Menschen dort unten kennen mich nicht. Die ganze Zeit hatte ich das Gefühl, zu ihrer Welt zu gehören, aber jetzt weiß ich, dass das nicht stimmt.«

Father O'Brien schaute sie mit hochgezogenen Augenbrauen an. »Wissen Sie, ich war vorhin erstaunt, als Sie Daisy baten, vorbeizukommen. Ich hätte nie gedacht, von Ihnen zu hören, dass Sie jemanden zu sich einladen. Aber es ist noch nicht zu spät für andere Menschen, Mary. Sie können immer noch andere Leute in der Stadt kennenlernen, wenn Sie wollen.«

»O nein, das könnte ich nicht. So habe ich es auch nicht gemeint«, sagte sie mit ängstlicher Miene. »Ich wollte damit sagen, na ja, sehen Sie sich Daisy an. Sie ist mir noch nie begegnet, und schon bietet sie mir ihre Freundschaft und ihre Kräutertees an, das Einzige, was sie geben kann. Ich habe nie damit gerechnet, dass mir jemand eine helfende Hand reicht.

Mein Leben lang hatte ich Todesangst vor Menschen. Das ist auch immer noch so, bis auf Sie, und jetzt vielleicht Daisy.« Als sie sich zu ihm umdrehte, leuchtete ihr gesundes Auge vor Aufregung. »Trotzdem habe ich die ganzen Jahre über versucht, ihnen auf die einzige Art zu helfen, die mir möglich war. Sie haben oft gesagt, Mill River sei voller anständiger, hart arbeitender Menschen, die nicht viel haben, aber alles hergeben würden, wenn ein Nachbar in Not wäre.«

»Ja, bis auf ein paar Ausnahmen«, erwiderte Father O'Brien. »Aber ich habe die Hoffnung für diese Ausnahmen noch nicht aufgegeben.«

»Wie dieser schreckliche Junge vor der Bäckerei … Aber ich weiß, dass Sie recht haben, Michael.« Marys Lächeln verblasste, und ihr Gesicht nahm einen Ausdruck ernster Entschlossenheit an, als sie wieder auf die Lichter von Mill River hinabschaute. »Daisy und die anderen freundlichen, fürsorglichen Menschen in dieser Stadt haben es verdient, eine viel bessere Nachbarin in mir zu haben. Sie haben es verdient zu wissen, dass sich jemand in all den Jahren um sie gekümmert hat.« Father O'Brien wollte etwas sagen, doch Mary fuhr fort. »Ich glaube, ich weiß, was ich zu tun habe, bevor ich sterbe, wie ich verlorene Zeit aufholen kann.« Sie berührte seinen Arm. »Werden Sie mir helfen?«

Als er sie anschaute, war ihm, als sähe er Conor wieder vor sich, denselben flehentlichen Ausdruck, den der Patriarch hatte, als er den Priester bat, sich um Mary zu kümmern. Er hatte ebenso wenig Kraft, Marys Bitte abzulehnen, wie damals vor zweiundsechzig Jahren Conors.

»Natürlich, wenn ich kann, aber was haben Sie vor?«

»Ich habe so viel, Michael, viel mehr als ich brauche. Bald brauche ich gar nichts mehr.« Sie hob ihre dünne, runzlige Hand und drückte sie flach ans Fenster. Ihr Blick war noch immer auf die Lichtoase gerichtet, die aus der Dunkelheit heraufleuchtete. »Ich möchte mich um Daisy und alle anderen kümmern. Ich möchte ihnen alles geben, was ich habe.«

Father O'Brien hatte große Schwierigkeiten, sich mit dem Gedanken abzufinden, dass Mary starb.

In den ersten Monaten nach der Diagnose schritt ihre Krankheit nicht so rasch fort, wie die Ärzte vorhergesagt hatten. Dafür war er dankbar. Er konnte nicht anders, als Mary jedes Mal prüfend anzusehen, wenn er in die Marmorvilla kam, und nach Anzeichen für einen unsicheren Gang oder erhöhte Müdigkeit zu suchen. Hin und wieder erwähnte Mary, sie sei müder als sonst, aber Daisys häufige Besuche heiterten sie auf.

Als der tiefe Winterschnee endlich feuchter Erde und zarten grünen Blättern wich, genossen sie den Frühling. Das Gelände hinter der Marmorvilla war zum größten Teil Weideland, umgeben von einem Wald aus Eichen, Birken und Zuckerahorn. An den wärmeren Tagen gingen sie hinunter zu den Ställen und umrundeten die grünen, leeren Weiden, mal unterhielten sie sich, mal schwiegen sie.

Wenn Daisy bei ihnen war, kamen sie nicht zu Wort.

Daisy sammelte auf diesen Ausflügen begeistert Kräuter.

Sie beharrte darauf, den medizinischen Nutzen der Pflanzen zu erläutern, wie man sie richtig aufbewahrte, für welche Art Trank man sie verwenden konnte … Aber Mary und Father O'Brien hörten stets aufmerksam zu.

»Wissen Sie, Michael«, flüsterte Mary, als Daisy ein Büschel Klee entdeckte und hinübereilte, »wir müssen immer wieder mit ihr hierherkommen, solange wir können. Auch wenn es mir schlechter gehen sollte. Sie ist so glücklich hier. Sie darf erst wissen, was mit mir los ist, wenn es nicht mehr zu verheimlichen ist.«

»Natürlich, Mary«, erwiderte Father O'Brien und blinzelte ein paar Mal. Sie ging zu Daisy hinüber, legte ihr einen Arm um die Schultern und flüsterte ihr etwas ins Ohr. Lächelnd hielt Daisy ein vierblättriges Kleeblatt in die Höhe und drückte Mary an sich.

Sie stehen sich inzwischen so nah, dachte er. Leichte Verwunderung blitzte in seinen Augen auf, als er sie zusammen beobachtete.

»Kommen Sie, Michael!«, rief Mary. »Hier ist ein ganzes Büschel mit vierblättrigen Kleeblättern!«

Daisy betrachtete die Blätter in ihrer Hand und schaute dann zu ihm auf. »Das ist ein Wunder!« Sie lächelte in die Sonne und schwenkte eine Handvoll Grün durch die Luft.

»Vergessen Sie die Bibliothek nicht, Michael«, sagte Mary an einem Abend im August, als sie über ihren Plan sprachen, »und die Schulen. Die Kinder werden Bücher brauchen. Als ich zur Schule ging, gab es nie ausreichend Bücher.«

»Bücher«, wiederholte Father O'Brien. Er saß neben ihrem Bett und machte sich Notizen.

»Sorgen Sie dafür, dass jedes Jahr genug da ist für Neuanschaffungen.«

»Es ist mehr als genug da, Mary.«

»Und wir müssen etwas für die Polizei tun«, sagte sie, hielt sich den Bauch und verzog das Gesicht, als sie ihre Sitzhaltung veränderte. Dr. Richardson hatte ihr ein Rezept für ein starkes Schmerzmittel ausgestellt, und Father O'Brien war zu einem Stammkunden der Apotheke geworden. Das Medikament betäubte den Schmerz so weit, dass sie sich auf andere Dinge konzentrieren konnte. »Wie können wir ihnen wohl am besten helfen?«

»Ich bin mir nicht sicher. Ich kann mit Fitz sprechen, wenn Sie wollen«, sagte Father O'Brien.

»Nein, niemand darf es wissen, bevor ich sterbe. Sie müssen sich etwas überlegen, Michael.«

»In Ordnung.«

»Wen gibt es noch? Denken Sie nach, wem wir noch helfen können, Michael.« Danach schlief sie ein, den Kopf auf der Sofalehne, ihre Miene noch immer konzentriert.

Father O'Brien betrachtete Mary. Seit dem Frühling schien sie noch zwanzig Jahre älter geworden zu sein. Er bemerkte die tieferen Falten in ihren Wangen und auf der Stirn, die weißen Haare, die noch heller geworden waren, die zerbrechliche Gestalt, die vor Erschöpfung fast zusammenbrach, wenn sie nur ein paar Minuten durch das Haus gegangen war. Er bemerkte ihren blasseren Teint, denn das einzige Sonnenlicht, das ihr Gesicht jetzt wärmte, drang durch das Schlafzimmerfenster, wenn sie auf Mill River hinunterschaute.

Er stand auf und zog sanft eine Häkeldecke über sie. Mary schlief so viel. Dazu trug das Medikament bei, doch Father O'Brien wusste, was ihre ständige Erschöpfung bedeutete: Der Krebs besiegte sie allmählich.

Angesichts dieser geschwächten Kondition hätte Father O'Brien sich nie vorstellen können, dass sie jeden Tag trotz ihrer Angst auf den Postboten wartete, dass sie sich die Stufen hinunterquälte, um nachzusehen, ob ein bestimmtes Paket eingetroffen war.

Nie hätte er damit gerechnet, dass sie den großen Karton

vom Versandhaus Sears allein die Treppe hinauftragen und öffnen könnte. Aber sie tat es. Irgendwie fand Mary die Kraft und den Mut, alles, was sie bestellt hatte, aufzubauen und auch zu benutzen. Es kostete sie all ihre Energie, den Inhalt neu zu verpacken und in ihrem Schrank zu verstecken, aber auch das gelang ihr. Father O'Brien wäre schockiert gewesen, hätte er erfahren, dass sie all das vor ihm geheim hielt und nicht einmal ein schlechtes Gewissen hatte.

Zu gegebener Zeit würde alles ans Tageslicht kommen.

Als der September anbrach, konnte Mary nicht mehr richtig für sich sorgen, und es wurde Zeit, Daisy beizubringen, wie krank Mary war.

»Meinen Krebs können die Ärzte nicht heilen«, lautete ihre Antwort auf Daisys erste Frage. »Ich werde daran sterben. Es gibt keine Medizin, keinen Trank, der ihm Einhalt gebieten kann. Aber der Arzt gibt mir Medikamente, damit es mir bessergeht. So kann ich die Zeit genießen, die mir noch bleibt.«

Mit feuchten Augen schaute Daisy zwischen Mary und Father O'Brien hin und her. »Wann werden Sie … wie viel Zeit haben Sie noch?«

»Das weiß ich nicht genau, Daisy. Monate, vielleicht. Ja, ich glaube, ein paar Monate.«

»Oh.« Daisy biss sich auf die Lippe und verschränkte ihre Hände im Schoß. »Ich dachte immer, ein Monat sei eine lange Zeit. Aber jetzt kommen mir sogar ein paar Monate kurz vor.« Sie ergriff Marys Hand und begann zu schluchzen. »Ich weiß nicht, was ich machen soll.«

Mary konnte sich nur mit Mühe beherrschen und schaute zu Father O'Brien auf.

»Daisy, meine Liebe, wir müssen aus der Zeit, die Mary noch bleibt, das Beste machen«, sagte er und nickte Mary zu. »Wir drei werden viel Zeit miteinander verbringen. Außerdem wird Mary unsere Hilfe benötigen. Wollen Sie mir helfen, auf sie aufzupassen und sie bei Laune zu halten?«

Daisy drückte Marys Hand und nickte.

Sie erwies sich als selbstlose Pflegekraft. Daisy verbrachte viele Stunden in der Marmorvilla, leistete Mary Gesellschaft, bereitete einfache Mahlzeiten zu und kümmerte sich um Marys ganz persönliche Bedürfnisse. Father O'Brien widmete Mary jede freie Minute und verbrachte nur einen Bruchteil seiner Zeit in seiner Gemeinde. Als Marys Zustand sich verschlechterte, wusste er jedoch, dass das nicht mehr ausreichte. Mary brauchte mehr Unterstützung, als Daisy und er zu leisten vermochten.

Er besorgte ein verstellbares Krankenbett und ließ es in ihr Zimmer bringen. Eine Pflegekraft zu finden stellte jedoch ein größeres Problem dar. Mary brauchte jemanden mit medizinischer Ausbildung, doch Father O'Brien würde sie nie zwingen, in ein Krankenhaus zu gehen. Sie wollte zu Hause sterben.

Die einzige Möglichkeit war der häusliche Pflegedienst von Rutland County. Father O'Brien fiel ein, dass Ron Wykowskis Frau eine ambulante Krankenschwester war, und er sorgte dafür, dass sie an den meisten Tagen zur Marmorvilla hinaus kam. Jean war ehrlich und fürsorglich. Am wichtigsten aber war, dass sie mit Marys Angstproblem einfühlsam umging.

Zu seiner Überraschung und großen Erleichterung nahm Mary die Anwesenheit von Jean klaglos hin. Hätte sie doch noch ein paar Jahre, dachte er, könnte sie sich vielleicht daran gewöhnen, Menschen zu begegnen.

»Ihr gefällt mein Schmuck«, sagte Mary eines Abends lächelnd zu Father O'Brien.

»Wem?«

»Jeanie. Sie trägt meinen Verlobungsring so gern.«

Father O'Brien legte sein Buch ab und schaute sie an. Ein

seltsames Thema, zumindest für Mary, dachte er. »Haben Sie ihn ihr gezeigt?«

»Nein, eigentlich nicht. Sie hat ihn selbst gefunden, während ich eingenickt war.«

Father O'Brien schnappte nach Luft. »Gefunden? Heben Sie den nicht in Ihrer Schmuckschatulle auf? Haben Sie ihr je erlaubt, ihn zu tragen?«

»Nein, aber es macht mir nichts aus.« Mary regte sich überhaupt nicht auf. Im Gegenteil, sie lehnte entspannt am hochgestellten Kopfteil ihres Bettes. »Mit dem Ring verbinde ich schlimme Erinnerungen – ich weiß eigentlich gar nicht, warum ich ihn behalten habe –, und er ist wahrscheinlich das prächtigste Schmuckstück, das sie je getragen hat. Sie zieht ihn im Haus an, wenn ich schlafe oder wenn sie glaubt, dass ich schlafe, aber sie legt ihn immer wieder zurück, bevor sie geht.«

»Na ja, wenn sie ihn zurücklegt«, sagte Father O'Brien. Dennoch verstörte ihn der Gedanke, dass Jean sich tatsächlich Marys persönlichen Besitz aneignen könnte.

»Oh, sie würde ihn nicht stehlen. Selbst wenn sie ihn für eine Weile ausleiht, was mich nicht überraschen würde, wird sie ihn zurückbringen. Sie ist ein braves Mädchen. Sie trägt den Ring nur, um zu entfliehen, so zu tun, als wäre sie eine Prinzessin oder ein Filmstar. Sie sieht ihre Jugend dahinschwinden. Sie hat kein einfaches Leben, und wenn mein Ring sie glücklich macht, umso besser.«

»Hm.« Mary hatte einen gewissen Unterton in ihrer Stimme, der ihn veranlasste, das Thema fallen zu lassen. Schließlich hatte jemand, den sie beide kannten, sein Leben lang Löffel stibitzt und sie nie zurückgegeben.

Father O'Brien fürchtete sich vor dem Herbst. Die Sommertage waren so gleichförmig gewesen, dass er beinahe vergessen hatte, wie wenig Zeit ihnen blieb. Während das Laub sich draußen zusehends verfärbte, verschlechterte sich Marys

Zustand jedoch immer mehr. Oft saß er mit ihr am Fenster ihres Schlafzimmers. Wenn sie schlief, hielt er ihre Hand und beobachtete, wie die Bäume allmählich kahler wurden. Die dunklen Äste erinnerten ihn daran, dass Mary kaum noch Zeit blieb.

Das Feuer, das Daisys Wohnwagen in jenem November zerstörte, verschaffte Mary die erste Gelegenheit, ihren Plan auszuführen. Father O'Brien leitete den Kauf und die Lieferung eines neuen Wohnwagens in die Wege. Mary gab ihm einen anonymen Brief für Daisy, in dem das Geschenk erklärt wurde, doch sie war überrascht, als er ihn an dem Abend wieder mitbrachte, nachdem der Wohnwagen geliefert worden war.

»Ich habe es nicht über mich gebracht, ihr den Brief zu geben«, erklärte Father O'Brien. »Daisy war so aufgeregt und glaubte, sie habe den Wohnwagen selbst herbeigezaubert. Ich habe beschlossen, sie in dem Glauben zu lassen.«

»Die Arme«, sagte Mary, hielt sich die Seiten, lachte und zuckte immer wieder vor Schmerzen zusammen. »Dann ist es gut, dass sie meinen Brief nicht gesehen hat. Am Ende wird sie herausbekommen, was wirklich geschehen ist. Ich bin nur froh, dass sie sich freut.«

Sie wussten beide, dass das bevorstehende Weihnachtsfest Marys letztes sein würde. Als Father O'Brien nach der Morgenmesse am ersten Weihnachtstag zu ihr kam, war Mary wach und erwartete ihn.

»Fröhliche Weihnachten, Michael«, sagte sie. »Ich habe ein Geschenk für Sie.« Sie streckte ihm ein kleines, hübsch verpacktes Paket entgegen.

»Was ist das?«

»Nur eine Kleinigkeit, die Ihnen gefallen dürfte. Los, machen Sie es auf.«

Er entfernte das Bändchen. Vorsichtig schlug er das Papier zurück und legte eine kleine, schmale Schachtel frei.

»Weiter«, drängte Mary.

Father O'Brien hob den Deckel an. In der Schachtel lag ein glänzender silberner Teelöffel, in Seidenpapier eingewickelt.

Er wusste sofort, dass es einer von Marys Löffeln war, obwohl es Jahrzehnte her war, seit er zuletzt einen ihrer Silberlöffel gesehen hatte. Zu Beginn ihrer Freundschaft hatte sie ihn dabei erwischt, wie er um ihre Besteckschublade herumgeschlichen war. Daraufhin hatte sie ihre Löffel an einer geheimen Stelle im Haus versteckt. Es war besser so. Er bezweifelte, dass er ihnen hätte widerstehen können.

»Oh«, hauchte er und starrte auf den Löffel in der Schachtel.

Mary lächelte. »Da Sie von fast allen in der Stadt einen Löffel haben, dachte ich, es wäre an der Zeit, dass Sie auch einen von mir bekommen.« Sie hob ihre zitternde Hand. »Drehen Sie ihn um. Auf der anderen Seite steht etwas.«

Auf der Rückseite des Löffels war etwas eingraviert. Father O'Brien musste seine Lesebrille aufsetzen, um die winzigen Buchstaben zu entziffern.

»Meinem teuren Freund alles Liebe und Gute, MEHM«, las er laut vor. Sein Kinn bebte. »Oh, Mary, ich weiß nicht, was ich sagen soll. Das ist genau das, was ich immer haben wollte.« Er blinzelte heftig, und sie lächelten beide über seine allzu wahren Worte. »Wie haben Sie das geschafft?«, fragte er.

»Jean hat mir geholfen. Vor einigen Wochen brachte ich die Idee vor, und sie war so nett, einen Löffel mitzunehmen und für mich gravieren zu lassen.« Mary musste die Panik bemerkt haben, die sich auf seinem Gesicht abzeichnete, denn sie fügte schnell hinzu: »Kein Grund zur Sorge. Sie weiß nichts über Ihre … Sammlung. Tatsächlich weiß sie nicht einmal, für wen das Geschenk war.«

Sofort wurde der winzige Löffel zu seinem wertvollsten Stück, ein Symbol für Freundschaft und Anerkennung. Er würde ihn in der Schublade seines Schreibtisches aufbewahren, getrennt von den anderen. Marys Löffel war anders – ein Geschenk, das weder mit Schuldgefühlen noch mit Gier oder Sünde behaftet war.

»Ich habe auch etwas für Daisy, ein neues Set Messbecher. Ich dachte, sie könnte sie beim Brauen verwenden«, sagte Mary.

»Sie wollte heute Abend ohnehin bei mir vorbeikommen, also nehme ich sie für sie mit«, sagte Father O'Brien, der noch immer mit den Fingern an den zarten Rändern seines Löffels entlangfuhr. »Ich bin mir sicher, dass sie ihr gefallen werden.«

Als Father O'Brien und Daisy an einem dunklen Abend Anfang Februar zu Mary kamen, spürte er eine Veränderung in ihrer Stimmung.

»Hallo, ihr Lieben.« In ihrer Stimme lag körperlicher und emotionaler Schmerz. »Jetzt ist es schon ein Jahr.«

»Ich weiß«, sagte er. Daisy verhielt sich ungewöhnlich still, ging aber auf die andere Seite von Marys Bett und ergriff ihre Hand.

»Ich habe nicht mehr lange.«

Das wusste er auch, brachte es aber nicht fertig, es laut zu bestätigen. Stattdessen zog er seinen Mantel aus und legte ihn über die Rückenlehne des Stuhls, auf dem er für gewöhnlich neben ihrem Bett saß.

»Michael«, sagte Mary, bevor er Platz nehmen konnte, »würden Sie uns eine Minute allein lassen? Ich muss meiner Daisy etwas sagen.« Sie lächelte, als sie das besorgte Gesicht der Frau sah, die ihr die Hand drückte.

»Natürlich«, sagte er bedächtig und trat vom Bett zurück. »Ich warte im Salon.« Er warf Mary einen neugierigen Blick zu, bevor er die Tür hinter sich schloss.

Unten machte er kein Licht an. Eine große Lampe stand auf dem Beistelltisch neben ihm, aber er empfand die Dunkelheit des Salons als Schutz, in dem sich seine Gedanken in nichts auflösten und er davon abgehalten wurde, auf seine im Schoß verkrampften Hände zu schauen. Mary hatte auf jeden Fall das Recht, mit Daisy allein zu sprechen, aber ihre Bitte sah ihr nicht ähnlich, und das beunruhigte ihn.

Nach einiger Zeit hörte er, wie sich Marys Schlafzimmertür öffnete. »Father O'Brien?«, rief Daisy von oben. Jetzt knipste er endlich die Lampe an und erhob sich.

»Ich bin hier, Daisy«, antwortete er. Sie schniefte und lief die Treppe hinunter zu ihm.

»Sie möchte Sie jetzt sehen. Oh, Father, sie hat mir gesagt … Oh, ich habe es nicht gewusst, und jetzt weiß ich nicht, was ich machen soll. Ich habe sie so lieb. Ich will nicht, dass sie stirbt, sie kann nicht sterben«, schluchzte Daisy und umklammerte seine Taille.

»Ich weiß, Daisy, ich weiß«, sagte er und versuchte, sich unter Kontrolle zu halten. »So viele Dinge geschehen, gegen die wir nichts tun können. Aber wir beide müssen jetzt stark sein für Mary.« Sanft löste er sich aus Daisys Armen und trat einen Schritt zurück. »Gehen Sie doch ins Bad und trocknen sich die Augen, während ich kurz hinaufgehe, ja?«

Daisy schniefte erneut und nickte. »Sobald ich nach Hause komme, werde ich versuchen, einen Heiltrank für sie zu bereiten, etwas, das stärker ist als alles, was ich bisher gemacht habe. Vielleicht wird ein neuer, superstarker Trank helfen.«

»So ist es recht, Daisy«, sagte Father O'Brien. »Das wird Mary sehr zu schätzen wissen.« Er drückte die Schulter der kleinen Frau und ging die Treppe hinauf.

Mary wirkte schwächer als zuvor. Sie wandte sich ihm zu, als er die Schlafzimmertür öffnete.

»Ist mit Daisy alles in Ordnung? Sie ist ziemlich schnell rausgegangen. Ich glaube, sie hat versucht, in meiner Gegenwart nicht zu weinen.«

»Sie hält sich tapfer.«

»Michael, ist alles bereit?«

»Fast«, erwiderte er und setzte sich. »Jim Gasaway sagt, der meiste Papierkram sei erledigt, aber einiges kann erst fertiggestellt werden, nachdem …« Er verstummte, doch Mary nickte.

»Ich weiß, wie ich es ihnen mitteilen werde«, sagte sie. Da erst fielen ihm der versiegelte Umschlag und ein in braunes Papier eingewickeltes Päckchen in ihrem Schoß auf. Mit zitternder Hand hielt sie ihm beides hin. »Ein Brief und ein Geschenk für die Stadt. Das Geschenk habe ich schon eine ganze Weile, und den Brief habe ich heute geschrieben. Ich glaube, das wird alles erklären.«

»Wem soll ich das geben?«, fragte er, nahm das Päckchen und steckte den Umschlag in die Innentasche seines Jacketts.

»Ich möchte, dass Sie den Brief bei der Bürgerversammlung vorlesen und ihnen dann zeigen, was in dem Päckchen ist. In einem Monat. Das dürfte genug Zeit sein, um die Vorkehrungen abzuschließen, oder?«

»Ein Monat ist reichlich.« Er merkte, dass Marys Atem immer schwerer ging, wie stets, wenn die Wirkung ihres Schmerzmittels nachließ. »Mary«, sagte er und griff in seine Manteltasche. »Ich habe Ihnen Nachschub von Ihrem Medikament mitgebracht.« Er stellte ein volles Fläschchen auf ihren Nachttisch.

»Danke.« Mary schloss die Augen. »Die werde ich heute Abend bestimmt brauchen.«

Father O'Brien betrachtete Marys gelblich verfärbte Haut – die Gelbsucht kam wieder – und ihre dünne Gestalt, die sich unter der Bettdecke abzeichnete. Sie braucht Betreuung rund um die Uhr, dachte er. Ihre Stimme hatte noch nie so schwach geklungen. »Mary, ich glaube, Sie brauchen hier heute Nacht jemanden.«

»Unsinn«, sagte sie. »Ich komme schon klar. Die Wochenendschwester kommt morgen vorbei, und jetzt habe ich alles, was ich brauche.« Ihr Tonfall verunsicherte ihn ebenso wie ihre Bitte, allein mit Daisy sprechen zu wollen. Ein Hinweis auf ein Geheimnis, etwas, das sie ihm vorenthielt. Oder vernebelte der Kummer seine Wahrnehmung?

»Trotzdem, wenn ich Daisy nach Hause gebracht habe, komme ich wieder und bleibe über Nacht. Sie sollten nicht mehr allein gelassen werden.«

»Nein, Michael, morgen ist Sonntag, und Sie müssen Gottesdienste vorbereiten. Ich komme schon zurecht, wirklich. Ich bestehe darauf, dass Sie nach Hause gehen.«

Sie war unnachgiebig. Trotz seiner Besorgnis wollte er sie unter keinen Umständen aus der Fassung bringen. Er hoffte nur, dass sie eine weitere Nacht allein überstand.

»Na schön«, sagte er schließlich, »aber mir gefällt der Gedanke nicht, dass Sie hier allein sind. Morgen werde ich dafür sorgen, dass die ganze Zeit eine Schwester hier ist.«

Ein Seufzer war der einzige Hinweis darauf, dass Mary ihn gehört hatte. Kurz darauf drehte sie den Kopf auf dem Kissen zur Seite. »Michael, könnten Sie das Bett bitte ein bisschen höher stellen? Ich kann kaum aus dem Fenster schauen.« Er drehte die Kurbel an der Seite ihres Krankenbettes und stellte das Kopfteil senkrecht. Draußen hatte es angefangen zu schneien, große, flaumige Flocken, die einen heftigen Schneesturm ankündigten.

»Michael?«

»Ja?«

»Da ist noch etwas, das ich Ihnen sagen muss, etwas, das Sie nicht wissen und das ich den anderen in der Stadt ebenfalls enthüllen möchte.«

Sie hob den Kopf und schaute ihn an. Sie schien die Überraschung in seinem Gesicht zu bemerken, aber ihr Gesichtsausdruck hielt ihn davon ab, etwas zu sagen. Mit rauer Stimme und beinahe flüsternd gab sie ihr persönlichstes Geheimnis preis, die Antwort auf eine Frage, die er sich seit sechzig Jahren gestellt hatte.

Sie wartete auf seine Reaktion. »Ich war mir nicht sicher, aber seit kurzem habe ich das vermutet«, sagte er schließlich. »Es bedeutet mir sehr viel, es endlich zu wissen.«

»Ich wollte es Ihnen schon früher sagen, konnte aber nicht. Irgendwie war nie der richtige Zeitpunkt. Doch nach dem Ausflug nach Rutland wurde alles anders.« Mary lächelte, lehnte sich zurück und beobachtete die weißen Flocken vor dem Fenster. »Ist der Schnee nicht schön?«

»Ja.« Er brachte kaum ein Wort hervor.

»Sie müssen mir versprechen, Michael, dass Sie nicht die ganze Nacht hier sitzen werden. Das ist nicht nötig. Versprechen Sie es?«

»Mary, ich …«

»Bitte, versprechen Sie es mir, Michael.«

Er legte den Kopf in die Hände. »Versprochen. Ich bleibe nur so lange, bis Sie eingeschlafen sind.«

»Und Sie haben den Brief und das Geschenk?«

»Ja, Mary, meine Liebe.«

Mit lautem Miauen sprang Marys Kater auf das Bett. Er rollte sich neben ihr zusammen und stieß ihre Hand an, um auf sich aufmerksam zu machen.

»Hallo, Sham-Sham«, sagte sie und streichelte dem Kater den Kopf. »Wenn ich nicht mehr da bin, suchen Sie ihm ein gutes Zuhause, ja?«

»Natürlich, Mary, selbstverständlich.« Er streckte die Hand aus und strich eine graue Haarsträhne aus ihrem Gesicht. Sie lächelte mit geschlossenen Augen.

»Michael?«

»Ja?«

»Danke, dass Sie mein Freund sind. Vielen, vielen Dank.« Ihre Stimme war weich und ein wenig schleppend. Mary sank in den Schlaf, bevor er antworten konnte.

Er hatte große Angst, dass sie am nächsten Morgen von ihnen gegangen sein würde, dass er ohne sie dastehen würde.

Er wollte bleiben, hatte aber ihr gegenüber noch nie sein Wort gebrochen. Also konnte er es auch jetzt nicht tun, vor allem dann nicht, wenn seine Rückkehr nach Hause das Letzte war, was er ihr jemals versprochen hatte. Er würde aufbrechen und dafür sorgen, dass Daisy wohlbehalten nach Hause kam, und beim ersten Tageslicht wieder zur Marmorvilla zurückkehren.

Father O'Brien schaute Mary an, während er seinen Mantel anzog. Sham schnurrte und folgte ihm mit seinen verschlafenen blauen Augen. Der Priester betete im Stillen und bekreuzigte sich.

»Gott schütze Sie, Mary, meine Liebe«, flüsterte er und musste all seine Kraft zusammennehmen, um die Treppe hinunterzugehen und in die Nacht hinauszutreten.

21

Das Gemeindehaus war fast voll.

Father O'Brien stand neben der Eingangstür zum Hauptversammlungsraum. Während in den vergangenen zwölf Jahren neue Räume angebaut worden waren – eine Küche und ein Flügel für die Büros der Stadtverwaltung –, war der ursprüngliche Versammlungsraum des Gemeindehauses alt, so alt wie Mill River selbst. Drinnen reichten die holzgetäfelten Wände bis hinauf zu den freiliegenden Balken und lieferten eine wunderbare Akustik. Die matten Bodendielen, abgelaufen von Tausenden Schritten über viele Jahrzehnte hinweg, knarrten, während die Menschen von draußen hereinströmten.

Das Gemeindehaus wurde im Laufe eines Jahres für verschiedene Versammlungen genutzt – der Rotary Club und die Kiwanis hielten dort ihre Treffen ab. An jedem Donnerstagabend spielten Gemeindemitglieder von St. John's in dem Saal Bingo. An Samstagnachmittagen kamen Senioren, um sich alte Filme anzusehen. Das Gebäude war eine Ausweichstelle für den halbjährlichen Flohmarkt, wenn es draußen regnete, und regelmäßiger Veranstaltungsort der jährlichen Gemeindeversammlung im März.

Die fröhliche Menge im Saal hieß jeden Neuankömmling willkommen. Die Frauen trugen abgedeckte Platten in die Küche, während die Männer sich munter anderen Gruppen anschlossen. Kinder flitzten durch das Gedränge und spielten Fangen oder Verstecken.

Father O'Brien drehte Marys Päckchen in den Händen und

fuhr am Rand des geklebten Papiers entlang. Er beobachtete die Menschen aus der Stadt, die sich zur Gemeindeversammlung einfanden, und wusste, dass er sich zu ihnen gesellen und mit ihnen plaudern sollte. Er war schließlich der einzige Geistliche in Mill River. Aber er befürchtete – nein, er wusste –, wenn er sich einer Unterhaltung anschloss, würde man ihn mit Fragen über seine bevorstehende Bekanntmachung bombardieren. Und über Mary.

Er würde sich unauffällig verhalten, bis er an der Reihe war, sich Gehör zu verschaffen. Gut so. Er war ohnehin nicht in der seelischen Verfassung, sich mit all den Menschen zu unterhalten.

Diese Gemeindeversammlung war eine bedeutende und ernste Angelegenheit für ihn. Heute war der Tag, an dem er sein Versprechen an Mary einlösen würde.

»Na, Father, ich weiß ja nicht, wie viel Aufregung diese kleine Stadt noch aushält.« Fitz lehnte sich neben ihn an den Türrahmen. »Die brennen alle auf Ihre Bekanntmachung. Ich weiß mehr als die meisten, und ich bin selbst ziemlich neugierig, wenn ich ehrlich sein soll. Und das nach dem ganzen Schlamassel mit Leroy am letzten Wochenende.« Fitz schüttelte den Kopf. »So viel ist in Mill River seit Jahren nicht passiert.«

»Wohl wahr«, erwiderte Father O'Brien. »Ich habe gestern den Artikel in der *Gazette* gelesen.«

»Auch der *Herald* hat darüber berichtet. Und uns rufen Fernsehsender aus Burlington an, die um Interviews bitten. Wir stehen gerade erst am Anfang der Ermittlungen.«

»In der *Gazette* hieß es, Leroy werde wegen Brandstiftung und versuchten Mordes angeklagt.«

Fitz nickte. »So ist es, und ich bin gespannt, was wir sonst noch rausfinden. Wir wissen noch nicht viel, aber er wird noch eine Weile im Krankenhaus bleiben, daher haben wir Zeit, um alles zusammenzutragen.«

»Sind Sie sicher, dass er den Brand wirklich gelegt hat?«

»Ich persönlich bin mir todsicher«, sagte Fitz. »Und ich glaube, wir haben alle nötigen Beweise. Die ganze Rückwand der Bäckerei war mit frischen Graffiti bedeckt, und die Feuerwehr sagt, die Ursache für den Brand sei ein Molotowcocktail gewesen, der durch das Fenster hinten geworfen wurde. Wir haben Leroys Wagen durchsucht und eine Sprühdose mit schwarzer Farbe gefunden, Bierflaschen und einen leeren Benzinkanister – alles, was er brauchte, um Flaschenbomben zu basteln. So, wie er da ausgestreckt vor dem Haus lag, nehmen wir an, dass eine dieser Flaschen an ihm explodierte. Hat sein Gesicht und seine Hand ziemlich schlimm verbrannt. Und jetzt kommt der Clou – jemand hat kurz vor dem Brand einen Notruf getürkt. Die Jungs und ich sind zu Doktor Richardson hinausgefahren und haben den Ärmsten fast zu Tode erschreckt, bis wir merkten, was Sache war. Ich habe die Einsatzzentrale nach dem Brand so schnell wie möglich angerufen und den Notruf verfolgen lassen. Wie sich herausstellte, kam er von Leroys Handy, und da war er hier in der Innenstadt.«

»Du meine Güte«, sagte Father O'Brien.

»Das ist verdammt eindeutig, wenn Sie den Ausdruck entschuldigen wollen. Er hat versucht, seine Nummer mit so einem angesagten Extraservice zu unterdrücken, den die Handyanbieter anpreisen, aber das funktioniert beim Notruf nicht. Dumm wie er ist, wusste er das nicht.«

»Warum wollte er die Bäckerei in Brand stecken?«

»Im Hinblick auf das Motiv sind uns ein paar Dinge eingefallen. Zuerst dachte ich, er wollte es mir heimzahlen, dass ich ihn an den Schreibtisch verdonnert habe. Herrgott, er hätte dankbar sein sollen, dass ich ihn nicht gefeuert habe, nachdem er den Jeep zu Schrott gefahren hat. Aber gestern haben wir auch sein Haus durchsucht, und raten Sie mal, was wir gefunden haben.«

Father O'Brien zog fragend die Augenbrauen hoch.

»Einen ganzen Stapel Pornozeitschriften, aber alle Gesichter waren mit Claudia Simons Gesicht überklebt.«

»Claudia Simon? Die Lehrerin?«

»Genau. Er hatte einen Packen Fotos von ihr, und aus einigen war das Gesicht herausgeschnitten. Er muss sie monatelang beobachtet haben. Wir glauben, dass er irgendwann auch bei ihr im Haus gewesen sein muss. Als wir seine Kleidung im Krankenhaus durchsucht haben, fanden wir in seiner Manteltasche einen Slip, wahrscheinlich gehört er Claudia. Kyle sagte, Leroy habe sich vor ein paar Wochen heftig an sie rangemacht, aber sie hat ihn abblitzen lassen. Soweit wir wissen, ist Leroy ausgerastet, als er erfuhr, dass sie mit Kyle zusammen ist.«

»Also hat er versucht, Kyle loszuwerden?«

»Vielleicht, und Claudia auch. In der Nacht, als es brannte, war sie in Kyles Wohnung über der Bäckerei.«

»Ach du meine Güte«, wiederholte Father O'Brien.

»Das ist total krank«, stimmte Fitz ihm zu. »Im Übrigen ist noch nichts von dem, was ich Ihnen gerade gesagt habe, an die Öffentlichkeit gelangt, also behalten Sie es bitte für sich, ja?«

»Natürlich.«

Father O'Brien stand noch einige Zeit mit Fitz zusammen und beobachtete die Menge. Daisy lief eifrig im Raum herum. Ihm fiel auf, dass sie ein kleines Notizbuch bei sich hatte und von einem zum anderen zog.

»Ich vermute, Daisy nimmt Bestellungen für ihren Zaubertrank zum St. Patrick's Day entgegen«, sagte Fitz.

»Das habe ich auch gerade gedacht. Aber schauen Sie, dieses Jahr ist es anders. Die Leute versuchen nicht, ihr aus dem Weg zu gehen.«

Fitz betrachtete Daisy noch eine Weile. »Sie haben recht«, sagte er. »Vermutlich haben etliche Leute den Artikel in der

Gazette gelesen und erkannt, dass sie glaubwürdiger ist, als sie dachten.«

Daisy war neben Fitz und ein paar Feuerwehrmännern in dem Artikel der *Gazette* zitiert worden. Sie hatte von ihrer zufälligen Begegnung mit Leroy im Wald erzählt und von ihrem Anruf bei der Polizei in Mill River. Da die Leute im Versammlungsraum neugierig waren, von ihr zu hören, was sie gesehen hatte, begrüßten sie Daisy interessiert und bezogen sie in ihre Unterhaltungen mit ein.

»Ich dachte, es wäre ein Tier«, sagte sie gerade zu ein paar Leuten in der Nähe des Eingangs, »aber es war ein Mann, der schwarze Sachen anhatte.«

»Meinen Sie, Leroy hatte etwas mit dem Brand in Daisys Wohnwagen im November letztes Jahr zu tun?«, fragte Father O'Brien.

»Schon möglich«, erwiderte Fitz. »In der Brandnacht damals trug er eine Skimaske, und Daisy hat ihn tatsächlich hinter der Bäckerei herumlungern sehen. Hat Ron angerufen, um es zu melden, bevor wir alle zu dem vermeintlichen Diebstahl ausrücken mussten. Leroy könnte es auch auf Daisy abgesehen haben, weil sie im letzten Oktober bei mir Beschwerde über ihn eingereicht hat. Sie behauptete, er habe ihr angedroht, ihrem Hund etwas zu tun, nachdem er an seinen Wagen gepinkelt hatte. Offensichtlich war sie die einzige Zeugin. Ich wusste nicht, ob ihre Aussage stimmte, auf jeden Fall habe ich Leroy veranlasst, sich bei ihr zu entschuldigen. Ich dachte, das Ganze hätte sich irgendwie in Wohlgefallen aufgelöst, aber knapp einen Monat später brannte ihr Wohnwagen. Verdächtig, oder?«

»Sie bestand darauf, einen Mann gesehen zu haben, der in jener Nacht von der Brandstelle weggerannt ist«, sagte Father O'Brien.

»Ich weiß. Ein schwarzgekleideter Mann. Und als sie am frühen Samstagmorgen im Revier anrief, hat sie Ron erzählt, der Kerl, den sie hinter der Bäckerei gesehen habe, sei derselbe, der auch von ihrem brennenden Wohnwagen weggerannt sei. Ich weiß nicht, ob wir etwas beweisen können, aber wir werden Leroy über das Feuer bei Daisy befragen, sobald er vernehmungsfähig ist. Jedenfalls sind die Ähnlichkeiten für mich Beweis genug, und so wie es aussieht, auch für einige andere in der Stadt.« Fitz warf einen Blick auf seine Armbanduhr. »Es ist kurz vor vier, ich werde noch ein paar Leute begrüßen und dann die Versammlung eröffnen. Setzen Sie sich doch beim Abendessen hinterher zu Ruth und mir, ja?«

»Das werde ich tun«, erwiderte Father O'Brien. Grinsend machte sich Fitz auf den Weg zum Rednerpult an der Stirnseite des Saals. Er war als Versammlungsleiter gewählt. Nachdem er wieder allein war, betrachtete Father O'Brien die Menge. Kyle Hansen war da und saß zwischen seiner Tochter und Claudia Simon. Rowen war so ein Schatz und redete auf Kyle und Claudia ein, die sie amüsiert ansahen. Father O'Brien war dankbar, dass der Vater des Mädchens noch lebte, vor allem nach dem, was Fitz ihm eröffnet hatte.

»Also, Miss Simon«, sagte Rowen und schaute über den Schoß ihres Vaters zu Claudia, »werden Sie meinen Dad heiraten?«

Father O'Brien musste sich ein Lachen verkneifen, als er sah, wie Claudias Gesicht rot anlief. »Rowen, Schätzchen, du darfst so eine Frage nicht stellen«, erklärte Kyle seiner Tochter lächelnd. »Das ist peinlich.« Claudia lächelte auch, obwohl sie sehr nervös wirkte.

»Entschuldigung«, sagte Rowen eher zu Kyle als zu Claudia. »Aber Dad?«

»Ja?«

Rowen senkte die Stimme und flüsterte beinahe, als würde sie ihm ein besonderes Vater-Tochter-Geheimnis anvertrauen. »Ich mag Miss Simon sehr. Und wenn ihr heiratet, könnte sie meine neue Mom sein, und ich müsste nicht mehr ›Miss Simon‹ zu ihr sagen.«

»Ist das so?«

»Ja.«

»Gut«, sagte Kyle mit gespieltem Ernst, »dann werde ich mir das auf jeden Fall noch einmal durch den Kopf gehen lassen. Verstehst du, Miss Simon und ich kennen uns noch nicht allzu lange, daher nehme ich an, wir müssen einfach noch abwarten und sehen, was passiert. Aber ich sag dir was.«

»Was?«

»Ich mag sie auch sehr.«

»Würden Sie bitte Platz nehmen?«, rief Fitz vom Rednerpult aus. Ein Mikrofon gab es nicht, und er sprach laut.

Father O'Brien schlüpfte in den Saal. Er ging an den vorderen Stuhlreihen vorbei, blieb kurz stehen, um einen Mann mittleren Alters im grauen Anzug zu begrüßen. Wie erwartet war die letzte Stuhlreihe noch fast leer, und er ließ sich dort nieder. Die gedämpfte Unterhaltung verstummte, als auch andere sich hinsetzten. Fitz nahm einen Hammer zur Hand und schlug drei Mal auf das Pult.

»Die Versammlung ist eröffnet«, sagte er. »Ich möchte alle zur jährlichen Bürgerversammlung von Mill River willkommen heißen. Unsere Tagesordnung ist ungefähr dieselbe wie in den vergangenen Jahren. Wir werden Stadtverordnete für das nächste Jahr wählen, anschließend die Budgets für die Stadt und die Schule diskutieren und darüber abstimmen. Oh, und ich glaube, Father O'Brien möchte gern eine Bekanntmachung verlesen. Meine Ruthie und ein paar andere nette Damen bereiten das Abendessen vor, das nach der Versammlung stattfindet.«

Als Fitz die Bekanntmachung erwähnte, drehten sich viele zu Father O'Brien um. Er lächelte nur. Der Raum begann wieder zu summen.

»Unser erster Punkt ist die Wahl des Stadtschreibers«, sagte Fitz, doch Father O'Brien hörte schon nicht mehr zu. Er dachte an den Umschlag in seiner Brusttasche und das braune Päckchen auf seinem Schoß. Unbewusst drückte er eine Hand an die Tasche, um sich zu vergewissern, dass der Umschlag noch dort war. Er spürte ihn, sowie seine Lesebrille, und war beruhigt.

Die Versammlung ging an ihm vorbei. Von Zeit zu Zeit vernahm Father O'Brien die dröhnende Stimme des Polizeichefs, wie er fragte »Gibt es noch weitere Wortmeldungen?«, oder »Geben Sie Ihre Wahlzettel ab«. Eine hitzige Debatte entbrannte darüber, ob im Schulbudget genug Mittel vorhanden waren, um eine zusätzliche Lehrkraft einzustellen und neue Bücher für die Bibliothek zu kaufen. Am Ende wurde zugunsten der Lehrkraft entschieden.

Nach anderthalb Stunden trugen Ruth Fitzgerald und ein paar andere Frauen abgedeckte Speisen herein und stellten sie auf einen langen Tisch an der Seite des Versammlungsraums. Es gab Schinken und gebratene Hähnchen, selbstgemachte Eintöpfe, Baked Beans und Kartoffelsalat. Der lange Tisch fasste nur einen Teil der zahlreichen Beilagen und Pfannen, weshalb die Desserts noch in der Küche warten mussten.

Von seinem Platz im hinteren Bereich des Versammlungsraums sah Father O'Brien, wie sich die Köpfe zu dem langen Tisch umwandten. Selbst die Erwachsenen wurden unruhig und begannen zu flüstern. Father O'Brien überlegte gerade, ob Ruth wohl einen Kirschkuchen mitgebracht hatte, da hörte er Fitz sagen: »Gibt es noch etwas zu besprechen, bevor wir Father O'Brien anhören?«

Im Raum trat Stille ein, alle Gesichter wandten sich dem Priester zu.

Fitz wartete einen Moment. Da sich niemand zu Wort meldete, trat er vom Rednerpult zurück. »Ich übergebe an

Sie, Father«, sagte er und setzte sich auf einen Stuhl an der Seite.

Father O'Brien stand auf und begab sich an die Stirnseite des Raums. Am Rednerpult schlug ihm die erwartungsvolle Aufmerksamkeit von vierhundert Menschen entgegen. Er reckte die Schultern und richtete den Blick auf die vielen vertrauten Gesichter. Er hatte sein Leben lang so oft allein vor einer Menge gestanden, und doch war es dieses Mal anders. Die Verantwortung und Verbundenheit, die er empfand, drückten ihn schwer auf den alten Holzboden nieder.

Er legte das braune Päckchen auf das Pult und holte seine Lesebrille und den Umschlag aus der Tasche. Mit zitternden Händen klappte er die Brille auf.

Die Zeit war gekommen.

»Ungefähr vor einem Monat«, setzte er an, »hat Mill River eine seiner ältesten Einwohnerinnen verloren. Mary McAllister wohnte in der weißen Marmorvilla auf dem Hügel – wir alle haben sie tausendmal gesehen. Aber höchstens zwei von Ihnen haben Mary je zu Gesicht bekommen. Sie wollte es so, doch die Gründe dafür können Sie sich nicht vorstellen.

Ich kannte Mary gut. Ich wurde ihr und der Familie ihres Mannes vorgestellt, kurz nachdem ich nach St. John's versetzt worden war. Das war vor mehr als sechzig Jahren. Marys Trauung war eine der ersten, die ich vollzogen habe. Knapp ein Jahr nach dieser Trauung verlor sie ihren Vater und ihren Ehemann. Ihr Mann war gewalttätig, und er hat sie verunstaltet, bevor er selbst bei einem Autounfall ums Leben kam.

Sie werden sich fragen, warum Mary so zurückgezogen lebte. Mary litt an Sozialphobie. Sie war in Gegenwart anderer Menschen schrecklich nervös, und mit zunehmendem Alter wurde das nur noch schlimmer. Sie brach förmlich zusammen, wenn Fremde zugegen waren. Damals, als ich sie kennenlernte, wussten die Ärzte noch nicht, wie man jemandem in ihrem Zustand helfen konnte. Es galt nicht einmal als

Krankheit. Früher wurden Menschen in Marys Verfassung in eine psychiatrische Anstalt gesteckt und kamen nur selten wieder heraus.«

Father O'Brien hielt inne. Die Menschen hörten aufmerksam zu. Anscheinend hatten sie – zumindest vorübergehend – die Leckerbissen auf dem langen Tisch vergessen.

»Aber Mary hatte Glück. Der Großvater ihres Mannes, Conor McAllister, war ein freundlicher, anständiger Mann. Er liebte Mary wie seine eigene Enkelin. Er fühlte sich verantwortlich für das, was sein Enkel ihr angetan hatte, und er sorgte dafür, dass sie nicht in die Psychiatrie abgeschoben wurde. Conor gab ihr genug Geld, damit sie für den Rest ihres Lebens finanziell abgesichert war. Er bat mich, für Mary zu sorgen, wenn er mal nicht mehr da sein würde. Er sei alt, sagte er, und ihm mache der Gedanke zu schaffen, dass Mary nach seinem Tod niemanden mehr habe.

Ich zögerte, ihm dieses Versprechen zu geben. Ich war damals noch jung, gerade erst zum Priester geweiht, und versuchte, mich um meine erste Gemeinde zu kümmern, und da wurde die Bitte an mich herangetragen, mich auf unabsehbare Zeit an einen Menschen zu binden. Ich wusste, es gab keine Gewähr – es war sogar unwahrscheinlich –, dass ich mein Leben lang in Mill River bleiben würde, oder solange Mary lebte. Aber ich wusste, dass Mary außer Conor niemanden hatte, und so konnte ich ihm seine Bitte nicht abschlagen. Ich wurde unter anderem auch deshalb Priester, um Menschen zu helfen. Daher versprach ich, zu tun, was ich konnte, solange es mir möglich war.

Mit der Zeit brachte Mary mir Vertrauen entgegen, und wir wurden Freunde. Sie war wie eine Schwester für mich. Lange nach Conors Tod war ich der einzige Mensch, der sie nicht in Angst versetzte. Unsere Freundschaft hielt über sechzig Jahre an, bis Mary im vergangenen Monat ihren Kampf gegen den Krebs verlor.

Sie fragen sich vielleicht, wie ein Mensch so lange in beinahe völliger Isolation leben kann. Die Frage habe ich mir auch sehr oft gestellt, und trotzdem ist mir keine Antwort eingefallen. Ich weiß allerdings, dass Mary vor allem glücklich war, allein zu sein. Nach allem, was ihr zugestoßen war, brauchte sie das Gefühl der Sicherheit, das ihre Marmorvilla ihr verlieh. Sie vertraute niemandem, zumindest in den ersten Jahren, und sie fand jede Menge Dinge, mit denen sie sich beschäftigen konnte. Doch mit der Zeit wollte sie ihre Angst überwinden. Als sie schließlich den Mut aufbrachte, sich nach draußen zu wagen, hat diese Erfahrung sie furchtbar verletzt. Danach verbrachte sie den Rest ihres Lebens in der Sicherheit ihres Hauses. Sie liebte ihre Pferde und ihren Siamkater, und sie schloss spät in ihrem Leben eine unerwartete Freundschaft.« Er lächelte Daisy zu, die ihm wie gebannt zuhörte und sein Lächeln erwiderte. »Besonders gern las sie. Aus ihren Büchern hat sie sehr viel gelernt. Ich habe selten einen so scharfen Verstand angetroffen, obwohl sie die Highschool nie abgeschlossen hatte.

Dass ich darum gebeten habe, heute zu Ihnen sprechen zu dürfen, hat einen besonderen Grund. Es gibt ein paar Dinge, von denen Mary und ich meinten, Sie sollten sie erfahren.«

Sofort ließ die leichte Unruhe wieder nach, die sich in der Menge ausgebreitet hatte.

»Mary McAllister kannte Sie alle. Sie pflegte von ihrem Fenster aus zu beobachten, was in der Stadt vor sich ging. Sie las die *Gazette* und hörte Radio. Sie schaute sich bestimmte Fernsehsendungen an, obwohl sie manchmal auch Angst bekam, wenn sie Menschen auf dem Bildschirm sah. Das meiste aber, was Mary über Sie wusste, erfuhr sie durch mich.«

Besorgtes Raunen erhob sich aus den Reihen. Er sah förmlich, was in ihren Köpfen vorging.

»Das muss Sie nicht beunruhigen. Ich versichere Ihnen, dass ich Mary nichts erzählt habe, womit ich mein Gelübde oder meine Pflichten als Priester verletzt hätte. Ich versorgte sie nur mit Informationen, so wie Freunde und Nachbarn es untereinander tun.«

Father O'Brien betrachtete die Gesichter, die ihn anblickten. Lächelnd schaute er Ruth Fitzgerald in die Augen, die neben dem langen Tisch stand. »Mary kannte Sie, Mrs Fitzgerald. Sie haben jahrelang für sie eingekauft, ohne ihr je begegnet zu sein, und Sie haben sie nur ein Mal gesehen, aber Mary kannte Sie. Mary wusste Bescheid, als Sie und Fitz Ihre Zwillingstöchter bekamen. Sie hat das Foto in der *Gazette* gesehen und gesagt, so hübsche Babys habe sie nur selten zu Gesicht bekommen. Nachdem Sie die Bäckerei eröffnet haben, gab sie widerwillig zu, dass Ihr Kirschkuchen besser war als ihr eigener.«

Gelächter machte sich im Raum breit, und Father O'Briens Blick wanderte zu Kyle Hansen. »Mary kannte Sie, Officer Hansen. Sie wusste, dass Sie eine hart erarbeitete Stelle in Boston aufgaben, um zu gewährleisten, dass Ihre Tochter mit dem einen Elternteil, der ihr geblieben war, an einem sicheren Ort aufwachsen konnte. Für Mary war diese Liebe wunderbar, an der es heutzutage so oft mangelt.« Kyle lächelte Rowen zu, die neben ihm saß. Seine Ohren waren hochrot.

Claudia Simon riss die Augen weit auf, als Father O'Brien sich als Nächstes an sie wandte. »Mary kannte Sie, Miss Simon, auch wenn Sie erst seit ein paar Monaten in Mill River wohnten. Sie wusste, dass Sie eine Grundschullehrerin sind, die ihre Sache gut macht. Mary sagte oft zu mir, sie hätte ohne Lehrerinnen wie Sie nie Lesen gelernt. Ihre eingeschränkte Welt wäre ohne ihre Bücher unendlich viel kleiner.«

Jean Wykowski saß zwischen ihren beiden Söhnen, ihr Mann hatte Dienst auf dem Revier. »Mary kannte Sie, Mrs Wykowski. Obwohl Sie sich am Ende um sie gekümmert haben, kannte Mary Sie schon viel länger. Sie machte sich Sorgen um Jimmy, als er vor ein paar Jahren mit Lungenentzündung ins

Krankenhaus kam, und um Johnny, als er bei seinem ersten Spiel in der Kinderliga von einem Baseballschläger getroffen wurde. Sie wusste, wie schwer Sie und Ron arbeiten, um für Ihre Kinder und füreinander zu sorgen.« Jean legte die Arme um ihre Jungen und sah aus, als müsse sie gleich weinen.

Father O'Brien schaute wieder zu Daisy. »Miss Delaine, Sie gehören zu den wenigen Menschen, die Mary wirklich kennengelernt haben. Von Anfang an war sie begeistert von Ihren Heiltränken. Mary hat immer darauf bestanden, dass ich ihr welche kaufte.« Daisys Gesicht hellte sich auf. »Mary hatte immer das Gefühl, sie habe etwas mit Ihnen gemeinsam. Einmal erzählte sie mir, Sie seien beide ein wenig exzentrisch und würden von den meisten Menschen missverstanden. Später dann, als Mary Sie persönlich kennenlernte, war sie angerührt von der Freundlichkeit, die Sie ihr gegenüber an den Tag legten.« Daisy nickte und wischte sich über die Augen.

»Ich könnte hier stehen bleiben und Ähnliches über einen jeden von Ihnen sagen. Marys Kenntnisse über Sie verliehen ihr das Gefühl der Zugehörigkeit zu Mill River. Das wusste sie sehr zu schätzen. Obwohl ihre Verfassung sie daran hinderte, persönlichen Kontakt zu Ihnen aufzunehmen, fühlte sie sich als Teil der Gemeinschaft. Und all die Jahre war sie bemüht, der Gemeinschaft etwas zurückzugeben auf die Art, die ihr möglich war. Das werde ich gleich näher erläutern. Aber als Mary erfuhr, dass sie bald sterben würde, kam sie zu dem Entschluss, nicht annähernd genug getan zu haben.« Er blinzelte und überlegte, was er noch sagen sollte. Schließlich traf er eine Entscheidung und fuhr fort.

»Das hier« – er hielt den Umschlag hoch – »ist ein Brief von Mary. Sie hat ihn an dem Tag geschrieben, an dem sie gestorben ist. Er erklärt in ihren eigenen Worten, was sie beschlossen hat. Sie hat mir auch dieses Päckchen für Sie alle gegeben. Diese Dinge sind der Grund, warum ich jetzt hier oben stehe. Ich habe ihr versprochen, dass ich bei der Bürgerversammlung ihren Brief verlesen und Ihnen dieses Päckchen überreichen werde. Am besten fange ich mit dem Brief an.«

Er setzte seine Lesebrille auf und öffnete den Umschlag. Ihm stockte der Atem, als er das feine Briefpapier entfaltete. Der Text war viel kürzer, als er erwartet hatte. Trotzdem bat er im Stillen um Kraft und begann zu lesen.

An die lieben Menschen von Mill River,

Zuerst hatte ich vor, einen Brief zu schreiben, der alles erklärt. Doch dann entschied ich, dass es eine bessere Möglichkeit gab, Ihnen endlich zu gestatten, mich zu sehen und mich besser kennenzulernen, so wie ich Sie über all die Jahre gesehen und gekannt habe. Ich werde Father O'Brien bitten, jetzt das braune Päckchen zu öffnen. Sobald Sie den Inhalt kennen, wird Ihnen alles klar sein.

Mit herzlichen Grüßen,
Mary Elizabeth Hayes McAllister

Mehr stand nicht auf dem Papier. Mit gerunzelter Stirn blickte Father O'Brien vom Brief auf. Die Menschen, die ihn anschauten, waren anscheinend ebenso verwirrt. »Dann mache ich es jetzt auf«, sagte er und hielt das Päckchen kurz hoch. Im Nu hatte er das braune Papier entfernt.

In dem Päckchen war eine DVD.

Im ersten Moment starrte Father O'Brien sie an. Er wusste, was darauf sein musste, dennoch konnte er nicht glauben, dass Mary dies getan und vor ihm geheim gehalten hatte. Wie war es ihr gelungen? Sie musste eigenhändig einen Camcorder und DVDs bestellt haben. So wird es gewesen sein, dachte er, als ihm plötzlich wieder einfiel, dass alle ihn erwartungsvoll ansahen. »Es ist eine DVD«, sagte er und hob sie hoch, damit alle sie sehen konnten. Er wandte sich an Fitz. »Haben wir die Möglichkeit, sie uns anzuschauen?«

»Aber klar«, erwiderte Fitz. »Wir haben den Fernseher und den DVD-Player für die Filme an Samstagen. Die Sachen sind da drüben in der Abstellkammer. Moment bitte.« Fitz erhob sich von seinem Stuhl und lief durch den Saal. Mehrere Hundert Augenpaare sahen zu, wie er die zahlreichen Schlüssel an seinem Bund durchging, bis er den richtigen gefunden hatte. Kurz darauf schob er einen großen Wagen mit Fernseher und DVD-Player aus der Abstellkammer in den Versammlungsraum. Er stöpselte die Geräte ein und wandte sich an Father O'Brien.

»Ich kenne mich mit Technik nicht so gut aus«, sagte der Priester und reichte Fitz die DVD. »Dürfte ich Sie bitten?«

Father O'Brien trat zurück und sah zu, wie Fitz die DVD einlegte und den Ton des Fernsehers einschaltete.

Einen Moment lang rauschte es, dann tauchte Marys Gesicht auf dem Bildschirm auf.

Alle schnappten gleichzeitig nach Luft.

Mary trug ihre Augenklappe. Ihr Gesicht war mager, aber nicht ganz so wie kurz vor ihrem Tod, stellte Father O'Brien fest. Sie wirkte aufmerksam und ein wenig nervös, und er vermutete, dass sie die Aufzeichnung vor Monaten gemacht haben musste, als sie sich noch frei in der Marmorvilla bewegen konnte.

Mary schaute eine Weile in die Kamera und begann dann zu sprechen.

»Mein Name ist Mary McAllister. Ich zeichne das hier für die Menschen in Mill River auf, dem Ort, an dem ich mein ganzes Leben verbracht habe.

Ein einsames Leben. Father O'Brien hat Ihnen zweifellos inzwischen von der Angst erzählt, unter der ich litt. Sie fing an, als ich ein Mädchen war, nachdem einer meiner Lehrer an der Highschool mir Gewalt angetan hatte. Dieses schreckliche Ereignis war die Wurzel einer Angst, die immer schlimmer wurde. Jahrelang versuchte ich, den Mut aufzubringen, Teil der Gemeinschaft zu werden. Doch selbst jetzt verursacht mir der Gedanke, einem anderen Menschen zu begegnen, eine solche Qual, dass ich mich kaum davon abhalten kann, mich in ein Zimmer einzuschließen. Sogar hier zu sitzen fällt mir schwer, da ich weiß, dass so viele Menschen die Aufzeichnung sehen werden. Ich weiß, dass ich die Angst nicht besiegen kann. Ich habe nur gelernt, mir ihr zu leben und so gut wie möglich Trost in meiner Einsamkeit zu finden.

Dennoch habe ich mir, wie jedes menschliche Wesen, auch gewünscht, eingegliedert zu sein, Freunde und Bekannte zu haben, Menschen, um die ich mich kümmern konnte und die sich um mich kümmerten. Durch den Blick aus meinem Fenster, dank der *Gazette* und Father O'Brien hatte ich das Gefühl, zu Ihnen, den Menschen von Mill River zu gehören.«

Marys Stimme zitterte, und eine Träne rann aus dem Winkel ihres gesunden Auges. Sie musste schlucken und fuhr dann fort.

»Sechzig Jahre lang waren Sie mir nahe. Die Stadt zu sehen, über Sie und Ihre Familien und Ihr Leben zu lesen hat mir immer großen Trost gespendet. Das war einseitig, ja, aber es hat mich aufrecht gehalten seit der Zeit, als ich Witwe wurde, bis heute, da ich hier als alte Frau vor Ihnen sitze. Ich habe versucht, diesen Trost zu erwidern und für Sie zu sorgen, wenn Sie in Not waren. Ich hatte immer so viel mehr, als ich brauchte, aber ich weiß jetzt, dass das, was ich zur Verfügung stellte, längst nicht genug war.

Vor kurzem habe ich Mill River zum ersten Mal seit meiner Jugendzeit verlassen. An dem Tag habe ich erfahren, dass ich sterben muss. Auf der Heimfahrt, als ich mein Haus hoch oben auf dem Hügel außerhalb der Stadt sah, wurde mir klar, dass ich eine Außenseiterin bin. Ich habe nicht genug getan, um Ihnen zu erlauben, mich kennenzulernen. Dennoch wäre ich schon längst gestorben, wären Sie alle in meinem Leben nicht gegenwärtig gewesen.

Ihnen das Glück zu vergelten, das Sie mir geschenkt haben, ohne es zu ahnen, wäre unmöglich. Aber ich habe mich gefragt, wie ich meine Dankbarkeit nach meinem Tod zum Ausdruck bringen könnte. Sosehr ich Ihnen allen gern persönlich begegnen möchte, weiß ich doch, dass es mir nicht gelingen würde. Ich bezweifle, dass ich einem von Ihnen gegenübertreten könnte, und ich weiß, dass meine Zeit abgelaufen ist, wenn die Bürgerversammlung ansteht.

Aber ich kann Ihnen alles andere geben, was ich habe, und das werde ich tun.

Ich weiß, dass Sie ehrliche, fleißige Menschen sind. Sie geben freimütig, auch wenn Sie nur wenig haben. Einige unter Ihnen haben keine Mühen gescheut und mir unverdiente Freundlichkeit erwiesen. Mir wäre es eine Ehre, zu Ihrem Wohlergehen und Glück beizutragen. Sie haben mir so lange unwissentlich geholfen. Ich hoffe, dass Sie mich als eine Freundin und Nachbarin in Erinnerung behalten, die Ihnen stets dankbar sein wird.«

Mary hielt inne und atmete tief durch.

»Da ist noch etwas, das alle wissen sollten. An dem Tag, an dem ich erfuhr, dass ich sterben würde, als mir klarwurde, wie fern ich Ihnen allen sein musste, erfuhr ich noch etwas, das mir großes Glück bescherte. Bis Sie diese Botschaft sehen werden, muss ich es noch jemandem anvertrauen. Aber Sie müssen es auch wissen. Alle müssen es wissen.

Nach dem Vorfall mit meinem Lehrer konnte ich nie wieder zur Schule gehen. Ich war am Boden zerstört, und ich war schwanger, wie ich bald feststellte.

Mit sechzehn bekam ich eine Tochter. Ich liebte sie, sobald ich sie erblickte. Ich behielt jede Einzelheit ihres engelhaften Gesichts in Erinnerung, bis hin zum Muttermal, das bis auf ihre Wange reichte. Aber ich war selbst noch ein Kind und hätte ihr auf keinen Fall das Leben bieten können, das sie verdient hatte. Ich gab meine Tochter zur Adoption frei.

An dem Tag, an dem bei mir Krebs festgestellt wurde, begegnete ich Daisy Delaine zum ersten Mal, und ich erkannte ihr Gesicht und das Muttermal. Ich wusste, dass meine Tochter zu mir zurückgekehrt war.

Manche mögen es als grausame Wendung des Schicksals ansehen, dass ich Daisy an meinem Lebensende gefunden habe, aber ich empfinde es als Segen. Mir wurde noch Zeit geschenkt, um sie kennenzulernen, um etwas über ihr Leben zu erfahren, wie sie aufgewachsen war, welche Träume sie hatte. Inzwischen kennt sie mich genauso gut und weiß, wer ich bin. Sie weiß, dass ich mein Leben lang an sie gedacht und sie geliebt habe.

So wie ich hat Daisy seit Jahren in Ihrer Mitte gelebt, ist aber noch immer isoliert. Für Sie ist Daisy ein vertrautes Gesicht, jedoch eine fremde Person. Ich verstehe, dass es der menschlichen Natur eigen ist, Menschen aus dem Weg zu gehen, die ein wenig anders sind als wir selbst. Aber außerhalb von Beziehungsgeflechten zu leben, toleriert zu sein, aber nicht willkommen, ist für niemanden leicht. Sie sollen wissen, dass meine Tochter eine sanfte, liebe Seele ist. Sie streckt die Hand nach Ihnen aus, unseren Nachbarn in Mill River, so gut sie kann. Ich bitte Sie, Ihr Herz zu öffnen und die Freundschaft zu erwidern, die sie so offen anbietet, sie als Teil Ihrer Familien zu betrachten, so wie Sie zu meiner Familie gehören. Schließlich kann man gar nicht genug Menschen lieben oder von ihnen geliebt werden.«

Mary schniefte kurz, als noch eine Träne über ihre Wange lief. Sie beugte sich vor, wahrscheinlich, um den Camcorder auszuschalten, und der Bildschirm flimmerte. Fitz schaltete den Fernseher aus.

Mit tränenüberströmtem Gesicht wandte Father O'Brien sich vom Bildschirm ab. Die Bodendielen knarrten, als er hinter dem Pult von einem Fuß auf den anderen trat. In der Stille des Versammlungsraums hätte dieses Geräusch ebenso gut ein Erdbeben sein können. Viele Frauen tupften sich die Augen mit Taschentüchern ab, während sie Daisy Delaine, Father O'Brien und einander verstohlene Blicke zuwarfen. Die meisten Männer hatten den Kopf gesenkt. Father O'Brien holte tief Luft. Er war noch nicht fertig.

»Meine liebe Miss Delaine«, sagte er leise. »Ich glaube, ich spreche für uns alle, wenn ich sage, dass Ihre Mutter eine außergewöhnliche Frau war.« Allgemein zustimmendes Gemurmel erhob sich aus der Menge. Daisy nickte und lächelte, zu überwältigt, um etwas zu sagen.

»Jim, wenn Sie sich bitte erheben würden«, sagte Father O'Brien zu dem Mann im grauen Anzug, den er vor Beginn der Versammlung begrüßt hatte. Der Mann erhob sich und drehte sich zu den Einwohnern um. »Ich möchte Ihnen Jim Gasaway vorstellen. Jim ist ein Anwalt aus Rutland und ein guter Freund. Er, und vor ihm sein Vater, haben Marys Angelegenheiten geregelt, seit ihr Mann gestorben ist.« Jim hob eine Hand, lächelte und setzte sich wieder.

»Im vergangenen Jahr, nachdem Mary von ihrer unheilbaren Krankheit erfahren hatte, trafen Jim und ich Vorkehrungen für die Verwendung ihres Vermögens. Mary bestand auf absoluter Geheimhaltung, und sie war fest entschlossen, dass ihr gesamter Besitz an Mill River übergehen sollte. An Sie. Sie wollte gewährleisten, dass sie half, wo immer Bedarf bestand.

Vielleicht überrascht es Sie, dass Mary uns allen schon seit sehr langer Zeit geholfen hat. Selbst wenn Sie damals nicht in Mill River wohnten, haben die meisten von Ihnen die berühmte Geschichte vom Weihnachtsfest 1973 gehört, als alle einen neuen Farbfernseher bekamen. Das war Marys Idee.« Seine Stimme brach, und er musste erneut blinzeln. »Alle sollten Charlie Brown sehen können.«

Viele begannen zu tuscheln, doch er überging die Unruhe und fuhr fort. »Dann wurde Edna Wilsons Arztrechnung bezahlt, und der Lastwagen vom Versandhaus Sears mit den Ersatzreifen für alle rollte die Hauptstraße entlang. Und die vielen kleinen Dinge, die hier passierten – die Geburtstagskarten für Kinder, Geschenke für Neugeborene, alles. Das war die ganzen Jahre über Marys Werk.«

Das Flüstern ging in verwundertes Raunen über. »Ich bin mir sicher, dass sich viele unter Ihnen an den Brand in der Stadt im vergangenen November erinnern, bei dem Miss Delaines Wohnwagen in Flammen aufging. Ihnen ist wahrscheinlich aufgefallen, dass Daisy ein paar Tage später einen nagelneuen Wohnwagen hatte. Was Sie nicht wissen, ist, dass Mary das neue Zuhause für Miss Delaine besorgt hatte.«

Der Saal brach jetzt in aufgeregtes Geschnatter aus, und Father O'Brien wartete einen Moment, bis die Unruhe abebbte. »Sie werden noch wissen, dass unser Polizeirevier Anfang dieses Monats Empfänger eines fabrikneuen Jeep Cherokee war, mit dem ein Wagen ersetzt wurde, der bei einem Unfall Totalschaden erlitt. Mary hat den neuen Jeep zur Verfügung gestellt.«

Father O'Brien sah Fitz an, der neben ihm saß. Der Polizeichef grinste, schüttelte aber noch immer ungläubig den Kopf.

»Das ist noch nicht alles«, sagte Father O'Brien, und die Menschen im Raum schwiegen wieder. »Die alte Farm der Hayes, etwa drei Meilen westlich vom Fluss, gehörte Marys Vater. Das Anwesen hat sie der Stadt übertragen, die es als Park und Naherholungsgebiet nutzen soll. Sobald es Frühling wird, werden wir es ein wenig herausputzen. Es sollen Abschnitte für Camping und Picknick angelegt werden. Wir haben auch Geräte für einen Spielplatz bestellt.

Ich glaube, Jim würde mir zustimmen, wenn ich Ihnen sage, wie fleißig wir im letzten Jahr waren.« Father O'Brien lächelte dem Anwalt zu, während ihm erneut eine Träne über das Gesicht rann. »Bis auf ein paar individuelle Geschenke, die persönlich überreicht werden, ist ein Großteil von Marys beträchtlichem Vermögen in Treuhandfonds zum Wohle der Stadt angelegt worden. Es wird eine jährliche Zuwendung für die Schulen geben, genug, um neue Lehrbücher für alle Schüler zu kaufen. Die Bibliotheken der Schulen und der Stadt werden jährlich eine Summe für den Kauf neuer Titel erhalten. Darüber hinaus wird Marys persönliche Bibliothek, die über fünftausend Werke umfasst, der Stadt vermacht.

Ein weiterer Treuhandfonds ist für medizinische Nothilfe vorgesehen. Mary wusste, dass Sie nicht alle eine Krankenversicherung haben und dass manchmal auch die beste Versicherung nicht alle medizinischen Kosten deckt. Jedes Jahr wird ein bestimmter Betrag aus diesem Fonds unter den Einwohnern von Mill River aufgeteilt, die ein wenig Unterstützung brauchen, um ihre Arztrechnungen bezahlen zu können.«

Father O'Brien blickte nach rechts aus dem Fenster des Gemeindesaals. Die Straßenlaterne erhellte einen Schleier aus Schneeflocken.

»Mary mochte den Schnee«, sagte er. »Ich glaube, wir alle müssen ihn lieben, um die Winter hier oben zu überstehen, nicht wahr?« Die Einheimischen lächelten. »Aber Mary wollte, dass Sie alle es im Winter warm haben. Ein weiterer Fonds ist für die Heizkosten von Bedürftigen vorgesehen. Er wird die staatlichen Programme ergänzen. Niemand in Mill River soll je wieder frieren.

Ein bestimmter Betrag ist dafür vorgesehen, der Stadt bei notwendigen Ausgaben behilflich zu sein. Zum Beispiel bei der Erhaltung unseres neuen Stadtparks oder beim Kauf eines neuen Polizeijeeps. Man kann nie wissen, wann etwas kaputtgeht – oder an einem Strommast zu Schrott gefahren wird.« Fitz neben ihm schnaubte, und einige Zuhörer lachten. »Wir hoffen auch, ein Hilfsprogramm für das Abbezahlen von Hypotheken einrichten zu können, um die Menschen in Mill River bei der Vermögensbildung zu unterstützen, aber Jim feilt noch daran. Sie alle werden in den nächsten Monaten ein Schreiben erhalten, mit Angaben dazu, wie Marys Vermögen eingesetzt werden wird. Jims Anwaltskanzlei hat großzügig angeboten, alle Fragen zu beantworten, die Sie haben, sobald alles unter Dach und Fach ist.«

Father O'Brien schaute auf seine Armbanduhr. Er stand seit zwanzig Minuten am Pult, es kam ihm jedoch wie Stunden vor. Eine Woge der Freude überkam ihn. Er hatte es geschafft, er hatte Wort gehalten, und alles war gut. Aus den Reihen der Einwohner schlugen ihm Ungläubigkeit und Begeisterung entgegen.

Mary wäre entzückt gewesen, wenn sie die vielen verwunderten Gesichter gesehen hätte. Er schloss die Augen und war sich ziemlich sicher, dass sie von irgendwoher zuschaute.

»Entschuldigung, Father O'Brien?«

Er öffnete die Augen und suchte die Menge ab, um die dünne Stimme zu finden, die ihn gerufen hatte. Zwei kleine, betagte Frauen standen langsam Arm in Arm auf und schauten sich unter den Einheimischen um. Sie waren unterschiedlich gekleidet, hatten jedoch identische Gesichter und Frisuren.

»Ja?«, fragte Father O'Brien. Die Frauen kamen ihm irgendwie bekannt vor, aber er konnte sie nicht einordnen. Diejenige, die zuerst gesprochen hatte, fuhr fort.

»Wir haben uns nur gefragt – na ja, alles, was Mary für Mill River getan hat, ist höchst erfreulich, und es ist wunderbar, dass sie ihre Tochter, Miss Delaine, noch kennengelernt hat, aber wir möchten wissen, ob sie dem Rest ihrer Familie auch etwas hinterlassen hat.«

Father O'Brien starrte verwirrt auf diese Frauen und fragte sich, wer sie sein mochten und warum sie hier waren und eine solche Frage stellten.

»Nun, sie hat eigentlich keine Familie. Die Familie ihres Mannes hat sich nach dem Tod des Großvaters nicht um sie gekümmert.«

»Ihre erste Aussage stimmt nicht ganz, Father«, sagte die andere Frau. »*Wir* sind ihre Familie. Mary McAllister war unsere Schwägerin.«

Da wusste er, wer sie waren. Die alten Frauen waren Sara und Emma, Patrick McAllisters jüngere Zwillingsschwestern.

»Ich erkenne Sie«, sagte er, doch eine der beiden Schwestern unterbrach ihn.

»Sie alle müssen verstehen, dass wir Mary nie meiden wollten. Sie tat uns leid, so ganz allein in dem Haus, nachdem unser Bruder gestorben war. Aber unsere Mutter bestand darauf, dass niemand von unserer Seite Kontakt zu ihr hatte. Uns blieb nichts anderes übrig.«

Die andere Schwester nickte zustimmend. »Unsere Eltern haben angedroht, uns zu enterben, wenn wir auch nur ihren Namen erwähnten.«

»Wir haben jedoch von Marys Tod erfahren, sowie von der Bekanntgabe, die heute hier auf der Versammlung gemacht werden sollte. Und wir dachten, dass sie ihrer Familie vielleicht etwas hinterlassen würde. Schließlich war es unser Großvater, der sich ihrer überhaupt erst angenommen hat.«

Father O'Brien war fassungslos. Er konnte die Dreistigkeit dieser Frauen nicht fassen, die nach sechzig Jahren wie aus dem Nichts auftauchten, um einen Teil von Marys Vermögen einzufordern. In ihm brodelte eine Wut, wie er sie noch nie zuvor erlebt hatte, ein Zorn, der gewachsen war, seitdem er mit angesehen hatte, wie Mary von der Familie McAllister im Stich gelassen wurde. Wie sie Tag für Tag, Jahr für Jahr gelitten hatte. Er hatte seine eigenen Träume begraben, um ihre Sicherheit zu gewährleisten, und konnte ihre Isolation nur durch seine Gesellschaft erleichtern. Er hatte alles getan, damit ihr letzter Wunsch an diesem Abend zu einer schönen

Wirklichkeit wurde. Father O'Briens Hände begannen zu zittern.

Die Schwestern nahmen jedoch keine Notiz von seinem inneren Aufruhr, sondern fuhren abwechselnd fort. »Sie fragen sich vielleicht, warum wir hierhergekommen sind, obwohl wir aus einer wohlhabenden Familie stammen.«

»Zumindest einer Familie, die wohlhabend war. Die Marmorwerke blieben nicht sehr lange im Geschäft, nachdem Vater die Leitung übernommen hatte. Er konnte nie gut mit Geld umgehen und hat die Firma in den Ruin getrieben. Das und die große Konkurrenz aus dem Ausland waren der Grund, warum er den Bankrott erklären musste.«

»Wir stehen nicht mehr gut da. Tatsächlich unterscheiden wir uns nicht von allen anderen hier. Zwei gewöhnliche Damen der Mittelschicht.«

»Wir hatten nur gehofft, dass Mary uns in ihrem Letzten Willen bedacht hätte. Das würde uns das Leben ein wenig erleichtern.«

Father O'Brien spürte, wie die Einheimischen ihn beobachteten und auf seine Reaktion warteten. Er hatte große Mühe, seine Gefühle unter Kontrolle zu halten, ruhig zu bleiben, doch sein Zorn hatte sich so heftig erhoben, dass er wusste, er würde ihn diesmal nicht unterdrücken können.

Er brach jetzt aus ihm heraus, und ausnahmsweise war es ihm gleichgültig.

»Es Ihnen erleichtern?« Selbst ihn überraschte sein Tonfall, ein kaltes Zischen, bar jeden Mitgefühls. »Wie können Sie es wagen, heute Abend hierherzukommen und um etwas von Mary zu bitten, damit Ihr Leben angenehmer wird, nachdem Sie *nichts* für sie getan haben, als sie ihre Familie am meisten brauchte?«

Father O'Brien trat einen Schritt vor. Wogen blinder Wut überströmten ihn. »Sie und alle anderen in Ihrer Familie, außer Conor McAllister, haben Mary ausgeschlossen. Sie beide haben die Aussicht auf Wohlstand dem Wohlergehen Ihrer Schwägerin vorgezogen. Und nachdem das Geld verbraucht war, nachdem Ihre Eltern gestorben waren, haben Sie je Kontakt zu ihr aufgenommen? Nein. Ich weiß es, denn in all den Jahren war *ich* derjenige, der dafür gesorgt hat, dass sie überlebte. *Ich* habe ihr eine neue Familie gegeben, sowie all diese netten Menschen, die Sie hier vor sich sehen.« Father O'Brien zeigte auf die Einheimischen und spürte, wie frische Tränen über sein Gesicht liefen. Er senkte die Stimme. »Und heute Abend hat Mary für ihre Familie gesorgt, so wie schon seit Jahren. Sie aber sind nicht mehr ihre Familie. Sie gehören nicht hierher.«

Die Menschen vor ihm waren still, verwundert. Noch nie hatte er mit solcher Wut zu ihnen gesprochen, doch er sah die angewiderten Blicke, die sie den beiden alten Frauen zuwarfen, das ironische Lächeln auf ihren Gesichtern, mit dem sie ihn unterstützten.

Die McAllister-Zwillinge schauten finster drein. »Das werden wir ja sehen«, fuhr die eine Father O'Brien an, während die andere die Arme verschränkte und ihn wütend anfunkelte. »Testamente können immer angefochten werden, wissen Sie. Und was ist mit den ganzen psychischen Problemen, die Mary hatte? Wer weiß, ob das Testament da noch vor Gericht Bestand hat.«

»Ich«, sagte Jim Gasaway und erhob sich wieder. Er nickte Father O'Brien zu. »Mary wusste nicht, ob nach ihrem Tod irgendwelche Familienmitglieder auf der Bildfläche erscheinen würden, aber sie bestand darauf, jedem Mitglied von Patricks leiblicher Verwandtschaft tausend Dollar zu hinterlassen. Das ist nicht viel, gemessen am Gesamtwert ihres Vermögens, aber es ist besser als nichts. Sie können sich diese Woche mit meiner Kanzlei in Verbindung setzen, wenn Sie Anspruch auf das Geld erheben wollen.« Jim Gasaway schüttelte den Kopf. »Nach allem, was Sie ihr angetan haben, konnte sie es nicht ertragen, Sie vollkommen von ihrem Erbe auszuschließen. Das hat mich, ehrlich gesagt, tief beeindruckt. Aber sie hatte auch nicht vor, sich von Ihnen übervorteilen zu lassen. Daher legt Marys Testament ausdrücklich fest, dass jedes Familienmitglied der McAllisters, das ihr Vermögen in irgendeiner Weise gerichtlich angeht, sein oder ihr Erbe verwirkt. Glauben Sie mir, ich stelle seit dreißig Jahren Testamente auf, und wir haben uns nach allen Seiten abgesichert, dass Marys Letzter Wille wasserdicht ist. Sie können also versuchen, vor Gericht zu ziehen, wenn Sie wollen, aber Sie werden verlieren. So einfach ist das.«

Die McAllister-Zwillinge schwiegen. Fitz sprang von seinem Stuhl auf und räusperte sich. »Nun, hier wird ein köstliches Abendessen kalt, und ich glaube, Sie beide gehen lieber, meine Damen. Ich nehme an, Ihr Wagen steht draußen?« Der Polizeichef brachte Sara und Emma zur Tür und schloss sie hinter ihnen.

Als Father O'Brien sich wieder gefasst hatte, schaute er erneut in die Menge. Die Menschen waren noch immer ruhig und warteten. Er hatte das Gefühl, alles gesagt zu haben. Fast alles.

»Woran ich Sie noch teilhaben lassen sollte, ist etwas, das Mary oft zu mir gesagt hat, etwas, das wir alle heute Abend hier gesehen haben. Dass nämlich in unserer Welt selbst kleine Gesten der Freundschaft in Erinnerung bleiben. Ich bitte Sie, Marys Andenken in Ehren zu halten und weiterhin nett zueinander zu sein, auch wenn Sie nicht sicher sind, ob jemand Ihre Freundlichkeit verdient. Mary wusste, dass Freundlichkeit uns alle als Freunde und Nachbarn und Familie zusammenhält.«

22

Am Morgen nach der Gemeindeversammlung sah Mill River aus wie immer. Die Farben des Sonnenaufgangs waren gerade einem wolkenverhangenen Himmel gewichen, als Father O'Brien in der Tür des Pfarrhauses erschien. Er schaute die Hauptstraße hinunter auf die ruhigen, verschneiten Häuser und lächelte. Die Aufregung, die am Abend zuvor die Stadt ergriffen hatte, war verflogen. Aber sie würde wieder aufflackern, sobald sich die Nachricht von Marys Großzügigkeit auch bis zu jenen herumgesprochen hatte, die nicht bei der Versammlung gewesen waren.

Sie hatten einen schönen Abend miteinander verbracht.

Auch der heutige Tag würde wunderschön werden.

Father O'Brien bückte sich und hob eine kleine Schachtel auf, die er durch den Schnee zu seinem alten Pick-up trug. Der große Versandkarton mit den Löffeln stand bereits im Fußraum auf der Beifahrerseite. Die kleine Schachtel legte er auf den Sitz. Bald würde er sich von beiden trennen.

Die Fahrt zur Bäckerei dauerte nur wenige Minuten. Ruth und Fitz erwarteten ihn. Er hatte um ein Treffen mit ihnen gebeten, bevor die Renovierungsarbeiten anfingen.

»Guten Morgen, Father«, sagte Ruth. Statt einer mit Mehl überzogenen Schürze trug sie einen schweren Mantel und Handschuhe, und ihr Atem gefror, wenn sie sprach. Der geschwärzte Innenraum roch stark nach Rauch. »Tut mir leid, wir haben keine Heizung, seitdem sie den Strom abgestellt haben. Fitz ist oben mit ein paar Bauleuten, kommt aber gleich runter. Möchten Sie eine Tasse heißen Kaffee?«

»Wieso haben Sie heißen Kaffee, wenn kein Strom da ist?«

Ruth lachte. »Kaffee habe ich in Mengen. Ich habe ein paar Thermoskannen von meiner Schwester mitgebracht. Wir wohnen bei ihr, bis alles fertig ist.«

»Aha. Wenn das so ist, gerne einen Kaffee.« Ruth nickte und trat hinter die Theke, um einen Becher zu holen. Bis auf ein paar Klappstühle und einen alten Spieltisch neben der Tür war die Bäckerei vollkommen leer. Selbst die Wandisolierung war verschwunden. Er setzte sich auf einen Klappstuhl und bemerkte ein paar Männer mit Schutzhelmen und Zimmermannsgürteln, die an der Rückwand zusammenstanden, oder vielmehr dort, wo sie einmal gewesen war. Jetzt klaffte dort ein Loch, gestützt von dicken Balken und mit Plastikfolie abgedeckt.

Ruth gesellte sich mit Fitz zu Father O'Brien und brachte drei Kaffeebecher mit.

»Kaum zu glauben, dass sie das Haus nicht zum Abriss freigegeben haben, wo doch die ganze Wand fehlt«, sagte er zu ihnen.

»Das haben wir auch gedacht«, erwiderte Fitz. »Aber der Bauinspektor hat einen Blick darauf geworfen und gesagt, wir könnten das Gebäude abstützen und die ausgebrannten Teile ersetzen. Uns stehen noch weitere Inspektionen und Genehmigungen bevor, da es eine Gaststätte ist, aber das wird schon.«

»Billiger, als es abzureißen und ganz von vorn anzufangen«, fügte Ruth hinzu.

»Außerdem geht es schneller. In ein paar Monaten dürften wir wieder in der Wohnung sein, wenn die Mannschaft sich an den Zeitplan hält. Wir werden die Möbel hier drin ersetzen müssen, sowie jede Menge Kleidung und Möbel oben, die durch den Rauch ruiniert wurden. Aber meine Ruthie wollte unseren Kram ohnehin schon seit geraumer Zeit auf den neuesten Stand bringen, also nehme ich an, dass wir jetzt einen guten Vorwand haben.«

»Sieht ganz so aus, als nähmen Sie es nicht allzu schwer«, sagte Father O'Brien. »Was ist mit Kyle Hansen und seiner Tochter? Haben die eine Unterkunft?«

»Ja. Ron Wykowski hat ein Gästezimmer, also sind alle untergebracht«, erwiderte Fitz.

»Rowen kennt Rons Söhne aus der Schule, und Jean hat mir erzählt, dass sie viel Spaß beim Spielen haben.«

»Womit wir wieder bei dem sind, was Sie gestern Abend gesagt haben, Father. Sie wissen schon, Menschen, die anpacken, um sich gegenseitig zu helfen. Die Versammlung war etwas Besonderes, das kann ich Ihnen sagen. Ich weiß nicht, wie Sie das alles so lange für sich behalten konnten.«

»Ich habe kein Auge zugetan«, fügte Ruth hinzu. »Ich musste immer daran denken. Die ganze Nacht spukte es mir im Kopf herum, und alles kam mir vor wie aus einem Film. Wie etwas, das man in der wirklichen Welt nicht erwartet.«

Father O'Brien schenkte ihnen ein Lächeln. Sie sollten noch eine Überraschung erleben.

»Stimmt«, erwiderte er. »Aber eigentlich war alles Marys Idee, auch, das Ganze geheim zu halten. Ich habe ihr nur geholfen, es in die Wege zu leiten. Das ist auch der Grund, warum ich Sie beide heute Morgen sehen wollte. Sie erinnern sich noch, dass ich bei der Versammlung gesagt habe, ein paar Hinterlassenschaften von Mary würden persönlich übergeben?« Ruth und Fitz nickten. »Nun, jede Woche, seitdem Sie die Bäckerei eröffnet haben, habe ich ihr Kuchen mitgebracht. Sie wollte natürlich alles über Sie erfahren, besonders, nachdem Sie die Einkäufe für sie übernommen haben, Ruth. Ich habe ihr alles erzählt, was ich über Sie und Ihre Familie wusste, dass es Ihr Traum ist, eine Pension aufzuziehen, wenn Fitz in den Ruhestand geht. Das hielt sie für eine gute Idee, da wir so nahe an Killington und den anderen

Skigebieten sind. Aber ein Haus, das groß genug wäre, ist nicht billig, auch wenn Sie jahrelang gespart haben. Deshalb sollen Sie Marys Haus bekommen und daraus eine Pension machen, wenn Sie wollen.« Er lehnte sich auf seinem Stuhl zurück und erfreute sich an ihren offenen Mündern und den weit aufgerissenen Augen.

»*Wir?*«, fragte Fitz. »Sie wollte, dass *wir* es bekommen?« Father O'Brien nickte und musste lächeln.

»Aber wir haben sie eigentlich nie kennengelernt«, sagte Ruth. »Mir ist es einmal fast gelungen, an dem Tag als sie hierherkam, doch in all den Jahren habe ich ihr Haus nie betreten. Wie kam sie darauf, dass wir es haben sollen? Ich hatte angenommen, sie würde es Daisy – ihrer Tochter – vermachen. Sind Sie sicher, dass das stimmt?«

»Aber ja«, erwiderte Father O'Brien. »Die Menschen aus Mill River, die Marys Haus von innen gesehen haben, kann ich an einer Hand abzählen. Das hat damit nichts zu tun. Daisy hat bereits ein neues Zuhause und ist glücklich damit. Für sie ist gesorgt, keine Bange, und sie würde mit einem so großen Anwesen auch gar nicht zurechtkommen. Und außerdem – Marys Haus war nie dafür vorgesehen, nur von einer Person bewohnt zu werden. So schön es ist, sie hat die meisten Räume verschlossen gehalten. Es würde sich für eine Pension gut eignen. Viel Platz, eine wunderschöne Aussicht. Die Möbel bleiben natürlich drin, und auch die Räume, die sie bewohnt hat, wurden gut instand gehalten. Sie haben ja an dem Morgen, als Mary starb, einige davon gesehen, Fitz.«

Fitz nickte und schaute seine Frau an. »Du glaubst nicht, was da alles drin ist, Ruthie. Alles Antiquitäten, kostbare Teppiche und Bilder. Und ich habe nur die Hälfte gesehen, weil die Vorhänge zugezogen waren.«

»Ich bin mir sicher, dass es von innen ebenso überwältigend ist wie von außen«, sagte Ruth.

»Ich will Ihnen noch etwas sagen«, fuhr Father O'Brien fort. »Der Großvater von Marys Mann hat das große Haus als Hochzeitsgeschenk bauen lassen. Ich kannte ihn gut genug, um zu wissen, wie sehr er seinen Enkel und Mary liebte. Er hat den Kauf des Grundstücks und den Bau selbst in die Wege geleitet, und sein Herzblut steckt darin. Dennoch hat das Haus nie die Liebe und das Glücksgefühl widergespiegelt, aus denen heraus es gebaut wurde. Aber stellen Sie sich vor, wenn Sie beide eine Pension eröffnen, die Villa warm und einladend gestalten, wäre es etwas Außergewöhnliches. Endlich würde das Haus so genutzt, wie es sein sollte. Und ich glaube, das war es, was Mary sich vorgestellt hat.«

Ruth und Fitz schauten sich an, offenbar wartete jeder darauf, dass der andere etwas sagen würde. Fitz ergriff zuerst das Wort.

»Ich glaube, wir wissen nicht so recht, was wir sagen sollen, Father. Es ist eine Erfahrung, die einen Demut lehrt … Eine Villa bekommt man nicht alle Tage.«

Ruth nickte. »Das ist völlig überwältigend. Aber es wird uns eine Ehre sein, Marys Haus zu übernehmen«, sagte sie mit bebender Stimme. »Und ich glaube, wir könnten seine Schönheit zur Geltung bringen, und die Liebe, wie Sie sagten. Stellen Sie sich nur vor, wie es für die Menschen in der Stadt wäre, in dem Haus empfangen zu werden, das ihnen all die Jahre ein Rätsel war.«

»Du wirst bestimmt Wunder an dem Haus vollbringen, Ruthie«, sagte Fitz. »Aber unser Revier ist völlig unterbesetzt. Sosehr ich es auch möchte, ich kann mich noch nicht zur Ruhe setzen, nicht bevor wir einen Beamten einstellen, der Leroys Stelle übernimmt, und einen, der mich ersetzt. Und dann müssen wir uns auch noch um dieses Haus hier kümmern.«

»Es besteht kein Grund zur Eile. Wir könnten das Haus nach und nach herrichten. Ich wette, es muss gründlich gereinigt und auf Vordermann gebracht werden, und wir werden wahrscheinlich Genehmigungen einholen müssen, damit es den Anforderungen einer Pension genügt. Sobald die Bäckerei wieder normal läuft, könnten wir jemanden einstellen, und ich könnte mich auf die Pension konzentrieren.« Ihre Augen begannen zu leuchten, und sie legte Fitz die Hand auf den Arm. »Ich wette, wir könnten so weit sein, wenn du in den Ruhestand gehst.«

»Hm.« Fitz schaute seine Frau an, dann Father O'Brien und hieb dann entschlossen mit der Faust auf den Tisch. »Dann machen wir es so. Das ist die Chance unseres Lebens.«

Father O'Brien holte eine Visitenkarte aus der Manteltasche und schob sie über den Tisch. »Das ist die Karte von Jim Gasaway. Die Adresse seiner Kanzlei in Rutland steht darauf. Er hat alle Papiere fertig ausgestellt, um das Anwesen zu überschreiben, daher müssen Sie nur anrufen und einen Termin zur Unterzeichnung vereinbaren. Um die Kosten für die Überschreibung müssen Sie sich auch keine Gedanken machen. Dafür ist gesorgt.«

Er blieb noch eine Weile, um seinen Kaffee auszutrinken. Ruth und Fitz saßen bei ihm und hielten sich in der frostigen, ausgebrannten Bäckerei an der Hand, grinsend wie zwei Teenager beim ersten Date. Das war passend, denn ihnen stand in gewisser Weise ein Neuanfang bevor. Als Father O'Brien schließlich hinaus zu seinem Pick-up ging, lächelte er und winkte den Fitzgeralds zu. Er hatte zwei glückliche Menschen noch glücklicher zurückgelassen, und er hatte es geschafft, den Teelöffel auf dem alten Spieltisch neben seinem Kaffeebecher liegen zu lassen.

Father O'Brien setzte seine Fahrt durch die Stadt fort und bog in den Highway nach Rutland ein. Sein Ziel war das Kreiskrankenhaus. Er würde Leroy Underwood seine Unterstützung anbieten. Er freute sich nicht darauf, Leroy zu sehen – es machte ihn noch immer wütend, wenn er daran dachte, wie Leroy als Teenager Mary behandelt hatte –, aber er hielt es für seine Pflicht, den gestörten jungen Mann zu besuchen. Vielleicht konnte er ihm helfen.

Er fuhr an der Ambulanz vorbei und hielt mühsam die Erinnerung an Marys Qualen dort zurück. Nachdem er den Wagen vor dem Besuchereingang abgestellt hatte, ging er zum Empfang. Wie Father O'Brien erfuhr, war Leroy vor zwei Tagen von der Intensivstation auf ein Einzelzimmer mit polizeilicher Überwachung verlegt worden. Ein Beamter vom Polizeirevier in Rutland kam herunter und führte ihn zu Zimmer 422. Father O'Brien bedankte sich bei dem Polizisten, klopfte leise an die Tür und betrat den Raum.

Leroy war wach. Er drehte den Kopf zur Tür, erkannte Father O'Brien, und sogleich traten Überraschung und Abwehr auf sein Gesicht.

»Na, wenn das nicht Father O'Brien ist, der dem alten Leroy sagen will, was für ein böser Junge er war.«

»Guten Morgen, Leroy«, sagte Father O'Brien. »Ich habe gestern Abend angerufen, um mich zu erkundigen, ob Sie besuchsfähig sind, und man sagte mir, das gehe in Ordnung.« Er trat einen Schritt näher. Eigenartig, Leroy in einem Krankenhaushemd zu sehen statt in Uniform. Ein Teil seines Gesichts und sein rechter Unterarm waren von dicken weißen Verbänden bedeckt. »Was meinen Besuch angeht, so habe ich nicht vor, mit Ihnen zu schimpfen. Ich wollte nur sehen, wie es Ihnen geht.«

Leroy schnaubte verächtlich. »Ja, wer's glaubt. Sobald ich aufgewacht war, haben sie die Bullen hier reingelassen, die mich verhört haben. Als würd ich denen was sagen. Dann haben sie einen Seelenklempner geschickt, der seinen Psychokram mit mir abziehen wollte. Das hab ich nicht gebraucht, und einen Priester brauche ich bestimmt auch nicht.«

»Mich hat niemand geschickt, Leroy«, sagte Father O'Brien und setzte sich auf einen Stuhl neben dem Bett. »Ich bin heute hier, weil ich alle Mitglieder meiner Gemeinde besuche, die im Krankenhaus liegen.«

»Ich bin seit Jahren nicht in der Kirche gewesen.«

»Das weiß ich, aber Sie haben den Gottesdienst besucht, als Sie noch klein waren. Sie und Ihre Schwester, wissen Sie noch? Sie haben immer in der ersten Bank gesessen, oder so weit vorn, wie es eben ging.«

Leroy wandte sich knurrend ab. Father O'Brien glaubte zu sehen, wie sein stoppelbärtiges Kinn bebte.

»Hat Ihre Schwester Sie besucht?«, fragte Father O'Brien.

»Ja«, sagte Leroy gedehnt. »Gestern. Aber hinterher ging's mir schlechter.«

»Warum?«

»Weil sie mich zur Sau gemacht hat, sobald sie rausgekriegt hatte, dass ich nicht sterben würde. Wegen allem, was passiert ist. Sie sagte, es überrascht sie nicht weiter, ich bin mein Leben lang schon verkorkst gewesen, und sie hat schon damit gerechnet, dass ich so enden würde.« Leroy wandte den Kopf wieder ab.

Father O'Brien beobachtete ihn einen Moment und dachte an den kleinen Jungen mit dem schmutzigen Gesicht und der geflickten Kleidung, der immer an der Sonntagsmesse teilgenommen hatte. Leroys Kindheit war alles andere als rosig gewesen, das wusste er.

»Nun, Leroy«, sagte Father O'Brien, »trotz all der Wut liebt Ihre Schwester Sie, da bin ich mir sicher. Und was Ihren Unfall betrifft: Ich war letzten Freitagabend nicht bei der Bäckerei. Ich weiß nicht, was Sie mit der ganzen Sache zu tun haben. Aber ich weiß, dass niemand perfekt ist, und das Wichtigste ist jetzt, dass Sie am Leben sind. Mir scheint, dass Sie eine zweite Chance bekommen haben.«

»Die werden mich wegen Brandstiftung und versuchten Mordes anklagen, Father. Übermorgen werde ich dem Haftrichter vorgeführt. Verstehen Sie, ich wollte doch nur Claudia imponieren. Sie retten. Ich wollte nicht, dass jemand zu Schaden kommt oder dass etwas Schlimmes passiert, aber ich werde wahrscheinlich im Gefängnis landen. Danach werde ich kein richtiges Leben mehr haben. Meine Schwester hat recht, das Gefängnis ist wahrscheinlich der beste Platz für mich.«

»Sie war wütend, als sie das sagte, Leroy. Das dürfen Sie nicht vergessen.«

»Aber Father«, sagte Leroy und biss die Zähne zusammen, »sie hat recht. Ich *bin* verkorkst. Das verstehen Sie nicht, Father. Mein Leben lang wollte ich nur wie alle anderen sein. Mit einer richtigen Familie und Freunden und allem Drum und Dran. Aber ich hatte nichts davon. Nach allem, was ich durchgemacht habe, steht es mir zu glücklich zu sein. Ich habe es wirklich versucht, Father, aber was soll man denn machen, wenn die Leute, mit denen man zusammenarbeitet, einen verabscheuen? Wenn man einer hübschen Frau zwei Dutzend Rosen schickt, und sie behandelt einen wie Dreck? Ich musste ihr beibringen, was ich für sie empfinde. Ich habe sie mit Kyle gesehen und konnte es nicht mehr aushalten. Ich liebe sie. Und jetzt schauen Sie mich an. Wenn sie mich aus dem Knast entlassen, werde ich eine alte, narbengesichtige, einhändige Missgeburt sein.« Eine Träne der Wut drang aus Leroys Augenwinkel, und er wischte sie mit der linken Hand weg.

»Leroy, Ihre Heilung wird schwierig werden. Sie haben einen langen Genesungsprozess vor sich, aber hören Sie. Sie können etwas tun, um Ihre Lage zu verbessern. Denken Sie zurück an die Zeit, als Sie der kleine Junge in der ersten Bank waren, als Sie noch fest an Gott glaubten. Versuchen Sie, sich an diesen Glauben zu erinnern und ihn wiederzufinden. Er wird Sie führen.

In Psalm 34 steht geschrieben ›lass vom Bösen und tue Gutes; suche Frieden und jage ihm nach‹. Bitten Sie um Vergebung für alles, was Sie getan haben. Bei Gott, bei allen, die Sie verletzt haben, und versuchen Sie zu glauben. Besonders wichtig ist, dass Sie an sich selbst glauben, Leroy. Wie unglücklich die Umstände Ihrer Jugend und Ihre jüngsten Entscheidungen auch gewesen sein mögen, Sie haben es bis hierher geschafft. Betrachten Sie es als Neuanfang, als eine Chance, Gutes zu tun, ganz gleich, wohin Sie nach Ihrer Entlassung aus dem Krankenhaus kommen.

Sie müssen sich genau anschauen, Ihre Verhaltensweisen, wie Sie andere Menschen behandeln. Haben Sie je innegehalten, um zu überlegen, warum die Menschen so auf Sie reagieren? Niemand hat ein Anrecht auf irgendetwas, und Sie allein sind für Ihr Tun verantwortlich. Sie können niemanden zwingen, Sie zu mögen oder gar zu lieben, aber Sie können es anderen schwermachen, Sie nicht zu mögen, indem Sie sich deren Respekt und Vertrauen erwerben. Und dafür müssen Sie sich selbst achten. Erkennen Sie Ihre Stärken und Schwächen und Ihre Fehler. Entscheiden Sie, was Sie tun können, um Ihr Leben und das Leben anderer zu verbessern. Schließen Sie Frieden mit sich selbst, Leroy, und dann schließen Sie Frieden mit anderen.«

Leroy hatte sich wieder abgewandt, doch das Gesicht des jungen Mannes war tränennass. Vielleicht war Father O'Brien zu ihm durchgedrungen.

»Noch etwas«, sagte Father O'Brien und legte die Hand auf Leroys linken Arm. »Sie sollen wissen, dass ich hier bin, um Ihnen zu helfen, wo ich nur kann. Denken Sie über meine Worte nach. Selbst wenn Sie nicht einer Meinung mit mir sind, wenn Sie Gesellschaft brauchen, jemanden, mit dem Sie reden können, rufen Sie mich an. Ich würde Sie gern besuchen, hier oder wo auch immer. Ich will nicht über Sie richten, Leroy, denn das ist nicht meine Aufgabe, und wenn Sie mir etwas gestehen, dann ist es vertraulich, was es auch sein mag.« Leroy schniefte und nickte. Father O'Brien erhob sich. »Ich schließe Sie in meine Gebete ein«, sagte er und verließ das Krankenzimmer.

Wie nach den meisten Krankenhausbesuchen war Father O'Brien emotional ausgelaugt. Auf der Rückfahrt nach Mill River ließ er seinen Gedanken freien Lauf. In der Stadt war das Haus der Wykowskis sein nächstes Ziel. Als er näher kam, erblickte er den neuen Jeep des Polizeireviers. Ron saß am Steuer und hielt gerade so lange in der Einfahrt, dass Jean rausspringen konnte. Lächelnd schlug sie die Tür zu und winkte, als Ron zurücksetzte, um zum Revier zu fahren.

Father O'Brien hielt mit seinem Pick-up vor dem Haus an, noch bevor Jean hineingegangen war. Sie lief den Gartenweg hinunter und kam zu seinem Wagen, gerade als er die kleine Schachtel vom Beifahrersitz nahm.

»Hallo, Jean«, sagte er. »Kann ich vielleicht ein paar Minuten mit Ihnen reden? Entschuldigen Sie, dass ich nicht angerufen habe, bevor ich hierherkam, aber ich habe Sie gestern Abend bei der Versammlung nicht erwischt und war heute den ganzen Morgen beschäftigt.« Er fragte sich, ob der Zeitpunkt wohl ungünstig war. Jeans Gesicht war gerötet, und sie schien ihm ein wenig nervös zu sein.

Jean glättete ihr zerzaustes Haar. »Ach, das ist kein Problem, Father. Zum Glück haben Sie mich angetroffen. Kommen Sie doch rein, es ist eiskalt«, sagte sie und drehte sich zur Haustür um. »Ich muss heute Morgen erst um zehn zur Arbeit. Kyle hat die Kinder zur Schule gebracht, und Ron wollte mir den neuen Jeep zeigen.« Sie betraten das Haus. »Seine Schicht ist fast zu Ende, daher hat er mich auf eine kurze Runde mitgenommen, bevor er ihn wieder im Revier abliefern musste. Wollen Sie mir Ihren Mantel geben?«

»Danke, nein«, erwiderte er. »Ich brauche nicht lange. Ich habe danach noch etwas zu erledigen.«

Sie führte ihn ins Wohnzimmer und hob ein paar Spielzeugautos auf, die auf dem Boden verstreut waren. »Entschuldigen Sie bitte das Durcheinander. Rowen und die Jungs haben gestern eine Hotwheels-Rampe aufgebaut. Sie benutzen den Wohnzimmertisch gern als Klippe und lassen die Autos da runterkrachen, wissen Sie.« Sie legte die Autos zu einem kleinen Haufen auf dem Sofa zusammen und setzte sich neben Father O'Brien. Ihre Wangen waren jetzt noch röter.

»Ein paar Spielzeugautos sind doch kein Grund zur Besorgnis«, sagte er. »Ich kann nur ahnen, wofür sich manche Kinder begeistern.«

Jean lächelte. »Ja. Wenn sie hier wären, hätte ich dafür gesorgt, dass sie die Dinger aufheben. Wie auch immer, was führt Sie her?« Ihr Blick wanderte zu der kleinen Schachtel auf dem Tisch. Father O'Brien klopfte auf die Schachtel.

»Das hier. Wissen Sie noch, dass ich gestern Abend bei der Versammlung gesagt habe, ein paar Dinge aus Marys Nachlass würden persönlich übergeben?« Jean nickte. »Tja, Ihre Fürsorge hat Mary am Ende so sehr geholfen, und sie wollte, dass Sie das bekommen, was in dieser Schachtel ist.« Er schob sie zu ihr hinüber und wartete. Jean griff nach der Schachtel und zögerte dann. »Was ist es?«

»Werfen Sie einen Blick hinein. Dann werden Sie wissen, was es ist, dessen bin ich mir sicher.«

Als sie in die Schachtel schaute, zeichneten sich Wiedererkennen, Schuldgefühle und Ungläubigkeit auf ihrem Gesicht ab. Sie hob Marys kleine, dunkle Schmuckschatulle aus der Schachtel und stellte sie auf den Wohnzimmertisch. Mit einem Finger fuhr sie über die Vorderseite. Father O'Brien spürte ihr Zaudern. Jean holte tief Luft und hob langsam den Deckel an. Marys Perlen, Kameen und prächtiger Diamantring glitzerten auf dem roten Samt. Jean schnappte nach Luft und legte die Hand auf den Mund.

»Sie bewahrte nicht viel Schmuck in der Schatulle auf«, sagte Father O'Brien, »aber der, den sie besaß, war wunderschön. Sie glaubte, dass er Ihnen mehr Glück bringen würde als ihr, einschließlich des Diamantrings.«

Jean schaute ihn jetzt von der Seite an, Tränen auf den Wangen. »Das gehört sich nicht, dass ich den habe. Das habe ich nicht verdient.«

»Mary wollte, dass Sie ihn bekommen, und das allein zählt. Sie besaß ein feines Gespür dafür, was zu tun war und was nicht, und ich vertraue ihrer Entscheidung voll und ganz.«

»Trotzdem würde ich mich unwohl fühlen, wenn ich ihren Schmuck trage«, sagte Jean. »Vor nicht allzu langer Zeit wäre ich begeistert gewesen, wenn ich den Inhalt der Schmuckschatulle besessen hätte. Ich selbst habe nicht viel Schmuck.« Father O'Brien sah, dass sie mit dem linken Zeigefinger über einen Diamantring an der rechten Hand fuhr, während sie sprach. »Aber jetzt ist alles anders. Ich habe all den Schmuck, den ich brauche, und ich liebe alles, was ich habe.«

»Nun, jetzt gehört Ihnen auch Marys Schmuck, und was Sie damit anfangen, ist Ihre Sache. Sie müssen ihn nicht tragen oder behalten, wenn Sie nicht wollen. Sie könnten ihn verkaufen und das Geld für Ihre Familie verwenden, für einen Collegefonds für Ihre Jungen zum Beispiel, oder Sie könnten ihn in einen Safe legen als Familienerbe. Die Entscheidung liegt bei Ihnen.« Er erhob sich langsam und knöpfte seinen Mantel zu.

»Ich weiß nicht, was ich tun soll«, sagte Jean. Sie klappte die Schmuckschatulle zu und stand ebenfalls auf.

»Ich bin mir sicher, wie immer Ihre Entscheidung ausfällt, es wird die richtige sein«, erwiderte Father O'Brien. »Aber ich überlasse es Ihnen, darüber nachzudenken.«

»In Ordnung.«

Aus dem Flur kam ein lautes Miauen. Sham, der Siamkater, kam zu ihnen und strich dem Priester um die Fußgelenke.

»Hallo, alter Freund«, sagte er und bückte sich, um den

Kater hinter den Ohren zu kraulen. »Wie ich sehe, bist du so dick und zufrieden wie eh und je.«

»Zu viel Katzennaschwerk.« Jean lächelte unter Tränen und hielt Father O'Brien die Tür auf. »Er hätte bei dem Brand beinahe eins seiner Leben gelassen. Der Tierarzt hat ihn auf Rauchvergiftung untersucht, sagte aber, Sham habe es gut überstanden. Vielen Dank, dass Sie vorbeigekommen sind, Father.«

Sobald er wieder am Lenkrad seines Pick-ups saß, atmete Father O'Brien tief durch. Jetzt musste er sich noch mit dem großen Versandkarton im Fußraum beschäftigen. Er ließ den Motor an.

Seit Wochen hatte er sich das vorgestellt, was nun kommen würde. Wenn Mary es fertigbrachte, ihren gesamten Besitz wegzugeben, dann würde er sich doch auf jeden Fall von den Gegenständen trennen können, die ihm so viel Scham bereitet hatten. Als er ins Stadtzentrum fuhr, vorbei an der Bäckerei zu dem kleinen Backsteingebäude, in dem das Postamt war, drehte sich ihm der Magen um. Es würde ihm schwerfallen, ja, aber er zweifelte nicht daran, dass er es tun würde. Für Mary.

Daisy Delaine, in ihrem Parka mit Kapuze, winkte ihm vom Bürgersteig aus zu, als er vorbeifuhr. Ihr kleiner grauer Hund lief voraus und zog an der Leine. Lächelnd erwiderte Father O'Brien ihren Gruß. Er musste sie später noch aufsuchen, um ihr zu erklären, dass Mary einen Treuhandfonds eingerichtet hatte, mit dem Daisy für den Rest ihres Lebens alle laufenden Kosten decken konnte. Er war noch immer erstaunt, wie die Menschen am Abend der Versammlung Daisys Gesellschaft und die Unterhaltung mit ihr gesucht hatten, dass sie Daisy mit anderen Augen gesehen hatten – und das, noch bevor allen bekannt war, dass sie Marys Tochter war. Vielleicht würde sich ihre Situation jetzt, nach allem, was geschehen war, endlich bessern.

Die drei Parkplätze vor dem Postamt waren frei. Father O'Brien hielt auf dem Platz direkt neben der Tür, ging zur Beifahrerseite und holte den Versandkarton aus dem Auto. Den Karton vom Pfarrhaus in den Wagen zu schleppen, hatte eine Weile gedauert. Das Paket wog wahrscheinlich fünfundzwanzig oder dreißig Kilo. Jetzt hielt er es auf zitternden Armen und versuchte, die Wagentür mit dem Ellbogen zuzudrücken.

Als seine Arme nachzugeben drohten, trat er einen Schritt zurück. Sein Absatz blieb an der Bordsteinkante hängen, und er verlor das Gleichgewicht. Der Versandkarton landete mit lautem Scheppern auf dem vereisten Bürgersteig. Als Father O'Brien wieder Halt gefunden hatte, schaute er zu Boden und schnappte nach Luft.

Etwa drei Dutzend Löffel glitzerten im Schnee.

Er bückte sich und hoffte inständig, dass ihn niemand gesehen hatte. Der Karton war auf der Seite gelandet, und durch den Aufprall war die untere Naht zur Hälfte aufgeplatzt. Trotz seiner sorgfältigen Verpackung hatte er nicht genug Klebeband benutzt, um sie zu verschließen.

Er sammelte die Löffel so schnell wie möglich ein und steckte sie wieder in den Karton. Dann schob er die, die aus der Naht ragten, ebenfalls wieder hinein. Als er fertig war, rang er nach Luft, und seine Finger waren taub vom kalten Metall. Er schaute sich um. Niemand hatte die Löffel gesehen, und jetzt waren sie wieder im Karton verborgen. Er musste den Karton nur neu zukleben.

Er griff in seine Jackentasche und stellte fest, dass sie leer war.

Er hatte das Klebeband im Pfarrhaus auf dem Schreibtisch liegenlassen.

Sicherlich gab es im Postamt auch Klebeband, aber er wagte nicht, den Karton wieder anzuheben oder ihn einfach liegen zu lassen, denn sein kostbarer Inhalt war im offenen Karton nicht sicher. Doch ihm blieb nichts anderes übrig. Er drückte das alte Klebeband über die offene Naht und drehte die Unterseite nach oben. Er hoffte, ins Postamt zu gelangen, ohne den Karton wieder fallen zu lassen.

Father O'Brien nahm all seine Kraft zusammen, um den Karton hochzuheben. Er schaffte zwei Schritte und blieb stehen, schaute auf den Karton, und es kam ihm vor, als wäre das Postamt Meilen entfernt.

»Father, lassen Sie mich helfen«, sagte eine Stimme. Kyle Hansen, der gerade aus dem Gebäude getreten war, eilte zu ihm und nahm ihm den Karton aus den Armen.

»Was für ein glücklicher Zufall! Danke, Kyle«, sagte Father O'Brien. Die Muskeln in seinen Oberarmen waren erschöpft und brannten. »Ich habe nicht bedacht, dass es schwerer sein würde, den Karton aus dem Wagen zu bekommen, als ihn hinein zu kriegen. Oh, aber passen Sie auf, er ist oben nicht richtig zu.«

»Kein Problem«, sagte Kyle. Father O'Brien hielt ihm die Tür auf, als Kyle den Karton ins Postamt trug. Obwohl Kyle keine Schwierigkeiten mit dem Tragen hatte, überraschte ihn das Gewicht. »Was haben Sie denn da drin, Father? Einen Satz Bleigewichte?«

Father O'Briens Herz schlug schneller. Panik und Scham überkamen ihn. »Das Gewicht der Buße«, sagte er leise, sah zu Kyle auf und wandte dann den Blick ab. Kyle wirkte verwirrt, doch zu Father O'Briens großer Erleichterung stellte er keine weiteren Fragen.

Als Kyle den Karton auf dem Schalter ablegte, musste Father O'Brien sich auf die Zehenspitzen stellen, um darüber hinweg zu spähen. Kein Schalterbeamter war zu sehen, aber auf einem Schild neben einer kleinen Silberglocke stand »Bitte klingeln«. Father O'Brien kam der Aufforderung nach. »Ich bin gleich bei Ihnen«, rief eine Stimme aus dem Hinterzimmer. Father O'Brien lehnte sich an den Schalter und drehte sich zu Kyle um.

»Sie haben neulich abends einen ordentlichen Schreck davongetragen, wie ich hörte – wegen des Feuers in der Bäckerei.«

Kyle nickte. »Wahrscheinlich wissen Sie inzwischen alles darüber. Leroy ist ein übler Kerl, das kann ich Ihnen sagen. Er hätte so viele Menschen verletzen können … Ruth, Claudia, meine Tochter, wenn sie da gewesen wäre. Ich weiß nicht, was ich machen würde, wenn …« Kyle verstummte und schüttelte den Kopf. »Ich bin nur froh, dass alle mit heiler Haut davongekommen sind. Claudia hat die Nacht im Krankenhaus verbracht, wurde aber am nächsten Tag entlassen.« Er fuhr sich mit der Hand durchs Haar. »Je länger ich darüber nachdenke, desto wütender werde ich. Ich könnte meinen Job nicht machen, wenn ich nicht an die Unschuldsvermutung glauben würde, aber wenn man bedenkt, was hätte passieren können, erscheint sie mir nicht richtig. Jedenfalls nicht in diesem Fall.«

»Ich wäre wahrscheinlich auch wütend«, sagte Father O'Brien. »Aber Sie haben recht, wir können froh sein, dass alle heil davongekommen sind. Und ich nehme an, vor Gericht wird alles geklärt werden.«

»Ja, vielleicht gibt es aber auch eine außergerichtliche Einigung. Fitz besteht auf einer Verhandlung, also warten wir ab. Hey, ich wollte Ihnen noch sagen, dass Marys Kater sich richtig gut macht. Auch er ist dem Brand entkommen.«

Father O'Brien strahlte. »Ich habe ihn zufällig gerade gesehen. Ich musste bei Jean Wykowski vorbeischauen, und Sham hat mich begrüßt. Ich glaube, er hat sich an mich erinnert.«

Kyle lehnte sich neben ihm an den Schalter und grinste. »Ja, Ron und Jean haben uns für eine Weile bei sich aufgenommen, bis wir eine neue Wohnung finden. Aber Sham war toll. Rowen verwöhnt ihn. Er schläft jede Nacht auf ihrem Bett und folgt ihr auf Schritt und Tritt, bis sie ihn beachtet. Auch an mich hat er sich gewöhnt. Dafür, dass er das große Haus nie verlassen hat, hat er sich ganz gut eingelebt.«

»Das freut mich«, sagte Father O'Brien. »Mary wäre sicher auch froh gewesen, das zu hören.«

»Dessen bin ich mir sicher. Claudia und ich haben gestern Abend darüber gesprochen. Was Mary für uns alle getan hat, ist wirklich unglaublich. Und dass Daisy ihre Tochter ist, das haut mich um.«

»Ich weiß«, erwiderte Father O'Brien und lächelte.

»Hören Sie, ich war quasi auf dem Weg zum Revier – ich muss Wykowski ablösen. Ich sollte jetzt lieber losgehen. Aber wenn Sie wieder Hilfe brauchen, um Bleikartons zu schleppen, oder was immer da drin ist, rufen Sie mich an. Ich helfe Ihnen gern.«

Father O'Brien lächelte. »Danke, Kyle, das mache ich.«

Die Postbeamtin tauchte auf, als Kyle hinausging. Father O'Brien wandte sich ihr zu.

»Ich möchte das hier als Frachtgut versenden.«

»Sie meinen, als Paket?«

»Ja, wenn das billiger ist. Der Karton ist ziemlich schwer. Und könnten Sie ihn bitte unten noch einmal zukleben?«

Mit Mühe gelang es der Frau, das Paket über den Schalter auf die Waage zu ziehen. »Knapp sechsundzwanzig Kilo«, sagte sie. »Ist etwas Gefährliches oder Verderbliches darin?« Sie nahm eine große Rolle Klebeband und verstärkte die Unterseite des Kartons.

»O nein.«

»Brauchen Sie eine Versicherung oder eine Lieferbestätigung?«

»Ich hätte gern nur die Lieferbestätigung.« Er konnte sich nicht vorstellen, wie hoch er den Karton versichern würde. Die Lieferbestätigung wäre jedoch ein Trost.

»Mit Paketpost können Sie die Bestätigung nur bekommen, wenn Sie eine Versicherung abschließen.«

Er dachte kurz nach. »Dann versichere ich das Paket für hundert Dollar.« Jedem anderen wäre dieser Betrag für einen Karton voller Löffel absurd hoch vorgekommen.

Die Schalterbeamtin gab Zahlen in ihren Computer ein. »Na schön. Das macht dann insgesamt siebenunddreißig Dollar und zweiundzwanzig Cent.«

Father O'Brien reichte ihr zwei Zwanzigdollarnoten. Er las die Anschrift auf dem Karton noch ein letztes Mal. Die schwarzen Buchstaben waren fein säuberlich gedruckt: Saturday's Bread Soup Kitchen, Church of All Nations, 333 Tremont St., Boston, MA 02116. Er hatte die Adresse in der Hoffnung und Zuversicht ausgewählt, dass seine Löffel in der Suppenküche gebraucht und geschätzt würden. In Großstädten wie Boston gab es so viele hungrige Menschen. Er berührte den Karton, das Klebeband, das die Nähte verstärkte, die Ecke, in die er seine eigene Anschrift geschrieben hatte. Sein Kinn bebte, und er musste ein paar Mal blinzeln. Seine Löffel würde er nie wiedersehen.

»Father? Hier ist Ihr Wechselgeld.« Die Postbeamtin hielt ihm die Belege und das Kleingeld hin. »Dürfte nicht mehr als fünf bis sieben Werktage dauern, bis es ankommt, aber wahrscheinlich ist es in zwei Tagen schon da, Massachusetts ist ja nicht weit.«

»Danke«, sagte er und trat einen Schritt zurück. Die Postbeamtin versuchte, den Karton anzuheben, rief dann aber nach Hilfe. Ein stämmiger Mann mit Bart in Postuniform kam schnaufend um die Ecke. Father O'Brien sah zu, wie die beiden den Karton vom Schalter hievten und auf einen Rollwagen legten. Der Mann schob den Wagen ins Hinterzimmer.

Father O'Brien drehte sich zur Tür um. »Schönen Tag noch«, rief die Postbeamtin hinter ihm her, aber er hörte sie kaum.

Es war vorbei.

Die Sonne brach durch die Wolken, als er ins Freie trat.

Draußen vor dem Backsteingebäude fiel ein dünner Strahl direkt auf seinen kahl gewordenen Kopf und erleuchtete die wenigen Haare, die sich nicht bändigen ließen. Er spürte, wie das Sonnenlicht seinen Körper wärmte. Er hatte getan, was richtig war. Sein Leben lang hatte er es immer wieder versucht. Er hatte Wort gehalten, hatte die Menschen akzeptiert, denen er diente, den Gott geehrt, an den er glaubte. Dank Mary freute er sich auf seinen nächsten Besuch im Beichtstuhl. Endlich hatte er seine größte Sünde überwunden.

Der Sonnenschein auf seinem Haupt war ein Zeichen, das wusste er.

Er musste mit Daisy noch einen Gedenkgottesdienst für Mary planen. Der würde bald stattfinden, noch im Frühjahr. Er würde einen Gottesdienst im engsten Kreis abhalten, an dem nur er, Daisy und vielleicht ein paar andere teilnahmen. Im Lauf der Jahre war er mit Mary so oft unter den Ahornbäumen auf ihrem Grundstück entlanggegangen, hatte von den süßen Zapfen genascht, die sich bildeten, wenn Ahornsaft aus einem abgebrochenen Ast floss und fest wurde. Er würde auf der Farm ihres Vaters, auf der sie in ihrer Jugend so glücklich gewesen war, ein paar Bäume auswählen und ihre Asche darunter verstreuen.

Und dann, was würde er mit dem Rest seines Lebens anfangen? In ein paar Wochen würde er siebenundachtzig, aber wie lange hatte er noch zu leben? Das würde er bis zum Ende nicht wissen, aber eins wusste er: Er würde immer Menschen helfen. Er würde Kirschkuchen essen. Er würde an Mary denken, an ihre Kraft, ihre Gelassenheit und ihre Großzügigkeit, und er würde ein Auge auf ihre Tochter haben. Er würde nie wieder stehlen, sondern Löffel aus der Ferne bewundern. Er würde auch weiterhin alles tun, was in seinen Kräften stand.

Niemand konnte mehr tun als das.

Danielle Hawkins
Dinner mit Rose

Roman | 416 Seiten | Gebunden mit Schutzumschlag
ISBN 978-3-547-71187-5

Liebe, Gin und Schäfchenwolken

Von der Liebe enttäuscht, flieht Josie zu ihrer Tante Rose nach Neuseeland. Zwischen Kühen und Schafen hofft sie, ihr Leben wieder in den Griff zu bekommen. Rose empfängt sie mit offenen Armen – und einem kräftigen Gin Tonic. Das hilft fürs Erste. Aber dann begegnet Josie ihrer Jugendliebe Matt, und das Gefühlschaos ist komplett.

Die große Entdeckung aus Neuseeland: Eine gefühlvolle Geschichte von Liebe und Freundschaft.

»Ein großartiger Roman mit Herz und Humor.«
New Zealand Herald